一座城池的史诗

张 薇 ——— 著

上海大学出版社

图书在版编目(CIP)数据

一座城池的史诗/张薇著. —上海:上海大学出版社,2019.9
ISBN 978-7-5671-3697-7

Ⅰ.①一… Ⅱ.①张… Ⅲ.①长篇小说—中国—当代 Ⅳ.①I247.5

中国版本图书馆 CIP 数据核字(2019)第 195251 号

责任编辑　陈　强
助理编辑　夏　安
封面设计　倪天辰
技术编辑　金　鑫　钱宇坤

一座城池的史诗

张　薇　著

上海大学出版社出版发行
(上海市上大路99号　邮政编码200444)
(http://www.shupress.cn　发行热线 021 - 66135112)
出版人　戴骏豪

*

南京展望文化发展有限公司排版
上海华业装潢印刷厂有限公司印刷　各地新华书店经销
开本 710mm×1000mm　1/16　印张 20.75　字数 318 千
2019 年 9 月第 1 版　2019 年 9 月第 1 次印刷
ISBN 978 - 7 - 5671 - 3697 - 7/I・556　定价 48.00 元

谨以此书
献给烽烟乱世生死之交的爱情
献给中国第一代轮船制造业、铁路建筑业的开拓者
献给上海这座饱经荣辱兴衰、引领时代之先的城池

目 录

第 一 章　大劫 / 1

第 二 章　渊源 / 11

第 三 章　证明清白的那场雪 / 36

第 四 章　我是我自己的城池 / 55

第 五 章　重创 / 69

第 六 章　情重生娑婆 / 83

第 七 章　天堂的悬崖 / 100

第 八 章　爱唯有成全 / 119

第 九 章　王城似海 / 136

第 十 章　闺蜜如情敌 / 151

第十一章　秘密成痂 / 169

第十二章　人生蹭蹬 / 185

第十三章　永相诀 / 195

第十四章　沉船 / 208

第十五章　哑女 / 228

第十六章　陪都／237

第十七章　时间凝伤／258

第十八章　政局劻勷／277

第十九章　比死别更痛的是生离／297

第二十章　比相爱更刻骨的是相思／316

第一章
大　劫

民国九年初夏,注定是多事之秋。

军阀派系纷争,盘踞大半江山的直皖两系政权争夺随季节转换急速升温,火药味聚集京城大小胡同,郁积在渐显闷热的空气中,随风流窜,随处可嗅。

被黄昏浓郁的夕阳镶了金边的帝都,肃穆、萧飒,似乎已感知到腥风血雨将至。灯市口大街南侧的金鱼胡同深处,矗立着一座威严端庄、彰显王府气派的三进四合院,这原是清末大学士那桐的府第——那家花园,现为皖系军阀头子吴副司令吴大侃的秘密寓所。

50岁冒头的吴大侃,高低肩上直接耸着一张极端丑陋的猪头脸,节约了颈项的过渡,脸上布满令人不敢直视的坑坑洼洼,因为每个麻坑里都散发出腥气、戾气和杀气,因此他被军界戏称"吴大麻"。偌大正厅内,吴大侃正接听皖系总理段祺瑞密电,并表态:"那批物资在上海已装车,今晚走铁路进京。请总理放心,我已下令加强戒备、确保安全。"

就在接听密电的工夫,皖系的杨军长和孙副官手拿令牌,通过层层哨卡,径直步入正厅。待吴大侃放下电话,扭头惊见二人,脸上每个麻坑顿时像被激活一样,杀气腾腾,喝问:"货上车了?"

"报告司令,货已顺利装车。"

吴大侃不耐烦地质问:"那还来我这儿干吗?马上下令发车!"

杨军长一笑:"还有一事必须办,等办完了,货即刻北上。"

吴大侃吼道:"他娘的,都啥时候了,你们还猪吃屎,细品慢咽的,快说还有啥事?"

话音未落,杨军长拔枪朝吴大侃胸口射击,随口调侃:"这件事就是送你回老家,哪来的回哪儿去!"

日式无声手枪"噗噗噗"三声闷响,吴大侃肉嘟嘟的两腮突突抽搐,肥胖的身体泄了气般瘫软在虎头圈椅上,惊恐万分的表情凝固在麻脸上,一个个刚刚还杀气腾腾的麻坑顿时偃旗息鼓。

江南初夏,照时令本应进入湿热绵绵的梅雨季,然而连续两日,上海及周边罕见地暴雨滂沱。一辆马车疾驰在郊野大道上,因雨幕厚重,看不清驾车人身影,只能隐约听到他赶马的嘶哑嗓音。一道夹杂着刺耳雷鸣的闪电在他头顶炸裂,马车头白底旗幡上一个粗壮的黑体"沈"字闯入眼帘。

直至凌晨,马车驶入古镇松江府时,雨势丝毫没有减弱。车夫驾着马车在凹凸不平的青石板路上,依然没有放缓奔跑的速度。遥看前方石板路尽头,依稀可见坐落着一处白墙黛瓦的高墙深院。

一声疲惫的嘶鸣,烈马瘫卧在高墙大院外。大院青石门廊上方,"沈宅"两个骨架清癯的白底墨字分外醒目。年正三十的沈家总管萧韦扯下旗幡,急步推门入院,楼台轩阁,花山廊亭,莲湖曲桥,雕檐镂窗,布局疏密,错落有致,实乃苏式名园的气派和格调,端的是江南私宅大院的风范。

与莲湖遥对的正堂内,沈老爷和沈太太正用早点,抬眼看到浑身湿漉漉的萧韦跨进客堂,不禁惊讶。

"老爷!近日因连降暴雨引发泥石流,我们的船队在镇江京口河段深陷淤泥之中,动弹不得……"萧韦喉腔内挣扎着讲出这些话,嘶哑的嗓音像被火烤焦的烟叶,吱吱冒烟。

"那船上的货……货怎样了?"沈老爷的心在胸膛里打鼓,擂得他呼吸急促。

"老爷,昨晚,货……货被一伙不明身份的匪徒劫走了……"这句话像一记重锤直击沈老爷胸口,痛得他喷出一口血沫子:"完了完了!老祖宗二百多年传下的家业,一夜之间要败在我沈顺航手上了……"

"老爷,你不要太难过,当心身体。"沈太太忙扶住他轻声安慰。

"虽不知这批货到底是什么,但雇主预付了高额运费。"沈老爷有气无力地连连叹道,"萧韦,你赶紧到城里复旦学堂把小姐接回来。"

萧韦愧疚地双膝扑通跪地:"老爷,是我无能,没保护好这批货,您惩罚我吧。"

这批货来龙去脉皆不知晓,不知来自哪里,不知幕后货主是谁,不许验货,却预支了巨额运费,走水路进京。想到这些,沈老爷抚胸长叹:"沈家怕是大难来临了!快去接小姐回来。"

萧妈从侧门急走进来,恰见儿子衣衫湿透奔出门外,也不好多话,只是小心翼翼禀报:"老爷,太太,门外有人求见,听口音像是从外地赶来的,说是我们家少爷大学时的同学,名叫滕泰,要见少爷。"

"告诉他少爷一年前就没了……"沈太太忍不住落了泪,"现在老爷身体不适,不方便待客,让他走吧。"

萧妈穿廊来到院门口,打开半扇黑漆大门探出头来,滕泰面露喜色迎上,听到萧妈的答复后手里油纸伞落地,任雨淋在身上。

暴雨又撒泼至晌午,才歇口气转为婆娑。萧韦跳下黄包车,忙走向后面紧随的一辆,打点了车钱,撑起油纸伞在车旁候着。沈依水步入伞下,两根乌黑的麻花辫滑向肩前,清丽素雅的面容衬托得越发白皙粉润,一双明眸顾盼生辉,从容貌身形可见正值芳龄。

沈依水直奔沈老爷卧房,赶至床沿,看到靠在卧榻上憔悴不堪的父亲,惊问:"爸爸,您怎么了?"

沈老爷推开沈太太送到嘴边的汤药,慈爱地望着女儿,百感交集:"水呀,我们沈家北上的船出事了!前几天,雇主来下单时,爸爸虽预感这是桩地下生意,弄不好会给沈家惹麻烦。可是你也晓得,这些年来运河逐年枯水,洋人又造好了北上南下的铁路,沈家水运行是越来越难做了……爸应下这单生意实是迫不得已。雇主预付了比平日多十倍的佣金,条件只有一个,保证将货秘密运达目的地。如果这批货真的寻不到的话,咱们沈家就是倾家荡产也赔不起呀……"沈老爷不禁老泪纵横。

"爸爸,女儿能做什么?"沈依水忙为老父拭泪。

"我想来想去,眼下只有一个人能救我们沈家。"

"谁?"

"山东曲阜孔府的后人孔德辕,早听闻他现在南京府做官,他一定能跟各路军阀搭上话,查到货的下落,帮忙把货追回来,咱们沈家就能躲过大劫。"

"这么大的事,德辕哥能帮我们?"

"孔府圣地自古礼仪之邦,孔家人最懂知恩图报。"

沈太太担心地嘟囔:"虽说当年你有恩于孔家,但我们两家有近十年没联络了。"

"爸爸,您是让我去南京找德辕哥?"见老父手压胸口喘息着点头,她忙起身,"事不宜迟,我现在就动身。"

因担心父亲身体,沈依水坚决不让萧韦随行,她独自赶到上海火车站,乘上沪宁线。她找到自己位子后,见靠窗而坐的似是一位读书人,神情伤戚,只管旁若无人地端详着手中一张照片,车厢里的拥挤和喧闹似乎与他毫无干系。

她刚要在他身边坐下,冷不防被身后乘客无意推了一把,碰掉了他手中的照片,她满含歉意刚要俯身去捡,恰又被身侧的乘客推搡,站立不稳,一只脚不由自主地踩在照片上。

"让开!你踩到我的照片!"他冷冷嚷道。

"对不起,我不是故意的。"她忙抬脚,不断道歉。

他和她下意识地同时弯腰去捡,却没想两颗头重重碰在一起。他忙起身躲闪,照片被她捡起。她用袖口细心擦拭后刚要还他,不经意间瞄了一眼,霎时表情悲伤与讶异交集。

他伸出手想要拿回照片,她却牢牢地握在手里。他不理解地用眼神询问她,正看到她双眼蓄满的泪水决堤而出,泪滴像排着队的珍珠一样,一颗颗滚落在他伸出的手掌上。

"你怎么了?有什么不舒服吗?刚才是我不好,不应该那么严厉地责怪你,我向你道歉。"他慌乱起来,拉她衣角坐下。

三声呜咽的长鸣,火车有气无力地启动,慢吞吞地驶出车站。

她依然专注地凝视照片,照片上两个人朝气蓬勃、风华正茂,其中一位手捧篮球开怀大笑,另一位把一只手臂搭在同伴肩膀上,同样开怀大笑。

"这个人是我哥哥沈运生。"她指着把手臂搭在同伴肩膀上的人,不觉自言自语。

"你,就是沈运生的妹妹沈依水?!"突然而至的喜悦降临在他英气逼人的脸上。

"哥哥书桌上也放着这张照片,他常跟我提起,手捧篮球的是他同班同学,也是他最好的朋友。"她转头端详他,被他脸上洋溢的喜悦感染,"莫非你就是滕泰?"

他点头道:"运生本打算和我一起去耶鲁大学继续求学,我修铁路专业,他修水利专业,但燕大毕业时,运生为了继承家族水运生意,放弃了继续深造的理想。我们一别四年,我常想他已结婚生子了吧?他生活得一定很安逸幸福吧?今早我刚回国,第一件事就是去松江府跟运生见面。我按他留给我的地址找到你们家,没想到……"他喉头哽塞,巨大的酸楚涌在那里,"毕业才四年,他怎么就生病去世了呢?他生的什么病?"

"实不相瞒,我哥是吸食鸦片过量,中毒而死。"

"运生怎么会吸鸦片呢?"他惊问。

这个问题沈依水在哥哥去世后也想过多次,原因众多。这些年,英美洋人在上海兴办海运和修建铁路,又因京杭大运河通航河段逐步萎缩,沈家祖传水运生意日渐艰难;哥哥为了承继沈家水运行,不得不遵照老父之意与松江府制船厂吴家联姻,不得不斩断与大学同学蔺雯斐的情缘,就此借酒浇愁、吸烟沉沦;再加上嫂嫂吴怀慈劝阻无效后,反倒陪吸,结果胎死腹中,她也因大出血身亡。也许是这所有一切的施压,终使沈运生精神崩溃、无力自拔,在一次酒醉中吸食鸦片过量,再也没醒来。

沈运生的一生短得如同沪宁线,她刚跟滕泰讲完哥哥的遭际便听到报站:南京浦口火车站到站。两人走下火车,在出站口告别,他继续北上回京城,她前往南京皖系军政府。

此时南京皖系军政府总长办公室内,总长马怀德正手执话筒扯着嗓门喊:"一定是吴大麻干的,啊?他死了?杨军长请放心,我马上派人去查,一定把军火原封不动给追回来。什么?您亲自来督办?好,好的,今晚七点我在金陵饭店备下洗尘宴,恭候您大驾光临!"

总长办秘书孔德辕在隔壁秘书室,边整理文件边机警倾听。

身形粗短的马总长搁下话筒,先是揉搓一番髭须思考,然后顺手拿起琥珀烟斗和麻布烟袋,撮起一烟斗上等云南烟丝点燃,张开大瓢嘴狠狠吸了一口。刚才这通电话让他心里惴惴不安起来,来自日本的这批军火在北上途中不翼而飞,竟然敢查到他头上来。

总长司机小章走进秘书室报告外面有人找,孔德辕低头忙于工作,顺口回道:"请他进来。"

"是从上海来的小姐,比上海滩画报上的摩登女郎还好看。"小章大惊小怪、神秘兮兮地探问,"她,是谁啊?"

"上海小姐"四个字仿佛唤起孔德辕某种强烈的感知,他顿时起身大步走出办公室,一路奔下楼梯,拐入一条长廊,放眼长廊尽头落地大窗前,一位身姿柔美、素服淡雅的女子背对他站着,像是在专心欣赏窗外景色,又像是沉浸在沉甸甸的满腹心事中。

站在落地大窗前的沈依水听到越来越近的脚步声,忙转身回头,在走廊逆光处,她看到身着戎装、高大英挺、正向她大步走来的孔德辕。

十年未见两人未有陌生感,仿如昨日刚道别。她跟他来到一间空闲会议室,心潮起伏:"德辕哥,没想到你一眼就认出我。"

"滴水之恩当涌泉相报。沈伯父是我家大恩人,当年不仅从洋鬼子枪口下救了我和我爹的命,还把孔家祖传菜谱从洋鬼子手里偷出来,千里迢迢送还给我父亲。这样的大恩人我怎能忘呢?我是天天在心里祈福膜拜。"

她听他提到父亲,赶紧讲出来此缘由:"昨日,我家水运行运送的一批货被劫,父亲急火攻心,卧倒病榻,万般无奈才让我来向你求助。"

货物被劫,军火不翼而飞,跟刚才马总长的电话内容一致,这并不是时间地点的巧合,而显然是同一桩事。孔德辕心下了然,沈家被无端卷入军阀内讧中。

自上半年来,皖系跟直系的摩擦不断升级,势必会有一战。京城的皖系从日本私运一批军火到上海,吴大麻派得力亲信杨军长准备把货物从上海走铁路北上,不想被死硬派杨军长暗中发觉,这批军火是吴大麻用来向获胜一方进贡的,所以杨军长反戈,不仅送吴大麻上西天,还将军火改走水路北上,可劫持军火又是何派所为?孔德辕给沈依水理通了此事大概的来龙去脉,他推断这半路杀出来的程咬金有可能是马总长,否则,杨军长不会这个节骨眼上铤而走险亲自来南京。

小章敲门进来,好奇地偷瞟沈依水,他悄声报告孔德辕,总长安排他五点半到火车站接京城来人。他吩咐小章送沈依水回他住处,自己开车去接站。

他返回秘书室,想再观察下马总长对杨军长此行的态度,恰好听到总长办传出的电话声:"京津交火了!曹锟已在天津誓师,宣布组成'讨逆军'?好呀!不怕姓曹的明枪明火地干,就怕小毛贼暗地里冷枪冷火搞内耗。此时最好的策略就是以不变应万变,静观时局变迁。反正,我们手握绝对有诱惑力的筹码,看准大势所趋再抛不迟。哈哈!自古以来,便是识时务者为俊杰!"从马总长得意忘形的哈哈声中,他确定劫持军火者乃他所为,筹码即是军火,只是电话另一头的同伙是谁,一时难以判断。

他赶至浦口火车站,顺利接到杨军长和孙副官,寒暄后,驱车至金陵饭店。一路上,他留意到孙副官紧握手中密码箱,即便坐在车里也不撒手。

金陵饭店玄武厅内,马总长跟两位同僚正谈笑风生。司法部部长林长义试探着询问:"听说昨晚,吴大麻在京城老窝暴毙了?"

"死了活该!"马总长轻描淡写地叹道。

马总长仅吐出四个不咸不淡的字,貌似不含任何个人情绪色彩,但擅长察言观色、听话听音的林长义和财政部部长龚作明还是捕捉到他的倾向性,两人互相交换下眼神,异口同声附和:"死了活该!活该!"

龚作明试探着询问:"听说是因为一批走私军火,京城方面起了内讧……"

马总长眼睛一瞪,制止道:"道听途说的事,不可信,更不可传!"

林长义吐出一口烟圈,转换话题道:"这次直奉联手,战火在京津烧起来,万一一路烧到总长的地盘,还请总长多多关怀我们下属呀。"

龚作明顺势讨好道:"一朝天子一朝臣,反正我们跟定马总长,您吃肉,我们总归有骨头啃有汤喝。"

打完哈哈,林长义切入正题:"今晚,不知总长在此宴请何方贵人?"

马总长张开两片厚唇刚要作答,孔德辕推门而入,俯身在他耳边压低嗓音报告:"总长,我把杨军长和孙副官接到饭店后,两人到大堂左侧洗手间方便,久候不出,结果我进去一看,均已暴毙。"

马总长像弹簧一样跳起来,吼道:"啥情况?"

孔德辕镇定地分析:"如果我没判断错的话,这是劫财杀人,因为孙副官手中的密码箱被撬开,里面已空无一物。能在短短几分钟之内干掉两个身强力壮的军人,只有经过特殊训练的习武之人才有此身手;并且从颈部的刀口看,出手非常利落,二人均是被飞刀封喉,瞬间毙命。"

马总长冷静下来,心想杨、孙二人死了好啊,省得来搅局添乱,但姿态总要做一下,便怒喝道:"在我的地盘上,什么人如此大胆?马上给我查!料他插翅难飞!"

孔德辕暗含潜台词提醒:"这种时候还会是谁干的?一定是抢劫军火的那批人干的。"

林、龚二人是何等人精,见马总长迟滞的神色,便意会一些端倪。林长义一笑:"总长,现在时局如此混乱,死个把人很是正常。"龚作明跟着附和:"京津已战火纷飞,政权旁落谁手还未可知,谁还理会有两个什么人、在什么地方、因为什么原因,就此从这个世界上消失了呢?"

这番话安抚到了穴位上,马总长立马换了面孔,笑容可掬道:"今晚喝个痛快!谁知道明天死的是不是我们呢?"又扭头命令一旁待命的孔德辕,"速速做好善后事宜,封锁一切消息。"孔德辕领命,趁机告退。

"总长,你真信孔秘书的小儿科鬼话?"

"派他去火车站接大活人,他倒好,送来的是死的。此人胆子忒大,总长要当心身边人啊!"

林、龚二人一唱一和的目的就是使马总长更加内忧外患、焦头烂额,以至于自乱阵脚,顺势摸到其背后靠山究竟是哪派军阀。

马总长嘴角冷冷一撇:"孔德辕是辛亥后新军第八镇的赵统带,也就是我在日本陆军军官学校的同学赵声推荐给我的,我自然对他相当信任和器重。此人出身名门曲阜孔氏家族,博览诗书,沉稳内敛,有勇有谋,不可小觑。既然那俩傻小子敢来宁会我马某,我没打算让他们活着走出金陵城,但万万没想到会有谁抢在我前面下手。如真是孔德辕所为,则实在推敲不出他做此事的动机为何?受何方势力指使?目的又是为何?"

马总长接连甩出的三个问题同样难住了林、龚二人,他们都认同孔德辕是可造可用又不可不防之才,就看怎样雕琢与驾驭了。

直至夤夜,孔德辕才做好一切善后赶回家中。沈依水听到敲门声,忙开门迎上询问情况。

"俗话说,冤有头、债有主。假如债主从人间消失了,那债还会存在吗?"

"你的意思是说……"

孔德辕做了个一命呜呼的动作。

"这么说你去火车站接的人是货物的雇主?"

他点头:"我在接他们的路上一直琢磨,要想永除后患,就必须干掉他们。只有让他们从人间蒸发,这件事才能彻底解决。"

她不由得把他上上下下检查一番:"你没受伤吧?"见他完好无损,又担忧起来,"这件事岂不是连累到你?"

"任他们想破脑袋也不会想到我头上,因为跟我毫无利害关系。关键是,现在直奉已联手发起征伐皖系的战争,政权易主之际,人人自保不暇,要怪只能怪这两人死不逢时!"

她轻舒一口气:"只要你不会因此受到牵连,我就可以安心回去把好消息报告给父亲了。"她边说边伸手取其搭在衣架上的外套、手提袋和伞,"我赶最后那班火车。"

他从怀里拿出一个鼓囊囊的布袋来:"这是40根金条,定是他们用来贿赂马总长的,你带回去交给沈伯父弥补些损失。"她忙摆手推辞,他坚持放进她的手提袋中,"现在西方洋人来华,仗着有先进技术,聚集在上海兴办海运和铁路业,不可否认,这两种运输方式比水运更具有强大优势,水运生意会越来越不好做。"

孔德辕把沈依水送至浦口火车站,看着她上车后,已是翌日清晨。他直接赶至办公室,见马总长把《金陵日报》摊在办公桌上,正用粗短的手指逐条搜索着新闻。

孔德辕报告后,按惯例回秘书室,却被他叫住:"很好,今天报纸上没有令我不愉快的新闻。"

在他咄咄逼视下,孔德辕多说一字就有可能被捕捉到蛛丝马迹。马总长很容易察觉到他一夜未睡的倦容,话锋一转:"趁此时机,你倒可以回故里安心休养一段时间,把昨晚的事都忘掉,统统忘掉。孔秘书,你二十大八了吧,该找个女人养养身体了。人都说山东女人貌美但性子烈,但马某认为女人性子烈味道才足啊,这就像老白干,喝了上头也上瘾不是?"

从他虚虚实实、荤素搭配的明示暗示里,孔德辕自然听懂了弦外之音,只好表态一切听从总长安排。

"等政局企稳,我再召你来宁辅佐我马某共操大业,到那时,定当委你以重任。"孔德辕知道自己解甲卸任,关于杨、孙之死和军火被劫之事就此平息,于是欣然接受。

今日的雨是江南梅雨季该有的样子,<u>丝丝淼淼</u>,缠缠绵绵,水气雾气湿气滋润天地万物生长。沈依水从上海火车站走出来,一刻不停地招了黄包车往松江府赶。

直至近晌午赶到,下车后,两盏悬挂在门廊下的硕大白油纸灯笼刺痛了她的双眼,心随之咚咚跳起来。她立马奔进门,穿前廊,入后院,一盏盏悬挂的白油纸灯笼冲撞她的视线,令她一路泪流满面。当她跨进客堂门槛时,双膝瘫软在灵堂上方沈老爷遗像前。

沈太太看到女儿似看到主心骨一样,这才容许自己放声大哭。萧妈在旁唉声叹气:"昨夜,若不是少奶奶家的吴少爷这个小赤佬来替江龙会逼债,老爷不会走得这么急……"

沈依水喊不出、哭不出,只有眼泪一遍遍打湿比油纸灯笼还苍白的面颊。从这一刻起,沈家祖上两百多年从漕运传承下来的水运行责无旁贷地压在了她肩上。

她,年方十九。

第二章
渊　源

　　安葬好父亲,沈依水办了休学,开始执掌水运行。萧韦理好账本,逐个向她介绍老字号客户订单情况:三阳南货撤单,改走铁路;老大同撤单,改走铁路;同德堂撤单,改走外轮;隆泰撤单,改走外轮……

　　"还剩几家没撤单的?"

　　"有五家老爷的铁杆老商号,目前还没好意思撤单,但我们沈家船队还在修理中,短期内怕是难以上路。"

　　"韦哥,把剩下的单都撤了,明日我挨家上门奉上违约金。"

　　"小姐,您这是?"萧韦十分不解。

　　"照我说的做。"

　　萧妈走进客堂禀报:"太太,有位南京来的孔先生找小姐。"沈依水大惊,继之喜出望外,抬眼望着孔德辕大步跨进客堂,双膝跪拜沈老爷遗像,泣道:"伯母我来迟了,伯父在世时,我就该来拜望。"

　　沈太太忙上前拉起孔德辕,见他眼泪簌簌滚落,"德辕,亏得有你相助,沈家才得以安生,否则老爷九泉之下也难瞑目。"沈太太说着泫然而泣,招呼萧妈上茶。

　　萧妈早早备好接风洗尘宴,吃好后天色尚早,沈太太便提议女儿陪孔先生去城里最摩登的霞飞路上逛逛。今日难得是梅雨季里的晴天,黄昏晚霞分外绚烂。

　　"雨歇晚霞明,风调夜景清。

　　月高微晕散,云薄细鳞生。"

　　沈依水心情如晚霞绚烂,不禁吟诵起刘禹锡的这首诗。孔德辕听罢心生怜惜,她本该在学堂里继续学业,却不得不辍学扛起沈家祖业。

行至一幢欧式风格大楼前,两人不禁驻足,全黑大理石外墙敦厚霸气,接缝处镶嵌金色瓷条,勾勒出异域文化入侵的洋洋自得和趾高气扬。"这幢楼叫飞生大厦,由美国设计师米歇尔设计,是外商在沪办公的聚集地,这里也是想成为买办的上海男人最向往的写字楼。"她介绍着霞飞路上这幢最出风头的大楼,他的目光停留在墙壁上一块崭新的白底黑字铜牌上,上书"华安昌轮局"。

两人说着话,行至黄浦江岸十六铺码头,登上轮渡,放眼环顾,江面辽阔,货轮交错。孔德辕沉思良久道:"自那晚你离开南京后,我就一直在想一个问题。毋庸置疑,当前运河水运大势已去;另外,运河南北河道疏通是个大工程,现在政局动荡、易主频繁,当局者自顾不暇,所以不要把希望寄于此。"

"你建议我关掉水运行?"沈依水顿感意外地问。

"也不全是。"江风吹散她的刘海,左右拂动,外滩霓虹光影在她眉眼间跳跃,双眸像撒了星光的霓虹鸡尾酒,令人看一眼即有沉溺般熏醉的感觉。他艰难地挪开目光,眺望来往货轮船只,感慨万千:"自鸦片战争以来,中国的海运贸易一直被美英等侵略者把持。因为民族船舶制造业落后,民间海运业力量微乎其微,只能跑跑水运维持生计;虽有零星跑海运的,也大多是租洋人轮船,赚一把就改行。上海开埠后,很快替代广州成为中国最大的海上贸易中心,洋人随之把海运贸易迁移至沪。"他目光中深含期冀地凝视着她,"依水,沈家有祖祖辈辈结交的老商户,何不直接从洋人那里买货轮跑海运呢?难道中国人就只能眼睁睁看着洋人在我们的领海上任意横行、大肆敛财吗?我们应该发展自己的海运业。"

她没自信地低头自嘲:"这等大事我能担得起吗?在别人眼里,我只是一位大户人家饭来张口、衣来伸手的娇小姐而已。"

"在我眼里你不是娇小姐,你聪明、勇敢、善良、纯真、知书达理、善解人意……"他真想用尽所有美好的词汇来赞美她。

她不好意思地打断他:"我哪有这么好……一艘海轮巨贵吧?"

"天上不是已经掉下金子砸到你了嘛!天助你!"他忍不住抬手为她拂开吹散的刘海,看她笑靥如花。他索性把自己的想法都讲了出来:"正好我有一个遥遥无期的长假，可以陪你买船，训练船工，同商户洽谈，然后沈家海运行就可以隆重开张了。"

他的这番话打开了她经营生意的视野，给她动力、勇气和信心。她双眸里的星光如碎钻般闪耀，望着他问道："你会一直留在上海吗？"

迎面而来的货轮鸣笛声，吞噬了她最想得到答案的那句话。

沈宅西侧院名为欢园，亭阁楼榭错落有致，格局虽比正宅院略小，但更显江南宅院的精巧细致。晨光微晞，露水在草叶间滚动，花苞因吸吮了晨露缓缓舒放。沈依水手提香樟木食盒，快步至欢园拱门前，被一阵挥舞拳脚的声音吸引，悄悄走至太湖石假山后面，正好看到孔德辕的背影。

他身穿白色薄绸衫裤，踢腿凶猛、出拳迅捷、眼神凌厉，这是一套对他来说已烂熟于心的梁山拳。一百零八招式舞毕，他收腹吐气，气沉丹田，挥手一扬，一片香樟叶飞落在她面前的太湖镂空石上，引得她不由吃惊地"啊"了一声。

他走过去笑着提醒："山石上露水重，你贴在上面很久，小心受凉。"

"我……我是来给你送早点的。"原来早被他察觉，她连忙举起手中食盒说道，"这是萧妈做的莲藕粥和莲子酥，莲藕是我家莲湖里养的，今早韦哥现挖的。你快趁热吃吧。"

莲藕粥清香软糯，莲子酥酥软香甜，他从没吃过如此正宗的松江府点心。她心满意足地看着他津津有味地吃好后，带他来到沈家水运码头，沈家的船队祖祖辈辈从这里装货、卸货，从这里起航，经长江水道到达镇江，转道运河，南下北上。

正在船上修理发动机的萧韦走出船舱，招呼道："小姐，在镇江时陷在泥沙的船只都拖回来了，我和船工们正在检查和维修。"

沈依水忙向孔德辕介绍："这是沈家水运行的萧总管，从他穿开裆裤起，就跟爸爸跑运河，已经二十多年了。"还没讲完，孔德辕就伸出手一把握住萧韦沾满油渍的手，满怀感激道："我听沈伯父说，当年孔府菜谱是你冒着生命危险从洋人手里偷出来的。"他深鞠一躬拜谢，"我代表家父感谢你！"

萧韦谦逊地连连摆手："孔先生别客气，是老爷吩咐我做的。事后听老爷讲，当年一伙洋鬼子烧完圆明园后，带着抢夺的金银财宝南下上海乘轮船回国。途经曲阜时，他们顺道抢劫了衍圣府，把孔府祖传菜谱偷了出来。这

13

伙洋鬼子恰巧上了沈家的船,老爷看到那本书的封面上有乾隆帝御笔亲题的'孔府传菜'四个大字,便悄悄告诉我,那本书绝不能落在洋鬼子手里。我那时十岁,人小不晓得害怕,趁洋鬼子喝醉睡着,把书偷了出来。后来老爷一路打听,把菜谱送到孔府,亲手交给了令尊孔令钦大人。"

"家父去世前,把《孔府传菜》这本书传给了我,自此我便一直随身携带。人在,书在。"

从孔德辕讲述中,沈依水了解到《孔府传菜》这本书的价值已远远超出字面上记录的菜式,它不仅记载着中国最著名的家族孔家自清初以来二百多年的饮食文化,更重要的是,这本书蕴涵着中国北方民俗民风民情的方方面面,已经不能仅把它定义为一本家族菜谱,更确切地说是一本民俗史;另外极具价值的是,这本书封面上的"孔府传菜"四个遒劲大字,是乾隆帝巡幸孔府时的御笔亲题。孔府大厨代代相传、修订、增补此菜谱,把它视同家族命脉和传家宝。

乾隆第一次到孔府朝拜孔圣人时,孔德辕的祖爷爷按照《孔府传菜》上记录的菜式宴请圣驾。御席上,多是用豆腐和蔬果制作的素菜,其中有一道菜式叫做"丁香花开",是将绿豆芽掐去两头成豆茋与豆腐丁同炒,味道特别清口鲜美,乾隆对这道菜赞不绝口,并对孔府的风俗习惯、礼仪规范大加赞赏,故决定将公主下嫁孔府。但是《大清律》上明文规定,满汉不能通婚。为了避开这个律例,乾隆将女儿寄养在爱卿于敏中家,然后以于家的名义,将公主下嫁给第七十二代衍圣公孔宪培。婚后,乾隆皇帝和皇太后、皇后都曾亲临孔府,乾隆更是前后九次到孔府钦见衍圣公和看望女儿。每次驾临,孔府宴请的每一道菜式,都会被孔府大厨详细记载在《孔府传菜》中。特别是当天的婚宴,更是以最隆重、最高级的"燕菜全席"招待皇家贵胄。餐桌上摆满了用"山中走兽云中雁,陆地牛羊海底鲜"烹制的各种佳肴。孔家三代厨师同时上阵,为这场婚宴前前后后整整忙活了一个多月,然后由他父亲详细记录书中。

沈依水听完叹服:"这本书真是家传之宝啊。"

"沈家从漕运到水运二百多年的祖业,故事也很多吧?"孔德辕也想更多了解沈家和沈依水。

无独有偶,沈家祖业同样与乾隆有关。乾隆第三次下江南到扬州巡游,一日微服闲游当地最热闹的花鸟鱼市,护驾的御前侍卫是当年的武状元沈祖义,也就是沈依水的祖爷爷。乾隆走到一个卖鸟的摊位前驻足观赏,一只分外精神的虎头鹦鹉朝他不断尖叫:"皇上万福!"乾隆立马被这只乖巧可爱、充满灵性的鹦鹉给逗乐了,想要买下,但无论怎样开价,店家一律回绝。店家说如大人实在喜欢,还有一只雄的,样子跟这只雌的一模一样,只是嘴巴稍笨些,买回去好好调教,也会逗得大人心花怒放,反正这只雌的,他是无论如何不卖。乾隆说买那只雄的也好,店家又说雄的不巧没带来,如今日非要买,可到家里去取。乾隆禁不住鹦鹉"皇上万福!皇上万福!"悦耳的诱惑,随店家来到一偏僻农户内。谁成想店家从门后抓起一把砍刀,凌空朝乾隆头上砍来,千钧一发之际,护驾的沈祖义刀劈刺客,而自己被砍掉左臂。后经扬州府调查,这名假冒店家乃是朝中一名被处死的叛臣后代,乾隆前两次下江南他都一直盯梢,却没找到刺杀时机,这次恰巧乾隆闲游花街闹市,且只准沈祖义一人护驾,于是便设下这个鹦鹉计。

沈祖义失去左臂,意味着失去做御前侍卫的资格。乾隆感恩他护驾有功,要重赏他良田百顷、金银万两、仆从数十,沈祖义却恳请皇上恩准一事,宁肯良田、黄金、仆从都不要,乾隆当即答应无论他提什么要求都会恩准。原来沈祖义前两次护驾巡游江南时,龙船每逢驶到山东济宁运河段南旺渡口,总会看到渡口岸边一位摆渡老人和他的女儿。他立于船头护驾,姑娘要么在草棚外烧火做饭,要么在运河岸边浣衣晾晒,龙船经过时,姑娘会抬头凝视,似与他的目光相遇、对接、交织。对沈祖义来说,那目光像他某个深夜看到的一颗流星,一下子点亮他孤冷的心房。冥冥之中他感到这是今生要照顾和依靠的人,他恳请皇上把老人和姑娘赐予他。乾隆被他的这番情意所打动,立即准了他的请求,另外奖赏货船十艘,准许他祖祖辈辈经营漕运。

听完沈依水讲述祖爷爷的故事,孔德辕叹道:"乾隆年间的漕运是沈家祖业的渊源啊。"

她嘴角含笑:"那位祖爷爷一见钟情的山东姑娘,就是我的祖奶奶莲香。如此说来,我也有山东人的血统,我一定要把沈家祖业继承下去。我决定买洋人的货轮,做海运。"

孔德辕不禁赞佩:"果然有山东人血统,说干就干。我考察过,霞飞路上英美商人开的华安昌轮局,目前是上海滩最大的海运船务行,几乎垄断了上海滩租售货轮业务。明天我们先去了解下。"

华安昌轮局在飞生大厦的最顶层,整整一个楼面的优越姿态,刻意炫耀了其在上海远洋运输业的霸主地位,从顶层天台可俯瞰黄浦江,轮局停泊在江上的远洋货轮数量更是首屈一指。

"目前,已进港可以出售的轮船有两艘,一艘是 150 吨位,另外一艘是 800 吨位,都是采用当今美国最领先的轮船制造技术设计建造,性能优越,远洋运输能力居世界前列。150 吨位的货轮已被预订,800 吨位的货轮运营能力更加强大,北可到天津,南可达香港。轮局有国民政府颁发的航运许可证,并且还可以向购买货轮的客户免费提供人员培训和技术维修服务。"华安昌轮局会客厅内,孔德辕和沈依水听完秘书戴维对可出售货轮的介绍。

孔德辕问:"800 吨位的货轮什么价钱?"

总经理乔纳森口气坚决地答复:"白银,8 万两!"

沈依水脱口而出:"啊?"

"你们中国不是有句老话,叫做一分钱,一分货!"乔纳森会讲点蹩脚的汉语。

孔德辕道谢后拉起沈依水离开,乔纳森立刻命令戴维:"马上找巡捕房孙督长,把他们的家世背景查清楚。"

"保证查清他们的祖宗八代!"戴维自然明白乔纳森的意图。

两人走出飞生大厦,一路心情沉重晃到黄浦江岸,眼见天边那抹晚霞挣扎着失去光彩,终究依依不舍散去。不远处一杆路灯下,一位老人和一位小姑娘守在馄饨摊前,青竹扁担一头是炉灶,能听到灶下竹屑燃烧得噼噼啪啪响,另一头是三层竹制隔板,分别放置调料、馄饨皮、菜肉馅、青花碗和调羹,炉灶上旋绕着袅袅蒸汽,父女俩各司其职忙活着。

他俩走上前坐下来,小姑娘招呼一声,手脚麻利地包好一堆柴爿馄饨,只只薄皮凸肚,透出粉色肉糜。老人一手抓起,迅速丢入沸水中,小馄饨被搅起的热流冲散,旋绕几圈后一只只漂浮上来。随后,小姑娘把两碗热腾腾的馄饨端到桌上。

这么多年,姆妈和萧妈会随着时令变着法子给她做好吃的,可她从未觉得像今晚这碗馄饨那样可口,这么让她心情愉悦。她秘密地陶醉于自己感受到的幸福里,猛然意识到原来跟眼前这个男人只是坐下来吃一碗小馄饨,就会如此美好,她愿今生的岁月就这样无声无息地安宁流过。

她试着问道:"如果货轮不买了,那些金条也够我们吃一辈子馄饨……"

"钱不够泄气了?"他心想她到底是位大小姐,还没受过任何挫折。

"或者,我们买艘小吨位的? 或者,我们租洋人的货轮?"

他目光移向江面,语气里颇多感慨:"黄浦江上停泊的轮船虽然很多,并且还会越来越多,可你仔细看看,哪一艘轮船上挂的是中国的国旗呢?"他转回头,指着眼前的万国建筑群,"还有这些风格各异的建筑,上面飘着五花八门的国旗,又有哪一面是中国的国旗呢? 依水,你不觉得这个场面很可笑、很可气、很可恨吗? 在上海这块中国人自己的土地上,竟到处看到的是洋人、洋轮、洋货? 在我们自己的国家里,为什么我们是仆人,那些趾高气扬的洋人却成了主人? 知道这是为什么吗?"见她茫然摇头,他答道,"因为我们落后,不仅是科技的落后,更是思想的落后。"

他的这番话如醍醐灌顶,一下子开拓了她的眼界改变了思考问题的角度,她的脑海里第一次有了家国概念。

1843年11月17日,根据《南京条约》和《五口通商章程》的规定,上海正式开埠。从此中外贸易中心逐渐从广州移至上海,洋货和外资纷纷进入长江门户,开设行栈,设立码头,划定租界,开办银行。从此,上海进入历史发展的转折点,从一个传统的老城厢开始朝着远东第一大都市推进。20世纪20年代的上海滩,已是华洋混杂,在中西文化冲撞与交融中形成一个光怪陆离的依水之城。

华安昌轮局由美国人乔纳森的华安轮局和英国人米德的华昌轮局合并而成,乔纳森任总经理,米德任董事长,其赤裸裸的商业目的便是联手占有更大的在沪海上贸易份额,攫取最大化商业利益。

米德阅完手头资料,饶有兴趣地问道:"这位孔德辕,确定他是曲阜孔府衍圣公的私厨传人?"

戴维点头:"我从巡捕房孙督长手里买来的信息,完全可以确定。"

米德嘴角漾出笑意:"尽快给我安排面见孔德辕。"

戴维又到隔壁总经理室,乔纳森桌上同样摆放着一份资料,他直截了当发话:"尽快给我安排与沈依水会面。"

戴维摇着金毛脑袋走出来,一头雾水:"奇了怪了,一个要见孔德辕,一个要见沈依水。"

　　与温润青翠的江南古镇迥异的内蒙戈壁荒漠,此时正狂风肆虐,飞沙走尘,天色霎时昏暗,天与地仿佛情投意合地交接在一起。遥眺目极之处风尘滚滚、一望无垠,戈壁荒滩被风暴一轮又一轮无情扫荡,满目皆是令人心生荒凉孤寂的黄沙,唯一与这沙尘烟色不同伍的是一段蜿蜒的坚硬铁轨,如丈量大漠般执着地向前匍匐。

　　京绥铁路延伸至绥远的最后施工现场,由工程师詹天佑先生亲自设计并指挥施建,是他积疾而逝未竟的事业。作为耶鲁大学土木工程系的同门校友,滕泰听到他病逝的消息后,毅然回国完成令他临终抱憾的这段铁路修建工程。

　　他没来得及回京城看望双亲,就从上海直接辗转至施工现场,集合工程团队,让这段铁路继续穿越大漠荒滩朝绥远挺进。滕泰指挥工人们成功铺设一段铁轨后,已是尘沙扑面,连续一个多月现场鏖战使他脱了一层皮。

　　助手冯大志跑过来喊:"滕工!有人找!"待跑至他面前,打趣道,"还是位贼漂亮的洋妞呢。"

　　他抬身回眸,尘沙散尽处,果然有一位金发飘扬、身姿健美的女子风尘仆仆朝他走来。他大出意外喊道:"贝拉!"

　　贝拉张开双臂扑向他肩头,眼里闪动久别重逢后的泪花,他报以热情的拥抱,把站在一旁的冯大志看得目瞪口呆。

　　他带贝拉沿着铺好的路基巡视:"我真服你,你竟能找到这里。"

　　她展颜欢笑:"我喜欢冒险,更喜欢冒险在世界各个角落,只为找到你。"

　　她的热情像她的金发一样闪烁着光泽,他被感染到,不禁笑道:"你还是老样子,一点没变。教授身体还好吧?"

　　"自从你回国后,爸爸一直很思念你。"她关切地望着他,"你现在又黑又瘦,但也更男人了。"

　　"从我决定学习土木工程以来,就做好了吃苦、献身的准备。黑了、瘦了不算什么,只要中国铁路不再受外资和技术的操控,不再成为被欺负、被剥削的把柄,詹天佑前辈能忍受的苦累我也可以照单全收。"

　　她从挎包里拿出一本证书递给他:"打开看看!"

他打开一看,笑容从嘴角画着好看的弧线慢慢溢出。她热情地握住他的手:"滕,祝贺你,你的毕业论文通过了。虽然你没有参加现场论文答辩,但土木工程专业的教授审阅了你的论文后,全体一致通过。这是颁发给你的耶鲁大学博士学位证书。"

他顿时激动万分:"谢谢教授!谢谢你贝拉,感谢你千里迢迢漂洋过海把这么重要的东西带给我。"

她眨眨眼,神秘调皮地说道:"爸爸还让我给你带来一份礼物。"

"什么礼物?快拿给我看看。"

一向不吝啬流露情绪的她却羞涩起来,手不由地护住脖颈的项坠:"保密,现在还不能给你看。"

"滕工!工地上出了问题,需要您马上去解决!"身后传来冯大志气喘吁吁的呼喊声,滕泰闻声转身往回跑,贝拉紧随其后。二人脚下扬起的尘沙打着旋飞舞,在半空中追逐,还没来得及重新匍匐在大漠的怀抱,一阵狂风像空降般突起,更大规模的沙尘趁势攻击,沙尘抱着团像长了腿一样,追上滕泰和贝拉,从身后把他们裹个严严实实。等他们闭着眼、憋着气从沙尘的包围圈中冲出来时,浑身上下已和脚下一望无垠的大漠融为一体。

滕泰连连吐着口里的沙粒,奔至铺轨现场,只见一段近十米的路基坍塌,铁轨出现悬空,他紧急命令工人拆卸轨道,重新加固路基。好不容易拂去脸上沙尘睁开眼睛的贝拉,看着滕泰和工人们一起搬运铁轨、架设路基,她心里除了敬佩,还有从心底生出的爱怜。眼前这个男人如此胸怀丘壑、意气风发,他为了自己国家刚刚起步的铁路建设,愿意在如此艰苦的环境下工作,并且浑然忘我。她暗许心愿,要留下来陪他,一路陪着他,无论是在这个国家的戈壁大漠,还是天涯海角。

沈宅后花园,树木葱茏,花团锦簇。湖心九曲回廊上,五彩斑斓的肥硕锦鲤成群簇拥唼喋,争抢沈依水倚栏丢下的鱼食。孔德辕静立她身侧,看她细心地把肉饵送到每一条蹿出水面的锦鲤张开的口中,沉浸在鱼儿争食的欢乐中。但他隐隐感觉她仿似在向这群养尊处优的锦鲤告别,向湖面上正酣畅绽放的莲荷告别,向这片墨绿的湖水告别。

"这些锦鲤是从祖爷爷起就养的,一代代繁殖到现在。"她莞尔一笑,"德辕哥,自从你到沈家来,就一直帮我打理水运行,还没抽出时间逛园子吧?今天我带你在园子里好好走走。"

"好啊,这么大沈宅,不亚于孔圣府。"两人走下回廊,穿越假山,拾级而上,登至最高处的赏月亭上。她坐在亭边长廊上,放眼四周,语气里不觉流露出伤感的依恋:"这里是整个后花园我最喜欢的地方。每年中秋节,全家人会聚在这里,吃冰糖梨、桂花糕、鲜肉月饼,喝着萧妈自酿的糯米酒,然后,等月亮慢慢慢慢地爬上来……"

孔德辕注视着她动情的样子,生怕多说一句话会扰了她的情绪。

"祖爷爷断臂伤愈后,便离开皇宫,自此与我的祖奶奶开始经营运河漕运生意,以河为生,以船为家。祖爷爷许诺给她一个永远安稳的家,这个家不是漂泊在船上,不是流荡在运河上,而是扎根在土地里,一座有房子、有花园、有廊亭、有鱼池的大宅院。经过大半生的漕运生意,直到祖爷爷六十岁时,积攒够银两,选择松江府这块依水傍海的地方,建造了这座沈宅。"

孔德辕感慨道:"如此算来,沈宅也有百年历史了。"

她点头,手指前方:"看,正对着这个亭子的是正宅,有个很好听的名字叫'沈之莲',是祖爷爷和祖奶奶的住所,两旁的欢园和畅园是祖爷爷分别给两个儿子的,也就是我的大爷爷和爷爷。大爷爷生了三个儿子,爷爷生了两个儿子,但他们先后都在漕运途中或染疾而死,或被水盗所伤而亡,后来,就只剩下我爸爸这一支了……"想到父亲,她顿生悲戚,"再后来,就只剩下我……"她又想到哥哥,不由哽咽。

"以后你都在,是吗?"她定定看着他,突然问出这句话。出乎她的意料,他低头回避了她期盼的眼神,抿紧了欲说还休的双唇。

她只得无奈一笑:"德辕哥,明天帮我搬家吧?"

他愣住了:"搬家?"

"从明天起,沈家要搬到城里去住。几年前,爸爸为了我读书方便,在苏州河南岸买了一套两层的公寓,虽然不大,也够我和姆妈还有萧韦母子一起住的了。"她站起身来,故作轻松地说道。

"为什么要搬家?这里可是沈家的祖宅啊!"

她轻叹:"维持这个园子的日常开销需要一笔不小的费用,现在沈家人口凋零、生意衰败,你觉得我们还有必要住在这么大的园子里吗?"

"那这么大个宅院岂不白白空着?"

她不语,顺阶而下。他站在赏月亭上,俯瞰她一个台阶一个台阶离自己越来越远,却迈不开脚步去追她。她的背影看似坚强、执拗,却藏不住的柔弱和委屈,令他的心隐隐作痛。他不是不愿意答复她的话,他只是觉得自己没有资格表达自己死心塌地、粉身碎骨的意愿。

苏州河是流经上海腹地的一条生命之河、母亲之河,自上海开埠以来,华洋工厂依河而建,市民工人傍河而生,繁衍生息。上海由这条河而滋生贸易,由这条河承载运输,由这条河催生这座都市的开放和包容,由这条河壮大这座城池的地域和格局。静默流淌的河水,途经外白渡桥下时顺势投入黄浦江的怀抱,一江一河交汇相融,不分彼此,朝着同一个方向奔入东海。由此,上海变成汇聚洋商、洋行、洋派、洋人的杂居地,像缤纷斑斓、瞬息万变的万花筒,更像华洋杂聚、东西文化碰撞的大熔炉,培育出既卧虎藏龙又泥沙俱下的上海滩。它的阳面海纳百川、风气昌明,阴面却是光怪陆离、藏污纳垢。几百年来,上海是活生生的故事现场和传奇诞生地,发迹、破产、背叛、欺骗、阴谋、战争、爱情、畸情等等千奇百怪的真实故事在此精彩绝伦地上演,并且,永无完结。

沈家搬离松江府,从此沿此河而居。

沈太太楼上楼下查看一番后,不解地问道:"德辕呀,这个家虽不能跟沈家老宅比,但多你一个人还是能住得下的。你为什么要在外面租房呢?"

孔德辕迟疑地回道:"伯母,我不是这个意思……我在隔壁弄堂租了一间,离这里很近,我随时会过来。"

沈太太毫不掩饰明显失落的神情:"你这样做,也太见外了。自打沈家出事后,你就来上海帮依水打理外面的事情。德辕,我早就把你当一家人了。你还是搬回来住吧,以后这个家就交给你和依水了。我老了,只要天天看到你们在一起进进出出,开开心心的,就心满意足了。"

任谁都听得懂沈太太这番话的意思,孔德辕却顾左右而言他:"伯母,我……沈伯父的大恩大德我无以回报,我能做的也只有这些。"

在隔壁卧房理东西的沈依水听得分明,心里的希冀慢慢化为凉意,原来自己和姆妈不仅多想,而且多情了,这个男人只是来报恩还情的。

萧妈备好晚饭,沈太太让女儿去请孔先生过来一起吃。沈家公寓后面,是一条杂乱局促的老弄堂,密密匝匝像搭积木一样堆出的房子悬在头顶,沿街叫卖的小贩、报童穿梭,包子铺、水果摊临街而设,无不弥漫着浓郁的烟火气。

沈依水推门进来,看见客厅木桌上一只白瓷盘里,整齐码着一片片乳白色糕状食物。孔德辕拿着碗筷从厨房走出来。

"你会做南方的年糕?"

"先尝尝。"

她小心翼翼夹起一片,放进嘴里,轻轻咀嚼、细细品味:"是年糕,好像又不是……比年糕嫩、滑……这是用什么做的?"

"先说好吃吗?"

"入口即化,鲜美可口。"

"这是用鲜活的青鱼肉做的鱼片糕。"

她不由得顿生佩服:"我吃过鱼丸、鱼饼、鱼肉面,还是第一次吃鱼片糕呢。你怎么会想到把鱼肉做出一片一片的糕呢?德辕哥,你真有想象力!"

"这不是我的想象力,这是孔家老祖宗伟大的想象力。孔老夫子有一句话,你肯定听到过,'食不厌精,脍不厌细'。早在几千年前,他就对烹饪和饮食提出这个高标准的要求。他还说过'食饐而餲,鱼馁而肉败,不食',意思是说,腐烂的食物不要吃;'色恶,不食,臭恶,不食',食物的颜色不对也不要吃,味道不好也不能吃;'失饪不食',讲的是烹调手法不对不要吃;'不时不食',就是说不按季节、不按节气的食物不要吃;'割不正不食',意思是烹饪时切割不对都不要吃;'不得其酱不食',不同季节要配不同的酱料,配伍不当也不食用。"

她惊呆了,秀美的双目只管看着他,耳朵只管凝神听着。

"还有,'肉虽多,不使胜食气',就是说吃再多的肉,不可以超过主食;'唯酒无量,不及乱',酒可以喝,但不要让自己喝醉;'沽酒市脯不食',市场上买的酒不喝,买回来的肉脯也不能吃;'不撤姜食''不多食''食不语'等等,老祖宗孔子真乃中国最早的美食家。"

她不由惊叹:"真没想到,孔子对食物有如此精深的研究,如此热爱美食,享用美食!"

"我家是厨子出身,从我爷爷的爷爷起就为衍圣公做菜,每一道菜都是遵照孔圣人的训示去做的。"

"看你这刀工,孔家做菜的功夫岂不是跟练武之人的绝活一样?"

"可以这么说。我看到父亲最绝的一招是,他能把一块豆腐切成细如发丝,并且根根分明,长短粗细均一,绝不粘连。以此烧成的银丝豆腐羹,清口益肺、入口即化。听我父亲说,乾隆九次驾临孔府,必点这道羹。"

她不禁叫起来:"真是厉害!哪天让我也见识见识你这招真功夫。"

"那你可要有耐心了,等我练好刀工,定会请你品尝。虽然这道绝活刀工非常重要,但对豆腐本身的要求同样很高,必须要用山涧间的泉水和当季新采的豆子磨成的豆腐,口感不粗不细,质地不软不硬,才能下刀如飞,刀起成丝。"

"我想看看孔家的那本传家菜谱,可以吗?"她这个冷不丁的要求让他顿生慌乱:"我……我没带在身边……"

她突然站起来,大声道:"你跟我讲过,人在,书在。"

他知道该把一切坦承相告了,总要面对已经发生的事。"依水,今晚除了想亲手做一顿饭请你品尝外,还有一件事本来想吃过饭后再跟你讲,我近日要回南京,不能再留在上海。直皖之战已停火,政局趋于明朗,直系控制了大半个中国,包括南京。南京军政府易名为南京督军府,马总长也摇身一变成为马督军,我想,定是他用那批被劫的军火倒戈直系,所以,虎踞龙盘的南京依然归他掌控。他派人找到我,要我尽快回督军府就职。华安昌轮局那艘 800 吨位的货轮,我已经买下,各项过户手续都已办好……"

她只觉得一波波眩晕,急忙打断:"你哪来那么多银子?"见他良久不语,她恍然大悟:"菜谱?你把家传菜谱卖了?"

"菜谱对我来说只是一本文字记录,上面每一道菜式早已印在我脑海,我永远忘不了,它刻在我心上,谁也拿不走!"

"不对!你明明告诉过我,它不仅仅是一本菜谱,它更是一本家族史。况且,封面上有乾隆的御笔,它是古董、是文物、是无价之宝的史料,你不能为了我,出卖孔府祖祖辈辈的智慧结晶,出卖自己国家的文化给洋人。"

他连忙安慰:"当年,如果不是沈伯父从洋人手里舍命夺回,这本书也早已不属于我们孔家了。"

她终于绷不住,眼泪夺眶而出:"我们受骗了……你用菜谱跟米德交易的货轮,和我用沈宅跟乔纳森交易的是同一艘船!"

秋末的京城,炎热顽固地一直不肯示弱,整个皇城被一种让人焦躁的温度包裹着。午后,空气里似有似无翻滚着可怕的雷声,躲在护城河老树根下避暑的老人们都听得出这是哑雷,带不来一滴雨水,也带不来一丝清凉,只会带来更令人心烦意乱的聒噪。幽僻的吉庆胡同尽头,安稳地矗立着一处朱漆大门四合院,这是北京银行买办滕上财的祖宅。

从墙外走过,能听得到院内老稀罕的欢声笑语。滕上财的独子留洋四年多第一次归家,自然乐坏了滕太太。

滕太太仔细打量完儿子,除了皮肤粗黑外完好无损,放了心,这才惊愕地注意到他身后站着一位高挑白肤的金发女子。

"小泰,这位洋小姐是……"

"妈,她叫安妮·贝拉,是我在耶鲁大学的同学,我的导师伊文教授的女儿。"

贝拉聪明调皮地接道:"妈妈,我可以像滕泰一样叫您妈妈吗?"

滕太太意外一愣,怎能拒绝如此主动热情的善意,不由自主地笑着点头。趁儿子和贝拉洗漱之机,她忙张罗着接风晚宴,又赶紧电话通知了侄女方红颜。

餐厅里,一套上好的中式红木桌椅,照得座上人红光满面。滕上财端坐在上位,乐呵呵地看着家人一一就位。"小泰,路修得怎样了?回国半年了,家都没回过。"等众人入座,滕上财首先发话。

"京绥线现已修到归绥市,我们的施工任务告一段落,下一步是试车阶段。詹天佑前辈为了修建此条铁路,长年累月待在深山荒漠,积劳成疾。希望京绥线能早日通车,完成他未竟的事业。所以无暇及时归家看望父母大人,儿子很抱歉。"

滕上财自干了一杯二锅头,深有感触道:"国家动乱、政府不力、国库羸弱,以至于中国铁路的修建权、运营权一直被洋人的资本和技术所控。小泰,你在做一件非常有意义、了不起的事情,爸妈都支持你!这位美国姑娘此行来中国是……"

"爸,贝拉是援助我们修路的外方技术人员。"

贝拉连忙乖巧地唤道:"爸,我是滕泰的同学,也是好朋友。"

滕上财微笑点头,语重心长道:"小泰呀,你是继詹天佑先生之后国家培养的寥寥可数的几位铁路设计工程师之一,师夷长技以制夷,争取和掌控中国铁路建设的自主权就靠你们了,好好干,一定要为中国人争口气!"

滕太太忙插空问自己最关心的话题:"这回可以在家好好陪妈妈了吧?"

"对不起妈,接下来有新任务,过几天要到南方进行地质考察,计划在沪杭之间修建一条新的铁路。"

滕太太正失落间,突然一声飒爽的女声从客厅传来:"表哥,你终于回来了!"话音刚落,一袭红色旗袍、娇媚动人的妙龄女子方红颜踏进餐厅,一双妙目迅速扫了一遍在座的人,目光锁在滕泰身上。她顾不上跟其他人打招呼,一口脆生生的京腔煞是悦耳:"看,表哥,我给你买了什么?这是我刚刚特意跑到琉璃厂信远斋买的,所以来晚了。"她举起手里几串红艳艳的冰糖山楂葫芦,双颊因兴奋红扑扑地燃烧:"表哥,还记得吗?你出国读书前都是你买给我吃,今儿,也换我给你买一次,尝尝,还是不是那个味儿?"

滕泰忙含笑道谢,滕太太唤翠儿接过去,然后指着儿子对面的座位:"红颜,先坐下,吃过饭再吃糖葫芦。"

方红颜坐定,这才看清滕泰身旁坐着的贝拉,脸色不觉瞬间一变。她情绪复杂地指向贝拉,目光死死看着滕泰,问道:"表哥,她是谁?"

"她叫贝拉,是我耶鲁大学的同学。"

方红颜声音中掩饰不住醋意:"我问的是,她怎么会出现在这儿?她怎么还穿着姑妈的旗袍?黄头发穿旗袍,不伦不类!"

贝拉落落大方地接受挑战:"你好,我叫贝拉。我是作为美方工程师来中国跟滕泰一起工作的。"

方红颜匕斜着眼讽刺道:"哦?照你这么说,我们中国离了你们美国人是修不成铁路了?詹天佑先生你应该听说过吧?他修的京张铁路就是完全由中国人自己筹资、勘测、设计、施工建造的。"她充满自豪地看向滕泰,"是表哥告诉我的,他是我表哥的师兄。"

贝拉大度地微笑道:"我和你一样,非常敬佩詹先生,他是我爸爸教过的最优秀的学生,他也是我的师兄。"

方红颜尴尬地一愣,迅即平复,伶牙俐齿地反驳:"我不知道你爸爸是做什么的,我也不关心。我只知道詹天佑不依靠外援也能修建铁路。我表哥是詹天佑第二,同样不需要外援。"

滕太太生怕贝拉全听得懂,忙卷好烤鸭饼递给她。贝拉接过,甜甜笑道:"谢谢,妈妈。"

方红颜大吃一惊,不相信自己的耳朵,双目圆睁,嘴里鼓囊囊地含着饼喊道:"什么?你刚叫我姑妈什么?"

贝拉扑闪着大眼睛,轻松俏皮地答道:"妈妈。"

"妈妈?你凭什么叫我姑妈妈妈?我姑妈不是你妈妈,不许你叫我姑妈妈妈!"

"小颜,你好好吃饭,等下姑父给你父母打个电话,让你今晚住下来。"每次方红颜大小姐脾气发作时,滕上财的这个办法最管用,从小就这样。

饭后,滕泰、方红颜和贝拉步入靠近书房的小客厅,这间客厅虽空间小巧,但布置得古色古香、错落雅致,尤其是一扇与餐厅相隔的唐仕女图屏风,格外雍容典雅。走近细看,仕女图竟是七彩丝线所绣,极细密的针脚,极繁复的技艺,连丰乳肥臀的仕女脸上的春怨都绣得栩栩如生。

贝拉站在屏风前看得十分专注,滕泰在一旁讲解:"这是一幅中国著名的苏绣,是清朝的贡品……"

"表哥,你这不是白费口舌吗?跟洋人讲咱们中国的玩意儿,她能听得懂吗?"方红颜看两人亲昵地站在一起,嘟着嘴走过来,挤进两人中间,语气酸溜溜的。

滕泰知道她在使大小姐的小性子,便不跟她计较。但无论是站还是坐,她都要小聪明故意隔开滕泰和贝拉。最后,三人挤在一张沙发上坐定,她坐在两人中间,挑衅地问:"听说你们美国女人,晚上睡觉都是一丝不挂。拉贝,你呢?也一丝不挂?"

贝拉微微一笑:"我叫贝拉,不叫拉贝。你怎么知道的?"

方红颜调侃:"从你们好莱坞电影里看到的。美国女人个个都那么浪吗?"

贝拉皱眉不解:"浪是什么意思?"

方红颜忍住恶作剧的笑:"就是勾引男人的意思。"滕泰听不下去了,不高兴地制止道:"小颜,不许你这么没礼貌。"

方红颜见表哥脸色着实不悦,只得住嘴,她环顾四周,突然又有了新的想法。她起身到书柜里拿出一本相册,坐回滕泰和贝拉中间。她翻着相册,漫不经心地问:"想看看我跟表哥的照片吗?"

贝拉很感兴趣地点头。她一页页翻着,一页页讲解:"看!这张!逗死了,我跟表哥到北海滑冰,我脚下一滑摔倒了,倒地之前,我死死拉住表哥,结果我们两人就摔在一起了。还有这张,我们暑假去爬西山,下山时我累了,不想走了,就耍赖让表哥背我。半道上,我竟然趴在表哥背上睡着了,回到家才发现丢了一只鞋。"她边说边含笑抬头看着滕泰,"表哥,我好怀念那时我们整天在一起疯玩的日子。"

"小时候,你真是个野丫头,比男孩儿还疯。"这时,翠儿用一只景德镇白瓷大盘子把红彤彤的冰糖葫芦端上来。

方红颜赶紧起身拿起一根,送到滕泰面前:"表哥,这个最大的给你!"滕泰接过来递给贝拉,她连忙阻拦:"表哥,不知她那洋胃能不能享用咱们中国的这玩意儿,万一她吃坏了肚子,怎么办?"

方红颜一回头,看到贝拉已经从盘子里拿起一根糖葫芦,很享受地吃起来。她撅起嘴心里嘀咕,这洋妞真不好对付,脸皮真厚。

晨曦微露,四合院廊前洒了一地淡泊的清辉,从窗口望出去,瘦成一片叶子的月牙儿还依恋地挂在树梢边,不舍得离去。

滕太太心疼儿子这么快又要离家,低头用手帕抹着泪。滕泰宽慰道:"我这趟去上海就是先考察下情况,用不了多久就会回家看您。妈,替我带贝拉逛逛京城,等她玩够了,送她回美国去。"

滕太太疑惑不解:"贝拉不是美方派来的铁路工程师吗? 她不跟你一起去?"

"什么呀,她是她自己派来的。在荒郊野外修铁路太累了,衣食住行都特别艰苦,这不是女人能承受的工作。贝拉是尊敬的伊文教授的女儿,我不能让她跟着我受苦。妈,我走了之后,您帮我多劝劝她,请她回到她父亲身边。伊文教授只有她这么一个女儿,贝拉的母亲早已去世,所以教授对她相当疼爱。"

滕太太慈爱地笑道:"妈早看出来了,贝拉这孩子是喜欢你,才大老远从美国来到你身边,这孩子聪明着呢,给自己找了一个合情合理的理由。"

滕泰道了再见正要走,转头看见贝拉一脸微笑静静地站在身侧。他大惊:"贝拉!你的头发!你的长发呢?"

贝拉轻松一笑:"昨晚,我自己剪掉了。这样到了工地,就用不着天天洗头发了。滕,我这个新发型好看吗?"

滕太太顿时对她又爱又怜:"修铁路不是女人干的活,长年累月风吹日晒的,人会变得不漂亮了,老得也快。你留在家里,我带你逛逛京城,我们北京好吃的东西、好玩的地方多着呢。"

"妈妈,我来中国是和滕泰一起修铁路的。在美国,铁路已经成为人们日常交通工具,可在中国,铁路建设才刚刚起步,所以需要有人去做这件事情。我愿意陪着滕泰一起去做,我不怕苦,也不怕变得不漂亮。"

滕太太私心里倒是希望有这么一位不娇气又懂技术的女同学陪在儿子身边,既能协助工作又能做伴聊天,所以便不多话了。

"贝拉,工地上不仅仅是不能天天洗头发的问题,还有洗澡的问题,还有饮食的问题,还有……"滕泰想到了女人的私密问题,忙打住。

"还有什么?"

滕泰想了想,索性全部说出来,以劝退她:"还有上厕所的问题,还有,你们女人不方便的问题……"

贝拉会意:"别担心我,这些都是可以解决的小问题。不要忘记,我大学学的也是土木工程专业,这是我的选择。"

"贝拉,原谅我刚才的话。我是说,你第一次到北京,我没时间陪你好好看看,你留下来,让妈妈陪你游览一下,看看中国闻名世界的故宫、长城、颐和园……好吗?"

"我知道,在你心目中,什么都不如工作最重要,我,同样也是。"见贝拉语气如此坚决,滕泰看下手表,真怕吵醒了那位缠人的大小姐,到时可就真的走不了了。

滕太太站在四合院朱漆大门外,目送黄包车走远,直到淡出她泪水模糊的视线。她从腰间抽出一方墨绿丝帕,拭掉眼角滚出的泪水,既欣慰又落寞地自语:真心喜欢一个人,不就是愿意随他天涯海角嘛……

耳边突然传来方红颜喊表哥的声音,她忙进院子。"姑妈你说什么?表哥走了!他才回来就走了?"本来就没睡醒,她更加懵了,猛然想起:"那,那拉什么、贝什么呢？那美国妞呢？"

"也走了。"

方红颜突感慌乱："跟表哥一起走的？"

滕太太点头："小颜，先吃早点吧，小翠刚熬好的二米粥，就等你起来喝呢。"这句话像是提醒了她，她转身喊："小翠！小翠！"小翠不知发生什么事，急急忙忙从厨房跑出来。

"小翠，昨晚我不是跟你说过，看到表哥起来，就立马叫我起床吗？"

小翠不敢看她喷着火气的眼睛，低头小声嘀咕："对不起，今天少爷起得比我还早，我也不知道少爷是什么时候走的……"

表哥和一个金发女人一起走了，不知道去了上海哪里，也不知道何时回来。要命的是，表哥和这个金发女人是同学，他们志同道合，他们朝夕相处，他们可以用洋文讲着她一个字都听不懂的话……想到这些，委屈、忧伤、嫉妒一起从心底突突地窜出来，逼得她眼泪扑簌簌滚落。表哥，无论你走到哪里，我一定要找到你。她在心里暗暗发誓。

乔纳森早有思想准备，知道孔德辕和沈依水会找上门来，所以，他避重就轻道："货轮已停靠在十六铺码头，我们约个时间请二位前去验货。另外，依照合同规定，华安昌轮局还提供免费驾驶培训和维修服务，如需要的话，可提前跟戴维预约。"

孔德辕强压怒火，声音冷峻："中国人做生意一向以诚信为本，在我们的国土上，你们为什么不讲信用？"

乔纳森两手一摊，耸耸肩转向戴维："哦？戴维，我们有吗？"戴维同样两手一摊，耸耸肩，讨好地摇摇头。

乔纳森假正经地说道："我们美国人虽然不像你们中国人一样，遵守你们认为的那份看不见、摸不着的诚信，但我们美国人做生意尊重合同、尊重法律。法律，懂吗？"

沈依水气愤地质问："你们美国的法律允许隐瞒和欺骗吗？"

戴维心知肚明地反问："沈小姐，你不会如此健忘吧？我们的交易是经过双方同意后签的合同！"

沈依水不想多费口舌，她现在只想知道那本菜谱在哪里："我要见米德!"

乔纳森立刻装出惊讶的样子:"二位不知道吗?做完你们这笔生意,米德先生就回国了。"

"他什么时候回来?"沈依水知道这句话问了也白问。

乔纳森摊开双手,一副无所谓的样子:"对不起,我无法回答你这个问题。临行前,他已经把轮局的股份全部转让给我,现在华安昌轮局的所有权归我。"

显然这是一场骗局,是刻意的蓄谋,这座依靠水上贸易迅速发展起来的上海滩,每天都有光怪陆离、五花八门的商场阴谋在上演,每天都有人一夜暴富,有人转瞬濒临破产,但谁都难以想到这种戏剧性的事会发生在自己身上。

"你们不能一箭双雕、一石二鸟,请你把沈宅还给沈小姐。"

"孔德辕先生,你说什么我听不懂,我只知道根据我和沈小姐签订的合同,在完全不违背中国法律的情况下,我们的生意已经依法成交了,并且约定任何一方不可反悔。如果二位对这笔生意有什么疑义的话,可以跟我的律师谈,或者我们法庭上见。戴维,送客!"

霞飞路上,戏院、电影院门口簇拥着人群,好莱坞影片在这里几乎和美国同天上映。巨幅电影招贴画上,西洋女人垂下浓密眼帘,展示着雪白脖颈和傲人胸脯,撩人风情和暧昧气息滋生并在这条马路上荡漾。

这条路上的热闹与孔德辕和沈依水无关,他俩各自想着怎样让对方心里好受些。他先开了口:"米德拿到他想要的菜谱就溜掉了,乔纳森因为还有货轮待售,沈宅他也搬不走,所以跑不掉。二人狼狈为奸,各取所需。都怪我,没有事先告诉你。"

"对不起,是我不好。我怕你会阻止我用沈宅去交易,就像你怕我会阻止你用菜谱去交易一样。"她当然明白他的心意。

"自我十岁起,父亲就让我熟读《孔府传菜》,并学做上面的每一道菜式。十几年来,虽然书上记录的上千道菜式我没有全部学会操作,但我早已熟记所有菜式的操作程序,每道菜式的创始、演变和与之相关的典故。"他拍拍脑袋,轻松地安慰,"别担心,全在这儿呢。等以后生活安定了,我会把这本书完整复制出来。"

"可乾隆的题字你无法复制啊。"

他只好开玩笑:"我的题字也是难得一见啊。"见她虽然被逗笑了,但嘴角的笑纹转瞬即逝。"难道我们就甘心咽下这口气吗?"

"我有个主意。《申报》主编任天行,他的文笔尖锐犀利,毫不留情,以笔代刀,敢于揭露时局黑暗,替百姓市民讲话。"

"你是说请任先生把外商合伙欺骗我们的事见诸报端,这样华安昌轮局在生意场上就无立足之地。"

城隍庙毗邻报馆大楼,正门大殿上悬"城隍庙"匾额,两侧配以对联,上联是:做个好人心正身安魂梦稳;下联为:行些善事天知地鉴鬼神钦。庙外是红尘俗世,人声熙攘,商贩汇聚;庙内沿九曲桥可达湖心亭,湖水丰盈,莲荷葳蕤。

任天行急匆匆走进湖心亭茶室,说道:"对不起,报馆里乱糟糟的,把二位约在这里。孔先生,你是孔府名门之后,有事尽管讲。"

"请叫我德辕,我只是孔家大厨之子,谈不上是名门之后。一直以来为天行兄痛快淋漓的文风所折服,苦于无机缘相见,今日冒昧来报社,实在是有事相求。"

"德辕,刚在报馆见到你时,我还纳闷,你现在怎么在上海?前几日,南京军政府已易帜,改为督军府,老马换张皮投靠了直系,南京照旧还是他的地盘,他正忙乎着重新布局排阵。这是他妈的什么革命啊?简直是旧瓶装新酒、换汤不换药。"任天行毕竟是《申报》第一笔杆子,讲话三句不离时局。

"天行兄,我有急事需处理,所以还未赴宁。事情的原委是这样的,我和沈依水小姐因购买货轮之事分别被英国人米德和美国人乔纳森欺骗。"孔德辕仔细地讲述了事情的前因后果后,任天行顿时义愤填膺:"这帮该死的洋鬼子,在中国的地盘上敢如此横行霸道、任意妄为,看到什么有价值就要用各种不道德的手段掠为己有!更要命的是,有些洋人不是简单的生意人,他们对中国历史、中国文化有一定程度的研究,甚至有些洋人是打着做贸易的幌子,来中国掠夺有文物价值和研究价值的东西。德辕,我听说过孔家的这本《孔府传菜》,封面上有乾隆帝亲笔挥毫题字。据史料记载乾隆九次到孔府拜谒孔圣人,每一次衍圣公招待他的菜式都是花样翻新,绝不雷同,并记载编撰为《孔府传菜》一书,有相当的史料和民俗价值,是无价的孤本,岂是一艘可以无限次复制的铁皮船就能交换的!"任天行一口灌下杯中的菊花茶润了润嗓子,继续说道:"还有,我前几年花时间研究过松江府的民宅。沈宅是根据江南气候条件和松江府民风民俗,在传承明清建筑风格的基础上又有所创新而建造的。它除了占地规模不如苏州拙政园之外,整个布局造型、区域分布、建筑风格基本是拙政园的翻版,也是松江府现存最大的私家花园,其建筑文化价值同样不可估量。"他快言快语,一语道破:"我看你们是太为对方考虑,太急于为对方做点事情,才互相隐瞒,造成如此大的失误吧?"

见二人被说中心事,他痛快表示:"我理解你们的心意。我能做什么?尽管讲!"

"上海报界谁人不知天行兄手中笔如刀似箭,妖魔鬼怪在你笔下都无所遁形,这件事如能登上《申报》,就是华安昌轮局的大限已到,它会在贸易行业和全上海市民的唾弃中无立足之地。"

任天行点头同意孔德辕的提议,颇多感慨道:"自鸦片战争后,上海开埠以来,西方洋人就打着做贸易的旗号不断涌入,掠夺上海百姓的财产,搜刮民脂民膏;当局软弱无能、忍气吞声,所以他们更加变本加厉,发展到妄图尽一切可能霸中国文物古董以及和中国历史文化有关的文献,他们的野心、贪心日益膨胀,企图通过对中国文化、文物的侵占来实现瓜分上海、甚至中国的目的。是应该借此事件提醒市民擦亮眼睛,认清洋人的真面目,以减少类似上当受骗事件的发生。"

沈依水忍不住说道:"更让人气愤的是,洋人还动不动拿他们所谓的法律来欺压人。"

任天行斩钉截铁地说道:"法律?那是他们自己制定的一边倒的法律。我准备写一个系列报道,定让这华安昌轮局在上海无立足之地。在中国的地盘上,我就要跟他们讲讲什么是诚信、什么是信誉、什么是信用、什么是做人的良知!"他不免担忧地看向他们:"这样做只能搞垮他们,但无法保证能要回你们被骗走的宅子和菜谱。"

孔德辕表态:"只要以后没人再上他们的当,就值得去做。"

果然,第二天《申报》头版便登载任天行的文章。沈太太读过多年私塾,这才从报纸上了解到女儿为啥突然决定搬到公寓来住。她气得坐立难安,跟萧妈说自己到霞飞路买块旗袍料子,出门招了黄包车来到飞生大厦,找到总经理办公室。

沈太太没怎么见过洋面孔,真跟洋人面对面有些心慌,但强撑着要替女儿讨公道:"我是沈依水的母亲,你们用一条轮船骗走沈家祖宗的宅子和孔家祖宗的菜谱,你们做生意讲不讲信誉?"

乔纳森好笑地哧了一声:"信誉?又是见鬼的信誉?我们只认合同。"他从办公桌抽屉里拿出两页纸,甩在桌上,"这份合约上清清楚楚写着,沈依水因资金不足,愿用松江府的沈宅交易华安昌轮局800吨位的货轮一艘。至于什么菜谱,我不知道是怎么回事,也丝毫不关心"。

面对洋人的嚣张无礼,沈太太顿感急火攻心:"你们都是大骗子、强盗!"乔纳森不耐烦地转头命令戴维:"快把她赶走,我跟她没什么好谈的,让她去找我的律师。"

沈太太见乔纳森想开门离开,忙上前阻止:"请把孔家菜谱还给我们,我们只要回菜谱可以吧?"

乔纳森不耐烦,想赶快打发她走,毫不顾忌地吼道:"我可以告诉你,米德回英国了,那本孔家菜谱估计卖给大英帝国博物馆了。"

猛然间似万箭穿心,沈太太只觉一大股腥热堵在嗓子眼,令她呼吸滞涩,她捂着胸口栽倒在地,说不出话,只有呼噜呼噜的喘息声。

一大早,孔德辕和沈依水到十六铺码头交接好货轮,沿苏州河南岸往家走。任天行文章见报后,定会引起舆论和行业讨伐,等待华安昌轮局的是死路一条,乔纳森再贪婪,他也无法把沈宅搬到美国去,等他滚出上海后,沈宅自然物归原主。孔德辕这样想着,心里稍感安慰,迎面撞上到霞飞路鸿翔裁缝铺却没接到沈太太的萧韦。

孔德辕立马推断沈太太去了华安昌轮局,等三人赶到时,沈太太看到女儿,涌在喉咙口的那口血才喷出来,沈依水吓坏了,抱着母亲颤抖的身体不知该怎么办。恰这时门被推开,贝拉和滕泰携着行李走进来。

贝拉热情地扑向乔纳森的怀抱:"叔叔!乔纳森叔叔!是我,贝拉!我来上海看望你了。"她回身拉起滕泰的手,迫不及待地介绍,"他是滕泰,我爸爸最优秀的学生,我耶鲁大学的同班同学。"

听到"滕泰"二字,沈依水不由得抬头,正与他的目光相接。"依水……"自浦口火车站道别后,她仿佛施了魔一样在他心里留下一颗思念的种子,他完全无力阻止种子生根、发芽,每个夜晚在回味与她的初见中疯长。此刻,他不得不承认此行来上海存有一个私密的愿望,便是要再见到她,可万万没想到同上次一样又是不期而遇。他欣喜地唤她,待看到她怀中脸色惨白的沈太太,霎时心中一沉。

"我不认识你。"她双目含泪看着那双他与贝拉牵在一起的手,语气里的冰冷让他不敢近前一步。

孔德辕忙扶起沈依水,萧韦背起沈太太赶紧送往医院。当大夫告知沈太太在来的路上已气绝身亡时,她如同那天猝然看到父亲遗像时一样,喊不出,哭不出,全身能动的只有扑簌簌的眼泪。

她,成了沈家的孤儿。

跟着沈老爷南航北运20年的萧韦很快掌握了货轮驾驶技术,选了天朗气清之日,孔德辕陪他一起在吴淞口试航,直到晚霞染醉了西天,才驾船回到十六铺码头。

一整天萧韦都觉得孔德辕哪儿不对劲,见他立于甲板栏杆前迟迟不舍得下船,心想沈太太被洋人气死,他一定万分自责。他像是终于想好了,回头望向萧韦:"转眼我来上海快一年了,今天货轮试航成功,只等沈家海运行宣告成立,海运贸易就可以开张。所以,我该回去了。"

萧韦大惊:"你要回去?回南京?"

见他点头,萧韦知道有些话沈太太再也无法开口讲,小姐定是不好意思说,他索性帮她们把这些话全讲了出来:"我不知道孔先生心里是怎么想的?连我娘和我这个粗人都看得出来,太太活着的时候,是多么希望你能留在沈家,和小姐一起打理沈家的祖业;小姐也是多么希望你能留下来,帮她把沈家的祖业经营下去。太太和小姐的心思谁都看得明白,为什么你不明白?"

孔德辕拍着栏杆叹道:"萧韦,请你理解我,伯母和依水的心意我心里当然明白,但我有我的苦衷,我不得不回去!"

萧韦心想话都说到这份上了,干脆挑明:"孔先生,恕我大胆问一句,你是放不下在南京升官发财的仕途吧?"

孔德辕沉默良久,苦笑道:"就算是吧。"与其争辩,他宁愿被这样误解。

萧韦见自己劝说无效,赶紧回家请小姐把人留下。沈依水反倒想得明白,自己没权利留他,如果他是来报恩的,恩已报完;他的志向明显不在经商,他有更大的胸怀和抱负,不能因为沈家祖业,断了他的仕途。

萧韦见也劝不动小姐,嘟囔起来:"货轮也买了,海运行马上要开张,孔先生走了,那以后沈家咋办啊?"

纵然句句刺耳、心沉如铁,沈依水讲出的却是一句轻轻巧巧的话:"韦哥,赶紧去浦江饭店订一桌,今晚给孔先生送行。"萧韦再不情愿,也只得按小姐的吩咐办。

立冬这天,果然是黄道吉日。东方微晞,十六铺码头传来阵阵鞭炮声,在前来捧场的众商户的叫好声中,身着宝蓝色云锦旗袍的沈依水揭开一幅红绸,"茂源海运行"五个朱漆底烫金字降临世人面前,与初阳、朝霞交相生辉。

鞭炮声继续痛快淋漓,欢呼声还在此起彼伏,"呜呜呜"一声酣畅悠远的鸣笛声宣告沈家海运起航,萧韦驾驶的"茂源号"货轮驶离码头,首航宁波。

第三章
证明清白的那场雪

茂源海运行自开张以来,商户订单络绎不绝,直接迫使在行业失信的华安昌轮局关门大吉。沈依水每日里忙着接待商户,安排日程和航线,她生怕一停下来,驻扎在脑子里的那个人影便会作乱。

"沈老板,外面有位先生找。"打杂的刘阿兴从外面走进来,"还是运行开张那天来的那位滕先生。"

"我没时间待客,请他回吧。"

滕泰已没有别的奢望,只想当面向她解释那天在华安昌轮局的误会。阿兴回话后,他郁郁寡欢地回到霞飞路租住的寓所,贝拉看他脸色就知道还是吃了闭门羹。她不忍看他一次次碰壁,转身打开房门欲下楼。

"你去哪儿?"

"我去跟沈依水解释。"

"我的事跟你无关。"

贝拉坐在他身边:"这事与我有关。如果不是我让你陪我一起去见乔纳森叔叔,也就不会在华安昌轮局碰到沈依水,她也就不会误会你跟我叔叔是朋友,也就不会把沈妈妈的死责怪到你头上。我知道,你很想当面向她解释清楚,可她不给你解释的机会。她怨恨乔纳森叔叔我理解,但她不应该对你心生误会、置之不理,她这样做是不对的,我去向她解释清楚。"

"她愿意见你吗?"

"乔纳森叔叔的轮局已经破产倒闭,人也不知去向。这段时间以来,我一直在上海他可能出现的地方寻找,希望能说服他把沈宅还给沈依水。另外我还写信给爸爸,让他帮忙在美国寻找叔叔,爸爸来信说在美国没看到他。我还到美国领事馆查询过,他没有出境,人还在中国,或者他根本就没离开上海,我相信肯定能找到他。"

滕泰这才了解这段时间里贝拉为他做了这么多事,自己不该意志消沉,把来上海的使命弃之不顾。就像贝拉说的,等找到乔纳森,归还沈宅,一切便会和好如初。

原皖系掌控的南京军政府,经过一场仅持续5天的战争洗礼,摇身一变为直系南京督军府,更确切地说,只不过是政府门前换了块木牌而已。一向见风使舵的马怀德以沈家被劫的那批军火为筹码,为自己谋得一方诸侯的权位。他召孔德辕回宁,委以交通部长一职,显然他离不开他的超众才干,又暗中忌讳他所知秘密太多。

督军府会议室里,众军阀围坐于会议桌两侧。马督军紧急收到京城指令,大力布局、建设南方铁路业,进而与北方铁路线联动,以便军火、贸易和民生运输通畅,带动国民经济发展。

他端正仪容,清了嗓门,声音却还是浑浊不堪:"今日召集各位来,重点商讨在长江流域修建铁路事宜。"他威严地扫视一圈,继续道,"当今形势,无须我赘言,想必各位十分明白,奉系在东北一直是蠢蠢欲动,与外商外资紧密勾结,对铁路线的日益扩张恰恰暴露他们妄图南下吞噬地盘的野心,我们不可大意,更不可不防。说白了,对局势的控制首要便是对交通的控制。各位,有什么建议?"

依然任职司法部部长的林长义率先附和:"督军所言极是。据我所知,奉系铁路圈不仅逾越东北三省,并南下侵入京津地区,而且还企图联通俄国、朝鲜等邻国铁路线,以此扩大他们的势力范围和增强对局势的操控能力。"

同样保住官位的财政部部长龚作明赶紧跟上:"更重要的一点是,奉系的融资渠道多种多样,政府出资、外资垫付、官僚乡绅捐赠、民资入股等,由于大量资金的及时到位,铁路修建周期大大缩短。"

马督军听罢二人发言并不表态,把目光投向张同渊:"作为内政部部长,你对此局势有何看法?"

从直系老巢调任过来掣肘马督军的张同渊开口便显老辣:"据我了解,

奉系筑路外资主要来自俄、日两国,俄、日之所以对东北三省铁路建设投入大量资金,其用意是司马昭之心路人皆知!我们要深为警惕!"

马督军点头:"好,看来大家所言一致。孔德辕部长,现宣布你的提案审批通过。你身为南京督军府交通部长,在此向各位同仁通报一下,关于本省铁路修建的规划和实施方案。"

孔德辕站起身,端正军姿道:"正像各位所述,本省铁路布局已落后于奉系盘踞地,这是值得我们警惕的信号。下一步我们应集中政府财力,召集专业人才,把铁路建设作为南京督军府的重要举措并应尽快进入实施阶段。"他指着椭圆会议桌中间的沙盘,讲解道:"根据战略上的考虑,我们实施铁路建设规划的第一步锁定在苏北地区,也就是说,铁路线以徐州为枢纽向四周辐射。自古至今,徐州一直是军事重镇,因为此地处于国土中心地理位置,纵连南北、横贯东西,历来是兵家必争之地。目前,首要任务是先接轨徐州和连云港。如此一来,苏南重要物资便可通过水路、海路到达连云港,然后通过铁路运输至徐州,再由徐州输送到西北、西南地区。此铁路线命名为'彭海铁路'(陇海铁路徐州到连云港段)。"

龚作明问道:"资金如何筹措?"

"这个问题马督军已深有考虑,为避免陷入像奉系铁路那样被外资所控的风险,彭海铁路以政府出资为主,吸纳民间资本。修建这条铁路的宗旨是:完全自建,决不借贷外债,以免外资趁机持股侵权。为防止外国人暗中入股,彭海铁路将在招股简章中特别规定,铁路股本禁止售给外国人,一经发现股本作废并予以处罚。为保证工程的顺利进行,还规定铁路用地将作价补偿,铁路铺轨所及之地,任何人不得以任何借口阻碍铁路修筑。"

张同渊心中暗暗赞同,问道:"铁路总承建人目前是否确定?"

"这是个很关键的问题。经过交通部这段时间的多方考察,已锁定两位人选。一位是滕泰先生,耶鲁大学土木工程系铁路工程专业毕业,博士学位,是詹天佑先生的同门校友,学成归国后参加京绥铁路内蒙古段的续建工作;另一位是他在美国的同班同学贝拉小姐,她的父亲是美国最权威的铁路设计专家之一伊文·泰博先生,他先后是詹天佑先生和滕泰先生的导师,贝拉小姐作为外援工程师参加过京绥铁路内蒙古段的续建工作。虽然彭海铁路段的地理环境与京绥铁路内蒙古段有较大差异,我想,如果我们聘请到这两位专家,那么这条铁路的预算评估、设计施工、轨道质量、风险规避、施工周期、试车调度都会有目前国内最先进的技术保障。不知各位同仁意下如何?"

马督军见众人没有异议,大手一挥表态:"此事就这么定下来,修建彭海铁路除商业价值外,更是目前我们军事防御和将来军事进攻的重要举措之一。此工程由孔德辕部长全权负责,功过分明,论功行赏,依过严惩。接下来,全面进入项目启动、实施阶段。孔部长,尽快把两位工程师请到南京来商讨具体施工方案。"

孔德辕领命:"在上海时,我与滕泰先生和贝拉小姐有过一面之缘,我马上派人接洽他们,请他们速至南京。"

兴仁里老弄堂,朝里看,狭长逼仄幽暗,仰头望,只有一线天光,两边木板房屋如鸽笼般堆砌,密密匝匝,多是天南地北来沪的文人墨客的聚居地。弄堂口圆缘园茶楼,自然成为他们闲暇时分讥讽时政、切磋艺术、排遣寂寞、笑谈风月甚至争风吃醋的好去处。

一身素布长衫的任天行走进茶楼,一头乱发,面目惺忪,一看便知是昨夜通宵赶稿留下的证据。相熟的店员为他留了僻静的位置,按他的吩咐在茶楼门口等候滕泰和贝拉,随后把他们引到他面前。

滕泰崇敬任天行的文笔,赞佩道:"任先生,久仰大名,你仅靠手中一支笔和三篇连载文章,便把业务覆盖大半个上海滩的华安昌轮局给搞垮了。真是胸中有情怀,下笔胜刀枪!这件事情轰动整个上海滩啊。"

任天行谦谨一笑:"滕先生过奖了!咱们中国有句古话说得好,多行不义必自毙!"

贝拉赶紧问:"你知道乔纳森在哪里吗?我一直在找他。"

任天行摇摇头:"听说轮局破产倒闭后,乔纳森失踪了。今日我奉一位好友之托,请二位到南京共谋大事。"

滕泰当即明白他是受孔德辕所托:"听说孔德辕在南京督军府任交通部长,找我们定是修铁路之事。"任天行哈哈大笑:"滕先生聪明绝顶,我就不必废话了。只是德辕略有顾虑,担心你们之间有些误会,特请我来当说客。本来我还准备讲一番于国家、于民族、于百姓的大道理,现在看来,完全没这必要了。"

滕泰当即表态:"修建铁路是我毕生实业救国的理想,我不是为哪个政府修路,更不会因为私事影响。我是为我们的国家和百姓修路。孔德辕部长能提供效力国家的机会,我们当然欣然前往。"

提起京城木樨地方宅,皇城根的老人们都知道,这是名冠京城的中医世家,现第四代单传方济生的祖宅。方大夫尤擅针灸、火罐、刮痧等杏林绝技,奈何世事不能求全,人生难免缺憾,他年已五旬,膝下无儿,仅有独女方红颜。方济生曾为香火传承而纳妾,但妙龄芳姿的小妾不仅没有为他续后,而且两年不到便呜呼病亡,简直是对他医术的极度嘲讽。此事令他几年来郁郁不得其解,既自责又心痛。自责于自己枉为中医世家传人,名声在外,多少疑难杂症能药到病除,可偏偏诊断不了自己女人的病症;心痛的是一个水嫩嫩的佳人眼睁睁死在自己面前。从此他心灰意冷,断了传宗接代的念想,也不强迫女儿继承方家的衣钵,只是随着她的性子,任其无拘无束长大。

长夜当空,月华如银子般慷慨地洒了一地。方家四合院里,廊前檐下种满秋海棠、醉石榴、佛手瓜,这都是方济生亲手栽植,既可怡情悦目,又可制成入方子的药材。微风撩拨,暗香浮动,这浓缩了植物精华的香气一个劲地往方红颜卧室钻,令她更加攒不出睡意。她干脆起身坐在书桌前,掬起一管鼠须笔,舔些一得阁墨汁,在一笺润白的半熟宣纸上用小楷写道:

"爸爸,妈妈:我不想读书了,因为有更重要的事需要我马上去做,必须马上去做,请你们原谅我。别担心我,这么多年我的压岁钱够我找到表哥了。我已经决定了,我必须去上海,我想我再不去,表哥就被别的女人抢走了。"

在火车上晃荡了两天两夜后,上海这座都市终于出现在方红颜眼前。从走下火车第一步开始,首先迎接她的是上海的雨,仅仅是一场雨,便让她领略到上海与北京这两座城的迥异。京城的雨,偶尔来一场,那叫豪气洒脱,定是痛痛快快,大雨点子一股脑往地上砸;而上海的雨,那真是阴柔缠绵,确切地说,是雨丝,雨雾,雨濛濛,雨似乎随时随地都能下起来,但又几乎看不到雨点子落地。"细雨湿衣看不见,闲花落地听无声。"这句诗形象地描绘出了江南雨的韵味。

由这场雨带来的湿冷也让方红颜猝不及防，她好不容易招到一辆出租车，赶紧一头扎进去。

司机抬头看后视镜，问道："小姐，你到啥地方？"

方红颜冷得声音发抖："去……去……我……我不知道。"

"小姐，你不晓得去啥地方，我没方向了。你到底去啥地方？"

"我……我是来找我表哥的，我不知道他住在哪里。"

司机终于不耐烦了，提高嗓门道："我说小姐，你不晓得你表哥住在啥地方，让我哪能办？我车子哪能开？你晓得你表哥的名字伐？"

提到表哥，方红颜来了力气，骄傲地大声道："我表哥叫滕泰，他是铁路工程师，是詹天佑先生的同门校友，他是来上海修铁路的。"

司机无可奈何："小姐，你讲了这么多，我还是不晓得你表哥在啥地方，你让我车子哪能开？你还是下车吧。"

方红颜紧张起来，忙换成请求的口气："我没见到表哥，我不下车。外面下着雨，天又黑下来了，我第一次来上海，不认得路，也无家可回。师傅，你就行行好吧，带我找找表哥。"

司机到底脑子活络，见她是外地女孩，不好硬赶她下车，车子七拐八拐，把她送到望平街汉口路交叉路口，在一幢颇为气派的大楼前停下。

司机像完成任务一样，松了口气："下车吧。"

方红颜探头看去，稀里糊涂问道："这是什么地方啊？在这儿能见到我表哥？"

司机一脸无奈地说道："小姐，我没时间陪你夜游了，我要赚钞票养家啊。这是《申报》报馆，你进去登个寻人启事，说不定能找到你表哥。"

方红颜想了下也只有这个办法了，于是付了车钱，拿起行李包下车。她站在楼下仰望，整幢大楼黑漆漆的，只有三楼一扇窗口在这湿冷的雨夜里，闪烁着温暖的光亮。她心中顿生惊喜，直接奔向这间带给她希望的房间。

她小心翼翼推开办公室的门，首先看到地板角落堆积着一捆捆的报纸，再抬头往里看，办公桌上一盏台灯下，有一个男人的宽厚侧影，正执笔伏案疾书。男人专注写字，并未觉察来人，她只得立于门口大喊："有人吗？"

《申报》主编任天行被吓了一跳，抬头看到是一位提着行李的小姑娘，愣住了,脑子里闪过狐仙和田螺姑娘等狐仙妖女。她冲着他又大喊一句:"有人吗?"

他被她还带着稚气的样子逗乐了,放下笔走过来,慢声细语:"有人,小姑娘,我就是人!这么晚了,你来这里有什么事吗?"

她放下提着的行李,不悦地瞟了他一眼:"什么小姑娘?我看起来有那么小吗?"

在雨夜孤寂写稿的办公室里,乍现一位如此有趣的小姑娘,任天行乐呵呵开着玩笑道:"我倒是真希望有人看到我,叫我小伙子。"

这句话勾起她的同情心,认真安慰道:"叔叔,您看上去比我爸爸年轻多啦!"

他猛吃一惊,慌忙理了理头发:"你刚刚叫我叔叔?我看起来有那么老吗?"

她无辜地解释:"我没说您老啊,我夸您比我爸爸年轻多啦!"

他怕吓到她,忙问:"现在报馆已经下班了,你到这儿有什么事?"

她大大咧咧地张口便道:"我想买你们报纸一个版面。"

"好大的口气,一个版面?我这里可是上海滩最大的报馆《申报》,你知道一个版面多少钱吗?"

"不管多少钱,你给我一个版面,我付你钱就是了。"

"你要登什么?"

"寻人启事!"

"寻谁?父母?兄弟?姐妹?还是你的小猫?小狗?"

"都不是,找我表哥。请你帮我写份寻人启事。"她从贴身小包里拿出一张合影照片,送到他眼皮底下,"这就是我表哥。"

他拿过照片仔细一看,大出意外:"滕泰先生!"

"叔叔,你认识我表哥?"突如其来的喜悦在她脸上像昙花绽开,美得炫目。

他点点头,被她的如花笑颜感染,撰稿的疲惫一扫而空:"今天上午,我们刚刚见过面。"

"叔叔,快告诉我,表哥住在哪儿?带我去好吗?"她抓起他的大手摇晃着,真像小女孩一样撒起娇来。

"滕先生去南京了。"

"去南京了?"他眼睁睁看着她脸上如花瓣的笑纹失去光彩,然后消失得无影无踪。她颓然坐在一捆报纸上,劳累、失望、伤心一起朝她袭来。他见她低着头努力憋着不哭的样子,竟让他感到心猛地像加了油门一样突突一跳,更令他意外的是,心跳的同时更强烈的感觉是心疼。

"小姑娘,你还没告诉我,你叫什么名字呢?你几岁了?"

她明显不高兴了:"又没见到我表哥,我干吗要告诉你我的名字和年龄。"

他真是被她的孩子气逗得想大笑,但又怕她更不高兴:"听你口音和你这大小姐做派,我猜你是京城来的。要不,我送你去火车站?"

她像被提醒了一样,站起身来提起行李:"现在就去火车站!"

"回北京?"

"去南京!"

他赶紧阻拦,劝道:"大小姐,外面这么黑,又下着雨,你一个小姑娘家,不怕吗?"

"管你什么事?"她拖着行李往外走。

"滕先生是我的朋友,既然你是滕先生的表妹,我就要管。"

她把行李往地上一掷:"我爸妈都管不了我,我倒要看看你怎么管我。"

他转动着脑筋哄她:"你也不问问大叔我,你表哥去南京干什么,就急着要去追。"

她抬头看向他,语气分外自豪:"这还用问嘛!我表哥当然是去修铁路了。他跟你不一样,你只要躲在房间里写写文章,就能混口饭吃。我表哥要在荒郊野外为所有人修铁路,他可是做大事的男人。"

他再也忍不住笑起来:"是是!你表哥是做大事的男人,不像我,只会待在屋里写写字、发发呆。所以我劝你,不要因为一些鸡毛蒜皮的小事去打扰他,等铁路修好了,他自然会回家的。"

"什么?我的事是鸡毛蒜皮的小事?那我问你,是不是有个女的,美国妞,跟我表哥一起去了南京?"

任天行点头:"贝拉小姐跟滕先生一起去的。"

她皱起柳眉,抱怨道:"你怎么不说她干扰了我表哥的工作?"

听到这里,他似乎明白了一切。"你误会了,贝拉是作为外方工程师和滕先生一起被南京督军府聘用,同样是去做大事。"

她嘴角一撇,不服气:"我看她是假公济私、别有所图!她怎么不去印度、尼泊尔、埃塞俄比亚、墨西哥,去支援他们的铁路建设?地球这么大,她为什么偏偏跑到中国来,偏偏跟在我表哥屁股后面修铁路?"

"原因很简单,因为他们是同学。"见她钻了牛角尖,他赶紧转换话题,报出一连串的小吃来改变她的注意力,"女孩子肚子饿了,心情会不好。走!大叔带你去吃好吃的。上海的小笼包吃过吗?小馄饨吃过吗?老虎脚爪吃过吗?桂花条头糕吃过吗?大闸蟹吃过吗?你是第一次来上海吧?"

她杵在原地不愿走,他俯身低语几句转身便走,她立马拿起行李,紧跟在后面。

在乔家栅小吃店吃完夜宵,任天行带方红颜来到霞飞路滕泰的住处。"滕先生临走前把钥匙放我这儿,没想到正好方便了你。"他打开房门,她走进来小心翼翼到处观察后,松了一口气,一屁股坐在沙发上:"还好,没发现女人的蛛丝马迹。"

他又被逗乐了:"你这小姑娘,满脑子想什么呢?贝拉工程师住在楼上。"

她心里对他充满感激,自然放松了警惕:"大叔,请你别再小姑娘、小姑娘的叫我了,人家有名字——方红颜,我已经是20岁的大人了。"她说着便歪在沙发上,日夜的长途劳顿令她困乏不堪。他俯身为她脱掉鞋子,拉过被子,轻轻盖在她身上。"好心的大叔,我还不知道你的名字呢?你啰里啰唆的样子真像我爸爸。"她翕动着双唇,还在跟睡意挣扎。

他压低嗓门哄她:"我姓任,名天行,天高地阔任我行的意思。你乖乖睡吧,晚安。"他锁好门,才放心地晃在霞飞路上。他感叹世事的神奇,就这样一个平常如斯的雨夜,却在他面前降临了一位如此古灵精怪的小姑娘,她的任性和率性都是这样的令他可心。

这一觉睡得踏实安稳,方红颜被自己梦里的笑声吵醒,从窗帘的一角还能遥望到星子当空,清静寂寥。等她弄清楚身在何处后,不舍得再睡去,起身顺手拧开桌上的收音机。

> 原来姹紫嫣红开遍,
> 怎这般都付与断井颓垣。
> 良辰美景奈何天,
> 便赏心乐事谁家院?
> ……

听着杜丽娘的哀婉凄怨,她心想世间女子最痴情的莫过于丽娘,她能为爱死,亦能为爱重生,跟她相比,自己的这点念想实在不算什么。

> 朝飞暮卷,云霞翠轩,
> 雨丝风片,烟波画船。
> 锦屏人忒看得这韶华贱!
> ……

她随杜丽娘一起呜咽着哼唱,来到书橱前,翻看着架上的书。从一排排土木工程专业书中她发现了一本速写本,取下一页页翻开,是一张张女人清秀、温婉的脸,每一张表情都有一种宁静淡然、飘忽不定的神韵。可以肯定的是,这一张张都是同一个女人的面孔,同样可以肯定的是,极其显然不是高鼻蓝眼金发的贝拉。

她顿时疑窦丛生,脑海里一个个问号像小泡泡一样此起彼伏:这个黑发女人是谁?她跟表哥是什么关系?表哥为什么画她?表哥为什么连续不断地画她?

"茂源号"自首航宁波后,南航北运再没有停歇过。茂源海运行码头上,从早到晚人流川息,装船、卸货、入港、出港,生意日渐兴隆,吸引越来越多的商户预约签单。

按照预约的订单,今日"茂源号"将南下厦门。福祥绸缎庄老板关生才亲自指挥码头搬运工装船,萧韦和阿兴站在轮船踏板上清点货物。谁都没留意,几个叼着烟卷的小混混大摇大摆走上前,喝止搬运工。萧韦一眼认出为首的正是沈家少奶奶吴怀慈的弟弟吴怀恩,正是他上门为江龙会讨债活活气死沈老爷。

"吴怀恩,你还敢出现在我面前,我正找你呢。"萧韦气冲冲地迎上去。

吴怀恩把衔在嘴边的烟屁股吸到嘴里,恶狠狠嚼烂吞下肚,乜斜着眼阴阳怪气喊道:"今天,我来就是跟沈家算总账的,把沈依水叫来见我。"

"你有什么事,跟我讲。"萧韦见他来者不善,不想惊扰小姐。

吴怀恩鼻孔里"嗤"地一声嘲笑:"跟你讲有用吗?你在沈家就是一个下人,你做得了主吗?沈家茂源海运行开张也一年多了,这艘'茂源号'大货轮就从来没停下来过,看来真是财源滚滚啊。上海滩码头上的油水也不能由着沈家捞尽,晓得伐?"他回头冲小喽啰们喊,"弟兄们,是不是这个理?"

众喽啰吼叫着附和:"那当然了!不能撑死的撑死、饿死的饿死!"

萧韦大声质问:"你到底啥意思?"

"我啥意思不重要,重要的是我们老大的意思!我们老大,你晓得是谁?"吴怀恩不屑地上下打量萧韦,"我晓得你不是管事的,我懒得跟你讲。赶快叫沈家小老板出来!"

"吴怀恩,你找我?"不知何时沈依水已站在他身后,从容平静。

他看到她不慌不乱,倒心虚起来:"沈依水……你还认得我?"

她淡然一笑:"听说你败光家里的制船厂,入了江龙会。"

他嬉皮笑脸起来:"在哪儿混不都一样?不过就是有口饭吃、有口酒喝、有张床睡、有口气喘。你现在可是春风得意、财大气粗啊!"

"直说吧,找我什么事?"

"我要跟你单独谈。"

她把他带到海运行,依旧心平气和等他开口。他一脸坏笑:"沈老板,说起来我们也不是外人,照我们的亲戚关系,我应该称呼你一声阿妹,你应该尊称我怀恩哥。"

"少啰唆!有话直说。"

"痛快!沈老板果真是女中豪杰,比我那屈死鬼姐姐、也就是你的嫂子吴怀慈强百倍。听说,沈家海运行没开多久就发大了,今天我们老大特地让我来关照关照。"

沈依水沉默许久,她多少听闻,江龙会是上海滩地痞流氓帮会,专门把控港口码头收取保护费。假若听从帮会的管理,不只是缴保护费那么简单,还会有无休无止的盘剥;若不听从,今后茂源海运行在十六铺码头的生存立足便会随时随地充满不可预知的风险。沈家祖业两百多年来一向清清白白,绝不能在自己手上与帮会势力有所牵涉。于是,她义正词严道:"回去告诉你们老大,茂源海运行做的是正经生意,合法合规,恪守信誉,不烦江龙会关照。"

吴怀恩一瞬间呆愣住,然后嘿嘿一笑道:"如此说来,沈老板认为我们老大是多此一举了?你知不知道,苏州河、黄浦江沿岸的所有港口、码头都是我们江龙会的地盘?"

沈依水神情淡然:"也许是我孤陋寡闻吧,但我知道,上海所有港口、码头归政府管理,茂源海运行只要合法经营、依法缴税、口碑不倒就能经营下去,其他的我没兴趣知道,更不会受什么帮、什么会的干预和操纵。"

吴怀恩顿时变了脸,恼羞成怒地跳起来:"好你个沈依水,你们沈家人都不是什么好东西。当年,我那可怜的姐姐就死在你们沈家人手里。还有,沈家水运行把我们江龙会的一批货给弄丢了,这笔账还没跟你算清爽呢!"

沈依水压制住心头的怒火:"好啊,这笔账我们索性算清楚,我父亲是被你活活逼死的,你要不要偿命?"

吴怀恩大叫:"你不要太嚣张,我立马回去禀报我们老大,看谁吃不了兜着走!你等着!"

沈依水无所谓的口气:"那就麻烦你赶快去吧。"

"好,沈依水,算你狠!你等着!你等着瞧!看不把你收拾得服服帖帖的。"他气鼓鼓地跨出海运行,嘴里还一个劲儿地叫嚣,招呼着众喽啰离去。

"呜呜呜"汽笛长鸣,"茂源号"货轮起航,向厦门开进。沈依水站在码头岸边,凝视着渐行渐远的轮船,心里默默祈祷着,祈祷萧韦能平安归来,祈祷自己有力量抵抗江龙会的威胁滋扰。

在松江府,沈家靠经营水运持家,吴家则以维修船只为生,两家生计可以说是互相依存、唇齿相依,因此,三代世交,都是松江府的名门望族。自沈运生由京城汇文大学毕业,遵父命回乡后,沈老爷忽然动了沈吴两家联姻的念头,且这念头非常权威顽固,毫不顾及沈运生在学堂已结交女友蔺雯斐的事实。奈何,沈运生父命难抗,为沈家水运业长远发展谋虑,迎娶吴家千金吴怀慈为妻,蔺雯斐抱憾远渡重洋,留下他一世的痴恨磋叹。

沈老爷本想沈吴两家联姻后,沈家水运业和吴家制船业会相互扶持,提升行业地位,却不想最终结怨成仇。沈运生终日郁怨难解,心思恍惚,跟随老父押船,不仅晕船、晕水,而且有时会无端站在船头狂呼乱喊。闹腾几次后,沈老爷不敢再带他跑船,留他在家招呼客户。但他无心打理家事,渐渐染上酒瘾,每日必饮,每饮必酕醄大醉,神情侘傺,口中常醉吟:"遇酒即酕醄,君知我为谁。"吴怀慈备受其冷落,但并不介怀,真心劝慰,朝夕服侍。等小半年过后,沈老爷和萧韦押船归来那日,却是从烟枪馆里找到了颓废不堪的沈运生。沈老爷盛怒,自此他被看管在家里,常见他侧卧在长榻上,手执烟枪,大半日便沉浸在烟雾缭绕之中。

吴怀慈深感未尽人妻之责,愧疚伤怀,却无法解开夫君浓结的愁绪,只有看他吞云吐雾时,仿似一切与他了无挂碍,她便陪他共卧烟榻,聊以抚慰。却不想,她不知自己已有孕在身,几日后腹中犹如钻心般痛,等大夫赶来已回天乏术。弥留之际她拉住他的手,留下一句最想说的话:"运生,别怪我带走了孩子……我知道,你的心不属于我,从来都不属于我……你的心里,一直有你放不下的人……"

妻丧子亡后,又一层痛在沈运生心中郁积、结痂。他是个情深义重的人,却不想已辜负了两个女人,一个在异乡孤身漂泊,一个怀着胎儿芳龄仙逝。

吴家自然万万不能接受女儿和腹中儿殒命的噩耗,吴家老太爷自此与沈家恩断义绝,吴怀恩更是三天两头上门寻沈运生索命。沈运生大多躲在小酒馆买醉,只有醉透了,他才不会觉得痛,无论这痛是来自吴怀恩对他的一顿痛揍,还是来自心底烧心燎肺的痛。萧韦总会在酒馆打烊之前把他背回家,那时的他,生不如死。

沈依水永远不会忘记那个雨夜,萧韦寻遍松江府所有酒肆饭铺,没找到哥哥。最终她在他的书房见他俯身趴在书桌前,像极了久读诗书后的小憩,也许他是在酣醉中无痛无觉地离去。想到此,她已泪流满面,向书桌上哥哥、嫂子的照片许诺:"今天我见到怀恩了,没想到他真的加入江龙会成了一名小喽啰。我会慢慢说服他走到正道上来,以后我让他来茂源海运行做事。"

萧妈端着一碗粥走进来:"小姐,你被吴家那小赤佬气得连晚饭都吃不下,身体哪能吃得消,吃碗白粥吧。"

沈依水接过粥道:"萧妈,看来沈家又碰到麻烦事了。我能预感到,这一次的麻烦不比货物被劫和买船被骗小。江龙会打着要沈家赔偿货物的旗号来码头闹事,真正目的是想吞掉茂源海运行。"

"那哪能办?你一个女人家能摆平吗?你能斗得过上海滩的地头蛇江龙会吗?沈家海运行这次能撑过去吗?"萧妈心一慌问出一串问题,又赶紧出主意,"小姐,要不你再去一次南京,明天一大早就去,去找孔先生,还是请他帮忙摆平,我想孔先生他不会撒手不管的。明天就去,我陪你一道去。"

沈依水坚定地摇头:"孔先生有他自己的事业和生活,我们不要再去打扰他了。上次他来只是报恩,恩已还完,沈家和孔家从此两不相欠,我们和他从此也各走各的路。"

愚园里老弄堂,是上海滩烟火气最浓的一条弄堂。从老虎窗里探出半根竹竿便能把街对面连接起来,沿街烟纸店、扦脚铺、老虎灶、澡堂子、小吃铺,一家紧挨着一家,却互不相扰,各做各的生意,各有各的吃喝。逍遥池浴堂是这条弄堂中最热闹的地方,从早上一睁开眼,便开始有客登门洗澡扦脚,直到后半夜锅炉才能熄火。

临近午后,正是澡堂子人来人往、浴池里像下饺子一样的时候,吴怀恩带着两个小喽啰急步走进,一直往里冲。热气腾腾的浴堂里,三五个男人赤身裸体地泡在热气缭绕的逍遥池里。

吴怀恩进了浴堂,站在池边小心候着,终于等到一个身形粗胖的男人从浴池里窜出来,一条红艳艳的张牙舞爪的龙文身几乎盘踞他的整个后背。男人转过身来,肥嘟嘟的脸上散落着几颗豆粒大的麻子,油浸浸地闪着光,经过长时间热水和热气的蒸泡,面目格外膨胀狰狞。此人便是江龙会老大——涂阿甘,江湖人称"小赤龙"。

吴怀恩展开一条白毛巾帮涂阿甘围住下体,随着他走进隔壁的单间茶室。见涂阿甘仰靠在长背椅上,又忙递上带把紫砂壶。涂阿甘叼着壶嘴,不满地责问:"麻杆,这屁大的一点事体,你已经拖了好久还没搞定!以后我怎么委派你做大事呢?"

他嗫嗫嚅嚅地为自己辩解:"老板,是这样子的,这个姓沈的女人跟别的女人大不一样,她是里外不认,软硬不吃,特别难搞……我……"

涂阿甘怒气冲冲地打断他："麻杆,先不谈茂源海运行交保护费的事。我告诉你,我有批货必须在春节前运到宁波,免得夜长梦多,贻误时机。还有,沈家被抢走的那批货,幸好现在时局混乱,孙督长暂不追究,给你留条活路。如果这批货你再办砸了,前账、后账跟你一道算!"

"晓得!晓得!等沈家的船从厦门回来,那肯定就是运我们的货。"他从口袋里掏出一张纸,"我逼着那女人把合同签了,定金也付了。货,今晚我就带弟兄们先运到沈家仓库里去。"

涂阿甘嘬着紫砂壶嘴,句句发着狠:"这件事体可是你主动请缨的,你说你跟沈家有仇,正好可以借机报私仇。可你怎么到现在连一个小姑娘都搞不定?你还算个上海滩的爷们吗?"

"您有所不知,这沈家小姑娘我晓得,她跟她老子一样,全身都软就只有嘴硬。对付这种人我有经验,硬碰硬不行,要用计谋。"

"我晓得鸦片膏子把你这身子骨都掏虚了,让你舞枪施棒的,第一个趴下的就是你,可要是来阴的,还是你行!"吴怀恩听不出这是讥讽还是夸赞,贴近涂阿甘耳边,把筹划的计谋嘀嘀咕咕了一番。

哥伦比亚路上的薛家花园是一座三层小洋楼,庭院内植以香樟树和桂花树,四季浓荫遮蔽,清香悠悠。据传,这座欧式花园洋楼是法国人为获取情报向清廷一位重臣行贿所建,重臣的长孙继承后好逸恶劳,花天酒地,败光祖宗财富,最后把这座小洋楼卖给上海滩经商的一位薛姓宁波人。花园洋房被改造为高档酒楼,专营地道宁波菜,活蹦乱跳的海鲜、河鲜都是当日凌晨从码头直送后厨。

薛家花园大厅内,迎面垂下一顶巨型水晶吊灯,金碧辉煌,夜如白昼,美酒佳肴被传送到各具特色的包房里。顶楼合家欢厅最为隐蔽,薛老板只留给私密吃客。今晚,入席的是涂阿甘请来的巡捕房孙督长和其手下黄探长。

等造型精美的冷盘和热菜上桌后,涂阿甘赔着笑致开场白:"两位大人肯赏脸出席,真是我涂某的荣幸。"

伺候饭局的吴怀恩忙为各位斟满酒,脸上挂着谄笑的面具:"一大早,涂老板听说薛家花园从码头上来了一条又肥又大的东海石斑鱼,特让我立马赶过来拿下。"说着,他用筷子夹了白生生的鱼肉分别放到二人骨盘里,"孙督长,黄探长,请试试口味。"

孙督长和黄探长懒得废话,只管闷头吃鱼。涂阿甘使眼色,吴怀恩便连连敬酒。也许为了对得起这顿鲜得来掉眉毛的鱼宴,孙督长终于停筷,开门见山问道:"有啥事?"

"我涂阿甘感觉棘手的事,对督长来说,都是小事!"

吴怀恩忙附和:"吃好喝好,我们再玩几圈?尽尽兴!"

孙督长和黄探长自然明白玩几圈背后的意思,无非是借玩麻将谈交易,二人不语即是默许。"督长,上次您安排我找沈家运的那批货,没办好,今晚特设此宴向您赔罪。"涂阿甘先自罚一张银票放在孙督长面前。

显然是银票数额打动了孙督长,他语气稍缓,和颜悦色道:"阿甘,以后不要再提此事。兵荒马乱的,少了几包棉纱和白布,算个什么?记住,这事跟你无关,也跟我无关。"

涂阿甘当然晓得那批货绝不是棉纱和白布,这背后的水深不可测,探听得太多等于自寻死路。"涂阿甘,你有啥事,就直说!别磨磨唧唧的,跟个娘们似的。"黄探长在一旁催促。

涂阿甘又奉上一张银票给黄探长,这才俯身在孙督长耳边嘀咕一番。孙督长听毕,阴笑道:"我说你也太损了吧!对付一个小姑娘,也用得着使这狠招?"

吴怀恩立马一脸惨兮兮样:"督长,您可要为我申冤啊!我跟沈家有仇,我姐姐吴怀慈是被沈家合谋害死的,这仇一天不报,我在上海滩就一天不能挺直腰杆子做男人。我姐夫沈运生是个大烟鬼,他一个人吸烟枪不说,还硬逼我姐姐陪他一道吸,即便姐姐肚子里怀着孩子,也不放过。这不,嫁过去不到一年,命就没了,可怜我那小外甥还没出生⋯⋯"

在黄探长的配合下,孙督长甩出一张东风:"和了!"吴怀恩这才意识到孙督长根本无心听他讲什么,立马闭了嘴。

等筹码差不多都堆到孙督长面前时,他轻描淡写道:"阿甘,这事就这么办了!只是我在想这沈家姑娘父母双亡,又年纪轻轻的,却能在上海滩的码头开出一间自己的海运行,并且一开张就生意兴隆,这背后是不是有什么来头、有什么靠山啊?一定要先摸清楚了,免得日后给你我带来麻烦!"

"那当然!当然!我已经调查过,这沈姑娘只不过是仗着父母留下来的一笔家产和祖上在这个行当里积下来的好口碑,所以才做得有模有样的。

督长请放心,绝没什么后台、靠山。"

吴怀恩跟着帮腔:"孙督长,您放心。我跟姓沈的自小在松江府长大,我对她是知根知底。前年秋天,她家在松江府首屈一指的老宅子因为买船被洋人骗去,老娘也被活活气死,这件事到现在还没摆平呢,您说她能有什么后台啊?如果有靠山的话,宅子不早就要回来了嘛,老娘也不至于被气死啊。我们只要暗中给她使点绊子,沈家运行就得关门歇业,到时江龙会趁机收过来,以后白花花的大洋不就都流到我们口袋里了吗?"

麻将牌在眼前哗哗哗地打圈,似白花花银圆涌来,涂阿甘心花怒放:"到那时,两位大人自然是功不可没啊,有财一道发!"

关于速写本的事,方红颜本来想等见到表哥问个清楚,可仅过了三天便忍耐不住。好不容易等到街角的路灯亮了,光晕中似乎有雪花飘舞,她惊喜地下楼,第一次看到江南的雪如此若有若无,来不及落地便无影无踪。她招了辆黄包车先去乔家栅打包了小笼包,然后直奔报馆。果然,任天行在办公室爬格子。

"任天行!你果然在!"方红颜走过去,一本正经道,"你肯定不是一位好职员。"

任天行不禁好笑:"我加班加点工作,还被你认为不是好职员?你的理由是什么?"她一脸稚气的认真:"好职员的定义是,不用加班加点也能把工作保质保量完成。"

他想想这小姑娘说得有道理,无奈叹道:"实话跟你讲吧,不是我要加班,而是我回到我的屋子里,也是一个人,还不如在办公室写写字。"

"大叔,原来你一把年纪还是单身一人,我还以为你女儿跟我差不多大呢。"

他沮丧地苦笑:"你干脆叫我爷爷得了。"

方红颜递上小笼包:"任爷爷,男人肚子饿了,也会闹情绪的,快趁热吃吧。"他边吃边问:"看你一脸的问号,别甜言蜜语了,别糖衣炮弹了,也别绕圈子了,直接发问吧。"

"你跟我表哥熟吗?你了解我表哥吗?你知道我表哥在上海认识什么人吗?认识什么女人吗?"果然,她小嘴巴里吐出来的全是问号。

他一脸无奈地向她招招手:"你过来,摸摸我的耳朵!"她伸手摸了下,奇怪地问:"怎么?听不清还是听不懂我说话?"

他皱起眉故作痛苦状:"自从认识你之后,我这耳朵里长满了叫做表哥的茧子,并且越长越厚。"

她调皮地扯了下他的耳朵:"请回答我的问题!"他马上摆出一副严肃认真的神色:"说实话,我跟你表哥只能算是认识,根本谈不上熟。我最熟的人是——任天行,我知道他的年龄、身高、体重、爱好、家庭和喜欢什么类型的女人,方大小姐如有兴趣的话,我可以给你做详细的介绍……"

她笑着摆手,从包里拿出一个速写本翻开:"这个女人是谁?"

他拿起来仔细端详:"好像有点面熟,似曾相识,也许认识,也许在哪儿见过,可又不太确定……"她知道他又是在故意逗自己,忍不住大叫:"任天行!你到底认不认识?"

他心想这北京小姑娘,真像京城"心里美"萝卜,咯嘣脆还又冲又辣,醋劲比二锅头还烈。"看这张面孔,这个女人真美啊……有一种很特别、无法用语言描述的神韵。"

"我不是让你欣赏品评美女的,是让你认人的!"忽然她口气软下来,"任大哥,求你了,快告诉我吧,她是谁?"

"我在你嘴里的称呼怎么这么千变万化啊?一会儿任爷爷,一会儿任大叔,又一会儿任大哥?有时还直呼其名。"

"怎么称呼你,那要看我心情。"

"你现在心情如何?"

她脸色一收,明显不高兴了,顺手夺过他手中的速写本,塞入包中,朝门口走去。他一拍脑门,装作刚想起的样子:"想起来了,这个女人叫沈依水,我跟她在城隍庙湖心茶室见过一面。"

她忙回身,紧张地问道:"沈依水?她是干什么的?她人在哪里?她怎么跟我表哥认识的?她跟我表哥是什么关系?我表哥为什么为她画了整整一本肖像?"

他差点被她的反应逗笑:"方大小姐,你的问题像机关枪里的连发子弹,我被打晕了。"继而劝道,"你大可不必这么紧张。沈依水是我朋友孔德辕的表妹,表哥、表妹……这个意思你懂吗?他俩一个沉稳多谋、一个外柔内韧,那真是珠联璧合、天造地设的一对,你就别跟着干吃醋、瞎掺和了。"

历来,这座城池的第一场雪往往是点到为止,但今年的初雪落下来并没有停歇的意思,反而随着黄昏的来临愈下愈大。下午吴怀恩把棉纱运到仓库后,虽经阿兴验过货,沈依水依然心中忐忑,眼见夜色降临更是坐立难安。她跟萧妈打了声招呼便赶到码头仓库,想亲自再检查一遍。阿兴开了仓库门,她边检查边叮嘱:"今晚你一步都不要离开仓库,免得被江龙会抓住把柄。"

阿兴正答应着,仓库门被粗暴地踢开,五个身着制服的巡警从外面冲进来,为首的黄探长粗鲁地喊:"哪个是茂源海运行的老板?出来!"

沈依水镇定地站出来,黄探长一脸坏笑地打量着:"巡捕房接到举报,说茂源海运行私运烟土!"

"这绝不可能!茂源海运行做的是守法生意,从这儿走的每一批货,都要经过我们的验货才能装船出海。"

黄探长大手一挥,喝道:"开包验货!"四名巡警马上散开,逐个拆包检查。此时,她确定了心中一直挥之不去的不祥的预感,但为时已晚。

"报告探长,发现情况!"两名巡警抬过来一个麻包,黄探长把手伸进一个撕开的口子里,从里面陆续掏出几个牛油纸包,他拿出小刀一划,黑黝黝的鸦片膏油光锃亮,他阴笑着,切下一片鸦片膏子,放在鼻下使劲嗅着。

沈依水的心咯噔一下,刀子像划在她的心上。

"沈老板,这是什么?"黄探长把烟膏子举在她面前,厉声责问。

阿兴吓得语无伦次:"不可能!这批货我每一包都验过的,不可能!"

"阿兴,不要慌,该来的总会来。这个世道有时会黑白颠倒,善恶不分,但黑的总归是黑的,白的总归是白的,总有黑白分明的那一天。"

黄探长贪婪地嗅着,嘴角歪笑道:"这可是上好的印度油膏啊。沈老板,跟我去趟巡捕房吧!"阿兴急忙阻拦,一名巡警用枪托把他甩在货包上。

沈依水不作争辩,走出仓库,凝望江面,月色下飞舞的雪花打着旋扑面而来,黄浦江上江风烈烈,雾霭沉滞,但遮盖不了任何一片雪花的晶莹洁白。

第四章
我是我自己的城池

江南已是风雪连天,北地更加严寒冰冻。彭海铁路施工现场方圆几十里荒无人烟,日夜寒风大作。滕泰带领由贝拉、助理冯大志和交通部派来支援的徐工程师、林工程师和邵工程师组成的地质考察队驻扎在此。

"'控淮海之襟喉,兼战守之形便,殖原陆之物产,富士马之资材,其地为古今主客所必争者,莫如徐州。'这是我非常敬佩的实业家张謇老先生的话,他一语道出徐州地理位置的险峻和重要性。"站在高岗上,眺望徐州古城,滕泰感慨万分。

"徐州古称彭城,自古以来便是兵家战略重地,西楚霸王项羽曾据都于此。"冯大志向贝拉做介绍,贝拉听起来显然吃力。

"徐州府人杰地灵,矿产资源丰富,尤其是煤炭资源,等我们这条铁路建好之后,徐州的煤炭就会很便利地走海路南下了。"滕泰翻译给贝拉听。

"同样,南方的大米、茶叶、丝绸等物资也可以沿线北上、西进。"徐工程师补充道。

冯大志年轻机敏,心灵手巧,挥起斧头砍下一棵碗口粗的松树,片下几块木板,粗粗打磨后拼在一起,便是一张粗陋的桌子,散发着醒脑的松木香。简陋的工棚内,大家围坐在松木桌前,铺开图纸研究施工路线。冯大志看大家冻得手都伸不出来,便在一旁点燃了松枝,噼噼啪啪地烧起来,松木香更加浓郁。大家渐渐觉得身子暖洋洋的,脸上也添了神采。

由于连日劳累,滕泰面容憔悴,双眼血丝勾连,他把一摞图纸摆在松木桌上:"目前,一切测量工作已经结束,经过全部的数据计算后,我粗略地绘制了一条施工路线,你们好好研究研究,如果没什么技术障碍和问题的话,就按这个图纸施工。"

大家拿起图纸钻研,滕泰接着说道:"我们的施工原则是:在保证铁路质量的同时,要一切从简。所以,从质量标准考虑,所用铁轨、道钉等材料由美国进口,这个由贝拉工程师总负责。"

贝拉点头:"我会通过上海领事馆向美国申购。"

"从控制成本考虑,筑路所需的碎石、木料等全部就地取材,以节省运输经费。这项工作由冯助理工程师全权负责,此项工作看似技术含量不高,但比较繁杂。大志,你一定要仔细谨慎,尤其要处理好跟当地方方面面的关系。"

冯大志点头,滕泰又指着桌上地图道:"从徐州到连云港地形较简单,地势总体平坦,唯一的施工难点是要跨越京杭大运河。徐工、邵工、林工,这段时间我们重点研究这个难题,尽快拿出设计方案。"

同怀里弄堂,是颇有情调和姿色的"上只角",住在周遭的多是买办和殷富之家。有一家与这条弄堂相匹配的咖啡馆低调地隐藏在这里,门上挂着一块镂花铁质门牌,"老时光"三个字雕镂在门牌上。

方红颜安静地坐在一个角落里,面前摆放着两份杏仁奶油蛋糕卷和两杯黑巧克力咖啡。晌午刚过,店里客人稀稀拉拉的,咖啡馆里轻轻回荡着本店招牌歌曲——白光的《等着你回来》:

> 我等着你回来,
> 我想着你回来,
> 等你回来让我开怀,
> 等你回来免我关怀,
> 你为什么不回来?
> 我要等你回来……

任天行大步走进店里,在她对面坐定,急问:"大小姐,你有事不都是晚上到报馆找我吗?今天怎么风格逆转,大白天的把我约到这里来?"他环顾周遭,压低嗓门,"这儿很贵的!"

"别担心,是我请你。先抿一口黑巧克力咖啡,然后再品一口杏仁奶油蛋糕卷,试试味道怎样?"

面对诱人的食物和小美女的盼咐,他没有理由不照办。

她期待地问:"怎么样?"他皱眉撇撇嘴:"咖啡太苦!蛋糕卷有点腻。"又咂巴着嘴,"后味嘛,还有点杏仁的苦涩。"

她不出所料地点头:"我猜你也不会喜欢的,给你吃真是糟蹋了美食。我知道就小笼包是你的最爱,百吃不厌,吃饱肚皮完事。老任,你知道吗?在这个世界上,有一个人最喜欢这种美味的搭配,可他却没有时间享受。"

他打趣道:"如果我老任还不是太愚笨的话,我猜这个人就是你亲爱的表哥——滕泰先生!"他摸摸自己的耳朵,"今天找我来,又是跟我谈你表哥?"

"任天行,我请你吃东西还不好啊?"

"可惜我这土胃口享受不了西式美味。今天不叫我大哥、大叔、爷爷的了,直呼我大名啦?"

她默不作声,端起咖啡杯一口喝光,又拿起蛋糕卷全塞入口中,嘴巴被撑得鼓起一个包。他忙制止:"咖啡、蛋糕都是美食,需要细嚼慢品,刚还说我糟蹋好东西,你这是暴殄天物。"

她低着头努力地咽着……突然,他看到有两滴饱满晶莹的泪珠砸进咖啡杯里,跳荡的小漩涡像极了她脸上的酒窝。"任叔叔,我想我表哥了,非常非常想他,请你告诉我他的地址,我去找他行吗?"她抬起头来,嘴巴里还含着咽不下去的蛋糕,用祈求的眼神看着他,"求求你了!"说着,又有两滴泪珠滚进杯子。

他显然出乎意外地慌乱,没想到一向大大咧咧乐天派的她,竟在他面前泣不成声。"我……老实说,我也不知道你表哥的具体地址,他现在山间野外修铁路,别说是你,就是我去也找不到啊。"

他的话像催泪弹一样刺激得她眼泪涌出,顺颊而下。他心里软塌塌的:"我最见不得小姑娘流眼泪了,你还不如跟我发发小脾气。要不这样,我写封信给孔德辕,问问你表哥现在身在何处。"

她瞬间破涕而笑,脸上还挂着两道泪痕:"任天行,我就知道你有办法!"

"求我的时候,叫我任叔叔,目的一旦达成,马上就改口变成任天行了。"

他心满意足地自嘲,怎么就这么喜欢她喜怒哀乐全摆在脸上的任性呢?怎么就这么对她耍小性子没有丝毫抵抗力呢?怎么无论她称呼自己什么自己都毫不介意呢?

审讯过惯锦衣玉食生活的上等女人,既不好粗言秽语恐吓,更不好上刑逼供,不是粗鲁和上刑对沈依水不管用,而是对这等绰约娇美女人孙督长实在狠不了心、下不了手。当然,他绝不是英雄难过美人关的狗熊英雄,他自然有更有效对付她的软办法,先让她在牢房腐臭气和牢饭酸臭气里熏熬两天,只要两天她便会卸下心理防线。

沈依水被带进审讯室,孙督长果然见她花容失色,两天前刚进巡捕房时双眸闪烁的光泽和神采荡然无存。

"沈依水,如你识相的话就老实交代,从茂源海运行货仓里搜出的烟土来自哪里?又准备运往何处?"

"我不知道,因为烟土与我无关,是有人栽赃陷害。"

他冷冷地哼了一声:"巡捕房抓到的所有烟土贩子,在第一次审讯时都会这样嘴硬不认账,不过等用了刑之后,保管一个个乖乖认罪。"

"烟土的来龙去脉,你们心里比我更清楚,这明显是江龙会的人干的,被审讯的应该是他们!"

他心想看来自己还是低估了她,她显然不同于其他高贵的女人,仅两天恶劣环境和劣质食物还不足以瓦解她的意志力。"看来你还是执迷不悟!再给你三天时间考虑,到时还嘴硬的话,就别怪我不懂得怜香惜玉了!"

清冷的月辉从小窗棂洒进来,加深了牢房内的孤寂和寒意。沈依水躺在墙角草席上,两天的无眠和断食令她神思恍惚。雨如同沈家船队被劫那天倾盆而下,她终于气喘吁吁追上他:"德辕哥,你为什么不等等我?你为什么不让我和你一起走?"

伞沿下雨水如注地遮住他的面目,只听到他比雨淋在身上还冷的声音:"依水,以后的路要靠你自己走,我不能陪你了。我有我自己的事要做,不要跟着我,就此告别。"

她脚下一滑,雨伞掉落在地,被风刮得翻滚到远处,雨没有了伞的阻挡,毫不留情地倾注在她身上。"德辕哥,我太累了,我走不动了,我需要你的帮助。"

"不要孩子气,你现在是沈家的顶梁柱,沈家的祖业要靠你支撑下去,无论遇到什么事,都要独自勇敢地去面对,坚强地挺过去!"

她被雨淋透,更被他的话气得哭泣:"我不要做什么顶梁柱!我不要支撑什么祖业!我要回到学堂里去念书……"

"人总要长大,肩上总要担负起应该担负的责任。"

她怕他走远,急切地表白:"我想像我姆妈一样,嫁人生子,相夫教子,我只想过太太平平、安安稳稳的日子。我怕亲人离开我,我怕孤零零地生活,我怕波折、变故,更怕欺骗、阴谋、死亡。"

他把伞捡起来放入她手里,感慨道:"覆巢之下,安有完卵?国不太平,家难守之。依水,你怕的那些事虽无力去避免,但要有勇气去面对。记住,今后无论遭遇什么事,既不要硬碰硬,更不要退缩,要忍之,谋之,战之,懂吗?"

她若有所悟地点头,看到他微笑着说:"我相信你是一个聪慧又坚韧的女人。"

从梦中醒来已是晨曦,她坐在草席上,回忆梦里孔德辕跟她讲的那些话,心里慢慢定下来。她用手细细地梳理好长发,又咬牙喝下送来的隔夜馊粥。狱警进来喊有人探监,她还没来得及回头看,先听到一阵奚落的哈哈声。涂阿甘跨进牢房,幸灾乐祸地寒暄:"沈老板,我是久闻大名啊,今日才得以在这里相见。"他贪婪地上下打量她,"果然是貌美如花啊!"

他身后的吴怀恩阴阳怪气地附和:"再好的花,待在这臭气熏天的牢房里,也会蔫的。"

沈依水不动声色,不发一言。

"你身为大家闺秀,你说你这是何必呢?如果早点答应跟我们合作,有我江龙会的保护,你也就不至于在这种地方受罪了嘛,哈哈哈!不过,你不用担心,今后茂源海运行的生意,我会派怀恩帮你打理,不管怎么说,你们还是亲戚嘛!"

吴怀恩叫嚣:"在上海滩,我们江龙会也是响当当地威震一方,不服江龙会,这就是下场!"

涂阿甘见她始终低眉垂目,视他俩为牢房里的恶臭空气,随即换了一副盛气凌人的面孔,发狠道:"这事全上海滩的人都知道不是你沈老板干的,那又怎样？你不照样被抓到巡捕房大牢里了！跟我斗，我都嫌你小娘们嫩，不过瘾！"

萧妈接到阿兴报信后，在家里苦等两天没见小姐回来，她从樟木箱里拿出一个鼓囊囊的荷叶包，那是她全部的私房钱，然后挽起一个包袱出门。一辆黄包车把她送到巡捕房门前，刚下车两名站岗巡警朝她吆喝。"两位长官，我们家小姐在这里，我来给她送件换洗衣裳。"萧妈说着把荷叶包塞给一名高个巡警，高个巡警朝同伴使个眼色，便带萧妈走进巡捕房，七拐八绕到牢房，又打点了狱警，萧妈这才看到沈依水。

萧妈隔着栅栏拉着她的手心疼地掉眼泪："小姐，你就答应让我去南京找孔先生吧！萧韦在海上还没回来，我又没法子替你洗脱罪名，只有去求孔先生帮忙了。"

她含泪固执地默默摇头，萧妈分明感到她手心冰冷。"小姐，你这是何苦呢？发生这么大的事，你都被关在牢房里了，为什么还要一个人扛着？孔先生还会念着沈家的恩情出手相助的，他不会见死不救！"

她抬眼看着萧妈，目光里蓄满泪水，但还是坚定地摇头。"小姐，你干吗要这样苦自己呢？孔先生虽然离开你，但他不是绝情绝义的人……"萧妈还想劝下去，高个巡警上前不耐烦地催促："说好看一眼就走的。"便硬是把她拽出牢门。

萧妈一路掉着泪回到家，她实在想不通，小姐为什么不让去找孔先生？孔先生在南京政府里做官，他完全有能力把小姐从巡捕房里救出来，可小姐为什么就是坚决不让告诉孔先生呢？那可咋办啊？牢房里的苦日子小姐还能熬几天啊……正唉声叹气时，吴怀恩皮笑肉不笑地敲门，萧妈开条门缝见是他气得浑身哆嗦，他伸手稍一使力把门推开，摇头晃脑走进来，毫不客气地一屁股坐在红木圈椅里，抖豁着二郎腿，威胁道："萧妈，我来是想让你劝劝沈大小姐，别死撑着啦。你看她那小身子骨，就算巡捕房不判她死罪，她在又脏又臭的牢房里，吃不下，喝不下，睡不着，用不了几天人就会耗干的。巡捕房大牢是什么地方？是娇滴滴的小姐待的地方吗？别说是个女人，就是铁打的汉子进去，只要一上刑也会跪地求饶。孙督长发话了，三天后沈依水再绷紧了嘴巴不招不认，就要上大刑伺候，到时就算当场死不了，日后也会落下残疾。现在已经过去一天了，还有两天，你赶紧想法子劝劝她。我没别的意思,就是好心过来给你报个信。"

"好心?你的好心早被鸦片膏子给熏黑了!吴怀恩,你别忘了,吴沈两家是亲家,你怎么能把小姐往死里陷害啊?"

他从口袋里拿出一张纸展开,道:"别跟我提什么亲家,我姐就是因为嫁到沈家,才不明不白死去的,这笔账我还没跟沈家算清楚呢。废话少说,这是转让茂源海运行的合同,明天你带到牢房让沈依水签个名,我保她平平安安地出来,继续做沈家大小姐,否则的话,两天后你就到牢房为她收尸吧。"

萧妈吓得大哭:"吴怀恩,你是看沈家老爷、少爷都走了,没有男人护家了,就欺负我家小姐孤零零一个人……等我儿子萧韦回来,不会放过你。"

"恐怕等不到萧韦回来,沈家就已经灭绝了。"他把合同往她手里一塞,大摇大摆地走出大门。

在沈依水被捕的当晚,任天行连夜撰文替她澄清辩白,可翌日上午便被报馆老板毙掉,理由是报馆在法租界巡捕房管辖内,不能唱反调。他意识到事态严重,因自己的身份前去探视肯定会被拒之门外,他好不容易打听到福祥绸缎庄老板关生才的外甥在巡捕房当差,吴怀恩在码头闹事那天关老板正好在卸货装船,所以关老板肯定知道是江龙会诬陷沈依水。他请关老板做通外甥工作,趁他值夜班,悄悄安排任天行到牢房里见了沈依水。

"明天我有公务去南京,我来看望你并征求你的意见,我可以把你的事告诉孔德辕吗?如今他位高权重,出面斡旋一下,你很快就会没事的。"任天行看着憔悴不堪的沈依水,真是心生怜惜。

她想了想,平静地摇摇头:"谢谢你任先生,你能来看我,我已经非常感激!我请求你千万不要告诉孔先生,不要因为我的事再去打扰他,我自己的事我会想办法解决。"

他心里又急又躁:"可你现在人被关在牢房里,你怎么解决?靠什么解决?你一个弱女子,能有什么办法解决?对不起沈小姐,说实话,现在报馆迫于巡捕房的压力,我为你陈冤的稿子被扣禁发,连我这个在报馆里做事的大男人现在都无能为力,想不出好办法来,何况身陷囹圄的你?"

"任先生,你已为我做了很多,谢谢你。但是我还是请求你,不要把我的事告诉孔先生。"她人已弱不禁风,但语气非常坚定。

他提高嗓门急切地问:"为什么?请告诉我为什么?你跟孔先生之间有

什么误会？告诉我，我去向他解释。"

她微笑着摇摇头，长舒一口气："每个人脚下都有一条属于自己的路，无论这条路有多么艰难和辛苦，都需要自己一步一个脚印走下去。"

"但每个人都有需要别人帮助的时候。"

"我想，这件事谁都帮不了我，江龙会的意图很明显，他们跟巡捕房勾结陷害我，目的就是霸占茂源海运行。"

甘必雄带队抢劫沈家货物后，深得马督军信任。他不像孔德辕那样深谋多虑，有自己坚守的信念，他只想一根筋一条道往上攀爬，所以正是马督军需要的亲信和耳目，把他安排在孔德辕身边做秘书，既是对他的操控，又是对孔德辕的掌控。

孔德辕自上任交通部长后，每天殚精竭虑脑袋里全是工作，尤其是彭海铁路施工启动后，他全身心投入后援工作中，实在找不到任何让马督军不放心的苗头。

"甘秘书，麻烦你帮我买块豆腐。这次多买几块。"下班前孔德辕请他跑趟腿，他应声去办，心中实在琢磨不透，这段时间孔德辕老让他买豆腐是啥苗头？

今晚在家招待任天行，孔德辕苦练几个月的刀工有机会派上用场，他扎起围裙，手握菜刀，对着菜板上的一块豆腐细细地切着，刀落刀起，豆腐由块成片、由片成丝。稍许，银丝豆腐羹出锅，他坐在餐桌前竟发了呆，想起那晚她品尝他为她做的鱼片糕，想到她笑意盈盈的样子，心里便堵得酸痛。他绝不是像萧韦说的为了功名利禄、官场仕途而离开她，但为什么自己不把心中苦衷向她坦白？

好在任天行如约而至，把他从自罚式的思念中解救出来。"德辕，这次我来是奉报馆之命，要做一个'当前铁路建设与时局发展'的专题报道。关于这个选题，我想作为政府交通部门的管理者，你最有发言权，所以我专程来请你分析一下，这两者之间紧密的互动与牵制关系。"

"《申报》的专题报道一向都甚有深度，也敢于碰触敏感题材，这对抨击时弊、引导民众大有裨益。你关于华安昌轮局诈骗的系列报道，使该轮局在上海无立足之地，你的笔杆子力量不容小觑。外国列强通过对铁路修建的控制权与铁路运营的垄断权,来达到经济侵略和政治威胁的目的,已是司马昭之心,路人皆知。虽军阀政府已逐渐认识到铁路建设与时局发展的重大关系,以及对国家前途命运的决定性影响,但目前为止,因资金羸弱、人才短缺,铁路建设事业的发展还不足以与外国列强相抗衡。另外,近几年来,张作霖的东北政府举主要财力在东三省大修铁路,北与俄国相接,南企图贯穿京津地区,并且一直秘密操练东北军,其野心复燃,昭然若揭;再加上与驻东北的日军就铁路问题已达成多项秘密协议,处于一种既互相防备、作对又互相依赖、掣肘的局面。我担心的是,两方一旦就某种共同的巨大利益所诱结成联合体,势必会对北京直系政权形成致命威胁,整个中国又会重陷动荡、混乱之中。"

直奉军阀对峙,铁轨的延伸意味着领土的争夺,所以对铁路建设的操纵表面上是发展交通运输事业,带动国民经济贸易,深层意义则是政权的较量,这种较量一旦擦枪走火,势必引燃战火。孔德辕分析了当下铁路建设面临的内忧外患,既高屋建瓴又高瞻远瞩,任天行深觉他是大将之才,不仅有研判时局的胆识,更有伺机而动的智谋。

"德辕,你精辟地概括了当前铁路建设与时局发展的紧密关系,为使文章写得更加翔实,我还想去彭海铁路施工现场实地采访建设者。"

"好,我安排人把你送到滕总工程师那儿,代我向他问好。"两人吃着简单的饭菜,空气里流动着压抑的沉默,显然他们都有想问而不能轻易开口的问题。"任兄,我离沪后,不知你见过沈依水吗?她最近好吗?茂源海运行的生意好吗?"这一连串的问句到底还是冲出口,连他自己都觉得猝不及防。

任天行犹豫着不知如何回答:"见过一次,她很好,她……"

"她怎么了?"

任天行脑中闪过沈依水在牢房中对自己斩钉截铁的叮嘱,不敢多言:"放心,她一切都好。运行的生意很兴隆,听说订单已预约到年底。"

不同于在戈壁荒滩上修建京绥铁路,这里是深山荒野,老林森森。彭海铁路终于迎来破土动工的日子。远处,安扎着几十顶简易移动帐篷,有工房,有宿舍,铁轨延伸到哪里,它们便迁移到哪里。

最大号帐篷自然是工程指挥部,众工程师围坐在松木桌前,滕泰手拿绘图笔,边比画边讲解:"目前施工现场地处平原,还没有关于地形和地质方面的技术难题,所以铺轨进度比原定计划快。距此十公里处会撞到邳石山,若按原计划,避山绕道,原材料使用成本则太高,特别是铁轨和枕木使用量会大大超出我们的定购量。我跟贝拉总工经过多次研究讨论认为,倒不如凿山掘隧道,虽增加人力成本,却大大节约原料成本。"他见三位工程师都点头赞同,接着部署任务:"这是邳石山施工图,为加快进程,我们兵分两路,徐工、邵工,你们负责招聘当地土木工驻扎邳石山,指挥他们凿通隧道;我、贝拉、林工继续铺轨往前推进,与你们在邳石山隧道汇合。"

冯大志走进来报告滕工,外面有人找。滕泰注视着图纸,连眼睛都没时间挪开:"我现在很忙,不见!"冯大志小心回道:"他说他是任天行,有急事要见您。"

滕泰把手中图纸交给贝拉,随冯大志走出工棚,远远看到任天行走在新铺设好的铁轨上,高兴地跳上跳下。滕泰心头一热,加快脚步走过去,任天行赶紧迎上,两双大手紧紧握在一起,说道:"滕工,你沧桑了许多,为国为民修路,辛苦了。"

"任主编,你的文章哪一篇不是忧国忧民之作,你同样也辛苦了。"两人不觉沿着铁轨边走边聊:"滕工,我在赶篇稿子,关于当前铁路建设与时局发展的主题。昨夜在南京采访了孔德辕部长,他从宏观上分析了目前民族铁路建设处于内忧外患的现状和局势。今天,我特地来施工现场实地了解学习,并请滕工能百忙之中接受我的采访,这样我笔下的这篇文章才能言之有物,就事论事。"他放眼四望,心生感慨,"没想到,铁轨像长了脚一样,不到一年的工夫就已经几百公里之外了。"

等两人丈量完今日新铺就的轨道,滕泰也基本回答完任天行的问题。"滕工,我来这里找你还有一事。这件事我不知该怎么解决,或者说,此事只有你能解决。"

滕泰不禁笑道:"我想,除了修铁路的事,还有什么事能难倒《申报》的任大主编?我和你正好相反,我是除了会修铁路,其他事可以说是无能为力。"

"是方红颜的事。"

滕泰显然大惊:"我表妹方红颜?她怎么了?你怎么会认识她?"

"她离京来沪找你,已经快一年了。刚到上海那天,她无处寻找你,又举目无亲,便到报馆登寻人启事,正好碰到我,我劝她回京无效,只好留她在你住处等你。可这段日子,她想你想得厉害,想来工地找你,我越来越劝不住。"

滕泰收起笑容:"我这个表妹,从小被宠坏了,无论什么事都这么任性。她不在京城好好读书,跑到上海来胡闹。这里是施工现场,她来这里能做什么?只会添麻烦,影响工期,不能让她来工地找我。"

就这几句话任天行听得出,滕泰对她的感情,仅是表哥对表妹的兄妹之情。但既然来了,有些话他还是想替她讲出来:"看得出,她……非常爱你。当爱一个人情到深处时,所作所为便会非同寻常。"

"这不是爱,是占有,像她小时候渴望占有一件心爱的玩具一样。我和表妹从小一起长大,她的性格我非常了解。她现在不是孩子了,不能再宠着她,任她为所欲为。"

"我认为,每个人表达爱的方式不一样,她……她是……"冯大志急匆匆跑过来打断他代她的表白。"对不起,林工有重要的事,请滕工马上过去。"

滕泰转头看向任天行,满脸歉意道:"施工现场随时会有突发状况,我必须第一时间赶去解决。天行兄,你也看到了,红颜来这里只会浪费我的时间和精力,我无暇顾及她,这样会让她更不开心。麻烦你回去劝劝她,让她尽快回京,回家上学。"

任天行的口气中满是无奈:"我每天都在劝她,可她听不进去啊。"滕泰想了想,从上衣口袋里掏出纸笔,匆忙在上面写了两行字:"请把这个交给红颜。等这条路完工后,我回上海请你喝酒。"说完,未等他答话便跑向指挥部。

任天行展开手中的纸,上面写道:"小颜,听话,别耍小孩子脾气,回家吧,以免舅舅和舅妈为你担心。我很忙,抽不出时间去上海看你,更不许你来工地。滕泰"

三天期限貌似平静而过,但对沈依水来说,每分每秒都是心智的煎熬。她再次被带到审讯室,跟三天前相比,她活脱脱瘦了一圈,目光里反倒更增添了一份大度、沉静,这份从容不迫的气度让孙督长心中暗惊。"沈老板,三天已过,考虑得怎样?"

"考虑好了。"

黄探长插嘴暗示她:"沈老板是审时度势的聪明人,你的选择肯定跟我们不谋而合。"她冷冷地瞟了一眼黄探长,然后换了一种暖色调的眼神望向孙督长,柔声请求:"我可否跟督长一人讲?"

她那暖暖的好似想与他分享隐秘情感的目光探询着他,让他不由自主地下令四周回避。

"沈老板,可以讲了吧?"他竟然听到自己很期待的声音。

"我只想跟督长一人讲。"

孙督长扭头一看,黄探长还在一旁端坐着不舍得离开,立马命令:"你也下去!"黄探长明显等着想看场好戏,只得起身怏怏不乐地走出去。

孙督长眼巴巴看着她,非常好奇已深陷囹圄的这个女人有什么花招。通过两次在审讯室的见面和几个回合的眼神交锋,她探知到他的软穴,于是轻松淡然却一字一顿地开口:"我想跟你做笔交易!"

他万万没想到她会说出这样的话,一时愣住了,琢磨着:"交易?"

她点头,双目含笑迎向他看着自己的贪婪眼神。他眯起眼思虑着,终究没有抵制住自己的好奇:"现在此地只有你我二人,愿闻其详。"

她确定他对自己的提议感兴趣了,他心动了、上钩了,那就更不能当场讲给他听。男人的胃口需要诱饵吊着,一旦胃口被吊起来,欲望便会逐渐膨胀,警惕心便会逐渐松懈。她唇角噙着笑意道:"孙督长,你看我现在面容憔悴、衣衫不洁,这个样子跟你谈交易,是不是对你的不尊不敬啊?"

他更没想到她软绵绵地说出这番善解人意的话来,不由大度地呵呵一笑:"沈老板不光是商界奇才,还是一位知书达理的名门闺秀,果然有大户千金的风范。依你的意思是……"

"容我回家洗颜换衫,仪表整洁,再来此跟督长谈交易,可否?"三天三夜的身心煎熬,她已耗尽心力,心慌意乱到随时会崩溃、随时会晕倒、随时会放声大哭,更何况还要站在巡捕房审讯室里与这个老奸巨猾的孙督长斗智斗勇。她现在迫切需要回到家里,稍作休整,再来钓这条已经咬饵的鱼。

他略一沉思道:"好!在如此兰心蕙质的佳人面前,我吐不出'不'字,况且,你我都算是上海滩体面之人,我相信沈老板的为人和诚信。"

她反唇相讥:"督长是自信我一个弱女子,反正逃不出你如来佛的手掌心吧?"

漂亮女人赏心悦目,漂亮还有头脑的女人简直挠他的心。他不由哈哈笑起来:"沈老板真乃有才、有貌、有谋略之人,孙某愿赌一把。明日早上十点钟,我准时在此等候。"

"一言为定!"

萧妈面对吴怀恩丢下的一纸合同愁眉不展、坐立不安,她不懂上面写些什么,也不敢去巡捕房拿给小姐看,她被关在牢房里,看了又能有什么法子呢?

听到大门轻响,她忙从客厅跑出,战战兢兢打开一道门缝,眼前竟是紧抓住门框几乎虚脱倒地的沈依水。萧妈又惊又喜,赶紧扶她到客厅坐定,她拿起桌上合同扫了一眼,一言不发撕个粉碎。

她极其疲惫地靠在红木圈椅中,闭眼细思,丝毫无法预知交易是否能如愿、假如交易达成将会给自己和沈家祖业带来怎样的命运。此时的她没有时间和精力再去谋虑这些,她只想把自己的身体洗干净,换上干净的衣衫,喝碗热腾腾的糯米赤豆粥,在自己的床上安睡一晚,她急需储备心智和力量,因为明早有一场决定生死存亡的战斗等着她。

翌日天光微晞,沈依水便收拾利落,吃了一碗萧妈炖得酥烂的崇明羊肉汤,感觉五脏六腑生出力气,传达到大脑和四肢;更加让她自信的是,神采奕奕和白皙红润重回她的双眸和脸颊。她换上苏绣黑丝旗袍,形态各异的红梅花疏密有致地散落在前身,令她格外明艳夺目。

沈依水如约而至,像风雪冰霜中一朵红梅在枯树老枝上迎寒绽放。孙督长被她释放出的这种强烈的氛围美激发出代入感,他不忍做折花人,他甘愿做赏花人、护花者。

她不出所料地捕捉到孙督长见到她时一惊一愕的神情,所以只管唇角含笑不发一言;他想寒暄下掩饰自己视线被冲击后造成的心神摇荡,可话到嘴边又怕失了自己的身份和威严。他在法租界巡捕房能做到华人最高职位特级督察长,显然不仅仅靠家族势力和他勇猛刚强的性格,更有他自身难以被替代的实力。他是上海滩寥寥可数的留法博士,多年巴黎声色犬马的生活让他对美、美学、美人有独特的认知和体验,正是他流利的法语和文化层面的不凡见解,使得巡捕房警务总监法国人萨尔礼对他青睐有加、倍加信任。

"我们直接谈正题吧。"沈依水见他心绪不宁,火候已到,便开门见山。

"你想跟我谈什么交易?"

"把江龙会灭掉。"

听闻此话,孙督长心里隐隐有一种挫败感,眼前这个女人看似云淡风轻的每一句话都刺激他的耳膜、出乎他的意料,让他产生不战自败的羞愧感。他还是本能地问了一句:"你凭什么让我灭掉?"

她自然料到他会这样反问,嘴角淡然一笑:"这就是我要跟你谈的交易。江龙会一向靠贩卖鸦片、开设烟馆来非法敛财,毒害市民,在上海滩早已臭名昭著、民情激愤。我想这些督长一定不会不晓得吧?所以灭掉江龙会,你既是为民造福,获得市民的信任和拥戴,也是杀一儆百,为自己在仕途上搭建台阶。"

"我不得不承认,你讲得有些道理。可我孙某,为什么要听你的摆布呢?"

她从手袋里拿出一个牛皮纸信封,丢到桌上:"孙督长,这件事办好了,你是名利双收。我也给你三天时间考虑。"

他疑惑地打开信封,取出一张朵云轩新梅信笺,仔细看了起来。她起身欲走,他喊住了她:"沈老板请留步!我现在就答复你。"

她缓缓转过身来,窗户上的五彩霓虹玻璃反射进来的朝阳,勾勒出她曼妙紧致起起伏伏的身体线条,嘴角画出柔美的弧度,像期待礼物一样的眼神直直凝望着他。

"成交!"

孙督长分明感觉自己中了这个女人的迷魂阵,但他竟然期盼能沉溺其中,不可思议地听到自己坚定的语气。

她走上前波澜不惊地与他握手:"孙督长,谢谢你答应合作。我有一事相求,可否?"

"端掉江龙会的事我都答应你了,还有什么不能答应的呢?"

"请督长饶吴怀恩一命,虽然他在江龙会狐假虎威,做了不少坏事,但他是我嫂子的亲弟弟,请留他一条小命。以后,我会安排他到茂源海运行做事,帮他洗心革面,让他重新做人。"

他不由心生感慨:"此事皆因吴怀恩而起,你却为他求情,保他性命,我孙某实在是佩服沈老板的胸怀和大度。好,我答应你!"

她的手稍稍用力握了他一下,转身走出,留一个绰约背影在他脑海里定格。

第五章
重 创

任天行从南京回沪直奔报馆办公室,王宝才手拿一份稿子走进来:"主编,这两天您不在,昨天可是发生了一件震动上海滩的大事,这是老板让我通宵赶写的稿子,请您审阅。"

任天行急忙接过来,展稿阅读:"茂源海运行私运烟土案真相大白,江龙会栽赃陷害被巡捕房一网打尽,江龙会老大涂阿甘和其主要头目在龙华郊外被示众枪毙。"刚看完这个提要,他便心中大惊:乖乖,沈依水这个女人真乃女中豪杰!她能凭一己之力让巡捕房和江龙会搞内讧,还能借巡捕房之力直接灭了江龙会……

王宝才为他倒了一杯水递上:"主编,这稿子能发吗?"

任天行激动地喊道:"宝才,写得相当不错,发!马上发!明天必须见报!"说着,他挥毫签了"发"字,并落下自己的大名。得到上海滩第一笔杆子的夸赞,王宝才不禁心花怒放,高兴地拿着稿子跑出办公室。

此时,任天行不由心生无限感慨:怪不得孔德辕和滕泰都倾心于她,此女人果然是外柔内刚,秀外慧中。她竟然能不借外力,赤手空拳让陷入绝境的事发生惊天逆转。方红颜啊,你这小姑娘哪是她的对手,还莫名地吃她的干醋。

想曹操曹操到,门被猛地推开,方红颜气喘吁吁地冲进来,满怀期待地问:"任天行!哦,不,任大哥,听王宝才说,你去南京了?"

他从心底里想笑,但忍住了:"你对我的称呼怎么乱了辈分?从叔叔又降为大哥了?"

她只管急切地问:"见到我表哥了?他在哪儿?他一切都好吧?他跟你

提到我了吗?你告诉他我来上海找他了吗?你为什么不带我一起去?"

"你又是不管三七二十一,先冲我来一梭子问号!"他还没想好怎么向她讲滕泰的事,或者说怎么让她听了不闹情绪,"我见到你表哥了,他非常繁忙,也非常劳累,铁轨已经铺出去几百公里了,施工现场是一天都离不开他。彭海铁路是继京张铁路之后,又一条由中国人自己设计、施工的铁路,我到现场看了之后,真是感觉扬眉吐气、心胸畅快!这条铁路要是建好通车,那对我们国家、民族、百姓都有着举足轻重的作用!首先,它会改变西部交通闭塞、物资匮乏的局面;其次……"

"任天行!你是在写稿子吗?你说的这些大道理我都知道!拜托你能不能告诉我想知道而不知道的事情。"她终于忍不住打断他。

他只好面对正题:"我当然知道你关心什么,我已经告诉你表哥,你来上海了,来上海是为了找他。"

她双眸中的小星星霎时被点亮,亮晶晶地发光,急切地问:"表哥怎么说?"

他不忍看她热切的眼神,低头整理书桌上的报纸:"他很忙,无暇分身,没来得及多说什么。"不用看,他也知道,她双眸中刚被点亮的小星星一定是黯淡无光了。

"表哥什么都没说?"她的双眸不是黯淡无光,而是泪光闪闪。

"哦,他百忙之中写了几句话让我带给你。"他不得不从上衣口袋里把纸条拿出来,还没来得及展开,便被她抢在手里。

任天行做好了极其耐心安抚她的思想准备,密切关注着她看纸条的反应,但完全出乎他的预料,她看完后出奇的沉静,默默地把纸条塞进口袋,这时双眸真的是黯淡无光。他准备好安抚她的那些话一句也派不上用场,倒是她先开了口,用他从未听到过的口吻说道:"谢谢你任大哥,我走了,谢谢你一直以来对我的照顾,你是我在上海唯一的朋友。"她转身而去,他看到两滴清泪在她转身时被甩落,洇花了铺在办公桌上的一张报纸。

"你去哪?回北京还是去南京?去哪我都送你!"他看着她走向门口落寞的背影,急问。

她没有回应一个字,连背影也眨眼间不见了。

这些日子积压的账单还未整理,听着窗外淅淅沥沥的夜雨声,沈依水坐在灯下登记账目。自江龙会被巡捕房一举捣毁,茂源海运行冤案大白后,这一周来,不仅毁约的单子重新签订了合同,还不断有新的订单。

萧妈送来一碗汤圆放在桌上,六只白生生、胖乎乎的糯米团子安安静静地卧在冰糖梨汁里,团子在糖水的滋润下悄悄变软、胀大,更加松软可口。她舀起一只汤团细嚼慢品,甜蜜的笑意滋生在眼角眉梢:"我刚刚算了一下,明年一年的行程基本排满了。韦哥这一两天该回来了吧?"

"按日子算,该回来了。小姐,你不要太费神了,在牢里受了那么多的罪,身子还没养好呢。"

"萧妈,你是想问我巡捕房为什么放了我,为什么把江龙会一窝端了吧?"沈依水见萧妈自她回来一直憋着不问,也怪难受的。

"小姐,我老糊涂了,想不通这事。但我想,巡捕房不会白白放人的。"

"那当然。当一头狼嘴里含着猎物时,你只有给它更好、更大的诱饵,才会换出狼口中的猎物。"

萧妈担忧地急问:"小姐,你是用什么换的?"

"茂源海运行每年一半的利润。"

萧妈心里咯噔一下。"我这样做不仅仅是为了沈家,为了茂源海运行,为了我自己,我还想借机把吴怀恩给拉回来,他再跟着江龙会作恶下去,只有死路一条。"

萧妈叹道:"这小赤佬有鸦片瘾,跟在别人屁股后面做狗吃屎,早没人样了。狗改不了吃屎,猫改不了偷腥,人改不了本性,你能把他拉回来吗?"

"不管怎么说,他姐姐嫁到我们沈家是受了委屈,为了帮哥哥排遣心中苦闷,陪他一起吸鸦片,为此送了命。是沈家对不起嫂子,对不起吴家,我这样做就算是补偿吧。所以,我安排他到运行跟着韦哥做事,帮他把烟瘾戒掉,以后像个人一样好好活着。"

萧妈收拾着碗筷感叹:"小姐,你真是善人啊,不晓得啥人有福气把你娶回家哦。"

这句话不经意搅动了沈依水封存的思念,思念一旦涌起便如夜雨缠绵。今夜南京的雨同样缠绵如思念,孔德辕刚看完当天的《申报》,他才知道自从自己离沪后,沈依水经受了怎样的磨难,她竟然一个人不言不语地扛过来了。他心里既隐隐作痛，又为她倍感欣慰，相信以后没有什么事还能打败她。

经过雨水一夜的洗濯，黄浦江面波光粼粼，每日，来来往往货轮的汽笛声毫不厌倦地唤醒这座依水城池。沈依水竟能从众多此起彼伏的汽笛声中分辨出"茂源号"货轮归航的鸣笛，她忙让阿兴去给萧妈报喜讯，自己亲自去巡捕房把吴怀恩保了出来。

萧妈乐呵呵地忙活起来，香煎小黄鱼、三黄鸡、红烧笋干五花肉、白切羊肉整整齐齐码在玉骨瓷盘里，再温上一壶女儿红，糯米赤豆粥一直在炉子上小火熬着，各种菜肴香气从厨房里流窜出来，一直蔓延到弄堂外苏州河上，来往船只上的商客馋得直抽鼻子。

围桌而坐共进餐饭最让人有家的感觉，沈依水为萧韦斟酒攥菜，不提任何事。吴怀恩只管闷头吃，他心想自己是沈家罪人，吃饱一顿算一顿。萧妈先是忍着，后来见儿子吃得差不多了，忍不住唠叨起来："韦啊，这些日子你不在家不晓得，前几天运行出了大事，是小姐一个人把事摆平了，真难为了小姐。"

"出啥大事？"萧韦立马放下酒杯，紧张地问。吴怀恩缩头往嘴里塞饭，就想着赶紧吃饱走人。

沈依水轻描淡写道："都过去了，不提了。"萧妈越看吴怀恩越气，越气越忍不下："怀恩，小姐坐大牢可都是你害的。可你晓得吗？要不是小姐在孙督长面前保你，你早就被巡捕房一枪子崩了，尸首也喂了黄浦江的王八，哪轮得到你现在坐在沈家吃饭啊。"

萧韦心中立马腾起一股怒火，一把拉起吴怀恩，挥起拳头照胸口擂了一拳："又是你小赤佬背后使坏！讲！这到底是怎么回事？"

吴怀恩吓得嘴里那口饭喷了出来，四肢抽搐，全身痉挛，"扑通"一声歪倒在地。萧韦抽了他两巴掌："你还给我装傻，看我不抽醒你。"

沈依水见吴怀恩涕泗横流，浑身像筛糠一样打着哆嗦，猛然醒悟："别动，他定是烟瘾犯了。我记得哥哥烟瘾发作时，就是这样子。"

萧韦霎时没了主意："小姐，哪能办？"萧妈急得直叹气："这可怎么好呀，咱家没有那害人的东西救他啊。"

"韦哥，赶紧找根麻绳，把他捆起来，从今天开始，帮他把烟戒掉。"萧韦忙从厨房拿来麻绳,把他捆个结结实实,然后死拉硬拽到亭子间里,像丢废物一样往墙角一掷。

吴怀恩鼻涕、眼泪全糊在脸上,神志不清地跪在地上磕头:"给我烟!给我烟啊……"他像泼皮一样两腿乱踢乱蹬,扯着嗓子吼:"给我烟!快给我烟!我要死了……我晓得你们沈家人个个都没安好心,想害死我……沈家害死我姐姐还不够啊?还要来害我……"他冲门外大喊:"沈依水,你这不是帮我,你是在报复我、折磨我,想让吴家断子绝孙……你倒不如让巡捕房一枪子把我崩了!没有烟,我还活着干什么呀……我活不下去……"萧韦实在听不了他鬼哭狼嚎,顺手拿过一块抹布,塞入他哇哇大叫的嘴里。

坐在餐桌旁的沈依水默默听着,神情悲戚。萧韦自然懂小姐的心意,她希望能挽救吴家唯一的后代,化解沈吴两家的恩怨。她想到哥哥临终时被烟瘾折磨得羸弱不堪的样子,语气动容:"两年前,哥哥吸鸦片上瘾后,爸爸、姆妈不舍得强制他戒烟,除了苦口婆心劝说外,只能由着他吸。结果呢?不仅送了哥哥的命,还搭上嫂子和未出世的宝宝的命……哥哥死时只有25岁,就是吴怀恩现在的年龄,所以,我不能眼睁睁看着他重蹈哥哥的覆辙,无论他怎样哀求、抱怨、谩骂,我都要帮他把鸦片瘾戒掉,这样才能对得起嫂子。"

"小姐,放心吧,有我在,他还不敢怎样。等新年一过,我把他带到船上去,他烟瘾犯了再怎么想吸,茫茫大海上,不光见不到鸦片膏子的影子,连味儿也闻不着,慢慢的那份心劲儿也就淡了。"

"韦哥,你这个办法也许治得了烟瘾。以后怀恩就交给你了,麻烦你好好调教他,教他驾船和维修技术,让他有一技之长。"

自把滕泰写的纸条交给方红颜后,她再也没在他眼前出现过。每天,任天行忙完写稿、审稿、发稿等工作后,就老觉得还有什么事让他留在办公室,就这样,一周寂寥地过去了。他不得不承认,每天下班后他是在等她来报馆找他,像以前一样直接推门而入,然后根据她自己当时的心情,可以跨越三个辈分称呼他。现在他意识到自己有多么喜欢她撒娇似的耍赖纠缠,哪怕每次见面喋喋不休谈的都是她表哥。

今晚,他终于坐不住了,赶到霞飞路她的住所敲门,对面邻居的门打开,一个穿着花睡衣、满头发卷的艳俗中年女人探出半个身子,不耐烦地冲他嚷:"别敲了,吵死人了。是找小姑娘的吧?"她乜斜着眼上下打量他,"你是他什么人啦?"

他一时被问住,吞吞吐吐:"大叔……哦,不是……大哥……哦,不是……是朋友,我是她朋友!"

女人像是洞察了一切,嘴角冷冷一撇:"大叔?大哥?朋友?你到底是她什么人啦?"

他没心情满足她的好奇心,说道:"她在吗?我有急事找她!"女人打了一个哈欠,慢吞吞地道:"昨天,我看到她提着行李箱走了。"

"她去哪儿了?"

女人瞟了一眼他焦急的神色,别有意味道:"她去哪我哪能晓得啦?反正看她一脸哭过的样子,恐怕是再也不会回来了。你们这种男人,占了便宜还装糊涂。"

失落、担忧、伤感瞬间像突降的冰雹一样劈头盖脸袭击着他,他垂头丧气地走进霞飞路的人流中。沿途,东方大剧院、金蟾剧场、卡尔登饭店,还有洋人开的米斯罗咖啡馆、马可孛罗面包房,街边的生煎铺、馄饨挑子,无论阳春白雪还是下里巴人,无论中式还是西式,都在夜色旖旎中纷纷登场,这本就是一座阶层清晰、华洋杂陈的城池。

显然,今晚的热闹和喧哗与任天行无关,反而加重了他的失落、担忧和伤感。如若往日她在身边,这一路她定会唧唧喳喳话不停,吃不停,还"任大叔、任大哥"地叫着。他越来越自责,带不来表哥给她也就算了,为啥要带张小纸条给她?这世上的每个人,哪个不是靠爱和希望活着?哪怕是自己幻想出来的爱和希望。夺人所爱、灭人希望是世间最残忍的事,他对她干了一件最残忍的事,他简直不能原谅自己。

铁轨延伸到邳州,邻近邳石山,几十顶大帐篷也迁移至此。众工程师在指挥部研究施工方案,显然,彭海铁路到了最艰难的施工路段。

滕泰首先部署任务:"等邳石山隧道凿好,铁轨便能按期铺到运河边。当前,铁路如何顺利跨越运河,是最紧迫的技术难题,当务之急是,我们必须尽快拿出成熟的施工方案来。"

林工紧跟着发言:"目前,国人独立自主设计、施工的跨江铁路大桥还没有先例,我们还需借鉴国外的成功经验。魏源在他的著作《海国图志·叙》中指出:是书何以作?曰:为以夷攻夷而作,为以夷款夷而作,为师夷长技以制夷而作。他还说夷之长技三:一战舰,二火器,三养兵练兵之法。另外,他强调指出:善师四夷者,能制四夷;不善师外夷者,外夷制之。"

"林工讲得很好,我们的前辈早已给我们指出一条学习西方技术,方能强国利民之道路。这是我的导师在我归国时,送给我的关于美、英、俄、德四国跨桥铁路建设的详细资料和图纸,大家尽快好好研究,经过集思广益、精密论证后,确定最终施工方案。"滕泰拿起一摞厚厚的资料,分发给各位工程师并说道,"大志,明天带好测量仪器和设备,大家一起到运河两岸进行地质勘探,测量好所有数据汇总研究。这里留贝拉守着"。他这才意识到贝拉没在帐篷内,便问,"冯大志,贝拉怎么没到?"

"贝工说她有重要的事要办,让我把她送到城里去了,现在还没回来。"

"这段时间,她为什么经常去城里?"

"贝工要求我暂时不告诉你。"

滕泰心中疑惑丛生,贝拉自来到中国,从没私自离开过他,更没做过隐瞒他的事,但她却在修建彭海铁路最关键时期,三番五次往城里跑,并且不跟他打招呼。

贝当路是一条晨昏颠倒的小马路,每当夜色低垂后,才会从白天的寂寞矜持中苏醒过来,沿街密植梧桐树,枝丫交错,掩映着整条街道。沿街灯红酒绿,纸醉金迷,惨白的洋人面孔在霓虹灯下如同鬼魅。酒吧、咖啡馆一路铺排,是在上海滩淘金的各路洋人约定俗成的聚居地,因此,别有一番活色生香的妖娆气息。

莎莎酒吧是整个贝当路最耀眼的西式酒吧,每晚,夜色愈是浓重,吧内愈加风情万种。米德坐在吧台前,得意地把玩着手中的"冬日烈焰",戴维机警地巡视四周,从热闹的人群中挤到他身边坐下。

戴维同样点了一杯"冬日烈焰",耳语道:"你拿了那本书想走就走,想回就回,乔纳森可遇到大麻烦了,房子他搬不走,轮船卖不出,所以他人走不了。"

米德哈哈大笑:"他现在情况怎样?"

"轮局以前的订单都如同废纸,停在黄浦江上的那艘货轮至今无人购买,现在都可以用来养鱼了。"

米德与戴维咬耳嘀咕了一番,戴维佩服地竖起大拇指。米德喷出一口浓浓的雪茄烟圈,一口吞下整杯的高浓度蓝色液体:"戴维,上海滩遍地黄金、满地流油,就看你会不会淘。"戴维的兴致顿时被吊得老高:"我先执行你的第一步计划,找到乔纳森。"

与莎莎酒吧一街相对的是得意楼茶馆,门前悬着两只红彤彤的宫廷式灯笼,格调古色古香,颇具江南风情。推开茶馆门,软糯柔美的评弹《玉蜻蜓·庵堂认母》萦绕耳旁。从二楼窗口,几乎可以俯瞰整个贝当路夜景,坐在窗口下的贝拉看到走上来的沈依水,微笑着冲她连连招手。

沈依水惊奇地看着贝拉:"怎么是你? 我跟你没什么好谈的。"贝拉忙站起身挽留:"沈小姐,我是滕泰的同学贝拉,特地从铁路工地赶回来见你,请原谅我冒充你的老客户请茶馆服务生约你来。"

"你想跟我谈什么?"

"我知道乔纳森叔叔骗走沈家的房子,你妈妈还……在轮局被气身亡,我很抱歉。"

"你约我来,就是来向我道歉的吗? 那就不必了。"沈依水转身欲走,贝拉急忙喊道:"请等一等。"她从包里拿出一个资料袋递给她。

沈依水犹豫着打开,抽出来一张纸。"沈宅的地契!"她万分惊奇,"怎么会在你这里?"

贝拉请她坐下,斟好茶,将实情道来:"乔纳森叔叔的华安昌轮局破产后,他为了偿还轮船供货商的债,在我的极力劝说下,把沈宅卖给了我。昨天我和叔叔办好所有手续,现在请你来是要物归原主,把沈宅还给你。"

"你哪来这么多钱买下沈宅?"

贝拉克制住心中的悲伤:"半年前,爸爸在美国去世了,他把所有遗产通过美国驻沪领事馆转给我,我把这笔遗产转给了叔叔。你妈妈因为沈宅被乔纳森叔叔霸占而被气身亡,是我亲眼看到的;也因此造成你和滕泰的误会,这误会是因我而生。所以,这张地契和转让文件你一定要收下,这样,滕泰和我才能在工地上安心修路。"

沈依水对贝拉的误解顿时烟消云散,也意味着她对滕泰的误解也随之烟消云散。"谢谢你贝拉,你的好意我收下了。"她非常歉意地莞尔一笑,"代我向滕先生问好。"

贝拉也展颜一笑:"滕泰在施工现场,非常辛苦繁忙,我不忍心看到他因为误会而一直忧虑。现在误会解除了,他一定会非常高兴,我马上回工地把好消息告诉他。"

沈依水被她的快乐和热情感染,虽说来上海的洋人大部分是来实现发财梦的,但也有像贝拉这样是来奉献自己的学识、技术和爱心的;更为珍贵的是,她教会了自己如何用牺牲和付出来表达爱。

两周后,按照约定的时间,金色卷毛戴维推开莎莎酒吧的门,一股带着酒精气息的喧哗朝他迎面扑来。吧内人头攒动,笑语喧腾,视线内大多是来上海滩淘金的异国男女,间杂着些想在洋人身上淘金的各色女人。

戴维拨开人群,朝吧台走去,果然在靠近吧台的一个角落里看见米德。戴维兴冲冲地坐在他对面,报告好消息:"昨晚,我去爱多亚路的东方好莱坞看电影,我看到乔纳森了!"

"你找到乔纳森了?"

戴维得意地呷了一口威士忌:"这个美国佬好像突然发了一大笔财,竟然把爱多亚路的寰宇大厦买下来,改造成东方好莱坞影院。影院天天上映好莱坞片子,每天售票口前都要排队买票。"米德嫉妒心顿起,起身便走。戴维急忙尾随在后,边走边不断地跟擦身而过的金发女郎飞媚眼调情。

爱多亚路是公共租界与法租界相邻、华洋杂居的一条马路,新近开张的东方好莱坞影院修葺一新,影院上方悬挂着正在上映影片的巨幅海报,售票口前则排着长队,多是赶时髦、凑热闹的富家太太和小姐们,她们以观看和谈论好莱坞电影为日常消遣。

戴维和米德走上影厅旁侧楼梯,径直来到二楼经理室推门而入,乔纳森大感意外。米德一屁股坐在乔纳森对面,死盯着他:"好久不见啊!见了老朋友不应该是这种不欢迎的表情吧?乔纳森,你从一位经济掠夺者摇身一变成了文化传播者,这身份转换得真神奇啊……"

乔纳森打断米德含讥带讽的话:"我没你说的那么高尚,我依然是逐利者,只不过换了一层外衣而已。"

米德哈哈大笑:"你这件漂亮的外衣更具有蒙蔽性。"

乔纳森冷淡地回应:"你找我什么事?"

"我们都是生意人,找你当然是谈合作。"米德嘴角衔着一丝冷笑。这句话顿时激起乔纳森的怒火:"米德,你休想再跟我谈什么合作!孔府那本价值连城的书,你骗到手后就躲起来,还欺骗我说回了英国,留下我为你擦屁股,害得我欠了一屁股轮船供货商的债,我差点变成上海滩的一名洋乞丐。"

米德爆发出一阵狂笑:"彼此彼此,你不也骗到一栋无法用金钱来估价的上海老房子嘛!"

戴维察言观色,忙调解:"米德好不容易找到你,是要跟你谈一笔新的生意。"

"跟你谈生意?我没兴趣。你们也看到了,我现在的生意很好,只要有一间影院、一块银幕、一个拷贝,就可以天天循环放映。"乔纳森得意扬扬地炫耀,"我每时每刻都在赚钱,每天都有大把的钞票落入我的钱袋子里。"

戴维忙插话:"你那艘停在黄浦江上的货轮,已经生锈了吧?"

米德用轻松而肯定的语气道:"你开个价,我要。"

"为什么?你明明知道卖不出去!"乔纳森承认玩计谋自己狠不过他,也猜测到他买货轮肯定有其不可告人的目的,但全上海也只有他愿意买,他实在找不出任何拒绝的理由。

交易当场达成。米德迫不及待地和戴维来到黄浦江边,黄昏暮色四合,夕照最后一抹余晖依恋着江面,不时有归航的轮船驶入码头。两人跳上一艘久经风吹日晒、斑驳杂陈的轮船,上上下下查看。

最后两人来到驾驶舱,米德问:"性能怎样?"

"除了生锈外,没什么大问题。发动机和驾驶盘再维修保养下,照样会像条鲨鱼一样北上南下。"

"戴维,你不愧是英国皇家学院水利机械专业的高才生,跟我合作,保你大赚一笔。"

"在上海,你和乔纳森都丧失做生意的信誉了,他卖不出去,你能?"

"买主,我早想好了。"

"谁?"

"沈依水!"

戴维不由扑哧大笑,随后一连串问号在他脸上活蹦乱跳:"沈依水会再买你的货轮？她还会再上你一次当？她不是有一艘800吨位的货轮吗？现在她的茂源海运行的生意比未破产时的华安昌轮局还好。"

"全上海只有她会买。"

"米德，你是不是疯了？你在说梦话吧？你已经知道，她不是好对付的女人，华安昌轮局就毁在她的手里，你最好离她远点！"

米德从口袋里拿出一包东西，打开层层包装后，露出黑黝黝的蛋团子，邪笑着问："这是什么？"戴维凑近闻了闻："鸦片膏？"

米德用指甲刮下一点，放在嘴里抿着，陶醉地品味："这可是来自印度的上等油膏。"

"你想做什么？"

米德吐出口中油膏渣子，神秘地笑了笑，招呼戴维贴近自己耳边，一阵嘀咕。说完，他胸有成竹地笑道："到时候，沈依水买也得买，不买也得买！事成后，你我一人一半！"戴维惊骇得嘴巴张开迟迟合不拢，心想干完这票捞到钱，绝对一天不能耽搁，立马离开上海。

极斯菲尔路口的百家乐赌场，素来是上海滩底层赌客混迹之地，他们本就污烂不堪的生活大多消磨于此。当戴维走进赌场，立马显出与此处的格格不入，他不顾别人惊诧的目光，挤进一张被围得密密麻麻的赌台。

吵吵嚷嚷的赌台前，吴怀恩正和十几个赌客掷骰子，盖碗被揭开，一个龇着龅牙的赌客傻笑着嚷："麻杆，你又输了，不许赖账，拿银子来！"

吴怀恩沮丧地把口袋中的一枚银圆扔到桌上，身边的赌客们起哄鼓劲："麻杆，有胆量，再开一局！"他被周遭簇拥的赌客鼓动着，不甘服输，从口袋里又掏出一枚银圆，哐当一声拍在桌上，新一轮掷骰子后，盖碗再次被揭开，他刚被鼓起的劲顿时泄掉。

"麻杆，你没鸦片膏子刺激，脑子坏啦？"

"不玩了，老子今天运气不好。"他缩肩耷头想溜走。

"听说现在沈家大小姐养着你，你小子真有艳福哦。""龅牙"嘲讽的话令他气愤地举起拳头挥舞着："你再敢胡说八道，看我不帮你整整牙。"

"龅牙"喜滋滋地把胸脯送上，叫嚣道："来呀，打我呀，朝我心口窝子打！任你打，两只拳头一起上，我绝不还手。"恰此时，吴怀恩不合时机地打了一个长长的哈欠，举起的拳头软绵绵松开，双臂无力垂下，鼻涕水无声无息地流下来,搭在下唇上。"看你这副被大烟掏空的皮囊,打在我身上,还不及小娘们的绣花拳头爽呢。""龅牙"的不屑引来赌客们肆无忌惮的哄笑。

他打着此起彼伏的哈欠,吸溜着鼻涕,缩着瘦骨嶙峋的身子,无比丧气地挤出百家乐。趁还有一丝力气,趁脚下还未发飘,他要赶紧离开这里,否则,龇牙咧嘴、倒地抽搐、哀号求饶等最难堪的样子,便会不可控制地暴露在这帮赌客面前,会招致更大的嘲弄和羞辱。本来他是偷着从沈家出来,想赢两局筹点烟钱,偷着吸两口,现在全泡汤了。

戴维看着吴怀恩踉跄着走出赌场,连忙跟踪其后,拐入一条狭小弄堂,吴怀恩已头晕眼花,感觉双脚踩在黄浦江面上,哪怕一条半尺长的小鱼都能吃了他。戴维大步赶上,在他未倒下前,把一团黑黝黝泛着光泽的鸦片膏子举在他眼前。他双目眬糊,但嗅觉对这种独特气味特别灵敏,伸手欲拿,却又哆嗦着像被火星溅到一样缩回来,咬牙从齿缝里挣扎出三个字:"我没钱。"

戴维能说一口洋泾浜中文,他把烟膏子放在他鼻下让他嗅个够:"不要你钱,给你的。"

他半信半疑再次把手伸向那坨乌油油的黑蛋子,却被戴维一把攥紧,他毫无力气抽出手。"吴怀恩,你帮我做件事,等这件事办完,这种东西,我会给你很多很多。"

"你是什么人啊?我不认得你,你怎么晓得我的名字?"

戴维松开他的手,把鸦片膏放入他掌心:"我们是做生意,各取所需。"吴怀恩想把烟膏子还给戴维,但五指攥在一起,掰都掰不开,他抬起袖口擦擦流经嘴角的鼻涕,啜嚅着:"我都是一废人了,还能帮你做啥事?"说着,他摇摇晃晃扶着墙闷头朝前挪。

戴维跨上一步堵在他面前:"今晚,只要你带我到'茂源号'货轮上去看看,我会带一大包烟给你,怎么样?"

此时,他已失去任何判断力,只想美美地卧在榻上享用一炮烟,迷迷糊糊地嘟哝着:"不就是一艘货轮吗?有什么好看的?黄浦江上的货轮多的是,美国的、英国的、法国的……想看什么看什么,你是洋人,没人拦着你。"

"我有批货要运,想看看'茂源号'。"

"'茂源号'明天一大早开往海宁。你如果要租船,先去十六铺码头茂源海运行登记预约,估计明年才能轮到你。"就这几句话耗尽了他全身力气,他只好靠在墙上喘息。

"你先回去抽两口,今晚码头见。"戴维完全有自信他会来,因为这团烟膏子的量就够一顿。说着,他拍了一下吴怀恩的肩膀,差点把他拍个狗啃泥,他更加断定他今晚会来。

无论夜色初上还是夜幕浓重,莎莎酒吧总是贝当路上的一颗夜明珠,闪耀着熠熠光彩,毫不掩饰它的诱惑、欲望和贪婪。

吧台前,米德跷起二郎腿,吸着雪茄、抿着威士忌,眼光不时越过人群,瞟向门口。见戴维来到身边,急问:"怎样?"

戴维兴奋地用手指着脑袋:"我们大英帝国的鸦片真神奇,华人一旦吸了它,脑袋就听我们指挥了。"

米德扔到桌上两条"大黄鱼":"给你的。等把船卖出去,你我都可以扛一麻袋金条回英国。"

戴维把两条"大黄鱼"揣入怀中,问:"下一步怎么做?"

米德并不急着回答他的问话,先把杯中酒吞下,转换了话题:"听说,乔纳森把沈宅卖给他的侄女贝拉了。"

戴维颇感意外,晃着满头金毛恍然大悟:"怪不得他能把寰宇大厦买下来,改造成东方好莱坞影院,原来如此。"

"从明天开始,在《申报》上连登一个月的货轮出售广告。"

"你能确定沈依水会买这艘货轮?"

米德神秘一笑,胸有成竹地对他眨眨眼睛。

按照订单的日程,今天是送沪生腊味厂的腊肠、酱菜等上海特产到天津港的时间,照例是沈依水在码头亲自目送货轮离港才放心。萧妈自打看到沈宅地契又回到小姐手里后,一整天收拾东西,打算搬回去住。

见小姐回到家里,她忙盛了一碗桂花赤豆粥,边看着她吃边聊:"这上海滩的洋人有坏的,也有好的。像贝拉姑娘这样的,真是大好人哦。不光帮我们把这么贵的宅子买回来,还给我们,还帮我们中国人修铁路。一个姑娘家,在穷山野地里修路,吃不好睡不好,遭多少罪哦。"

每提及此事,沈依水心中很是愧疚:"我以前误会她了,也误会了滕先生。贝拉小姐的心思我懂,他是在帮我和滕先生解除误会,真是用心良苦。

萧妈,等滕先生和贝拉修好铁路,一定请他们到家里吃您煮的粥、烧的小菜。"

萧妈乐呵呵点头:"那当然好。依我看,贝拉姑娘对滕先生是真好。"

沈依水深有感触:"有情人相知相伴,再苦再累也是幸福。"

萧妈听懂了小姐口气中的落寞,她定是想到了孔先生,那个时候,孔先生执意要走,小姐一个字都不挽留,哪怕后来进了巡捕房大牢,也不许任何人去南京求助。正这样想着,突然门被撞开,萧韦跌跌撞撞地奔进客厅,脸上还挂着血痕。

萧妈大惊失色,赶紧迎上去搀扶:"韦啊,你头上流血了?出啥事了?"

"小姐!'茂源号'发动机出了故障,失控撞上礁岩,我眼睁睁地看着它沉了……"萧韦痛苦万分,他之所以千辛万苦活着回来,就是不想撒手把更大的痛苦丢给小姐和老母,他要查清楚货轮到底为何而沉。

"怀恩呢?"沈依水担心他没萧韦的体力,游不回来。

"今早起锚时,他正拉肚子蹲在茅厕里出不来。我看他这两天没管住自己,又吸上了,怕他去了误事,就没等他。"

"幸好没去,就他那身子骨,去了肯定被淹死。"萧妈忙着给儿子包扎伤口。

沈依水悬在嗓子眼的心如同"茂源号"一样,沉入海底。

第六章
情重生娑婆

沈宅正院莲园的后花园里,丹桂花开得正炽盛,团团簇簇、重重叠叠的金黄细碎花瓣虽不耀眼,但一阵浓过一阵的馥郁花香令人心旌摇荡。"叶密千层绿,花开万点黄",沈依水走在香气袅袅覆满丹桂的长廊上,发丝、衣裙上浸染花香,久久缭绕;莲园东西两侧偏院是欢园和畅园,分别种植金桂和银桂,花色虽不及丹桂黄艳,但其香气更加清淡幽香,沁人心脾。

她穿廊越院,徜徉在失而复得的沈宅中,所到之处,满目依恋。进入正堂,她仿佛看到老父正挥毫书写,"国泰民安、万物生春"八个大楷酣畅淋漓地诞生在洁白的宣纸上,姆妈则幸福安详地在旁研墨相伴。沿着木梯拾级而上,透过镂花窗格,她依稀看到在复旦大学中文系读书的19岁的自己,正伏案吟诗写作;她走进室内,触摸着书架上整齐排列的书籍、梳妆台上的檀香木梳、床榻悬挂的桂花香囊……

物如旧,人已非,三载韶光已逝。她特地回来与沈宅告别。

直至黄昏,她才恋恋不舍闭门离去,回到苏州河南岸的沈家公寓。她展开手中《申报》,指着中缝的一则广告说道:"韦哥,帮我约下,明天你和怀恩跟我一起去码头谈谈。"说完,她上楼拿着一个檀香木匣子走下来,"把这个交给沪生腊味厂潘老板,按合同赔付。"

萧韦打开木匣,惊讶地看到八根黄灿灿的"大黄鱼"。"自打沈家做漕运起,最看重的就是信誉。货物没有顺利送达目的地,自然要赔偿客户的损失。"自小老爷就教导他做生意信誉第一,他和小姐一样铭记在心。

米德和戴维站在轮船甲板上,向码头方向张望,鱼即将上钩的时刻对钓鱼者来说是最刺激的。"虽然沈依水是聪明的中国女人,但华人的智商怎么能跟我们比？我打赌,她会再一次掉入我设计的圈套中。"米德看到码头上有几个人影走过来,不禁得意扬扬。

戴维心下顾虑:"我知道你爸爸汉德尔是研究东方文化的,所以他非常想得到《孔府传菜》那本书,书你拿到了,可以拍拍屁股一走了之,只是我不懂,那么大的沈宅,你怎么运到英国去？"

米德哈哈大笑:"这就是我和乔纳森的不同。能吃到老鼠的是猫,但能吞下豹子的,才是一山之王。"

"你的野心太大,我赚到这一笔就回爱尔兰去,一天都不敢多留。"

"这是小时候爸爸教我的,靠自己的智慧赢得的东西,会让你其乐无穷。"米德见三人走上甲板,热情招呼:"沈依水小姐,我们又见面了。"

沈依水脸色一沉:"是你？"

"前几天你的'茂源号'沉入东海,损失一定很惨重吧？可能你一时拿不出太多的钱再买船,没关系,我们还是按以前的老办法,等价交换。听说沈宅重回你手,你还是用沈宅换货轮,怎么样？"

"跟你做生意,我没兴趣。"沈依水直截了当地回答。

戴维劝道:"沈小姐,你放眼看看,这黄浦江上大大小小的货轮,哪一艘不是英、美制造？我想你如果因为这个原因不买的话,茂源海运行恐怕要关门了。"

沈依水想了想,嘴角弯出一个非常迷人的微笑:"中国人不一定非要买洋人造的船,中国人自己也能造船。"说完,她头也不回地走向码头。

吴怀恩眼神中敌视的火苗把双目灼烧得像是要滴出血来,他斗兽般一直盯着戴维,似乎随时会被激怒得扑上来撕咬他,令戴维不敢再多言。

莎莎酒吧吧台边,米德用烈酒压抑着心中的不甘心。戴维仰脖灌下杯中酒:"我说过吧？这个女人不好惹！"

米德气急败坏:"我来上海前爸爸跟我说过,中国女人有极强的韧劲和耐性,不能被她们柔弱的外表给迷惑。沈依水这个中国女人,岂止是韧劲和耐性,她简直像中国小说《西游记》里的菩萨一样,无欲无求,俯视一切。"

"我劝你在中国的地盘上,还是小心点,这是个奇异的民族。"戴维正说话间,突然一蒙面人拿着把明晃晃的砍刀从人流中冲过来,向他头上恶狠狠地砍来,他抱头在酒吧内跌跌撞撞地逃命。

蒙面人手举一把打磨一新的带柄砍刀,拼命追着四处逃窜的戴维,直到把他逼入死角,他只好紧缩身体,眼睛一闭,抱头祈祷上帝救命。在砍刀触到他的卷曲金毛时,上帝似乎听到他的祷告,竟然显了灵,一声刺耳的"咣当"声,砍刀不争气地掉落在地。他惊魂未定地睁开眼,见蒙面人倒在他脚下,四肢痉挛,抽搐不已。他小心翼翼蹲下身,蒙面人头上扎着一截宽大的裤管,只在眼部挖了两个洞,他一把扯下裤管,见吴怀恩口吐白沫、牙关紧咬,一双喷射怒火的眼睛还不依不饶直盯着他。他冷冷站起身来,爆发出充满极度蔑视的狂笑,狂笑声四处冲荡,吧内洋人目睹这个由惊恐转为滑稽的场面,跟着放肆狂笑。

吴怀恩在洋人狂欢的羞辱中挣扎着爬起来,刚勉强哆嗦着举起砍刀,戴维抬脚踢向他手腕,砍刀"咣当"一声重坠地面。"你这鸦片鬼,中国狗,连把刀都拿不住,还想来砍我?去死吧你!"他朝他腿部一阵宣泄般地狂踢。米德醉醺醺赶上前,边踢边叫嚣:"来呀,起来砍我呀!你这鸦片鬼!现在给你只蚂蚁恐怕你都辗不死。"

此时吴怀恩似乎感觉不到肉体的疼痛,令他锥心刺痛的是自己没有任何还手之力的无能,他痛恨自己吸鸦片掏空了身体的元气,他只能抱着脑袋任由四只大皮靴像石头一样砸在他身上。

酒吧老板冲过来,厌恶地喊道:"把这只死狗扔出去,别影响我做生意。"他迅即被戴维一脚踢出门外,滚在路边,过往人好奇地驻足观看。不知过了多久,晨曦冲破最浓重的黑暗安抚他伤痕累累的身体时,他才从濒死中挣脱出来,他发现自己还能呼吸,还能看到空无一人的贝当路上有初阳洒下来,在他眼前五彩缤纷地闪烁。他还活着,他挣扎着爬起来,一股钻心的痛楚霎时传遍全身每个毛孔,这种让他几乎窒息的痛来自他的右膝。虽然他看不到自己面部浮肿,嘴角、鼻孔都挂着血迹的样子,但他分明感到自己的五脏六腑都崩裂了,他恨自己造的孽,他无脸回沈家,他拖着被踢断的一条腿,忍着剧痛挪到码头边。

十六铺码头,残留的最薄的一层夜色从黄浦江面逐渐消退,江水在初绽的朝阳照耀下波光荡漾。他跪在江边,哑着嗓子哭诉:"爷呀、娘呀、姐姐,我活不下去了,我要去找你们。我上了洋鬼子的当,害了沈家,害了依水妹子……早先,我已经害过她一次,诬陷她私运大烟,可她不仅没有恨我,反而从巡捕房的枪口下保了我的命,还收留了我,好吃好喝地养着我……这次,如果她晓得是我带洋鬼子上过'茂源号',她不会再原谅我了……可我不晓得洋鬼子在船上做了手脚啊,我真想一头栽进这黄浦江里喂王八算了……"他索性呜呜放声哭起来,"爷呀、娘呀、姐姐,我没脸见你们呀,我想死,阎王爷都不乐意要我,我死了到了地狱,还是一个除了败家害人什么都做不了的鸦片鬼……我丢人!丢祖宗的人啊!我不想再这样像鬼一样活下去了……"他边说边抬手,左右开弓扇自己大嘴巴。

萧韦从远处跑过来,一把拉住他两只手:"怀恩,我找你一晚上了!你怎么在这里?"他搀起他,"你是不是烟瘾又犯了?走,跟我回家,饭菜都给你留着呢。"

他站立不住,一下子匍匐在地,抱住萧韦的双腿,痛哭流涕:"韦哥,我该死!我有罪!我对不起你们啊!"

"你胡说什么呢?"萧韦这才看清他浑身上下的惨状,大惊"你怎么啦?谁打的你?告诉我!"

他羞愧难言,痛哭流涕。萧韦想拉起他,却发现他的一条腿已血肉模糊。

当上海是桂花雨纷纷,花香暗袭人时,京城则是另一番秋意美景,枫叶染红西山,黄灿灿的银杏叶铺满吉庆胡同。朱漆大门的四合院里,滕太太的叹息声随着银杏叶缓缓飘落:"良修啊,小颜去上海都两个年头了,除了刚走后来了封信外,再也没有音信,真让人担心啊。"

方太太反倒安慰道:"姐姐,担心有什么用呢?别伤了身体。小颜信上不是说她找到表哥了吗?让我们不要为她担心。小泰在徐州修铁路,她住在小泰在上海租的房子里,等他路修好了就一起回来。只要他们互相喜欢,能开开心心在一起相处,我们就不用多操心了。"

"可我担心的是,我们家滕泰只是把小颜当妹妹看待。"

"等哪天小颜死心了,她也就回家了。"方太太指着带来的一个景德镇青花瓷中药坛子,"我今天带了些小颜她爸亲手熬制的清凉六味汤,把黄芩、黄柏、大黄、栀子、胆草、泽泻六味草药放在一起,小火慢慢熬出来的。老方说,天气转寒,你和姐夫经常喝一点,祛火降燥,润肺生津;老方还说,京城说不定又要战乱了,多备点草药,以后用得着。"

滕太太连连点头:"哥哥跟着父亲学得一手熬制汤药的好手艺。想当年,宫里听到我祖父的名声,还特地请他进宫给皇上看过病呢。"

"只是小颜这孩子对他爸这医术不上心,我又没替方家生个儿子,方家世代中医的衣钵,怕是传不下去了。"

滕太太轻叹一声:"小泰和小颜是从小一起长大的,两小无猜。小颜呢,就喜欢跟在表哥屁股后面玩。什么爬山啊、溜冰啊、打球啊,这些男孩子玩的游戏,也非缠着、粘着和泰儿玩在一起。这两个孩子的性格是一慢一急、一内一外、一冷一热,干脆就由着他们发展吧,咱们想管也管不了。"

"姐姐,你说小泰的心会不会被那个叫贝拉的洋妞儿给牵走了?"

"这事我也一直担心着呢,小颜没再来过信,也不知道泰儿和贝拉的关系怎样了。"

小翠从院子里走进来,禀报有位上海来的先生。方太太不由得大惊:"不会是我们家红颜出什么事了吧?"

滕太太瞥她一眼:"良修,别乱说。"她转向小翠,"快请他进来。"

转眼间,任天行手提竹篮跟在小翠后面进来,面向两位端庄娴雅的太太鞠躬问好:"我是滕泰先生在上海的朋友,我叫任天行。请问哪位是滕太太?"

滕太太赶紧热情让座并唤小翠上茶。任天行坐下,打开竹篮:"这是上海崇明岛的特产,醉泥螺和醉毛蟹,给滕伯伯下酒。"

滕太太连忙道谢,询问儿子近况。"彭海铁路修建正在紧要关头,滕工非常忙碌,知道我来京城出差,让我过来替他看望您。"

方太太终于按捺不住情绪,急问:"任先生,你可见到过红颜?方红颜,我的女儿?"

自方红颜看到滕泰留给她的字条从他眼前消失后,他已把上海的大街小巷找了个遍,他怀揣着最后一线希望专程来京城,心里期盼她早已打道回府,可刚刚方太太的这句问话,让他的心彻底沉到冰封千年的湖底。面对两位母亲,他不敢说出实情,不得不撒了个谎,"她在上海很好,我们经常见面,每次见面她跟我聊的都是她表哥。"

两位太太放心地对视一眼,欣慰地点头。任天行怕再说下去难免露馅,起身道别。他忍着心中酸楚,踩着吉庆胡同纷纷飘落的银杏叶,沙沙地响,他俯身捡起一枚心形银杏叶,对着它许下愿望:红颜,无论你在哪里,我任天行踏破铁鞋、寻遍犄角旮旯也要找到你。

回上海后,他除了写稿外,把其他所有的时间都用在寻找方红颜上,既然她没有回京,那么必定还在上海。他想到她曾经说过特别爱看电影,于是每个晚上,只要不赶稿,他便一家一家影院挨个寻找,或是镇守售票口,或是把守出场口,眼睛专注地在年轻姑娘身上、脸上逡巡,为此吃了无数白眼,引来流言蜚语,他全都置若罔闻。

有时傍晚,他在爱多亚路上的乔家栅小吃店用两笼鲜肉包子填饱肚子后,就急匆匆赶到霞飞路东方好莱坞影院门口。排队检票入场的多是上海滩时尚名媛、富家太太,还有一些文人、小开等,这些讲究行头、实则穷酸的文人小开终日流连在这种场合,大多是为了搭识富太名媛,来一段艳遇或是发一笔意外之财。

他有时乘电车在同怀里弄堂口下来,步入老时光咖啡馆,专为听白光演唱的歌曲《等着你回来》,聊以慰藉。

> 我等着你回来,
> 我想着你回来,
> 等你回来让我开怀,
> 等你回来免我关怀,
> 你为什么不回来?
> 我要等你回来……

歌声醇厚缠绵,隐藏着无言无尽的执着与遗憾,每一句歌声都像是来自他心底深处的呼唤。她的任性、她的娇嗔、她的痴情都让他觉得既甜蜜又苦涩,像极了她曾经请他品尝的杏仁奶油蛋糕卷和黑巧克力咖啡的味道。犹记得那个千篇一律写稿子、改稿子的雨夜,有一位精灵一样的女孩毫无征兆地闯进他的世界,可他却把她弄丢了……

世事如旧,佳人何方?

北京、上海、南京找遍,方红颜依然音信全无、杳无踪迹,任天行心里日渐恐慌,一向熬夜的他破天荒赶个大早到报馆,直奔编辑室,喊着:"宝才!明天报纸的版面排好了吗?"

"全排好了,昨晚您不是签发了吗?"

"给我在副刊上撤一块下来,我要登寻人启事。"

王宝才递上样报:"主编,撤哪条?"

他接过样报:"'上海滩当红明星抛弃同居男友,投入宁波茶商怀抱',什么乱七八糟的,简直是造谣生事、无聊至极!就撤这一条。"

"那您登的寻人启事……"

他从口袋里拿出一张信笺,往王宝才手里一搁:"赶紧去排版,一个字都不许给我改!"

王宝才答应着走出办公室,在楼梯拐角处忍不住展开信笺,捏着嗓门用文人的腔调朗读:"方小姐:天地之大,人海之茫,于此时此地与你相识了,由此,天地变小了,人海皆散了,眼前只有一个你,你的背后是春光无垠的花海和蓝天上飘荡的白云。你的任性、孤傲、娇嗔,你的心在别处、情在别处,于我,有时是小笼包里又香又烫的汁,有时又是绣花织锦上又尖又刺的针。但我的心够大、够宽,为你敞开着,满心欢喜地为你敞开着,能容得下你和你的一切。见字归,急盼!天地任我行。"

读完,王宝才一时有些发蒙,随即发出一连串嘿嘿的笑声:"乖乖!这哪是什么寻人启事?简直就是一封痴情缠绕、百转千回的情书嘛!老任,看你平时一副油盐不浸的样子,你也有酸不溜秋、肉麻兮兮的时候,你也有情不自禁、为情所困的时候……"

猛听得任天行的咳嗽声,王宝才忙收起信笺,"蹬蹬蹬"跑下楼。

经过三个多月的疗养,吴怀恩算是捡回一条贱命,但就此右腿短了一截,成了跛子。等终于能下床出门,他先是抱着自己的瘸腿干号了一场,然后不顾任何人劝阻,跛着腿来到码头,从胸口掏出一个包袱打开,黑黝黝的鸦片膏子滚落江里。

他朝江面啐了一口,拼了嗓子骂:"吴怀恩,以后你再敢吃烟土,不仅砸断你另一条腿,还把你扔进黄浦江里喂乌龟王八,让你死无全尸!"接着他又发了毒誓,"我就是死了,也绝不会放过戴维这个洋鬼子!做鬼也要缠死你!"

自此,他像着了魔一样,撒疯般出现在戴维可能出现的地方,跛着一条腿,穿街走巷尾随他。戴维虽有觉察,但因心中有鬼,不敢跟他打照面,尽量躲着他,甩开他。实在不行就躲进莎莎酒吧,这里是令吴怀恩心有余悸的地方,他不敢进去。

但今晚,吴怀恩铁了心要跟他当面对峙,死守在一棵梧桐树下等到他出来,然后尾随他来到一条植满香樟树的弄堂,枝蔓掩映中隐现一幢小洋楼。戴维四处张望了下,推开小洋楼的雕花铁门,走进去反锁上门。

雕花铁门足有两人高,吴怀恩拖着残腿自然翻不过去,他使出在江龙会时学到的看家本领,掏出一把随身刀子,稍一拨弄便把门撬开,他潜入院内,挪到窗口,贴耳细听。

宽敞的欧式大厅内,米德正指着戴维的鼻子大骂:"你要回国?你就这样两手空空地逃回去?一个手无缚鸡之力的中国鸦片鬼就把你吓怕了?"

"我再不走,早晚会被那个鸦片鬼给砍死。他像个鬼一样跟着我,我一想到他喷着复仇烈焰的眼神,我就恐慌,我就坐立不安。我白天不敢到处走动,晚上会从噩梦中惊醒。"

米德咬牙切齿地发狠道:"那个鸦片鬼最好别撞到我枪口上!"

戴维的情绪平静下来,恳求道:"我要回国,我要马上回去,回到爱尔兰回到我妈妈身边。我的家乡很美,从窗外望去,就是一望无际的田野和森林,有成群的牛羊和一年四季都不会融化的雪山。我家有大片的奶牛牧场,回去找位可爱的姑娘,结婚,生子,放牧。这段时间我想好了,这才是我想要的生活。"

米德不屑地冷笑:"你这样回去就是大英帝国的逃兵,是胆小鬼!上海滩是冒险家的乐园,资本逐利的天堂,这里满地流淌着黄金、白银。在整个世界格局中,有地位、有势力的国家,都在这块土地上划分了自己的租界,这是一块巨大的、流着香喷喷奶油的蛋糕,只要你手里有刀,有嗜血的刀,你就可以切一块享用。你这个胆小鬼,却想这样两手空空地回去,我鄙视你!"

戴维迎着米德冷酷的目光,请求道:"我不想两手空空地回去,所以我走之前,请你把属于我的那一份给我。"

米德从鼻孔里喷出一声嘲笑:"属于你的那一份?还在黄浦江上漂着呢。"

戴维不服气地质问:"我为你做了很多不道德的事,帮你骗到了孔德辕的《孔府传菜》,帮你把沈依水的'茂源号'沉入海底,你却这样对待我?你总该给我买一张船票的钱吧?"

"你为我做的?笑话!假如有一天'茂源号'沉没的事败露了,上海滩只知道是你做的,是你在发动机上捣的鬼!"米德最后一句话彻底把戴维激怒了,他心中积压已久的怨气喷薄而出,他跃身扑向米德,把他撞翻在地,厮打在一起。在激烈的搏斗中,一本书从米德怀中跳脱出来,落在戴维脚边。

戴维迅速捡起书,发泄般地哈哈狂叫:"《孔府传菜》在我手上了!"

"还给我!"

"先把属于我的那一份给我!"

米德恼羞成怒,从腰间拔出手枪:"再不还给我,我打死你!"黑洞洞的枪口更加激怒了戴维,他愤怒地一页一页地撕书,越撕越快:"你敢?开枪啊,开啊!"他大笑着把撕成碎屑的纸片抛向天花板,张开双臂仰头欣赏雪片样的纸屑洒落下来。

突然,一声锐利的枪响把吴怀恩心底尚存的豪气给激发起来,他挥起刀一脚踹开门,看到满地的纸屑和扑倒在地的戴维。米德看着戴维胸口汩汩冒出的血和突然闯入的吴怀恩惊呆了,手枪掉落在地。吴怀恩扑上去抓起手枪连射数发,米德应声倒地毙命。

吴怀恩从未这么痛快恣意过,不禁叫道:"敢在上海滩惹老子,这就是你们的下场,让你们都不得好死!"他以一种胜利者的姿态昂首迈步离开,跛腿却被戴维挣扎着伸出的手死死抱住。他心里咯噔一下,回头看到戴维祈求救命的眼神,眼神里强烈的求生欲望竟让他莫名其妙产生共鸣。

他俯下身,恶狠狠又嬉皮笑脸道:"大混蛋,你还活着?我问你,那天我带你到'茂源号'上,是不是你趁机在发动机上动了手脚?"

"只要你救我……我愿意补偿……"

"用什么补偿?用你这条快死的狗命吗?"戴维再也说不出一句话。"留着你小命还有用,万一巡捕房追究起来,用你抵命。"

趁着凌晨前最黑的夜色,吴怀恩把戴维扛回沈家公寓亭子间里。在华安昌轮局买货轮时,沈依水已了解戴维的专业背景,她毫不犹豫要救活他。不能去请大夫,因为还有米德那条人命呢,怕被巡捕房盯上,萧韦和吴怀恩只得硬着头皮亲自上手。

"怀恩,把他上衣撕开!"

"我……我不敢!我怕血!"

"不敢你干吗把这个洋人背回来?干脆把他扔黄浦江里喂王八好了。"

"我还没做过好人,想做一回不行啊?"

"别废话,要不这洋人死在家里,你麻烦就大了。"

吴怀恩狠着心剪开戴维上衣,见胸口血渍渍地发黑,他差点呕吐:"瞧这洋鬼子的胸毛,跟头猪一样!奶奶的,他还骂我是狗,我看他现在是猪狗不如。"

萧韦定睛察看伤口:"死马当活马医吧,先把子弹取出来。"他先是往伤口上浇了半瓶白酒,再用刀子用力一剜,然后换用镊子,一颗子弹被夹了出来。

吴怀恩看得胆战心惊:"韦哥,你怎么还会开胸取弹头啊?"

萧韦手中忙着止血,气定神闲道:"也没啥。有一年在运河上跑船,我爹被强盗的土枪打中大腿,我看他就是这样给自己取弹头的。这小子死不了,他皮厚肉多,弹头嵌到肉里了,没伤到心脏。"

吴怀恩看着鲜红的血洇湿了一团团洁白的纱布,身子一晃晕倒在地。

整整过了三天三夜,戴维还没从昏死中醒过来,只有鼻孔里仅存的一丝气息还能证明他是活物。吴怀恩每天忍着恶心,帮他处理排泄在床上的秽物。

萧妈一天三顿熬粥,不停地跟吴怀恩唠叨:"咱们乡下的米粥可比洋鬼子的牛奶养人啊,你刚戒烟的时候,食欲不振,茶饭不思,全靠这小米粥、糯米粥、莲子粥、八宝粥啊养着,你看你现在,身上有肉了,手上有劲了,人也有精气神了。"

吴怀恩尴尬地笑笑,伸出手指拨开戴维的嘴巴:"可不是,要没您熬的粥养着,我早死几回了。"萧妈边喂边发牢骚:"你救这个洋人回来干吗?他们骗沈家还不够吗?你受他们的气还少吗?你看看,你这条腿不就是被他踢折的吗?差点没踢死你!现在倒好,你把他背回家,不光救他的命,还没日没夜地端屎端尿伺候着,帮他擦身子,洗衣服,还顿顿喂他吃、喂他喝,这不是浪费家里的粮食吗?"

吴怀恩不好意思地笑笑:"萧妈那您说,依水妹子从巡捕房的枪口下保下我,把我留在沈家为什么?我对沈家作了这么大的孽,逼死沈伯父,害依水妹子蹲大牢,照您的理,还不如让巡捕房把我给毙了呢。"

萧妈重重地叹口气:"小姐是看在你姐姐的份上,才保你一命,你可要好好做人,报答小姐啊。"

"我的命是依水妹子给的,我这一辈子都会为沈家做事。您想想,这洋人的命是我们给的,以后他能不为我们做事?"

萧妈摇摇头:"谁知道呢?我们中国人打老祖宗起,就信奉知恩图报,受人点滴之恩,当涌泉相报。谁知道他们洋人心里是怎么想的?"

"奶奶的,就当我赌一把吧!"

萧韦垂头丧气跨进门,看见吴怀恩正在往绳子上晾晒戴维的衣服,立即火冒三丈冲上前扯下衣服,狠狠扔在地上。

"韦哥,你这是咋啦?我刚洗好的,干吗扔地上?"

"你怎么这么犯贱啊?你看看你,又是喂饭,又是洗衣服,又是把屎倒尿的,你老子你都没这样伺候过吧?你的这条腿是被谁打断的?沈宅是被谁骗去的?你不会已经忘得干干净净了吧?废话少说,马上给我把这洋人打发了,让他从沈家立即消失。"

"到底发生啥事,让你憋着这么大的火?"

萧韦长叹一声,垂头丧气地坐在房檐前的台阶上:"刚才小姐说不打算再买船了,她把先前签的合同都跟客户解除了,还让我上门退了定金,沈家老祖宗的运行做到头了。以后我们都不晓得怎么混饭吃,你还养着这么一个坑害我们的坏蛋。马上把他轰出去,他爱死到哪算哪,跟我们无关。"

吴怀恩把捡起的衣服放到大木盆里:"韦哥,你先消消气。这洋鬼子现在还爬不起来,等他能下地了,马上让他滚蛋。"

萧韦抱头自责起来:"好好一艘那么大的轮船,我眼睁睁看着它沉了,一点法子都没有。虽然小姐从没责怪过我,可我这心啊,比死了还难受。都怪我,是我把沈家的祖业给葬送了!"

"韦哥,你进屋歇着,我这就到运行找依水妹子去,我有话跟她讲。"沉船大祸是自己引起的,但他不敢告诉萧韦,他想干脆向沈依水坦白得了,哪怕是被赶走了,心里也舒坦些。

等到运行见了沈依水,他哆嗦着双唇,想把戴维用烟膏子诱惑他登上

"茂源号"的事和盘托出,但他不敢想象会带来什么样的后果,也许,即便沈依水还能宽容他,但萧韦还不得打断他的另一条腿……他临时改变想法,心中突然闪现出一个好点子:"依水妹子,听韦哥讲了,我觉得你的做法是对的。我特意过来就是想告诉你,我支持你的决定。如果中国人没有能力制造自己的货轮,永远要花大把银票购买外轮的话,那我们就会永远受洋人的轻视和欺负。"

他的这番识大局的话显然令沈依水意外:"你说的对,中国人应该制造国产货轮,但目前我们没有技术和能力设计、制造货轮。"

"没有我们可以向洋人学嘛。"吴怀恩听到自己出的点子得到她的鼓励,便放松下来,"戴维在英国的学堂里读的是造船专业,他对'茂源号'上的每一个零部件都了如指掌,以后我可以跟他学造船。"

"戴维上过'茂源号'?"

他意识到自己说漏了嘴,赶紧否认:"没有……也许上过,'茂源号'本来就是他们卖给我们的,怎么会不熟悉呢?"

她冷静地看着心慌意乱的吴怀恩,心里琢磨着他的话。怪不得这三个多月他像脱胎换骨一样,一直偷偷复吸的鸦片真就戒了,好吃懒做、污言秽语的流氓习性渐渐改了,做惯伤天害理事情的他竟还救活了一个濒死的人。

此时,愧疚、自责、后悔等焦虑情绪一起朝他施压,他坐不住了:"我先回去,那个洋鬼子醒来,不是吃喝就是拉撒,真麻烦。"她明白了一切,但克制着不质问他、戳穿他,让他保有一颗难得复苏的善心,希望他就此走上正道,做一个自食其力的人。

沈依水万万想不到自己还会再次踏进法租界巡捕房的大门,并且是主动踏进。孙督长看到她跟随一名巡警款款走进来,惊愕地放下手中卷宗,一连串的打招呼:"好久不见!沈老板更加神清气爽、秀雅脱俗!刚才巡警跟我报告,说有位小姐求见,不知怎么,我脑子里、心里面立马想到的都是你。"

她坐定,淡然的笑容始终挂在脸上:"督长,请叫我沈依水好了,我现在不是什么老板了。"

他收起笑容:"'茂源号'沉海的事,我也听闻了,我想这里面一定有猫腻。如果需要我孙某调查此事,你尽管开口。"

"谢谢!'茂源号'沉没的原因我大概知晓,不必麻烦督长您了。我特意来此是专程告知,请放心,虽然运行暂时不能运营,我们的合约我定会遵守。一旦有了新生意,仍有您的一半。"

"我不是一介武夫,怜香惜玉的情怀我还是有的,此事你不必挂怀。今天来我这里,想必不仅仅为此吧?"

"我来是想请求督长,帮我做件事,可好?"

"何事?"

"我想把松江府的沈宅卖给你。"

孙督长明显感到意外:"沈宅可是你们沈家四代相传的祖屋,好不容易失而复得,为什么又要卖掉呢?"

"既然要跟你谈这笔生意,那么也就没什么好隐瞒的了。我想卖掉沈宅,在茂源海运行原址建造船厂,以后有了自造的轮船,就再也不必受洋人的控制和要挟。"

他心头大惊:"建造船厂?沈依水,你好大的胸怀和气魄!令孙某再次对你刮目相看!"

"督长一定是在想,建造船厂、制造轮船这么大的事,岂是你一平凡弱女子所为?"

孙督长一笑,算是默认。

"不错,单靠我一人力量,只能是个梦想,所以我来请求深明大义、富有远见的督长出手相助,不仅是筹措资金,还要拿到督军府的许可。"

他踱步思考,问道:"让我买你沈宅不是不可以,拿到督军府的许可证,依孙某的能力也能办到,只是制造大吨位的轮船,专业技术含量极高,不知你那边何人能当此任?"

"就是您高抬贵手、饶他一命的吴怀恩,他是松江府吴家造船厂的第三代。虽然吴家历代造的船多以木质船为主,但他生在船厂、长在船厂,从小耳濡目染,再加上长辈、师傅手把手地传授,我想在设计、制造上,他做个副手是没问题的。"

"那何人坐镇总管技术?"

"英国皇家学院水利机械专业毕业的戴维。"

孙督长哈哈笑道:"就是那个因分赃不均跟同伙火拼的英国人?英国领事馆委托巡捕房到处通缉他呢,你知道他的下落?"

"督长不会法办他吧?"

孙督长看着她澄净如水、满含期许的目光,双唇蠕动始终吐不出一个"会"字,只得摇摇头:"虽然是在法租界的地盘上发生的命案,但这是他们英国人之间搞内讧,连我的法国上司都对此事睁一只眼闭一只眼,我何必多此一举?这些遍布上海滩淘金的洋鬼子,因分赃不均而搞内讧的事时常发生,依我看来,少一个便少一份祸害。"

她听他如此说,便放下心来:"怀恩把戴维从死神手里抢回来,沈家为他疗伤、调理身体,想他也会知恩图报。"

"这是我们国人的思维。"

"况且,他的淘金梦还没破呢。"

孙督长心头盘算着,赞道:"你真会用人啊,从死神手里拉回两个人,想这两个人日后定会效犬马之力,甚至以命相报。你如此深谙驭人之术,我不得不佩服!只是跟上次一样,孙某有同样一个问题,我凭什么要帮你?"

"我可以修改我们上次的协议,提高给您的利润分成……"

"慢!你把孙某当无底洞了。你看我是那么爱财之人吗?虽说鸟为食亡,人为财死,可我浸淫仕途已二十多年,深知财富实乃身外之物。房屋遍布、黄金万两,于我心又有何焉?"

"既然如此,不知督长想要什么?"

他踱到她面前,与她双目对峙,呼吸纠缠,见她眼神与身体并不躲闪,给了他继续讲下去的兴趣:"上次也是在这里,你提出跟我交易,我很配合,我们合作得很成功,也很愉快;这次能不能换我,提出跟你做笔交易呢?"

"你想跟我谈什么交易?"她像上次他问她一样问他。

"巡捕房不是你这种高贵的女人该出现的地方,在此谈论你我的合作,是不是对你的不尊不敬啊?"他像上次她反问他一样反问她。

果然旗鼓相当的人谈话更具有吸引力和诱惑力,她莞尔一笑:"悉听尊便。"

初春的雨从晌午开始不疾不徐地飘落,格外清冷,寒气凝结在每个雨点中,像极了这座城池的性子,看似温和,实则凉薄。雨中,一辆黑漆锃亮的福特轿车驶进一幢庭院深深的三层花园洋房,稳稳地泊在汉白玉砌成的宽大门廊前。身穿制服的司机忙跳下车,恭敬地打开后车门,身着米汤娇旗袍的沈依水从车内走出,早在一旁侍立的女仆带其步入大厅。

欧式风范、一通到顶的客厅彰显出主人的品位和权势,听到高跟鞋款款踏在西班牙地砖上的声音,一身西式便装的孙督长从透出贵族气息的棕色意大利皮质沙发上起身,迎上来道:"沈小姐,我料你会如约而来。"

"为何带我来此?"

"我特意接你到孙某的寒舍来坐坐,我想接下来我们谈的是私事,在家里商谈更加适宜。假如你有什么不悦,我即刻派人送你回去。"

她索性在宽大的沙发一角坐下,神色平静:"既来之,则安之。"

他示意上茶的女仆退下:"爽快!那我也开门见山。"他从桌上拿起一份资料,送到她的眼前。

她惊喜地读道:"私营轮船制造许可证!"漫上心头的笑意荡漾在她嘴角,唇线划开可见齿如编贝,他享受地看着她神采喜悦的面容,又奉上一张银票:"你看这个价钱买沈宅够吗?"

她脸上的笑纹又一轮欢快荡漾,眼眸里的小星子散发光芒:"是你成全了我想做的事,我要怎样感谢你呢?"

他品味着她的笑意和眸光,这是她因他而生的欢喜,是专属于他的。"我不要你的感谢。别忘了,我是在跟你做一笔交易。"

"请明说。"

"交易条件是:沈依水,你,嫁给我。"

她猛然站起身,笑意和眸光迅速撤退,断然道:"不行!"

她的反应和回答显然在他的预料之中,他端起盖碗茶,浅浅地啜了一口,放回产自法国的珐琅釉磨砂玻璃案几上,轻言慢语:"沈依水,'不行'这两个字说得未免过早。请听我讲完,你再来衡量下这笔交易值不值得做。"

她不由得在他含笑期许的示意中落座,他起身环顾豪华气派直达三层的正厅,然后目光落在她端庄清丽的面容上:"我这幢花园洋房,够大,够宽敞,够气派吧?可是再好的房子里,如果没有一位自己心爱的女人,它就不能称之为家,只能叫作房子。三年前,我太太因为难产去世,孩子还未出世便窒息而死,从此,留我一个人住在这幢空荡荡的房子里……"

她不想被私人感情干扰,狠心打断:"你不该跟我讲这些。"

他走到酒柜旁拿出一瓶澳洲"云雾之湾",倒了一杯饮尽,武断地说道:

"我要讲,而且,我只想讲给你一个人听。坦白说,围在我身边的女人数都数不清,但那没用,那都是逢场作戏,过眼烟云,我是不会把她们中的任何一个娶回家的,甚至,我不会让她们中的任何一个踏进我的家门。我要的是一位能让我心仪的女人,你懂'心仪'两字的含义吗?那就是让我孙正道甘心情愿为她做任何事情,而她只要回报我一个赏心悦目的笑容,我便心满意足。"

孙正道,这是她第一次听到他的名字。她不便再听下去,起身意欲离开。他收起脸上的一切情绪逼近她,带着"云雾之湾"后味的凛冽气息,语气冷峻:"沈依水,恕我直言,你是唯一能让我感到'心仪'的女人。上次你说要仪容整洁地跟我谈笔交易,我便觉得你不同于我认识的任何女人,自你从容淡定地离开巡捕房之时,便把我的魂给勾走了。只有你有这个魅力,不,是魔力!所以孙正道愿意为你做任何事,不光轮船制造许可为你办到了,八百万两的银票给了你,沈宅也可以仍然是你的,还有,这幢孙家花园也是你的,这房子里的一切一切都属于你。只要你愿意嫁给我,让我能天天看到你对我笑靥如花。"

他这番话让她心生慌乱,不知如何是好。他拼命克制住想把她揽入怀中的冲动,因为他不想吓跑她,他还有压在心里的话没讲完。他声调温柔但语气里是不容妥协的逼迫:"如果你答应,从今以后,我愿意帮你做你想做的任何事;如果你不答应,你不仅得不到建造船厂的资金,而且,你更拿不到督军府的许可证。还有,或许,不是或许,是一定!我孙正道照样能得到你,这对我来说并不难;但我不想只得到你冷冰冰的人,我要你热乎乎的心也归属于我。"

他热辣辣地直视她的双眸,期待她的回应。她被他圈在他的呼吸范围内,依然缄默,来之前心中设想过千万种应对方法,但就是没想到他会以此相要挟。他见她垂下眼帘,两排弯如月牙的睫毛遮蔽了闪烁着乌沉沉光泽的瞳仁,这令他十分不悦:"否则,你私藏杀害洋人的凶手,这个罪名会再次让你深陷囹圄。那么,沈宅、造船资金、许可证,还有这所孙家花园,你什么都得不到,但你会成为我的笼中雀。但,我还懂人和畜生的区别,我不想对我喜欢的女人动粗。你明白吗?"

她依然保持缄默。

女仆走进来,站在远处,怯生生地禀报:"老爷,有电话。"

他不耐烦地挥手:"不接!"

"是南京马督军的电话。"

他眉头一皱,还是走到楼梯下的拐角处,拿起话筒倾听,稍顿答道:"是,江龙会是我灭的,放心,不会再有人提那批货了,这事只有你知我知……"

她连忙拿起桌上的纸和笔,写了一行字放在桌上,拿起包转身静静地走出孙家洋房。他接好电话回来,发现桌上的信笺,上有一行娟秀小字:首航之日便是嫁娶之时。

他不由赞佩:"能让孙正道爱上的女人,果真非同凡响!"

雨比来时下得大了,裹挟着暮色来临时浓重的寒气,慢慢侵入骨髓。她对这些全然不觉,只想赶紧逃离。她跌跌撞撞地从舟山路拐入相邻的霍山路,米汤娇旗袍已被雨水淋透,紧贴在身上,勾勒出她发抖的身体。孙督长那些像雨点子一样密集的话语,也像雨点子的冰冷一样不放过她,一路追逐着,一路在她耳边回放。

她步履蹒跚奔至苏州河边,已是气喘吁吁,身心俱痛。她双目噙满泪水,凝望河面,放声大哭,任由雨淋,任由路人驻足侧目,她只想把心里的委屈和压抑哭出来。

比雨水还要恣肆的一顿痛哭后,夜幕降临为她添上了一层保护色,她心里倒完全放晴了。她踏进家门洗澡换衣后,看到萧韦、吴怀恩和戴维候在饭桌前喜滋滋地等她。"依水妹子,这几天我把上海滩所有懂点小木船制造技术的工人都找来了,听说松江府的沈家要建船厂造船,他们都愿意尽力。"吴怀恩兴奋地嚷嚷。

萧韦激动地接话:"小姐,我跟'卢记'铁厂已经谈妥价格,六十万两白银,他们同意把机器设备、原料和工具,还有厂房全部转让给我们。这下好了,我们有能力造铁皮船了。"身体逐渐康复的戴维递上了几张设计图,向沈依水详细介绍轮船结构、性能和制造技术。

现已万事俱备,她心定了。

吴怀恩:"我们造的第一艘船叫什么?"

沈依水:"还叫茂源号。"

萧韦:"我们建的船厂叫什么?"

沈依水:"沪江造船厂。"

第七章
天堂的悬崖

历史悠久、古韵犹存的邠石山上,松涛阵阵,泉水淙淙。近两年的时间,彭海铁路铺轨至此,滕泰带领大部队驻扎在邠石河岸。今日按计划是凿山开道第一次爆破,他检查完毕各项准备工作,一声令下点炮!

只听得沉闷的连环轰鸣,山体仅炸开一个豁口。从山体左侧负责点炮的工人中突然传来杂乱的叫嚷,滕泰拨开人群挤进来,见几位工人用手挖着覆盖在徐工身上的碎石泥土,血从他右胸口涌出。

滕泰马上安排冯大志开车送徐工下山去医院,徐工被抬上担架,忍着剧痛告知滕泰,南京督军府从英国人手里买来的是劣质炸药,话没讲完便昏厥过去。冯大志和工人们赶紧把他抬到吉普车上,一路尘土朝山下奔去。

"炸药是我们老祖宗的发明,为什么用英国人的?"邵工提出的这个问题,提醒滕泰理清当前时局。从近两年国内外形势看,英、美、法,以及俄、德等国都在虎视眈眈觊觎彭海铁路,这条铁路成了西方列强明争暗夺的交通线,他们得不到这条铁路的控股权、运营权,便会想方设法、千方百计从中作梗。劣质炸药一事,很可能是他们在暗中搞破坏。

"既然如此,督军府为何购买英国产的炸药?"邵工再次发问。

滕泰痛心疾首地感慨:"马上发电给督军府报告爆破事故,这个问题我会尽快请孔德辕部长答复。中华大地现在是满目疮痍、百废待兴,铁路是一国之命脉,这个命脉绝不能被外国人拿捏住。"

翌日一早,孔德辕直奔督军办公室。马督军倒背双手,含而不露地发问:"昨天彭海铁路施工现场发生爆破事故,你调查得如何?"

"经初步调查,是英商在炸药中做了手脚,我部已向英国领事馆提出严重抗议,请他们立即协助核查炸药生产商和供应商。来之前,我已派人把徐州自产的炸药运送到工地。"

"这帮洋鬼子太不可信,他们巴不得早点把中国国土像火鸡一样撕开、瓜分掉。虎狼之心已藏不住,狐狸尾巴也夹不住了。"

"督军,这事显然是内外勾结所致。直系虽打败奉军,迫使奉军退回关外,可英美等外国列强仍在幕后不断挑拨事端,我有种强烈预感,直奉再次战事在所难免,所以,彭海铁路势必成为必争铁路线。"

马督军狠吸一口核桃木烟袋锅,喷出浓浓的烟圈:"张作霖现已牢牢控制了津浦铁路和京汉铁路,驾驭这两条铁路线对他来说是如虎添翼,军火战备、士兵调遣都远远优于我军。上次交战张作霖带12万奉军南下,运输军队、军备靠的就是这两条铁路。如不是奉军张景惠率师倒戈,造成奉军全线溃退,张作霖才败退出关,否则,你我今天还能站在这里吗?"

"以督军所见,直奉如再起硝烟,时局将会如何?"

"张作霖溃败出关后,加紧操练士兵,修建铁路,没有一天不在伺机卷土重来。况且,张背后又有日本强力的军备援助,并与段祺瑞共同阴谋策动冯玉祥等直系将领倒直,这些都是于我直系极端不利的危险信号。据我预测,只要江浙战事触发,直奉战争便会再次引燃。"

桌上电话铃声大作,马督军示意孔德辕回避,他行礼转身即走,双耳却凝神细听。

"孙督长?好!沈依水这个女人可靠吗?"孔德辕敏锐捕捉到"沈依水"这三个字,不由得在走廊内驻足。

"这批货一旦安全抵达大连,你肯定就不会还屈就在法国人的巡捕房里听差了。到时候,乌纱帽、黄金白银、沈小姐,一箭三雕……轮船下个月就可起航?到时你的喜筵我马某一定备份厚礼前去参加。哈哈……"

听罢此言,孔德辕心中大惊,匆匆下楼。他的这些举动被甘必雄监视到,前几日,马督军派他去上海办差刚回。

"上海之行有什么收获?"

"据我暗中调查,孔部长与沈依水的交往非同寻常,孔、沈两家是世交。直皖开战时期,孔部长并未回山东老家,而是一直在上海帮助沈依水购置轮船,开办茂源海运行。我担心他为了这个女人,会坏了督军的布局。"

"我一直怀疑,当年杨军长与孙副官的暴毙与他有关。从今日起,你要更加严密监视他。"甘必雄领命退出。

自从在茂源海运行原址挂牌沪江造船厂后,十六铺码头工地上总是披星戴月、夜以继日,日光连着月光,轮番交替俯视着黄浦江的粼粼波光。当一艘崭新的货轮架置在码头上时,两年的时光已飞逝如箭。

萧韦和工人们在货轮甲板上加固栏杆,放眼望见一辆黑色福特轿车驶进船厂,停在码头上。司机从车里跳出来,打开后座车门,从里面走出面带微笑、趾高气扬的孙督长。他遮眼眺望码头上已经完工的轮船和热火朝天的工地现场,嘴角露出得意的笑,然后转头直奔船厂办公室。

他走上前高兴地招呼:"沈小姐,不是我奉承你,现在你可是上海滩年轻有为的第一女实业家,《申报》上经常能看到关于沪江造船厂制造轮船的报道。"

"我想督长来此,不是专程来奉承我的吧?"她明白他是来提醒她兑现合约的日子到了。

他满心喜悦地靠在她的办公桌前,双目灼灼地凝视她:"看来轮船完工之日已指日可待,我期待通航之时早日到来。沈依水,我想你明白我的意思。"

"请放心,既是我承诺过的,我定会如期兑现。"

他打心底欣赏她的干练和聪慧:"我是专程送订单来的。"他见她并未回应,忙解释,"是一位老朋友托我下的单,对这单货你尽可放心。别忘了,这船厂可是有我一半的利润,我总不能自己坑自己吧?"

"什么货?"

"还能什么货?无非是南方的丝绸、茶叶、米、面、油什么的。我这位老友知道上次我为了保护你,连上海滩码头帮江龙会都给全窝端了,这里面定有不凡的交情在。所以,他非要预订沪江造船厂的第一单,也算是给我捧个热乎乎的场面。我想,沈老板不至于给个冷冰冰的回应吧?"

"到哪里?"

"大连!"

秦淮茶馆虽位于红尘滚滚的南京夫子庙,但因院内交错植满青皮竹、佛肚竹、龟甲竹和慈竹,曲径通幽,甚是雅致。包厢窗外,秦淮河上传来阵阵评弹声,《茉莉花》小调隐隐约约,悬挂着红灯笼的花船画舫往来穿梭,随风飘来歌妓的莺莺笑语。

孔德辕立临窗口,眺望着沉醉在晚风中灯红酒绿的秦淮河两岸,忧心忡忡,不觉吟道:"烟笼寒水月笼纱,夜泊秦淮近酒家。商女不知亡国恨,隔江犹唱后庭花。"

张同渊大步走进包厢,听到他的吟诵,问:"德辕,你心中有事?"

他回身叹道:"同渊兄,你我同乡,又同在督军府风雨飘摇共事多年,我一直把你当作生死之交。"他让座斟茶,"这家茶馆有南京最好的雨花茶,特请同渊兄来此饮茶话别。"

他惊问:"话别?"

"我决定就此告别仕途,去上海谋事。"

"你深得马督军器重,为何突然做此选择?"

"自杨军长与孙副官来宁当日暴毙后,马督军从未解除对我的怀疑,还在我身边安插亲信监视我。"

"甘必雄?"

他点头:"我从小饱读诗书,练武修身,渴望有朝一日追随中山先生的鞍前马后建功立业。但因出身家厨,苦于报效无门,不得已过继给衍圣公做继子……"他不由长叹一声,"实不相瞒,为达到自己的仕途目的,我曾经欺骗过别人、利用过别人、辜负过别人……我一直为此万分愧疚。"

张同渊深切感知到他心中郁积十几年的块垒岂是茶与酒可浇的,他只是找个信得过的人倾诉一番。

"自辛亥革命以来,孙先生为了中华民国和华夏百姓,含辛茹苦、忍辱求全,可最后江山眼睁睁落入旁系;自此十几年来,政局持续跌宕,皇帝轮番做。令我备感困惑的是,我一腔热血、满怀壮志到底是在为谁效忠?曾经让我热血沸腾的信仰和抱负呢?艰苦追索至今竟感一片虚空。"

他的抱负与困惑张同渊感同身受,自然不必强留:"既然你已深思熟虑,那就放手去吧。你走之后,我会帮你上下通融,不留后患。不知到上海后你做何打算?"

"上海有我父亲的一位世交,于我孔家有恩。这几日我察觉马督军与上海法租界巡捕房特级督察长孙正道过往甚密,似在谋划重大阴谋,并且他们的阴谋牵涉世交沈家之女沈依水,所以我必须去上海保护她,我愿意舍弃我的一切去全力保护她。年少时,我辜负过一位好女人,现在我不能再辜负另一位好女人。"他拿出一张信笺递上,"这是我在沪的住处,以后有事可联络我。"

张同渊接过信笺放好,问道:"沪江造船厂的老板沈依水?"

"正是。外国列强是用轮船和大炮轰开了中国的大门,我们也应该用自造的轮船和大炮抵御之。"

张同渊一拍桌子,慷慨激昂:"好!德辕,你有如此大志,我定当支持你。想当年李鸿章在上奏朝廷的奏折中写道:机器缔造一事,为今日御侮之资,自强之本。他就此创办了江南制造局,制造枪炮、弹药和轮船,成为中国最早一代实业家之首。"

孔德辕下定决心就此辅佐沈依水成为这样的实业家,为她排除发展道路上的一切障碍。眼下最要紧的是,今晚他必须要赶到上海保护她。

自打沈依水接了孙督长的订单后,整日郁郁寡欢,众人看在眼里,但没人敢当面直问。萧韦、怀恩和戴维驾驶"茂源号"在吴淞口试航成功,明天十月一日首航大连。至此,她不得不在晚饭时告诉大家她要结婚了,麻烦萧妈为她准备嫁妆,至于新郎是谁,她一字不提,大家好似从震惊中缓不过来,很默契地一字不问。

出于一种男人的本能,萧韦猜得出小姐要嫁的人是巡捕房的孙督长,灭掉江龙会,留吴怀恩一条小命,拿到造船许可证,一夜之间筹到造船的巨额资金,哪一样不跟这人有关系?从松江府沈宅搬到苏州河畔沈家公寓当天,因为搬物品和书籍进过一次小姐房间外,他再未进过。今晚,他必须上楼来,只为问一句话。

沈依水应声开门,刚洗好的乌发散在两颊,脸庞清瘦得让他看着心疼。"韦哥,我知道你想讲什么,不要问了。"

"你为什么要嫁给你不爱的人?"他必须要问。

"因为他帮过我,否则就没有沪江造船厂。"

他显然生气地质问:"孔先生也帮过你,帮过沈家,你为什么不嫁给他?你心里明明爱的是他!"

"可孔先生……他不爱我。"她难抑悲伤艰难地吐出这句令他无语的话。

天色微明,月牙儿还恋在树梢下不愿隐去,萧妈借着月色忙碌起来。一大早萧韦、吴怀恩和戴维驾船首航大连,她想不明白小姐为何偏偏选他们不在家的日子大婚,嫁给孙督长也好,以后没人敢欺负小姐了。正念叨间,她听到门外报童叫卖,照例去买了份《申报》送到楼上。

身着喜服的沈依水接过报纸打开,突然,一行黑字标题像一枚枚银针一样刺痛她的眼睛,她定神凝视:"法租界孙督长昨夜被一刀封喉,系江龙会残余势力所为。"这行字顿时像打开的五味罐,酸甜苦辣涩一齐冲击她心头,五味互不相让,争相释放浓度,令她胸口翻江倒海,并直窜上嗓子眼。

"一刀封喉?"她发出一声惊呼,冲到房门前,头上的凤冠滑落,被冷冷遗弃在地上。她打开门想奔下楼,却一下子扑进一个男人的怀抱。不用抬头看,她也知道拥她入怀里的男人是孔德辕,他不知何时就已等在门外,就是为了给她足以令她眩晕的惊喜。她贴向他耳边喃喃:"德辕哥,今天是我的大喜之日,你娶我吧,我要做你的新娘!我要嫁给你……"他吻住了她迎向他的双唇,他要分享她的喜悦,他要把这种喜悦酿成蜜,再回馈给她。

两人牵手从楼上走下来,沈依水万分惊奇地看到客厅里坐着萧韦、吴怀恩和戴维。萧韦忙起身道:"孔先生,按您的吩咐,我们已经把货全沉到海里了。"

她惊问:"船上的货不是南方的大米吗?为什么要沉到海里?"

他扶她坐下,把他调查的从沈家船队被劫至今的事件脉络一一讲给她听:"上次沈家被劫持的那批军火,其实是南京军政府马总长和巡捕房孙督长联手贼喊捉贼。当年,马总长拿出一部分军火作为倒戈的砝码,投靠了直系,所以直系上台后,他摇身一变升任南京督军府督军;当下,直奉再战一触即发,他预感直系江山即将倾塌,所以故伎重演,再次联手孙督长,打算把剩下的军火运往大连,拿这批军火做贡品投靠奉系。这也是孙督长为什么扶持你建造船厂、制造货轮的原因。"

一个女人无论多坚强,只要在她心爱的男人面前,便会柔弱似水。萧妈看着小姐流露出的娇羞女儿态,当然懂她所有的心思,这次她要替小姐问个清爽:"孔先生,恕我老妈子多嘴,你这次来上海,不会再走了吧?"

他爽朗地回道:"不走了,以后跟大家一起在船厂做事,多生产几艘中国制造的货轮。"

孙督长的死因与当年杨军长和孙副官的一模一样,马督军彻底证实了自己这么多年对孔德辕的怀疑。但站在他面前被训话的甘必雄还没明白这世界发生了什么,上海滩法租界巡捕房孙正道督察长之死跟自己有什么关系,为什么马督军要迁怒于跟孙督长并不相识的自己?

他还未迅速整明白这一连串问题,只听马督军大喝一声"来人",马上冲进来两名荷枪警卫,只见马督军伸出粗壮的手指向他,怒喝:"拖出去,关禁闭10天!"在被押出去时他与走进来的张同渊擦肩而过,他想这一切定是与孔德辕有关,他恨他让自己做了替罪羊。

张同渊把一封信递上:"督军,这是孔德辕的请辞信,托我交给您,他回乡教书去了。"

"这个时候选择离开,等于不打自招啊。我马某再惜才、爱才,也容不得他在我眼皮子底下一再撒野。他以为这样不辞而别、一走了之,杨军长、孙副官和孙督长的接连暴毙,就跟他脱了干系?"信笺被马督军揉搓在手掌里。

张同渊心知肚明,脸上浮出笑意劝解道:"在没有确凿证据的情况下,这三人的死还不能断定跟孔德辕有关。据我分析,现在时局复杂,各派势力互相抗衡、制掣,这三人定是派系之间斗争的牺牲品。况且从三人具体死亡原因分析,也不像是孔德辕所为。孔德辕与我同乡,我了解他,他虽胸怀谋略,但终究是一介书生,怎有手刃他人性命的功夫?再者,我揣测不出他杀人的动机。目前,孔德辕只是厌倦了政局跌宕如同儿戏,这跟他当初参加新军时,怀揣治国救民的理想抱负大相径庭,所以动了归隐之心。等国家最终结束分割局面,天下一统时,他定会复出为督军效力。"

马督军冷冷反问:"你真的相信他回乡教书去了?"

张同渊爽朗一笑,避重就轻道:"正心、修身、齐家、治国、平天下,是中国历代文人志士向往的人生境界。我倒希望孔德辕在教书育人之余娶妻生子,安享男人的伦常之乐。"

孙督长遇刺身亡的新闻在《申报》上甫一登出,便如投入黄浦江的一枚炸弹,惊涛骇浪四起。所以《申报》为转移来自方方面面的注意力和压力,老板下令接下来几日多报道戏剧界、电影圈的新闻,哪怕是争风吃醋的男女情事。

今日负责现场采访任务的是王宝才,他这时捂着肚子一脸痛苦地跑来请假,也等不及答复就把相机往任天行办公桌上一搁,奔厕所去了。临时没其他人可派,任天行只好亲自赶到东方好莱坞影院。明星见面会已经开始,台前中间位置被各家报社记者团团围住。远远只见上海滩当红影星许丽丽站立台前,头戴黑色水貂瓜皮帽,身着一件水葱绿丝绒旗袍,胸口一朵白牡丹胸针极尽招摇地绽放,头发翻滚着油腻腻的波浪,猩红的双唇仿佛随时都能滴下血来,浑身上下透出一种矫揉造作的娇嗲妩媚。任天行对许丽丽的艳史韵事大都不是道听途说,多来自不同阶段另一当事人的第一手资料,不过是一场场、一段段打着艺术名头做的风月之事,看似风雅,实则更加龌龊。但她在上海滩的走红自有她的理由,除了她主演的电影能打发闲暇时光外,她本人还能给整个上海滩市民阶层带来愉快的谈资,是他们下饭时有滋有味的小菜。

待导演胡寿全介绍完新片后,台下记者纷纷冲着许丽丽举起镁光灯,一阵阵噼里啪啦。任天行把相机套在脖子上,站在三层包围圈之外,凭他人高马大的身架,还是能看到舞台上站着的这对把生活当戏、把戏当生活的男女,不用听他也知道他们将进行一番怎样的表演。

许丽丽用风情万种的眼光朝台下扫了一圈,公平地施舍与每个人一秒钟含情脉脉的停留,伸出食指像观音菩萨恩泽众生一样朝台下轻点,一位幸运儿获得提问机会。"许丽丽小姐,你塑造的《桃花扇》中的李香君,不仅扮相娇美,而且更把她复杂的心理活动通过丰富的肢体语言表达得非常细腻。请问在表演中,你是怎么把握的?"

许丽丽娇羞发嗲地瞟了一眼站在身边的胡寿全,又把含情脉脉的眼风送还给台下,甜腻的声音里透出一股子风月场中的媚态:"谢谢你对我表演的赞赏!那还不都是胡导指导得好嘛,每晚他都会把第二天要拍的戏让我预排一遍,我有领悟不透的戏,他会亲自示范,手把手地教我。"

另一位记者抢话:"请问胡导,听说您下一部片子《少奶奶的扇子》改编自英国作家王尔德的《温德米尔夫人的扇子》?"

胡寿全得意地逡巡台下簇拥成群的记者,脸上却满是艺术家的端庄与谦和:"是的,我想在下一部电影中寻求一下自我突破,不能老在古装戏里打转转。搞艺术嘛,贵在创新,勇在探索。这部新片是现代时装家庭戏,故事很有看头。我对自己、对自己的影片有信心,我预测票房将会超过《桃花扇》。"

"在您的这部新戏里,还是许丽丽小姐做女一号吗?"

"是的,丽丽小姐永远是我的女一号。"胡寿全知道这句话会引来一片颇有意味的热烈掌声;他还知道,这句话明天会毫无悬念地成为各大报刊娱乐版的头版头条,这是他很配合地为各位记者拟好的吸引眼球的大标题;他当然还知道,奔波在上海滩角角落落的小市民需要这种娱乐、这种谈资,这种鲜活的暧昧可以激发他们的想象力,按摩他们劳累一天的身心。他要的就是这种效果、这种关注度,一切都在他的掌控中。所以他继续道:"我和丽丽是很好的工作搭档,彼此配合已非常默契。虽然丽丽小姐擅长扮演古装苦情女子,但我想,她不仅形色俱佳,而且富有表演天赋,我相信她的戏路很宽,她个人也非常想尝试完全不同的角色,我也愿意为她提供表演空间,希望在这部新片中,她能带给观众新的视觉形象和艺术感受。"

这番公开赞美简直像公开表白一样,许丽丽直听得心花怒放,她翘起兰花指摆弄着精心烫染的波纹滚滚的长发,并不断配合记者的镁光灯奉上光彩夺目的笑容。

趁这时机,胡寿全转身从幕布一侧拉出一位身穿淡紫色旗袍、眉清目秀的姑娘,向台下记者们介绍:"这位是丽华影业公司新签约的艺人——方红颜小姐!电影《少奶奶的扇子》将是她首登银幕的处女作,届时,还请各位多指导,多捧场!"

"方红颜!"这三个字简直像酷暑天傍晚的雷声,轰隆隆在任天行耳旁炸响。"请让开!让开!"他不顾一切冲到前排,凝视着台上既熟悉又陌生的她,他寻找了整整两年的她。

方红颜毫无准备地被胡寿全推到众记者面前,一时发窘,她迅速调整好紧张的心态,大大方方鞠躬、微笑、配合拍照。一时,许丽丽被抢了风头,但又不好当众发作,只能强颜赔笑。

胡寿全看到横冲直撞挤到前排的任天行,刚要不悦,转而笑容满面地招呼:"原来是《申报》的任大主编啊?您怎么亲自来了,派个小记来不就可以了吗?真是赏光!谢谢大驾光临!"

任天行根本没听到胡寿全一连串的寒暄,仿佛周围的人群和声音都在他的眼前和耳边隐遁了,眼前的世界真空旷,只有多了几分成熟、染了几分风尘的方红颜静静地站在他面前。他极力镇定住汹涌澎湃的情绪,两年来积攒了无数的问题要询问:"请问方小姐,这两年多你去了哪里?在做什么?你什么时候进了电影这个圈子?你为什么要演电影?你现在过得好吗?"

方红颜不知如何回答,嗫嚅着双唇吐不出一个字。

胡寿全忙嘻哈着打圆场:"我的任大主编,你一下子问这么多问题,让方小姐不知先回答哪一个嘛?方小姐去年来我们公司后,一直在做丽丽小姐的助理。"

任天行对胡寿全的话置若罔闻,只管注视方红颜,眼睛都不敢眨一下,这种重逢的场景曾多少次出现在他的梦里,他怕一眨眼,她便会从眼前消失,像梦醒了一样徒留惆怅。他继续追问:"请问方小姐,你在这部新片里扮演什么角色?是少奶奶?还是被少奶奶怀疑跟她丈夫有私情的母亲?"她低眉垂眼,仍是沉默不语。想当初她不告而别跟他不相干,今天的意外重逢依然与他不相干,但她不能这样向他坦白。

胡寿全在一旁笑呵呵地代为回答:"方小姐在这部戏里是女二号,扮演母亲周丽琼。"许丽丽诧异地向他抛过来一个极度不满的眼神,他装作视而不见。

"方小姐,能告诉我吗?你现在住在哪里?你一切都好吗?"显然,任大主编不依不饶的追问偏离了采访的主题,站在他身边的记者们听到这一串串问话,都惊奇地把目光聚拢到他身上,有的忍不住侧身窃窃私语。

胡寿全也发蒙,想不通这在上海滩报界颇有分量的任大主编发的哪门子神经,但他晓得任天行不好得罪,确切地讲,是他任职的《申报》不好得罪,他手中那支能呼风唤雨的笔更不能得罪。他连忙端出满脸笑意替方红颜挡驾:"对不起,私人问题方小姐不便回答。如果任主编想单独采访方小姐,我可以为你们另行安排时间。她可是丽华影业相当看好的新星,呵呵……"

任天行终于失控,冲胡寿全吼道:"我没问你,请你闭嘴!"众人被他这一嗓子怒吼给震住,都莫名其妙地看向他,又扭头望向胡寿全。胡寿全极度尴尬地杵在台上,像是被遗弃在舞台上的木偶。

见面会在突发意外中宣告结束,许丽丽脸上立马寒气凛凛,扭动着腰肢走进化妆室,气呼呼地把皮包往桌上一掼。胡寿全小心翼翼地跟进来,关紧房门,他知道一场暴风雨即将到来。还没等他想好开头语,许丽丽便伸出兰花指戳着他的鼻子质问道:"老胡,你胆敢耍我?昨晚你在我的床上还跟我讲,方红颜只配演个跟在我屁股后面听吆喝的小丫头;今天你两眼一睁,就让她演女二号了?我看,你是脑子进黄浦江的水了。"

他赔着小心嗫嚅:"小声点,我的姑奶奶,求求你,小声点。我,我……这不是要跟你解释吗?"

她更加气愤地嚷道:"跟我解释?你现在来跟我解释?你不是已经向记者们宣布了吗?我晓得,你先斩后奏就是为了堵我的嘴!老胡,今天在记者面前,我是给你留足了面子,硬生生地管住我的嘴巴,没有当场给你难堪。"

他低声下气地频频道谢,生怕多讲一个字又引起她发挥。许丽丽一屁股坐在化妆镜前的椅子上,厉声道:"讲吧!你为什么让她演周丽琼?她让你尝到什么甜头了?"

他忙上前俯身在她一侧,察言观色道:"丽丽,你千万别多想。我就是觉得那北京小丫头眉宇间散发出一种不甘人下的气质,特别适合演周丽琼。"

她从化妆包里拿出一根如同其手指一样细长的哈德门,他忙为她点燃,她含着烟雾在口中绕了一圈后,缓缓吐出一个渺渺烟圈,用鄙夷的口气说道:"不甘人下?难道你想扶持她爬到我头上吗?"

"不是!绝不是!丽丽,你千万别多想!你也看得出来,她是一块当演员的料,况且,她也非常努力……我是看她整天不声不响地跟在你屁股后面为你拎包,老可怜的,想拉她一把……"

"我看你昏头了!"她怒视他,直看得他眼神四处乱躲,"老胡,你是不是看上她了?想打她的主意?"

"看你,想哪儿去了,我老胡是那号人吗?"

她气呼呼地反驳:"哼!你是什么人我还不晓得?狗改不了吃屎,猫改不了偷腥,老鼠改不了打洞!如果你非让她演女二号,那我们就分道扬镳!"

听到她如此斩钉截铁的表态,他不得不妥协:"你想让她演什么?"她听出他的妥协,心里有胜利后的喜悦,轻描淡写道:"少奶奶身边的丫头!她方红颜就是这个命。"

丽华影业公司的大门像胶片盒子一样,别具电影公司特色,门外街道的尽头与霞飞路连通,两旁植满法国老梧桐,枝繁叶茂,延伸至空中拥抱成荫。正午时分,阳光密密地从巴掌大的叶缝中漏下来,洒了一地的斑驳。

任天行走进一号摄影棚,棚内四处摆放着搭景的道具,胡寿全的侄子胡乐来领着几个工人在布置场景。他靠在一个角落的木架旁,用眼光搜寻方红颜的身影。昨天的见面会被他搅得团团乱,她始终未发一言,转身在他眼前跑掉。他在心里发誓,这辈子绝不再让她消失在自己的视野。

胡寿全站在刚搭好的豪华气派的西式大客厅里,指挥演员排练。戏中少奶奶因怀疑丈夫梅子平与母亲周丽琼有暧昧关系,正一个人在家里闷闷不乐。她懒洋洋地陷在宽大的意式沙发里,冷傲地乜斜着走上台来一身小丫头装扮的方红颜,嘴角撇出一丝不容挑战的冷笑。

"胡导,我没准备,不知道怎么演。"方红颜被临时通知饰演少奶奶的丫鬟小红。

"这有什么难的,少奶奶让你做什么你就做什么。"胡寿全冷着脸吩咐。

听到胡导一声"Action!"许丽丽立马进入状态,换上一副少奶奶面孔,做出坐立不安的样子,抚着胸口有气无力地使唤:"小红,太闷了,我憋得快喘不过气来了,过来,帮我开一下窗户。"

方红颜过去把窗推开。

"小红,帮我沏杯茶,要子平从英国带回来的红茶,再到爱莉娜饼屋给我买块起司蛋糕。"

方红颜依次一一端上来。

"小红,我的扇子呢?快去把我那把仕女图的折扇拿来!"

方红颜拿过扇子递给她。

"你帮我扇,快帮我扇!这天闷死人了,闷得我喘不过气来了。"

方红颜只好站立身侧,帮她扇起来。

胡乐来站在胡寿全旁边,被搞糊涂了,悄声问:"叔,这戏是《少奶奶的扇子》吗?"

"少废话,做好你该做的事。"

"真不愧是胡编、胡导。"胡乐来看不惯许丽丽颐指气使的本色表演,小声嘀咕。

许丽丽心生一计,命令:"小红,把桌上的红茶递给我。"方红颜忍了忍还是端起红茶,递给她。

许丽丽故意脱手,红茶撒在她缀满白色蕾丝花边的西式洋裙上。顿时,一记带着怒火的耳光"啪"地甩在方红颜脸颊上,并伴着怒斥:"臭丫头,你以为你是谁啊?敢把本小姐的裙子弄脏?你晓得这裙子是多少大洋买的吗?"

方红颜把手中茶杯朝地上一摔,然后,扬手一记更响亮的耳光甩给了许丽丽。

胡乐来发蒙了:"叔,这到底是戏内还是戏外啊?"

胡寿全也蒙了,站在原地没敢动。许丽丽捂着发胀的脸,恼羞成怒,发疯似地嚷道:"胡寿全,你给我出来!"

胡寿全只好小心翼翼走上前,站在二人面前,不知所措。许丽丽立马表演梨花带雨的哭戏:"你也看到了,连一个小跟班都欺负到我头上来了,本小姐不拍了!"

方红颜笑意盈盈,傲然站在舞台上。"好戏!真是一出精彩的好戏!"一阵欢快的掌声从幕布后传来,任天行大步跨上来,高兴地连声喝彩。

直到此时,方红颜才感觉阵阵委屈涌上来,堵得她嗓子眼酸痛,她不敢望向他,因为她眼睛里饱含泪水,怕管不住自己的眼泪在他面前不争气地流下来,让他以为自己还是两年前那个缠着他找表哥的小丫头,她迅速跑出摄影棚。

任天行追上来大喊:"红颜,你那一耳光扇得好!解气!痛快!"方红颜突然停住脚步,俯身喘着气放声大笑起来。听到她清朗的笑声,看到她绽开的美丽笑颜,任天行一下子又找到她两年前稚气飒爽的样子。

"红颜,这两年多,你都好吗?你过得快乐吗?你为什么突然离开?"

她好不容易止住笑,又被他一连串的发问逗笑了,她捂着笑痛的腹部,揶揄道:"任大主编,你的职业病又犯了,你这是在采访我吗?"

"不是采访,是关心。"他从未如此认真地关心过一个女人,确切地说不仅仅是关心,他不敢深究自己对她的感情,怕自己无法面对,更怕吓跑她。

德大西菜社位于静安寺路浓荫遮蔽处,是洋人、华商、买办乐于聚集的地方。该餐厅有上海滩最地道的西餐风味,尤以德大牛排为招牌,能照顾各路吃客的味蕾和面子,来此享受一顿丰腴之餐,自然会生出一种上等人的优越感。夜色未上,还只是稀薄的黄昏,餐厅里吃客零落,白光缭绕低回的歌声让餐厅里每一寸空间,都飘荡着此情无处安放的气息。

任天行选了一个光线极佳的位置,抿着一杯浓醇的红茶,从落地玻璃窗看出去,胡寿全正急忙推门进来,探头探脑张望。在侍应生引导下,他谦恭地站在他面前。

"任主编,德大可是上海滩最正宗的西餐厅,今晚我有口福了。"任天行一笑,抬手示意他入座:"德大的牛排味道最地道,特意请胡导过来品尝。"

胡寿全倒是开门见山:"任主编不会只是为了请我品尝牛排吧?"

任天行索性直奔主题:"许丽丽,你安抚好了吗?"

胡寿全长叹一声,抱怨道:"名气越大,这臭脾气也就越大。费了我一晚上的工夫,总算把她给哄好了,她答应明天继续到棚里拍戏。"

任天行听出了二人关系,服务生送上两盘浓香扑鼻的牛排套餐。他切着一块带着血丝的牛排,口气不容置疑:"让她走人!"

胡寿全刚要把肉塞入口中,听到此话眨着小眼睛懵了一会儿,问:"让谁走?方红颜?"

任天行拿起面前白色棉质手帕,点了一下嘴角,一字一顿道:"许丽丽!"

胡寿全无比惊诧,嚷道:"这怎么行?许丽丽可是上海滩红得发紫、亮得耀眼的明星!观众就认她,票房全靠她。再说了,把她赶走,谁来演少奶奶?"

任天行依然一副不容置疑的口气:"方红颜!"

胡寿全"扑哧"乐了:"她一个无人知晓的新人,怎么能扛大梁呢?"

任天行放下手中刀叉,哈哈笑着:"我说老胡,谁第一部戏不是新人啊?哪个明星不是靠捧才红的?我这《申报》的副刊从今往后可是天天为你留着版面,就看你怎么用了。许丽丽现在是红透上海滩,可当初不也是靠《申报》不断吆喝才捧起来的!胡导,你考虑一下,难道你以后就想这样让许丽丽这个风骚娘们一直骑在你头上,被一个女人牵着鼻子走吗?你窝不窝囊?"

最后一句话戳到胡寿全的痛处,他着急地问:"那这女二号谁来演?"

"美华的徐丽丽!怎么样?此丽丽的名气可一点不比彼丽丽差。"

"上海滩这两位丽丽谁人不知、谁人不晓哦?哈哈……只是,徐丽丽比许丽丽派头更大,更难搞定,她愿意为方红颜这个无名小辈配戏吗?"

任天行胸有成竹地说:"我的胡大导演,这件事就不用你担心了,事在人为嘛。信得过我老任吗?"

胡寿全恍然大悟:"哦……哦,我有点懂了。任大主编,我想问一个不该间的问题,方红颜是你什么人,你这么尽心尽力地帮她?"

任天行香喷喷地嚼着鲜嫩多汁的牛排,含笑道:"表妹!"

胡寿全饶有意味地琢磨着:"表妹……表哥……"然后,嘿嘿一笑。

再回到摄影棚的胡寿全凭空多了一份底气和威严,被一个娘们捏在手里揉搓实在不应该,男人气概油然而生的他站在摄像机跟前,大手一挥:"Action!"胡乐来连忙悄声阻止:"叔,丽丽小姐还没来呢?"

"别废话,做好你自己的事。"

镜头里,方红颜扮演的少奶奶在豪华气派的西式大客厅里,百无聊赖地踱来踱去。胡寿全眼睛盯着任天行口中的这位表妹,越发看出些味道来。这时许丽丽穿着少奶奶的戏服不紧不慢地走过来,看到方红颜,不相信自己的眼睛,大叫道:"胡寿全,你不是跟我保证在片场再也看不到这个女人吗?她怎么还穿着少奶奶的裙子?"

他趾高气扬地回道:"许小姐,请你尊称我为胡导。你也看到了,打从今日起,方小姐是这部戏的女一号,她当然要穿少奶奶的戏服了。"

她被气得语无伦次,问道:"那我呢?我呢?我是谁呢?"

他冷嘲热讽地嗤了一声:"你不是说联美在高薪挖你吗?你还是早点去吧,免得你戏拍了一半撒手再去,那岂不是害我老胡全家跳黄浦江嘛!"

她被气得扭曲着脸,怒道:"胡寿全,你这个变色龙……你……到底怎么回事,你给我讲清楚!"

他一脸严肃,毫不妥协:"你长着眼睛没看到啊?我现在忙得很,没空!"他重新站回摄像机跟前,大手一挥:"Action!"

她气得狂叫:"胡寿全!你给我听好,从今以后,我跟你一刀两断!就算你跪下来求我,我也不会再睬你了!"说着,她带着呜咽声气急败坏地扭头跑出摄影棚。

这出戏从没预排过,直把胡乐来看傻了眼,他在心里纳了闷地想:一夜之间,叔他怎么这么硬气了?

虽天光放明,但也只是从黑沉的云霭中映射出的黯淡光线。果然午后,黑云压上来,密密地越堆越厚,临近黄昏前,终于扛不住积聚的雨水的分量,一股脑地泼洒下来。待雨水把油纸伞湿透,淋了沈依水一身,她才发现自己站在孔德辕家门口。

他开门赶紧把她拉进来,拿毛巾为她擦着脸上、头发上的雨珠,说道:"我今晚特意为你做了拿手菜,刚去你家接你,萧妈说你去了松江府。"她一言不发,双目只管凝视他,她来这里就是要一个答案。

他躲闪着她灼热的目光:"你先坐,我去端过来。"

她伸出手臂扑进他怀里,紧紧抱住:"别离开我!"他多想回报她一个更结实的拥抱,可双臂僵硬地举在半空左右为难,只好安慰道:"菜凉了,我们先吃饭。"

她俯在他怀里,更紧地箍住他的腰不松手:"有一个问题,你为什么一直在回避?"他双唇翕动却极力克制着。

"你想知道我今天去哪里了吗?我去看爸爸、妈妈和哥哥了,我跪在坟前跟他们说,我要嫁人了。"她仰头注视他,双眸里的小火苗闪烁,"我要嫁给你!在这个世界上,我只想嫁给你!你愿意娶我吗?"

他满目忧伤地看着她,双手已不听指挥地抱紧了她颤抖的身体。他的沉默无语使她委屈的泪水夺眶而出,声音哽咽:"你为什么不说话?为什么每次我问你这个问题的时候,你都不说话?我不够好吗?你不喜欢我吗?既然你不爱我,那你为什么还一再帮助我、关心我?你为什么还要回到上海和我一起经营船厂?"

他所有的话都哽在喉头,不是不想说,而是不忍说,因为说出来的话都不是他心里想说的话,果然,他听到了自己违心的低语:"在这个世上,你是我心目中最好的女人,无人替代……我爱你!可我……不能娶你!"

"你为什么不能娶我?既然你不想和我在一起,那你为什么还要回来?"

"请你原谅我,以后我再跟你解释……这些年来,我身在政界,目睹军阀政府如儿戏般、走马灯似的变换,厌倦了官场的翻手为云、覆手为雨,我想回来帮你在船厂做事,多造几艘中国人自己设计、制造的轮船,脚踏实地做实业。可我不配娶你。"

她极度伤感地离开他的怀抱,冷冷地看着他,责问道:"上次,你是因为要做官离开我;这次,你是因为厌倦仕途回来……其实,你并不爱我!我在你心里到底是什么?"

他万分无奈:"依水,以后有机会我向你好好解释。你身子在发抖,我为你煮了汤,我去端过来,你喝一碗暖暖身子。"

当荒凉的绝望袭来时,她脸上浮出平静的微笑,她冲他点点头,她看着他转身走入厨房,便开门奔向雨中的街道。

他端着汤盆从厨房出来,看到她跑出去的背影,急忙追了出去。瓷白色汤盆里是微微荡漾的银丝豆腐羹,丝丝豆腐,根根分明,漂浮在蛋青羹中,温润交融。

雨雾锁住弄堂口,也锁住他的视线,他焦急地左右张望,早已不见她的身影。他拔腿朝前跑去,站在三岔路口判断她的方向。他揩了一把脸上的雨水,朝通往黄浦江边的路口奔去。

黄浦江用滚滚而起的波涛迎接暴雨的挑战,冲击着江岸。一路奔跑的沈依水抬眼看到黄浦江波涛汹涌地展现在眼前,双膝酸软,瘫倒在地。她隐约听到身后有他的大喊,她提起一口气往前跑去,但刚起身便再也无力支撑,晕倒在江边。他奔上来,俯身一把搂住她。

他懊悔地连连呼唤,她缓过气来,睁开双目,看到脸上雨水、泪水交织的他,含笑道:"德辕哥,我今生只想嫁给你,我这辈子只能嫁给你,不管你喜欢不喜欢我,我都要嫁给你!"

世间没有比这更珍重的表白,好像这场大雨是为她的表白而下。他再也压抑不住内心涌动的激情,没有什么能阻止他大声呼喊:"沈依水,我爱你!我孔德辕愿意娶沈依水小姐为妻!"

雨滴欢畅,江水欢腾,世间最美妙的语言天地可鉴,江水为证。

在老爷、太太的坟前悲喜交集地报过喜讯后,萧妈便喜滋滋地忙开了。院内,廊檐下堆满大红绸子,萧妈坐在一把竹椅上,仔细地为每段绸子打上如意结。萧韦擎起两只刚扎好的红绸福字宫灯,走出院门,一左一右悬挂在银漆门廊下。顿时,喜气弥漫至沈家公寓门前的苏州河河面上,来往船号皆缓下摇橹,各色商户立于船头举首眺望,嘴角漾开笑纹。

萧妈笑得合不拢嘴,絮絮叨叨:"这回我们家小姐是真的要结婚了,遂心如愿地嫁给孔先生,他们真是郎才女貌,天生一对哦。老天爷开眼了,让小姐嫁给了她最中意的人。"反倒是萧韦闷闷不乐,低头不响继续扎灯笼。

一位小伙计站在虚掩的院门外,叩门喊道:"阿婆,我是鸿翔制衣铺的,我来送沈小姐定做的喜服。"

萧妈乐呵呵迎上去:"鸿翔铺子的喜服,那可是全上海滩最有名的。"

小伙计人长得清爽,两片薄嘴皮子更利索:"我们老板钦佩沈小姐的人品,所以这两套喜服都是老板亲手设计、亲手缝制的,都不许伙计搭把手。"

萧妈忙伸手接过,送走小伙计,转身上楼走进小姐卧室,从礼服袋子里拿出两套用金丝锦缎做的旗袍:"小姐,喜服送来了,赶紧试试。"

沈依水接过旗袍,用指尖细细触摸着精美绚丽的花纹,锦缎的光泽把她的脸映得绯红。她小心翼翼抖开一件旗袍,不禁发出一声惊叹。只见这件旗袍缀满金线,龙腾凤翔,极尽描鸾绣凤之工。金丝密绣的衣领上吊着一张信笺,她摘下读道:"龙凤呈祥。"

萧妈帮她穿好旗袍,扣好龙凤盘纽,不由赞叹:"小姐啊,你穿上这件旗袍,比那月份牌上的女明星,不知道美多少呢!"说着,她赶紧又展开第二件旗袍,这件旗袍不似上一件雍容华贵,但同样胜在手工制作,只见前身用金银丝线绣有百只大小不一、形态各异、翩翩起舞的蝴蝶,胸口一朵初绽的粉白芍药,像在幽幽浮动着花香,优雅娴静,端庄大气。衣领上同样用丝线吊着一张信笺,上书:百鸟朝凤。

她穿上"百鸟朝凤",听得门外传来敲门声。萧妈开门,她见是孔德辕,不由双目含春、面含新嫁娘的娇态,比胸口的那朵芍药花更加妩媚动人,问道:"好看吗?"

他凝视她,无比艰难地吐出一句话:"依水,明天,我不能娶你了……"

她千辛万苦才握住的幸福就这样被他一句话毁了,连同她的心一起碎了一地。萧妈见她心痛得讲不出话,忙扶住她问:"为啥?这到底是为啥?"

"我的未婚妻从山东老家来了,今天早上,她找到我。"

一阵巨大的虚空击中她,她穿着簇新的嫁衣却听到未婚夫的未婚妻寻夫上门的消息,她像被抽了筋骨的棉花,又轻又松又软,只有用手死命扣住门框,才能让自己不漂浮起来。她听到自己顽强的追问:"你从来没跟我提过你有未婚妻?我怎么就没想到过,你会有未婚妻呢?"

"十三年前,我已有婚约在身。"

萧韦拿起一只刚扎好的福字宫灯来到廊下,抬头看到院子里站着一位清瘦的女子。他纳闷地朝房内喊:"老娘,院子里站着一个女人,看样子是从外地来的。"

众人都来到院子,女人微笑着一一点头。孔德辕平静地介绍:"她叫孔圣鲁,是我的未婚妻。"

"孔先生,我们只晓得你是单身一人,怎么从来没听你讲过有未婚妻啊?"吴怀恩大声责问。

萧妈泪眼婆娑地叹道:"刚才孔先生跟小姐讲,他的未婚妻从山东老家来寻他,明天不能跟小姐结婚了……"

戴维不解地插嘴:"你们中国男人,不是可以娶两个老婆吗?"吴怀恩给了戴维一个大白眼,傲气十足地在孔德辕身边说道:"沈家的大小姐、我吴怀恩的妹子能给人做小吗?"

萧韦抬腿走到孔德辕面前,一把抓住他胸前的衣领,眼里喷着怒火,先照胸口狠狠给了他一拳,接着又跟上一记猛拳,打得他连声咳嗽。

孔圣鲁惊恐地扑上去,劝道:"不要打他! 求求你,不要打他!"

吴怀恩跛着脚走到她面前,火冒三丈地嚷道:"打的就是他! 你是哪里冒出来的乡下女人? 你晓得吗,如果你不来,今天我妹子就和孔先生结婚了。他就该打! 韦哥别客气,下手重点! 出了人命,有我麻杆顶着! 我顶不了,还有戴维呢,他是洋人,巡捕房不会把他怎么样。"

孔圣鲁一直用沙哑、哽咽的嗓音叫着:"不要打了……都怪我不好,是我不好……你们不要打他……"无人理睬她虚弱的声音,她再也支撑不住,软绵绵地俯倒在地上。戴维忙扶起她,高喊:"别打了,这位小姐发高烧,需要马上送医院。"

孔德辕急忙躲开拳头,冲过来抱起孔圣鲁,大步跨出沈家大门。

第八章
爱唯有成全

上海的梅雨季往往始于一场缠缠绵绵的晨雨。雨窸窸窣窣地落下来，敲打在已窜至二楼窗口的芭蕉叶上，肥阔的蕉叶经过雨水润泽，愈发浓翠欲滴。植物清香流转进沈依水卧房，唤醒了她。

一夕之间，已物是人非。

她下楼来，见萧妈煮好粥，说道："萧妈，帮我带份粥，我到医院去看看德辕哥的未婚妻。"

萧妈来了火气，丢掉手里的鸡毛菜，劝道："看她干吗？这个山东女人不仅冲了你的喜事，还把你气晕倒了，你还是先养好自己身子吧。"未待她发完牢骚，沈依水跨出房门。萧妈赶紧盛好皮蛋糯米粥放入食盒，追到门外。

圣爱医院本是德国人哈维尔来上海淘金开设的一家小诊所，曾有一位家境贫寒的弄堂小姑娘谢端丽突患痢疾到诊所看急诊，哈维尔不仅医好她的病，而且还免了诊疗费。她爹娘过意不去，便让17岁的女儿在诊所里给哈维尔打下手，没想到小姑娘天资聪颖，很快成了他的得力助手，后来又成了他的娇妻。哈维尔就此决定扎根上海，用赚的钱在鲁班路上买了一块地皮，建了一座四层大楼，诊所升级为医院，取名为圣爱医院。

沈依水和萧妈来到圣爱医院，一路打听至孔圣鲁的病房门口。刚要敲门，正好听到孔德辕喊着，圣鲁你终于醒了。她收回手，怔怔地站住，萧妈不敢吭声，只好站在她身后由着她。

病床上的孔圣鲁如干枯的花瓣，底色虽在，但水分、香气、光泽尽失。她凝视他良久，抱歉一笑："德辕，终于见到你了，知道你还活着，我就放心了。"她撑着起身，"我真不该来找你，我现在就回曲阜去。"

"你哪都不能去,在这里安心养身体。医生说,你因连日路途劳累,饮食紊乱,身体虚弱,染上了风寒,如果不好好医治,会送命的。"

她低眉苦笑,又是风寒。十三年前,她与他的结婚典礼定在10月10日举行,偏偏前一天她染风寒住进医院,婚礼只好推迟。11日,他听闻武昌革命军发动起义,推翻清王朝,在家里踌躇满怀、坐卧不宁,连夜乘火车南下。临走前,他请求她的叔父衍圣公写了一封举荐信给他的老友、革命军的一位要人,他手写一份保证书向叔父承诺,等革命壮志完成,定回来娶她。但从此,他与她再未相见。十三年过去了,她好不容易找到他,却又染上风寒。

他握住她干瘦的手,安慰道:"读私塾时,你记忆力就比我好,老祖宗的《论语》你能全文背诵,私塾先生常拿你做榜样教训我。没想到,十三年过去了,你记忆力还是这么好,这么多事你都记得一清二楚。"

她叹道:"如果这些事跟一个女人的终身大事、跟她的婚姻、她的爱、她的命相关,她是到死都不会忘记的……"他愧疚地不敢看她。"你走后,是不是以为我得伤寒死了?所以,你再也没回孔府……"

他连忙摇头否认。

此时,她终于当面确认了十三年来她最想确认的事:"你是因为不喜欢我,所以不愿见我,躲着我,你一直都不喜欢我,更不想和我结婚……要不然,怎么整整十三年,这么漫长的时间里,你都没回过一次孔府,也没写过一封信给我?"

眼前这个女人十三年的大好时光,都是在等待自己中度过,这是怎样的苦熬啊,他心里一阵阵紧缩,歉疚地解释:"对不起,圣鲁,当年武昌首义后,举国上下革命呼声高涨,我受此感染鼓动,带着衍圣公的那封举荐信离开家乡,先是加入湖北新军,跟随革命军东征西战,马不停蹄;后来,革命果实被袁世凯窃取后,我又投入孙先生领导的讨袁革命中;再后来,皖系上台后,我又去南京军政府做事……圣鲁,我没想过你会因染风寒而死,但因我连年南征北伐,无暇顾及私情,更给不了你安稳厮守的日子,所以我想时间久了,你也许已另嫁他人了。"

她摇头,眼泪簌簌滚落:"十三年里,爹娘相继去世,他们临终前一再叮嘱我,一定要找到你,从一而终,毕竟我们有一纸婚约。年初,叔父打听到济宁玉堂春做酱菜的张家大儿子张同渊在南京政府做事,于是让我先到南京,找他打听你的下落。我坐了三天两夜的火车到了南京,见到张大哥,他说你已到上海,给了我你的地址,亲自把我送上来上海的火车。"

沈依水听明白了一切,包括孔德辕为何一再回避她的感情。她不忍打扰久别重逢的两人,转身拉着萧妈朝楼梯口走去。

东方好莱坞影院门口张贴着巨幅海报,上面写着:"电影《少奶奶的扇子》改编自王尔德名剧《温德米尔夫人的扇子》,新星方红颜冉冉升起在上海滩。"天还未黑透,已聚集了很多排队买票的人,任天行夹杂在其间,眼睛始终凝视着海报上一袭绛紫色旗袍的方红颜。他发觉自己越来越爱这个北京小丫头了,但碍于自己大她18岁,不敢动向她表白的念头,怕惊吓了她,更怕她像上次那样连声招呼都不打就此消失,尤其怕她心里仍旧只有表哥。

他坐在影院最后一排,醉心于银幕上她的一颦一笑,虽然是黑白默片,但在他眼里,她每一个镜头都是眉目俏丽,光彩照人。

丽华影业化妆室里,方红颜端坐在化妆镜前,仔细描绘着一双又细又长的眉,然后手法娴熟地刷上一层棕色眼影,最后涂满猩红的双唇。她凝视镜中浓妆艳抹、珠光宝气的自己,双唇翕动轻轻低语:表哥,总有一天,我会让你看到方红颜的。

化妆室门被打开,胡寿全领着三名小报记者进来,顿时,她被照相机的镁光灯噼里啪啦罩住,她大大方方起身,时而莞尔,时而冷艳,面对镜头从容地摆出各种妩媚身姿。

电影散场后,任天行按约好的时间来到老时光咖啡馆,从落地玻璃窗的反光中,他看到方红颜袅袅婷婷地走过来,他连忙起身为她拉开椅子,放好白狐毛披肩,待她坐下来,定定看着她。

她扑哧笑了,调皮地问道:"老任,看什么呢?不认识了?"

一句"老任"顿时让他找到了当年她率性飒爽的感觉。他笑道:"本来以为你现在是当红大明星,跟以前不一样了。可你一句'老任',我感觉啥都没变。"

她开心大笑,好不容易抿紧了唇:"任大哥,我饿了,我要吃杏仁奶油蛋糕卷和黑巧克力咖啡。"

"好啊,要不干吗请你来老时光咖啡馆呢。"他点好单不禁感慨,"红颜,你长大了,成熟了,理智了,不再是两年前追着我要找表哥的小姑娘了。"

听到此话,她眼神里掠过一丝落寞,嗔怪道:"任大叔,以前你嫌我每次跟你见面谈的都是表哥,怎么今天你倒主动在我面前提起表哥来啦?"

他笑道:"来此当然不是谈你表哥。再说了,我跟胡导讲,我是你的表哥,你是我的表妹。所以从今以后,你不是只有一位表哥了。"

"表哥是可以自封的吗?"

他索性当定了表哥:"表妹,你知道吗?你现在在上海滩可是红了,红得简直是突如其来,势不可挡。想当年,许丽丽也没你现在这么红。《少奶奶的扇子》的票房已经超过《李香君》。胡寿全现在肯定是嘴里数着钞票,心里对我感激涕零呢。"

她轻啜着咖啡,品着甜点:"一夜之间换我演少奶奶,我就知道是你背后对胡寿全软硬兼施、威逼利诱的结果。"

他压在心底的好多话涌到嘴边:"两年前你突然消失后,为什么到电影这个圈子里呢?这个圈子可是黑白两道、鱼龙混杂,既能把你送上天堂风光无限,也能把你打入地狱永不翻身。"

"当时,丽华影业招聘助理,说白了就是大明星的小跟班,我一时无处可去,就应聘上了。实话跟你说吧,我之所以进这个圈子,原因很简单,就是为了有朝一日在电影中露露脸,让表哥能在银幕上、报纸上看到我,能让我成为一个吸引他目光的女人,好好看上一眼。"

"你这么做,就为了让你表哥能看到你?"

她点头,语气变得自怜起来:"表哥眼里有沈依水,有贝拉,就是没有我方红颜。以前,无论我怎样在他眼前晃、在他眼前跳、在他眼前叫、在他眼前笑、在他眼前哭,他都不会专注地看我,我在他眼里,永远是长不大、任性撒娇的小女孩。"她想到表哥托任天行给她带回来的那张字条,就是这张一本正经教育她的字条,让她不想再做表哥心中的表妹,她想快速成长为女人。

她眼中泪光闪闪,但唇角含笑:"这两年,我独自一人时总在想,我跨进这个圈子,有朝一日红了,银幕上、报纸上、杂志上、月份牌上,到处都是我漂亮的脸蛋、美丽的身影,还有收音机里,也会不断地提到'方红颜'这三个字,留声机里,放着方红颜唱的歌曲,表哥他不想看到也躲不过去,不想听到也不得不听。从今以后,我要让他大吃一惊地看着我,让他聚精会神地看着我,让他刮目相看地看着我……"

听到她此番肺腑真情,他的心瞬间冷了,原来自己在她心里依然没有一点点位置。

翌日大早,沈依水闻到从楼下飘来的新米的糯甜清香,下楼道:"萧妈,帮我带份粥,我去医院看圣鲁姐。"

萧妈从厨房出来,甚是惊讶:"小姐,你管那山东女人叫姐?她可是来跟你抢男人的。"

她平静地点头:"孔先生隐瞒曾有婚约之事,他是有难言之隐。"

"我的大小姐,你真是世上最善良的人,这时候了还在帮他讲话。孔先生明明晓得自己有婚约,有未婚妻,干吗还要答应跟你成婚?他这样做,不是害了两个女人吗?"

她难过地低头轻语:"不是孔先生要娶我,是我要嫁他……是我逼他答应娶我。所以萧妈,你不要怪他。"

萧妈见状,不再多言,忙岔开话题:"今天是腊月初八,天还蒙蒙亮我就起来煮腊八粥,有大小米,有三豆、黄豆、红豆、绿豆,再加十几粒红枣、桂圆和花生,锅一咕噜,香气就漫开了。韦、怀恩和孔先生每人热乎乎地喝了两碗才走的,心里暖了,在海上能扛得住风。冬天时令肾易亏,豆类是补肾的。"她唠叨着,从厨房里端来一碗粥,又递上一白瓷碟自家做的毛豆笋干。

看着眼前青瓷碗中五颜六色的食物热气腾腾、甜甜蜜蜜地交融在一起,沈依水觉得就算这世间仅有一碗粥给她,她也应心满意足。她忙用调羹舀起一勺糯稠的粥,吹散浮起的热气送入口中,直觉得身上每一个细胞又活回来。

"那乡下女人一个人在医院里,怪可怜的。"

"她可不是什么乡下女人,她叫孔圣鲁,是曲阜孔府的后人。"

"原来是孔府大小姐啊!孔先生也是孔府的后人,按理说孔小姐应该也是'德'字辈啊?"

"孔先生只是孔府大厨的儿子,孔圣鲁是孔府大小姐。"

沈依水和萧妈提着食盒来到病房,见房内只有一张空空的病床,护士正忙着换床单。她忙问:"这张床上的病人呢?她叫孔圣鲁。"

"病人一大早就出院了。"

"出院了?她的病好了吗?"

"医生说她身体还未调养好,需要继续住院观察、巩固,但今天一大早她强烈要求出院,我们也没办法。"

"你知道她去哪儿了吗?"

护士摇摇头,后又想起来答道:"昨晚我给她量体温的时候,她问过我,从医院去火车站怎么走。"

一路急赶,二人奔进候车室时,恰是人流密集穿梭、嘈杂纷乱的午后时分。她俩焦急地穿过人流,四处张望,最终找到坐在候车室一隅面色苍白的孔圣鲁,身边放着一只藤条箱。

候车室喇叭突然响起,压住了喧闹声:开往南京方向的列车已经到站,请旅客检票上车。她撑着身子提起藤条箱随人流朝检票口挪去,沈依水急忙奔上前,抓住她手臂:"圣鲁姐,你不能走!"

她回身迷茫地看着她,缩回手臂:"小姐,我不认识你。"

萧妈急匆匆追上来:"这是我们家小姐沈依水。"

孔圣鲁一阵恍惚,明白过来,她是德辕爱的女人。自从那年德辕和他爹陪上海来的客人登泰山归来后,他便常常在她面前提起这个名字,常常让她联想,德辕口中似水般的南方女人到底长着一张怎样的面容。

眼前这张面容真的是柔美似水、皓白如月。

沈依水紧拽住她手中的藤条箱,请求道:"圣鲁姐,跟我回家。"

"不,我要回我自己的家。"

"孔先生在这里,这里就是你的家。"

这句话如同心灵密码一下子打开孔圣鲁锁了十三年的心,能说出这句话的女人是何等宽广的心胸,如果再坚持走,倒显得自己心眼小了。这一刹那间她决定留下来,上海滩这么大,总有她能立足的地方,总有她能做的事。

离新年还有半月,沈依水决意开始实施自己的计划。先是让萧妈把新做的四床被子拿出来晾晒,萧妈摩挲着被面上的五彩丝绣,叹道:"这可是我从永安百货买来的上等杭绸缎面,是给小姐准备的嫁妆。"她不理睬萧妈的唠叨,等到午后被子暖洋洋晒透后,两人一起将它搬到孔德辕住处。

孔圣鲁明悉她的心意,忙阻拦道:"这些都是你的嫁妆吧?你这样做,我担待不起,德辕回来也不会答应。"

沈依水满不在乎道:"昨天我去过复旦大学,向校长申请了复读,所以这些嫁妆我一时用不上。"

萧妈惊问:"你要回学堂读书? 你辛辛苦苦建起来的船厂怎么办?"

她面色平静喜悦,但她却分明听到自己心里重重的叹息声:"四年前,家里突遭变故,为承担祖业,我不得不辍学离开校园,但继续读书的愿望在我心里一直没有放弃过。这下好了,以后有孔先生和圣鲁姐,还有韦哥和怀恩替我掌管、经营船厂,我自然可以放心回到学堂,安心完成学业。"

她为了成全孔圣鲁十三年的守候,决定封存自己的感情,她伸手拉住孔圣鲁的手:"为了满足我这个愿望,你就答应我,留下来跟孔先生成婚吧,你们一起管理船厂。"

新年前夕,"茂源号"如期回航。萧妈老早煮好一大锅红烧肘子,专给他们补油水。晚饭时,吴怀恩跛脚跳起来:"萧妈! 您可真是我的亲妈! 在大海上想得我直流口水的,就是您老人家烧的肘子,肥肥嫩嫩,颤颤巍巍,入口即化,那叫一个香。"

"麻杆,你连做梦都在啃骨头,牙齿磨得咯咯响,口水弄湿了半个枕头。"萧韦的话惹得大家一阵哄笑。

沈依水穿一件竹叶青棉质滚黑边及脚踝的旗袍,脚上一双黑色系绊绣花鞋,端的是上海滩闺秀的妩媚雅致,笑盈盈道:"明日是新年大吉之日,我们好好庆贺一下……"

萧韦起身,轻声打断:"小姐,你出来一下,我有话跟你讲。"

院子里,沿墙种植的是挺拔的毛竹,窗下栽种的是阔叶芭蕉,中央则是一株碗口粗的金桂,虽已是冬季,但似还有残存的桂花香气随夜风缭绕。

"老娘让我劝劝你。"

"我已经定了。"

"小姐,你仔细想过吗? 你放弃的可是你一辈子的幸福。"

"孔小姐是位可怜的女人,我不能夺人所爱。"

"你把孔先生拱手让给她,今后你岂不也成了可怜的女人?"

似有冰凉的泪水滚落脸颊,好在月色暗淡,他看不到。她不敢抬手拭泪,怕瓦解了自己的决心,更怕他认为说中了自己的心事。她铁了心道:"我跟她不一样,我还有萧妈、你和怀恩,可她在这个世上除了孔先生,再无别人。"

萧韦气自己口拙,竟再讲不出一个字。

翌日老天爷确也配合,一切按照沈依水的筹划进行。她怀抱一捧嫩黄的迎春花走进孔德辕住处,自打孔圣鲁来后,他便住在船厂。她把花插在书桌上的青瓷裂纹花瓶里,细碎花瓣被暖阳镀上一层金边。

"人心不似花心密,待要相逢,未必相逢得。"她反倒相信:若想相逢,终会再逢。

她捧着"龙凤吉祥"喜服帮孔圣鲁换上:"圣鲁姐,今晚你就是最幸福的新娘。"

听到孔德辕跨上门汀前的石阶,轻启房门,戴维率先从厨房跳出来,欢快地大叫:"Happy new wedding!"萧韦、吴怀恩紧跟其后,两人看着他都只管咧嘴笑。还未等他发问,卧室门开启,沈依水牵着盛装的孔圣鲁走出来,一直把她送到他面前。他明白了一切,他更明白了她的良苦用意。

千古情,与谁语?唯有成全。

沈依水托着孔圣鲁的手等着他伸手牵起,笑意盈盈开口:"孔先生、圣鲁姐,今天是你们大婚之日,祝新婚快乐!"

孔圣鲁的手被托在半空僵了好久,只好喏嚅道:"德辕,是依水一片好心,为我们补办婚礼……"沈依水索性一把拉起他的手,将孔圣鲁的手放入他掌中,但他掌心凉滑,更没有一丝握紧的力道,她的手从他掌中滑落,她含泪夺门而出。

众人反应过来,手忙脚乱追出去。孔德辕心下绞痛,拔不动腿,这么多年来他不想伤害任何一个女人,到底还是伤到了。

沿着苏州河南岸奔跑,孔圣鲁并不知道自己要奔向何方。河中商船皆为利熙熙攘攘、往往来来,岸边众生日日年年为生计劳碌奔忙。突然她的脚被绊了下,摔倒在路边,却没有一丝力气爬起来。

"我饿,肚子好饿……"一个蓬头垢面的小女孩坐在路边,伸出脏兮兮的双手拦在孔圣鲁眼前,她的身侧还有一摞未卖出去的报纸。她的心被这可怜柔弱的乞讨声刺痛,这种怜悯之痛定是超过她刚经受的情伤之痛,她身上突然有了力气,伸手把女孩揽入怀中,泪流满面。

女孩像是趴在妈妈怀里,不住地喊妈妈。这一刻,孔圣鲁认定这是老天赏给她的女儿，为她取名孔晓晴。

一节节铁轨丈量着身下的土地，穿越邳石山隧道，蜿蜒至运河岸边。滕泰和工程师们站立高台，迎着旷野劲吹的大风和随风携起的尘土凝视前方。浑黄的运河水湍急直下，两岸淤泥使河床愈加宽阔，河道却愈加收窄。冯大志手脚麻利地搭起机器，在贝拉的指挥下操作机器测量、记载数据。

铁路跨越运河工程即将启动，滕泰带大家开现场会。"这段时间，我们参考了大量国内外建桥的资料和数据，尤其是外国工程师在中国国土上设计、修建大桥的实战经验。如：1898年由俄国人修建的松花江大桥，1906年法国和比利时工程师修建的郑州黄河铁路大桥，1911年美国工程师修建的淮河大桥，1912年德国工程师修建的泺口黄河铁路大桥。令我们惭愧的是，这些屹立在中国境内为铺设铁路而造的跨江、跨河大桥，全部由外国工程师设计、建造，无疑，当时这些铁路大桥是西方列强企图分割中国而不断伸向中国各地的魔爪……"

冯大志赶过来汇报："滕工，南京督军府第二期工程款，还是迟迟未到账。我刚接到仓库送来的库存登记，铁轨、枕木等物料已所剩无几，如果三天内工程款还不到账，我们只有停工了。"

滕泰顿时皱紧眉头，大步朝工棚走去："马上给我接通孔部长的电话！"

临时搭起的帐篷内，仅有简陋的桌椅，彭海铁路施工沙盘占据帐篷内三分之一的空间。冯大志好不容易接通专线，只听滕泰无比急迫地追问："孔部长不在？他卸任了？……请转接马督军，我有紧急事情向他禀报！什么？马督军进京了……"

电话断掉，传来滴滴声。滕泰气愤地扔掉电话，他推测直奉之战已经爆发，仰头长叹，"时局如此混战，国之不国啊……"

"彭海铁路怎么办？"显然当前局势下，大家更忧心这个问题。滕泰思忖良久，痛下决心："各位，无论政局如何变迁，彭海铁路的修建，我一定不会依赖外国人的资助，我相信完全靠中国人的力量，定能建成通车。时至今日，大家为修路跟父母妻儿已有两年多未见，那正好趁此时机，各自回家与亲人团聚，休养身体，养精蓄锐，等我筹集到资金，再和各位会聚于此，续建此路。"

徐工忍不住发问:"剩下的路段怎么着至少也要上百亿的资金,这么一大笔钱,你到哪儿去筹啊?"

"我明日即去上海筹款。我想上海滩银行家、资本家那么多,总有人胸中涌动着一腔爱国热血,愿意为国为民出这份力。"

大家一致赞成,贝拉请求一同前往。滕泰安排冯大志把账上剩下的钱先给工人们结账,让他们回乡待命。

浓黑的夜色中,一辆发着光的列车在田野里飞掠,凝着寒霜的玻璃窗上,映出滕泰心事重重的面容。他拧着一双浓眉,紧抿着双唇,双手抱在胸前,十指骨节突出,双眸如寒星闪动。彭海铁路因直奉大战中断了资金,滕泰被迫遣散工人,停止施工。他连夜赶往上海,希冀能在这座流光溢彩的金融之城筹集到后续资金。

贝拉当然了解他的忧心忡忡,忍不住问道:"到上海后,你有什么打算?"这个问题已在他心中翻滚无数次,直到现在才确定一点点眉目:"我父亲一直在银行做事,在上海金融界有几位还算有交情的老朋友,我只好打着父亲的旗号,硬着头皮前去求见了。"

车轮滚滚,与绵延的铁轨擦出隆隆的响声和稍纵即逝的火星,夜色愈加浓厚,但此时的上海,却是一座喧闹腾腾的不夜城。

毗邻百乐门的东风饭店正是一天中最精力充沛的时刻,七彩霓虹灯闪耀,像是上海滩夜空中一道不会坠落的绚丽烟花。与百乐门接纳低等舞女和赤佬瘪三不同的是,东风饭店各种设施的高端排场决定了它是这座城里各行各业有头有脸之人聚集的场所,大佬、富商、高级买办以及他们的太太、小姐、情妇们愿意来此品味各路美食,观赏各色表演,寻觅各种鲜辣的刺激。就连拉门人,东风饭店也自有品位,雇了头缠红色包布一脸大胡子制服上铜纽扣闪闪发光的红头阿三,每晚立于富丽堂皇的大门口,为每位趾高气扬的客人拉开一个物欲横流、热闹非凡的世界。走进饭店大堂,首先是一盏巨硕无比的水晶吊灯撞入你的视线,闪闪发光的水晶片哗啦啦晃动着,如银河繁星流淌,傲视着这群尘世中兴致高昂的红男绿女。上海滩的各路富商巨贾、身着华服的太太小姐们油光粉面、衣香鬓影,或在舞池中莺歌燕舞,或三五成群聚在一起谈笑风生。

风情荡漾的管弦乐突然停止,众人目光不觉聚拢到灯光聚焦的舞台上。

一身青皮色西装的胡寿全扯着嗓子喊:"各位尊贵的来宾,现在让我们有请当今上海滩最耀眼的电影明星——方红颜小姐——为大家献上一段热情洋溢、激情澎湃的踢踏舞。掌声欢迎!"

台下资本家、银行家、太太、小姐们热情地鼓动双掌,午夜时分,性感撩人的踢踏舞表演是东风饭店的常规节目,最能刺激来客们精力旺盛的每一个细胞。掌声再次热气腾腾响起,方红颜身着红色拖地长裙,手戴黑色蕾丝长手套,脚步轻快、充满自信、笑容满面地从夹道欢迎的人群中款款走向舞台。阔太们不免私语:"她就是电影《少奶奶的扇子》中扮演少奶奶的方红颜小姐!"

"是她抢了许丽丽的女主角。"

"听说许丽丽一气之下去了南洋,嫁了一个有钱老头子。"

"当明星好风光啊!妈咪,我也老想当明星拍电影哦,你让爸爸想想办法,我要去拍电影。"

"你是千金大小姐,怎么好当戏子供人玩乐呢?"

"戏子怎么啦?开心就好。还有这么多男人捧着,瞧她多风光啊!"

"别看她人前风光,人后不知有多龌龊呢。听说,她和《申报》的一位大记者不明不白,说不清楚。她能别了许丽丽的苗头,全靠这位记者在后面给她撑腰,帮她吃喝。"

"我倒是清清白白的,可我过的日子没她那么风光热闹啊!"

"所以,姆妈要经常带你参加这种社交场合,多认识一些有身份、有地位的男人,觅得一位财貌双全的如意郎君嫁过去做阔太。"

"我不要嫁人,我就想当明星。"

方红颜在台上站定,双手一提长裙,双眸闪亮,眼波流转,顿时,活泼欢快的踢踏舞曲响起。她穿着黑漆皮鞋的双脚像被施了魔法般踏着鼓点尽兴舞动,旋转而起的红色丝绒长裙飞荡开来,裹着肉色玻璃丝袜的修长双腿时隐时现,牢牢攫住二楼包厢内金丝眼镜后的一双小眼睛。此人是上海滩金融界头面人物杜怀楚,肥硕的身形与小号的脑袋形成极不协调的比例,他精光闪动的小眼睛在方红颜身上上下穿梭、聚焦、任意游走、停留。

一名小侍应生引领胡寿全来到二楼最豪华的包厢里,胡寿全心思洞明,眼光贼亮,他立马认出这位仰靠在意式沙发上指点上海滩金融界的大佬,忙点头哈腰奉承:"杜老板是上海滩大名鼎鼎的实业银行的董事长,能见到您,荣幸之至。如果我没猜错的话,您这位大财神爷找我来,是有意投资我即将开拍的新片吗?那可真是求之不得啊!"

杜怀楚衔着一只REY DEL MUNDO——古巴最名贵的雪茄,娴熟地喷出一口连环烟圈,很节俭的点到为止的几声夸张的哈哈大笑:"胡导真乃料事如神之人,我杜某正有此意。你马上要开工的新片叫什么?"

胡寿全高兴地不请自坐,忙不迭地介绍:"片名叫《良心》,讲的是一位痴情富家女解囊相赠、以身相许男友,男友留洋归来却另娶他人,痴情女含恨抱病而逝,死后化为冤魂找负心汉报仇的故事。嘿嘿,有点艳情,但没办法,上海滩的观众好这一口。"

杜怀楚真的被逗乐了,不加节制地一阵大笑后,道:"故事讲什么并不重要。"他伸出粗短的食指着舞毕谢台的方红颜,"重要的是,要让这位方小姐扮演女一号,我出全资!"

胡寿全白多黑少的眼珠子在眼眶里只咕噜转了一圈,便全明白了。这当然是一场交易,一场赤裸裸的交易,并且,在这场与这种等量级人物的交易中,自己没有说不的权力,也没有讨价还价的权力。

火车缓缓停靠上海站时,天色放明。因晨曦时分便开始淅淅沥沥地下雨,空气格外湿冷,寒气嘶嘶地往骨缝里钻。雨势虽不急,但雨点极大,一滴滴稳稳地落在走出出站口的滕泰和贝拉身上,因两人上午要去拜谒上海滩金融界要人,故都身着正式单薄的洋服。

出租车转弯驶入贝当路,立马感觉换了一种场景。喧闹的市井背景音淡退,人流骤减,整条街道在慢节奏的雨中越加幽静清丽,道路两旁密植法国梧桐,冬日苍黄的梧桐枝干默默储蓄着精气,等候下一季的蓄势勃发。猛然间,一蓬蓬墨绿色从偌大一扇铁艺大门里簇拥探出,细看都是耐寒性极强的针叶松、刺柏、柳杉等常绿乔木,它们沿围墙而植,自然成为这座深宅花园洋房的绿色屏障。

等门房通报后,车被允许直接驶入,沿途像进了植物园一样,各种奇花异草在冬日湿冷气候下并未萎靡,反而更显苍翠劲拔,这当然少不了园丁的悉心呵护。车打了一个45度弧形弯,一方椭圆形超大露台便迎面闯入眼帘,还未及看清整个花园洋房的轮廓,车已稳稳停在露台下的迎宾台上。在身着白衣衫裤的管家引领下,滕泰和贝拉跨进薛公馆宽敞气派的西式客厅。

头发银白但精神矍铄的薛亨利靠坐在柔软宽大的意式鳄皮沙发上,嘴里叼着一只紫檀木烟斗,缭绕烟雾模糊了他的面容,但释放出的犀利眼神早就把来客上下打量了一番。

滕泰急忙上前行礼:"薛伯父,侄儿滕泰拜见您!"

薛亨利面挂慈祥笑容,笑道:"不愧是滕上财的公子,出落得不同凡俗、一表人才。坐!"

滕泰和贝拉落座,女佣送上上等红茶。滕泰欠身从皮包中取出一件文物,双手奉上:"薛伯父,家父与您十年未见,甚是想念。今日侄儿代为相见,这是侄儿奉上的见面礼,请品鉴笑纳。"

刚一接手,薛亨利眯着的眼睛猛地闪现一道神采,先是这东西在手中的分量唤醒了他的鉴赏触觉,他转动着手中的青铜器,仔细端详它拙笨的造型,然后低头深嗅一口,似乎闻到千年古墓的幽深气息。他不想掩饰自己的喜不自禁,索性敞开了心性:"'四羊方尊',传说是鸿门宴上沛公刘邦使用的酒卮。今日,老朽终于看到真身了。"

滕泰含笑应道:"听家父说,薛伯父从青年时代就有研究、收藏文物的雅好,尤好带有历史烟尘和战争沧桑感的青铜器具。所以侄儿在徐州修路之际,一直在古彭城遗址所在地寻觅遗落在民间的珍宝。没成想老天相助,在一家世代祖传的狗肉铺子里,竟寻到这尊'四羊方尊',特来献与伯父。"

薛亨利敲掉烟斗里的灰烬,咧嘴哈哈大笑:"如今世事艰险,难得你这位有心之人!直奉军再次开战,听说南京督军府已溃散,故彭海铁路修路之资中断。我侄,你是来上海滩融资的吧?"

滕泰不由感慨:"您老人家足不出户便晓天下事,侄儿甚是佩服。彭海铁路工程近半,不得已停工待建,现今直奉在京津一带交战正酣,复工之日恐遥遥无期,侄儿壮志未酬,心有不甘。特来烦请伯父出谋划策,感激不尽。"

薛亨利赞道:"好!你有此为国为民的抱负,我定当全力支持。"话音稍落,又叹道,"年轻时,我只知把玩文物,不问时政,不理世事,玩物丧志啊。看到像你这样的有为青年,自感惭愧!"说着,他从桌上拿起一张名片递给滕泰,"你去找此人,他现今是上海滩金融界、银行界首屈一指的人物,只要他出头吆喝一声,定有圈内众人应声附和。想当年我有他现在的风头时,对他有知遇提携之恩,我想这个面子,他定会给我的。"

滕泰接过名片:"谢谢伯父,我怎样见到此人呢?"

薛亨利嘴角挂起一丝冷嘲:"每个礼拜六的晚上,此人必在东风饭店,风雨无阻,雷打不动。"然后,他扫了一眼一直颔首不语的贝拉,叮嘱道:"我侄好福气,有此等金发美女相伴,明晚东风饭店,正事不可不办,但也别忘了代我与此优质佳人共舞一曲。"只有如薛亨利这般阅尽世事、活得通透之人才会有此番性情言语。

夜色愈深,东风饭店愈妖娆,东西方风情在此交相辉映。一袭白色洋裙的贝拉手挽一身正装的滕泰踏进大堂来,只见偌大舞池中,各色人等在现场演奏的西洋乐曲中翩然共舞。

杜怀楚怀拥方红颜挪动着舞步,低头俯在她耳边亲密私语:"方小姐,谢谢你给杜某面子,如约光临。"

她莞尔一笑:"听胡寿全说,杜老板要全额投资他的新片《良心》?"

他陶醉地凝视她的笑颜,点头道:"这点钱不算什么,只要能博方美人共舞一曲。"

"杜老板出了钱,那么胡寿全就欠了你一个人情。当初,我还是别人的一名小助理的时候,胡寿全提携了我,拍第一部戏就让我演女一号,我也欠他一个情分。所以,今晚陪杜老板跳舞,其实是为了还胡寿全的人情。这曲舞毕,两不相欠。"

他被她这番一本正经、毫不矫情的话语逗得甚是开怀,忍不住仰头哈哈大笑:"真乃豪爽、痛快!方小姐是京城人?"

她爱理不理地回道:"京城人,怎么啦?"

他双目流露出欣赏的眼神盘旋在她眉清目秀的脸上,心想这小丫头骨子里有一股倔劲和傲气,倒更激起他探究的兴趣。"我就喜欢京城女孩咯嘣脆的爽劲,有味道!"

"绿皮红心萝卜的味道,你喜欢?"

杜怀楚喜滋滋地连声道:"喜欢!又辣又爽,对对!就这味道。"他口气一转,嘴角撇到耳边,"这上海女人啊,真受不了,嘴上一个个甜言蜜语、嗲声嗲气,可心里头小算盘拨得清清爽爽,让人起腻,一旦被缠上,就像叮在身上的蚂蟥一样,甩都甩不掉。"

舞曲起起落落,奔向最华丽的段落。侍者引领滕泰、贝拉来到舞池边沿,恰杜怀楚拥紧方红颜旋转至此,侍者向滕泰示意这位就是杜怀楚先生。滕泰把目光投向正拥着女人旋转共舞、笑容满面的杜怀楚,随着舞姿变化,他右手在她腰间使力,她在他掌下划出一个360度大旋转,紫金色长裙像牡丹花瓣一样徐徐绽放,她转过身体扭头的瞬间,不经意间与站立眼前的滕泰目光相撞,二人都是眼前恍惚若梦……

时光流转,三年倏忽而过,谁能想到会是如此的重逢。滕泰错愕地凝视像交际花一样被男人拥在怀里的表妹,难以相信自己亲眼看见的一切。

方红颜猛地甩开杜怀楚紧拥住自己的双手,这突如其来的举动,令他十分诧异,莫名其妙地怒问:"方小姐,你这是怎么了?你不是答应陪我跳完这一曲吗!"

舞池里红男绿女们渐渐停下来,看着一向风光无限的杜怀楚一脸的尴尬难堪,华丽的舞曲也适时收住,整个舞池静得只剩下呼吸声。她全然不顾,奔向滕泰:"表哥!是你?我不是在做梦吧?"她眼睁睁期待着表哥迎上来的笑脸和拥抱,像无数个梦境中一样。滕泰却脸色冰冷,目光里只有诧异和责备。她不由停住脚步,脸上喜出望外的笑容也荡然消失。

"小颜,你怎么在这种地方!我不是早让你回京吗?"

"表哥,我……我留在上海,是为了等你。"

"你还穿成这样!我有重要事情,你先回去!"

方红颜见表哥身边站着贝拉,失望地转身就走。杜怀楚追上来喊道:"方小姐,你不能走,你还有答应我的饭局!"

滕泰忍住火气,盯着杜怀楚:"请问,您是实业银行董事长杜怀楚先生吧?"

杜怀楚这才收回追寻方红颜的目光,瞟了一眼滕泰,不耐烦地反问:"你是哪位?"

"我是彭海铁路工程师滕泰。"

杜怀楚端起架子,道:"有事明天到我洋行谈。"

"是薛亨利先生介绍我来拜访您。"

杜楚怀略一沉思,只好应付道:"亨利?这老家伙!你找我什么事?到我包厢谈。"

三人在包厢中坐定,杜怀楚点燃一支粗胖的黑雪茄,冷淡的目光扫过滕泰递来的名片:"来找我要钱?"

面对这样毫不客气的开场白,滕泰知道接下来与此人周旋定不顺利,还是含笑道:"彭海铁路正在施工修建中,因政局跌宕,战事吃紧,南京督军府中断了铁路建设的后续资金……"

"所以,你就到上海来找钱了?因为亨利那老家伙的介绍,所以,你就找到我杜怀楚的头上来了?"

"杜先生是上海金融界的大亨,只要您的银行发起出资,定有许多家银行紧跟其后,恳请贵行能提供贷款援助。"

"这修铁路可不像拍部电影那么简单,那是要几百亿、上千亿的资金量,恐怕杜某有心无力……"

"'凡为铁路之邦,则全国四通八达,流行无滞;无铁路之国,动辄掣肘,比之瘫痪不仁。地球各邦今已视铁路为命脉矣'。这是中山先生在1894年《上李鸿章书》中所提出的。修铁路是树立国威、造福百姓的大业……"

滕泰想从国家大局力劝,却被杜怀楚再次打断。"滕小弟,我很敬佩你这类忧国悯民的实业家。但是别跟我讲大道理,杜某已过了初生牛犊不怕虎、敢入虎穴擒虎子,听到国家啊、民族啊、人民啊就止不住热血沸腾的年纪,这不是银行家的本性。我只知道资本是嗜血的,闻不到血腥味,不会张开嘴巴。"

对于他这种路数,滕泰早有思想准备,便开始直接谈交易:"我以彭海铁路总设计师和总工程师名义向杜先生承诺,后续资金投入方可拥有十年铁路运营收入百分之五十的回报。如果您能接受这个条件,我们可以公证签约。"

杜怀楚往沙发后背上一仰,哈哈大笑:"十年铁路运营收入一半的回报?听起来确是诱人,但这笔交易的风险也太高了吧?万一这条铁路哪天被某派系军阀给拆了、炸了、卖给洋人了,那我杜某岂不是血本无归?"

贝拉越听越不理解,忍不住回道:"修铁路不是滕泰一个人的事情,是中国的事情,每一位中国人都应尽自己的一份力。"

杜怀楚转头盯向贝拉,别有意味地询问:"这位洋小姐是……哦,不说我也猜得出,定是滕小弟在美国卿卿我我的同学了？身边有如此上等金发美女相伴,滕小弟真是享尽人间美事啊……"

滕泰立即起身,神色冷峻地说道:"杜先生打扰了。我想如果还有机会,我们改日再谈。"

杜怀楚不紧不慢地问:"滕大工程师,有一事我倒是特别感兴趣,你和方小姐是什么关系?"

滕泰对他的话置若罔闻,转身拉起贝拉大步离去。

第九章
王城似海

丽华影业摄影棚内,两个小美工在胡寿全的指挥下搭景,他们明显感觉到胡导心里的火气随时会窜出来,把他们火烧火燎一顿,所以都闷头做事不敢言声,但胡寿全的连环炮还是不触自发:"你看看你们,办事效率这么低!这戏明天就要开机了,你们还有这么多事没搞定。晓得伐?大名鼎鼎的上海实业银行杜老板已经答应我,资金今天就到账上。这么难搞的钞票我都搞到手了,可你们呢?你们连第一场戏的景到现在都没搭好,让我明天怎么拍?我可告诉你们,我这部戏还是方红颜演女一号,全上海市民都翘首以盼呢。我把丑话先撂这儿,你们谁耽误工期,谁卷铺盖走人……"

胡乐来满脸焦急地闯入:"叔,上午实业银行有一笔款打到我们账上,可我还没来得及跟您讲,那笔款又被转走了。"

胡寿全心头像被尖利地戳了一下,疼得突突跳:"钱到我户头上,没我同意还能转走?真邪了,转哪去了?"

"不晓得呀!所以我刚去实业银行想问个清楚,结果柜台办事的说这是商业机密,怎么问都不告诉我,后来就干脆不理我了。"

他沉思良久,恍然大悟:"明白了,定是方红颜这块鲜嫩多汁的肉,姓杜的还没吃到口。"老祖宗说解铃还须系铃人,他只有等方红颜来。

"胡导,这是怎么啦?不是说好今天试戏吗?"方红颜袅袅娜娜走进摄影棚,看到胡寿全像拴在磨上的驴原地打圈,胡乐来依在墙角眯觉,十分诧异。

他气急败坏地嚷:"还试什么戏?能不能拍都是问题!"

她被喷一头呛人雾水:"有钱、有人、有棚,万事俱备,怎么不能拍啦?"

他冲她不满地哼了一声:"现在是万事俱备,只欠东风!东风呢?"

"东风？你指的是什么？"

他突然卸了劲，口气软下来，哭丧着脸央求："钱飞走了……你让我拿什么拍？红颜，我的亲姑奶奶，我跟你说白了吧，咱这部戏能不能拍就看你，拜托你再去跟财神爷谈谈，陪他开开心心吃顿饭。不就是一顿饭吗？跟谁一起吃不是吃啊？"

她明白了问题出在哪儿，嘟起嘴不情愿地说道："看到那种人就恶心，哪有胃口和他一起吃饭！"

"姓杜的只是想让你陪他跳跳舞、吃吃饭，近身多盯你两眼，饱饱眼福。其他的，姑奶奶你放心，他就是有贼心也没贼胆，就算他有贼胆，我胡寿全也不答应啊。"他真觉得心累，两头都要哄。

好不容易挨到礼拜六晚上，胡寿全早早来到东风饭店二楼包厢，想探探杜怀楚的口风。见他手不离雪茄，站在包厢栏杆前，凝望楼下舞池中搂在一起翩翩起舞的红男绿女，期待的目光不时瞟向饭店玻璃旋转门前。

胡寿全自然会意，走上前点头哈腰打招呼，看到杜怀楚甩给他一张冷脸，还是硬着头皮道："杜老板，我来是想跟您汇报一声，我的新片《良心》一切准备就绪，马上就要开机，您看资金什么时候能到位？"

他不咸不淡道："不要说投拍一部小片子，我打算把丽华影业全吞了。"

他不敢再装糊涂，赶紧解释："这方小姐是有点特别，她跟咱上海滩小姑娘不一样，她性子比北京二锅头还烈，还上头，不会察言观色，不会甜言蜜语，更不会讨人欢心。"

杜怀楚继续抛出诱饵："只要她愿意陪我，我买下丽华影业送给她。"

胡寿全被这么大的筹码给砸愣了，赶紧表态："杜老板请放心，我这就回去找她谈。"

"越烈，我老杜还就越想品一口。我不信，拿不下一个女人。"杜怀楚虽轻描淡写讲出这句话，但口气狠辣，胡寿全不敢多言，赶忙告退。

当天际泛出轻薄的鱼肚白，街角弄堂口报童迷迷糊糊的吆喝声响起时，一脸倦容的方红颜从出租车里走出来，浑身乏力地朝紫欣公寓走去。在摄影棚里，被胡寿全唉声叹气磨了大半夜，任他怎样权衡利弊地劝解，她始终未回应，她宁肯自此退出这个圈子，也不会委曲求全辱了自己的名声，更不会再做令表哥瞧不起的事情。

一个衣衫褴褛的卖报小童跑近她,喊着:"《申报》!头版头条!'彭海铁路被迫停建,急求上海各界出资援助',头版头条!"

她止住脚步,拿出一块银圆递到脏兮兮的小手里:"给你,去买个肉包子吃,剩下的钱带回家给你娘。"小报童忙攥紧银圆,递上报纸,咧嘴笑着跑开。

走进房内,方红颜把手袋朝沙发上一撒,人仰靠在贵妃椅上,赶紧展开报纸:"彭海铁路总设计师、总工程师、耶鲁大学土木工程学博士滕泰先生现已赴沪,为亲自设计、修建的彭海铁路融资,但至今资金尚未有任何着落。铁路建设不仅振兴民族、造福国民,更是一国之命脉,希望上海各界为国家命脉之事业伸出援助之手……"读到这里她才知道表哥为何来上海,为何出现在东风饭店,为何用那种她从没见过的眼神责备自己。记得小时候每到隆冬,她便会缠着表哥带她到北海公园滑冰,表哥会紧牵着她的手,滑行、转圈、盘旋,甚至还能让她搂住他的腰跳跃,那腾空飞起的感觉每每都令她欢欣地咯咯大笑,那是喜悦到极点的笑声。如果她玩累了,表哥还会背她回家。至今她还记得有一次她在表哥背上的对话。

"表哥,都是你帮我,我也想帮你做事。"

"你还小,能帮我做什么?"

她搂紧表哥的脖颈,更紧地贴近他的后背,一派天真地喃喃:"我能帮你做的事很多很多啊。比如,你打球时,我帮你捡球;你想吃冰糖葫芦时,我帮你到琉璃厂信远斋去买;你想溜冰时,我帮你带上溜冰鞋;你爬香山时,我帮你摘红叶……还有,我要做你的新娘,帮你生宝宝。"

表哥被她逗得放声大笑,笑声把她震得滑下后背,跌坐在地上。

每想到此,她便觉得脸上烧得慌,那一定是红透了的脸色。她看到书桌上印有她照片的月历牌,上面显示民国十五年十一月八日,礼拜六。她强迫自己眯了一觉,醒来脸色恢复红润,她开始往脸上扑粉、涂胭脂、眼影、口红,描眉,然后把大波浪乌黑长发放下来,起身打开衣柜,取出一件银色旗袍,在衣镜前比画,不满意地扔在床上,又取出一件水葱绿旗袍往身前一放,仍不满意地扔在床上,直到换上一件袒胸露背黑色丝锦裸肩旗袍,面料薄软顺滑,穿在身上凹凸隐现,线条荡漾,再用一条猩红羊毛披肩裹住肩头,这才拿起缀满闪闪亮片的手包开门而去。

她戴着一副宽边墨镜神态冷傲地步入东风饭店大厅,离纸醉金迷撒欢的时间尚早,整个厅堂异常空旷,巨型水晶灯俯视下的偌大舞池光亮可鉴。她目不旁视,直奔二楼包厢,没成想杜怀楚似乎在此专候。

她优雅地摘下墨镜,一张粉面平静若水,从容地坐入意皮沙发中,丝毫没有喜怒哀乐地望向他,轻启朱唇:"杜老板不是说,我还欠你一顿饭局吗?所以我来了。"来的路上她口中一直含着一块桂花膏,呼出的气息里有桂花的柔糯甜香,随着她的气息缭绕在他鼻孔,挠心地缭绕。

他对她的主动到来自然心知肚明,定是胡寿全使的力道,看来不仅是撤回资金唬住了他,更有可能是收购丽华影业让眼前这个楚楚动人的京城丫头自投罗网。他竭力压住内心的得意与邪念,摆出一副一本正经的样子,道:"方小姐如有食欲的话,可否移步到饭店顶层我的包厢里去?"

她眼波流转,莞尔一笑:"等事情谈完了,再去不迟。"

此时他当然明白,她想谈判的事定然与滕工程师有关,他想看她如何表演。她并不急着讲话,不经意绕动肩膀,猩红披肩缓缓滑落,露出润白的双肩和脖颈,皮肤的光泽感饱含青春味道,颈项处的青蓝色血管鲜嫩得吹弹可破,隐约可见突突跳动着,诱惑他想顺着脖颈往下目睹墨黑旗袍里裹着怎样光洁柔滑的肉体?他眼神里喷吐着欲望,像蛇信子一样游走在她身体的每一寸,所到之处衣衫尽除。

她含笑强忍着他蚂蟥般眼神的啃噬,低头点燃了一支他惯吸的黑雪茄,深吸一口后,嘟起红唇吐出缥缥缈缈不成形的烟圈,竟被他怕浪费似的吸入鼻腔。

"杜老板,听说你想把丽华影业买下来送给我?"

"杜某有此意,但不知方小姐是否领情?"

她从喉咙口送出一串清脆悦耳的笑声,前倾身子凝睇眼前这个肥腻得让她随时呕吐的男人,轻佻地问道:"我想知道,你从我这儿想得到什么?跳舞?吃饭?聊天?还是别的什么?"

她幽深的体香冲击着他的嗅觉,一股滚烫的热流在他体内激荡,寻找突破口。他突地抓住她的手:"我要你,你的全部!"

她扯回自己的手,脸上依然是摄人心魄的笑:"除了丽华,你还给我什么?"

他急切表态道:"我可以为你投资电影,只要是你想演的,还可以为你买下你想要的任何东西,只要能博得美人欢心。"

她不以为然地冷笑:"还有吗?"

他吞吞吐吐,但贪恋她的面容,贪恋她的体香,只得强迫自己说出口:"我……我可以娶方小姐……为妻。"

她睥睨他的丑态,尽情释放出欢笑,撒娇道:"杜老板真是会开玩笑,上海滩谁不知道你是有妻室之人?"

他难堪地嗫嚅:"娶你……做我的姨太太。"

她猛然收住笑,冷嘲道:"娶一位戏子回家做姨太太,对杜老板这种身份的人来说,是再正常不过的,所以你何必难堪呢?"

他从她话音里听到希望,忙追问:"这么说,我的提议方小姐可以考虑了?我知道让你做姨太太是委屈了你,但我太太的家族在实业银行控股51%,我不得不事事让她三分啊。"

她玩弄他已恰到火候,收起笑意正色道:"你提的所有条件都打动不了我。"

他把雪茄狠狠碾灭在玻璃烟缸中,缓缓说道:"只要你答应做我的外室,尽管提条件。"

"好!杜老板,难得碰到一位爽快的上海男人。我要你提供彭海铁路建设后期全部资金,并且一个月内交给滕泰先生。"

自滕泰来上海后,任天行一直在《申报》上撰文为他筹资,怎奈应者寥寥。滕泰来报馆找他商讨对策,自来沪后仅见过金融界两位重量级人物,薛老年事已高,不问世事,醉心于在古董文物里找乐子;杜怀楚乃薛老引见,但此人是典型商人本性,唯利是图,给他可望而不可即的回报根本吊不起他的胃口,他要的是一张嘴就能吃到大鲨鱼。

滕泰见任天行同自己一样一筹莫展,转换思路道:"孔德辕卸任来上海创办船务,能否请任兄安排时间,我们三人商议下?"

"当然可以。但听说他正筹备结婚,不知是否方便?"

"结婚?和谁?"

"德辕在家乡曲阜早有婚约,近日未婚妻千里迢迢来上海,自然要举行婚礼。我还盼着受邀参加婚礼呢。"

滕泰如释重负,这么多年悬在他心里的一件事终于烟消云散。

冬日的夜来得急,来得浓,一起扑面而来的还有湿冷的江风。黑暗笼罩着室内,滕泰陷在沙发一角与黑暗融为一体。贝拉刚进门便兴冲冲喊:"滕,有好消息!"她打开灯,突闪的灯光霎时照亮房间,沙发一侧一盆高大的龟背竹遮住滕泰半个身影,灯光柔情地在墙壁上打出他寂寥的轮廓,凝成川字的眉头愈显突兀,使他看上去更加孤独忧伤。

他比夜还深浓的伤感迅速感染了贝拉,她默默走上前,俯下身安慰:"我刚从美领馆回来,威廉·詹姆斯总领事答应后续资金由他出面担保,全部由花旗银行提供。"

"交换条件?"

"彭海铁路五年的运营权。"

他的拳头猛地砸向墙壁,怒吼:"休想!"他眼圈血丝连连:"谁让你去找的洋人?我不是早就说过,彭海铁路绝不需要任何外资介入吗?难道没有洋人的资金,中国就不能修铁路吗?"

她纤长的睫毛委屈地上下颤抖,明知他会反对,她还是自作主张去请求父亲老友帮助,因为只有她能看到来沪后的每个深夜,他是怎样忍受被挫败吞噬的。

金融界行业协会出资建造的跑马场虽占地面积不大,但其跑道绕佘山而设,呈椭圆形,覆盖浓密植被,常年绿意融融,再加上豢养的跑马全部来自内蒙古海拉尔科尔沁大草原,匹匹体格健硕,油光闪亮,红鬃黑背,瘦臀铁蹄。环形跑道上,两匹良种马正争先恐后地撒蹄奔跑,临近终点时,屁股上有块白斑更加精瘦的那匹马抢先一跨,略胜一筹。从马上翻身下来两个人,均是一身英式跑马行头,待取下头盔,滕泰和上海银行行长董福生各自牵着马,交与迎上来的马童,二人沿着跑道外侧绿地,边走边聊。

"董老,您骑马的功夫学生真是自愧不如。"

董福生哈哈笑着,露出一口保养良好的牙齿:"男人嘛,老了又不服老,只好靠骑在马背上,在马的奔驰中,感受那种勇往直前、不达目的誓不罢休的感觉。"

滕泰听懂他此番话中深意,感受到他难得的谦和大度,既不像薛亨利超然油滑,也没有杜怀楚奸诈贪婪的金融大佬戾气,于是道:"刚才在马背上,的确唤起我誓不罢休、拼搏到底的感觉。所以我懂了,为什么您每周要来骑一次马,这项运动的确能唤起男人的斗志。"

董福生站定,亲切地拍拍他的肩膀:"滕先生年轻有为,学业有成,抱负远大,胸怀宽广,董某心中甚是敬佩。"

滕泰低头,发出一声无奈的长叹:"学生现在犹如困兽,一筹莫展。"

董福生沉思良久,诚恳说道:"请放心,受滕先生精神感召,我上海银行绝对会尽绵薄之力。但凭我一家银行之财力,实乃杯水车薪。我的建议是,你还是要再去恳请杜怀楚相助。薛亨利老先生退职前,力荐他担任上海经济委员会会长,这么多年来他在上海金融界有相当高的威信和号召力,由他出面召集,上海滩各家公、私银行和资本机构或多或少会买他面子,众人拾柴火焰高。只是这人贪财好色,对他没有足够诱惑力的事他绝不做。所以跟他打交道,关键是要点到他的穴位,挠到他的痒处。"

天刚放亮,沈依水便起身,吃完萧妈熬好的黑糯米粥和自制的下粥小菜。她出门叫了辆黄包车,接了孔圣鲁到船厂,船厂第二艘货轮已装配完毕,遥望码头上,一艘崭新的货轮矗立江边。

看到这艘庞然大物耸立眼前,孔圣鲁顿悟必有辽阔胸怀的人才能成就此等大业,必是感情上提的起放得下的人才会有此等高远的格局。

"这艘船起好名字了吗?"

沈依水想了想有了主意:"沈家海运行叫茂源海运行,所以自造的第一艘船叫'茂源号';沈家的船厂叫沪江造船厂,我想这艘新货轮,理应叫'沪江号'。"

孔圣鲁真心佩服地赞道:"依水,你真了不起,怪不得德辕对你……"

沈依水忙打断:"不是我有多能干,是韦哥、怀恩,还有那位洋人戴维,还有孔先生一直在帮我,所以才有沪江造船厂和这两艘轮船。单凭我个人,能做的很少很少。"

孔圣鲁早听萧妈讲过,当年沈家船队被劫,她不得不辍学接管祖业;吴怀恩逼死沈老爷,帮江龙会霸占海运行,又设计陷害她入狱,她不光不记恨,还保他的命,帮他戒烟,留他在船厂做事,教他制船和航海技术;被诬陷入牢后,她不求任何人,凭自己的聪慧让巡捕房孙督长替她洗清罪名,还借他手灭了江龙会,以消后患;'茂源号'沉海虽是戴维所为,但她仍救他的命,留他在船厂做技术总管。这哪一样不是她自己做的？哪一样不彰显了她的胸怀和品格？她从心底折服于她。

孔圣鲁低头沉思，下定决心："父母过世时，把家产全留给了我。这几日我想了很久，想通了，想好了，拿出一部分在上海办一所孔子小学，收养更多像晓青一样流浪街头的孤儿，以后我以教书为生。剩下的我给你的船厂，希望造出第三艘、第四艘中国人自己造的船来。"

沈依水想了想："你要先答应我一个条件。"

"什么？"

"做船厂的第二股东。"

孔圣鲁微笑着点点头，望向开阔的江面："你也要答应我一件事。"

"要我做什么尽管说。"

"嫁给德辕！"

"不可以！你们有婚约……"

"可他爱的是你！"

沈依水在南苏州河路上帮孔圣鲁觅得一处独门独院四间面南的房子，檐前是三级大理石台阶，阶下是一方狭长的院落，正好可做孩子们的游乐场地。这座平房小院原是一位痴迷汉文化的西班牙流浪文人赠予他在上海的情人昆曲名伶叶寒秋的，两人在此同居三年，度过许多浪漫温情的日夜。忽然有一日，流浪文人再没有回来，是归国，是丧命，还是继续他下一站浪迹天涯的行程？叶寒秋在寻找情人失踪答案的日日夜夜折磨中，香消玉殒。因她身世孤零，此院便落在她师傅手中，师傅急于落袋为安，便将其售予沈依水。

房子一经买下，稍事修整后，孔圣鲁的孔子小学正式开张。没几日，便从街头巷口领来十几个孩子，个个衣衫褴褛，无家可归。孔圣鲁不仅教他们算术、国语，还照顾他们的吃喝拉撒，忙得心里万事空净。萧妈每日买来时令菜，煮粥烧饭，吴怀恩抽空过来给孩子们炖一锅红烧肉，一整天院子里都是馋人的肉香。

这周多是雨雪交加的天气，好不容易熬到周末，天色尚早便已暗沉下来。先是淅淅沥沥的冰雨，刚潮湿了路面，即转为扑扑簌簌的雪霰子，沙沙地起劲落，又稠又密地把天与地连成一体。

方红颜顾不得外面雪急路滑,只记得与杜怀楚约定的时间是今晚。葱绿色织锦旗袍外面罩上一件黑色镶金狐毛大氅,恰露出线条骨感的脚踝,早有定好的车子在外面候着。赶至东风饭店时,已是歌舞四起。

杜怀楚见她被侍应生领进顶层包房,身姿绰约,面容端庄,两只脚踝发出润白的冷光。心想这女人真乃百变的尤物,每见她一次,心便被她狠挠一次。"'风雪佳人至,正是酒酣时。'古人的雅兴杜某今晚也有福消受。"他喜滋滋地迎接她。

她淡淡一笑道:"我丝毫没这雅兴。"

他明白不抛出她想要的诱饵,今晚恐怕连饱眼福都是奢望,更何谈其他。他拿出一份合约递与她,趁机抓住她的手摩挲。她强忍厌恶,不愠不怒地抽出手,仔细地过目。

"这是我联合上海七家银行共出资一百亿元投资彭海铁路后续工程建设的协议,就按滕工开的条件,十年百分之五十的铁路运营利润。虽然风险高了点,但我杜某的面子,各家银行的头儿也知道是不能不给的。一周后,让滕工到此正式签约,资金按工期到账。"他意味幽深的眼神把她全身狠狠扫描一番,毫无忌惮。

她心里自然明白,留一周时间再签约,就是考验自己是否愿意当贡品献给他。"放心,我人不会跑的。况且我这张脸在上海滩人人认识,能跑到哪儿去?"

她斟满 Chianti 与他碰杯,意大利顶级红葡萄酒液在高脚酒杯中欢快涌动,未等得及细碎的泡沫平息,便被一饮而尽。

深夜雪势终于平息,只余寒风在街巷弄堂孤独穿行,这样持续近一天的雨雪在上海应属罕见。这样的雪景冬夜,无人倾诉的思念使滕泰难眠,他手执炭笔在素描本上凝神描画。

为让表哥早点高兴起来,方红颜摆脱杜怀楚后一秒都不愿等。她敲门走进来,视线落在书桌上摊开的素描本上,只见沈依水面容清丽、目光淡定、神色仿似万事万物都惊扰不了她。她本因天寒和兴奋而红扑扑的脸色迅速褪去,转身从书架上抽出两本速描本扔在桌上,声音不知是不是因为寒冷而发抖:"表哥,你爱的是这个女人吗?这几年来,你一直爱的都是这个女人吗?"

见表哥不否认,她大声质问:"那你干吗不向她当面表白?你画再多有何用?"

"以前她对我有误解,我没机会表白,现在修路于我是头等大事,无暇顾及儿女私情。"

这一刻,她心里万事空明,从京城来沪后历经千辛万苦,原来是一场自己一个人的私奔。

"你现在住哪里?我找过你几次,都没找到。"

"如你真想找我,可以到制片厂找我,可以到摄影棚找我,可以到影院找我,可以在报纸上找到我……"她拿出合约来放到书桌上,"这是你最想要的东西。"她不等他细看便开门离去。

一周后是签约时间。夜深露重,东风饭店像上海滩的一颗夜明珠,敢与星月争辉,是这座不夜城的发光体。沿舞池边缘连缀着点点琉璃彩灯,映照得舞池里人影憧憧,流溢着暧昧的光影。杜怀楚像狩猎到猎物一样拥揽着方红颜欢快起舞,箍住她腰肢的大手不断使力,如鹰爪玩弄爪下的小鸡。她尽力躲避他不断靠近的身体和丑陋的脸,但却绕不开他喷吐出的恶浊气息。

他无须再遮蔽他的色迷心窍,在她耳边挑逗:"小宝贝,你的美令我窒息,我想活吞了你!"她充耳不闻,只想着坚持等到表哥来签字,然后万事大吉。

舞池里突然喧哗起来,一位珠光宝气、胸臀肥硕的中年女人拨开一组组起舞的男女,怒气冲冲直奔方红颜而来,"啪"!一记高过舞曲分贝的耳光稳稳地甩在毫无防备的方红颜脸上,她顿觉脸颊火辣辣地燃烧,舞曲池很识趣地哑了声。

"太太,你……你怎么来了?"

杜太太根本不屑理会杜怀楚,瞪着金鱼泡眼恶狠狠盯住方红颜,两片肥唇上下翻飞,扯着嗓门吼:"你这个不要脸的戏子,敢勾引我老公!你也不打听打听,我聂家在上海滩的势力,我倒要看看你有多不要脸,敢弄脏我的男人!"

方红颜回过神来,心里犹如吞了刚吃饱秽物的大号绿头苍蝇,纵然此时跳进黄浦江也无法洗去这种恶心。她展颜一笑,索性一把揽住杜怀楚的左臂,仰头发嗲:"怀楚,你不是想娶我吗?我现在答应嫁给你,我非你不嫁!"

杜太太像被激怒的母熊一样,撒泼般冲上去撕扯方红颜的头发,此时,她抡起的手臂被身后一只大手牢牢抓住,丝毫动弹不得,继而,这只大手甩开她,把方红颜拉到自己身边。

方红颜半边脸红肿,委屈的泪水这才敢扑扑簌簌落下。滕泰从包里拿出文件,举在众人眼前,掷地有声道:"杜怀楚,请收起这份协议。我警告你!今后不许再骚扰我表妹,否则我会让你无地自容到只有跳黄浦江这条死路。"

杜太太正满腔怒火没有发泄的出口,上前一把扯过协议书撕个粉碎,抛到杜怀楚脸上。面对这个女人如家常便饭般的撒泼作闹,他连眼皮都懒得翻下。

等"金鱼眼"闹够了,他也只好跟她回家。薄曦时分,福特轿车驶进静安寺路杜公馆,这是一幢错落有致的欧式红砖洋楼,前庭砌有一个巨大的椭圆形喷水池,中间立一高台,两个身绕薄纱的洋女人雕塑站立其上,目光散乱,一副无所事事的样子,足以显露出别墅主人中西杂糅、崇洋媚外的混乱心态。车子绕过喷水池,停在宽阔的门庭下,杜怀楚和杜太太从轿车里走下来,各怀怒气跨进客厅。

"杜怀楚!我早知道你心怀鬼胎、老不正经,但没想到,你竟勾搭上下三滥的戏子?"

看来"金鱼眼"回到家还要接着作闹,他懒得配合她,但也不能一味沉默,因为越是沉默她越是好战,越是沉默她越是胡言乱语,于是他没好气地回道:"她不是什么戏子,她是红遍上海滩的电影明星。"

"我不管是戏子还是什么明星,都一样下三滥!还不都是供你们这种有钱有地位但内心龌龊的男人把玩的?"

因为这句话"金鱼眼"说得没错,所以他无话可回应,于是,她果然毫无例外地搬出用来羞辱他的陈词滥调:"杜怀楚!你可别忘了,没有我聂家的祖业、人脉让你靠着,你能有今天的风光?你就是个过河拆桥、忘恩负义的小人!想当初,你只是实业银行的一个小职员,如果不是我父亲对你的栽培、提拔,你能野鸡飞上金窝变成凤凰吗?"

他听她不断揭自己老底,火气腾腾上窜,咬牙切齿回道:"没错,当初我是一个银行小职员,那你这位千金大小姐干吗死缠着要嫁给我呀?"

"金鱼眼"被气得脸也鼓起来,冷笑两声道:"像你这种见势得利、翻脸不认人的小人,我见得多了。现在你见我父亲去世,大哥中风,你的丑陋嘴脸再也藏不住了吧!"

他往沙发里一歪,幸灾乐祸地笑道:"既然你提到这些烂事,我倒想顺便告诉你,你知道你大哥是怎么中风的吗?他才是玩戏子玩过了头,把自己给玩伤了,可怜见的再也玩不起了!索性我再告诉你一个秘密,你知道你老爷子是怎么死的吗?他是被你大哥活活气死的。"

"金鱼眼"先是错愕,继而恼羞成怒,发狠道:"姓杜的!给你提个醒,实业银行51%的股权在我手里,就连这杜公馆,也是老爷子给我的陪嫁。这家里的事,我说了算!"

他心里小算盘拨得啪啪响,口气不得不回软:"你要怎样作才罢休?我杜怀楚的忍耐绝对是有限度的。"

"不许你娶那个贱女人进杜公馆,更不许你养外室。"

他老谋深算地嗯了一声,此时是谈交易的最佳时机:"除非,你答应我一个条件!"

"你还有脸跟我谈条件?"

他不紧不慢地跷起二郎腿,慢悠悠地说道:"把香港那块地皮,转到我名下。"

"金鱼眼"从鼻孔里"嗤"地发出一声冷笑:"你当我是上海滩头号傻瓜?你娶与不娶戏子,敢情都是我吃亏啊!"

济宁玉堂春酱菜是上百年老字号,自清初通过运河漕运北上南下,便闻名遐迩,拿过巴拿马万国博览会金奖,有些时令菜品如包瓜、磨茄还特制特供紫禁城后厨,是后宫嫔妃们离不了口的下粥小菜。张同渊是玉堂春掌门人张庆生的第八子,是他父亲年事已高兵器入库前的收山之作,故对他分外珍爱。

张同渊闻着酱菜园各款口味酱香长大,玩耍于此,成长于此,长年累月耳濡目染练就了敏锐嗅觉,一盘酱菜放于面前,他闭着眼只需嗅下便知是何种配方腌制。待成年后本可凭这种超强技能竞争继承人位置,但他偏不好经营这事,厌恶研究腌制配方,更甚的是他压根不吃自家酱园的酱菜。大户人家的儿子不经商便要入仕,于是在老父财力和人情的运作下,曲线攀上了直系首脑人物曹锟。没成想,他天赋异禀的敏锐嗅觉在官场派上极大用场,军阀混战十余年,一次次帮他预判时局形势,一次次帮他化险为夷、平步青云。

上海"四一二政变"当晚,他一宿无眠判明大势,天亮便威逼利诱拉拢甘必雄,合力除掉马督军作为投诚筹码,归顺武汉国民政府,后又靠极其灵敏的政治嗅觉捕捉到蒋介石与汪精卫的政坛裂隙,随即修正政治方向,投靠南京国民政府。因革马督军的命有功,被委任为内政部长一职。翌日他即发报给孔德辕:"南京国民政府已于昨日宣布成立,正各方筹谋人才,共建国事。我已荐你任铁道部次长一职,速赴任!同渊 于南京。"

孔德辕看完电报心潮涌动,但还是照例去船厂处理事务。一踏进办公室,见任天行和滕泰早候于此。"今天上海滩大大小小报纸都登载了,南京国民政府已于昨日宣告成立,并且同时取消武汉国民政府,所有汉口联席会议及中央执行委员会会议产生之机关所发命令,一律否认。如此看来,从辛亥之后四分五裂、征伐不休的中国,可盼统一了。"任天行情绪激动,言语中的政治立场和倾向不言自明。

"德辕兄,如你能重返南京政府任职,彭海铁路续建之事可见曙光。我也用不着在上海奔走呼号,像讨饭一样乞求资金了。"滕泰更加兴奋,来沪后他一直不敢拜访孔德辕,怕给他出难题。

孔德辕只管认真倾听二人对时局的热烈呼应,并不急着发表意见,而是立于窗口眺望黄浦江,吟道:

"一上高楼万里愁,蒹葭杨柳似汀洲;
溪云初起日沉阁,山雨欲来风满楼。
鸟下绿芜秦苑夕,蝉鸣黄叶汉宫秋;
行人莫问当年事,故国东来渭水流。"

任天行到底是饱览诗书的文人,他从孔德辕吟诵的唐代许浑《咸阳城东楼》这首诗中意会到他的抱负和选择,他的顺势而为,而滕泰却难以悟透诗中深意。

历朝历代改朝换代之际,时代洪流裹挟着每个人往前奔,谁都无法侥幸,有人被动改变命运,有人借力主动攀升。历经世事沉浮的孔德辕相当明了,每一个时代关口和命运节点都是一次人生机遇的抉择,他当然选择借力攀升,这样才会在下一次关口和节点中更有主动权和话语权。为自己,亦为爱人和朋友。

任时局、世事如何动荡飘摇,穿城而过的黄浦江总像一位无言的旁观者,这座城池的光怪陆离、兴衰荣辱已再激不起它的波澜,它只管沿着自己的轨迹,奔向自己的归宿。

沿江岸行驶的出租车车窗拉得很低,江风鼓荡着灌进车内,任天行和滕泰坐在后座已是酒酣耳热。滕泰还在困惑孔德辕吟诵的那首诗是什么意图,他拍着他的肩请求:"任兄,我们把德辕兄送回家了,现在你可以跟我讲实话了吧?"

任天行醉醺醺地一笑:"你想知道啥?"

"今晚德辕兄除了分析时局、畅谈国事外,你看他可有出山之意?"

任天行不由得打了个酒嗝,张开两手比画着:"这个,我很难讲清楚。但从他的言谈之间,我揣测他有出山之意,但也心存顾虑,或者说,他心有挂碍放不下,有人有事阻碍他赴任。不过你放心,有句话说得极妙:是狗,总要跳墙;是猫,总要爬树;是虎,定会出山!况且德辕是一头猛虎,岂能长久落于平川?"

"心有挂碍?任兄,你指的是沪江造船厂?还是孔夫人?如放不下家庭,这还不简单?夫人可以一同前往嘛。"

任天行哈哈笑道:"滕小弟啊!你这留洋博士的脑子就跟你修的铁轨一样,永远是两条平行线!山东女人是他的未婚妻,听说已向德辕提出解除婚约。"

"解除婚约,为什么?"

任天行闭上眼,沉沉嘟囔:"这是德辕的私事,我不好猜度。曾因酒醉鞭名马,生怕情多累美人!"

听到解除婚约这个意外消息,滕泰不做声了,心思搅动起来。

"滕小弟,真羡慕你有一位有情有义的表妹,她为了你,从京城来到上海,受尽磨难和委屈,可你始终不领情,辜负美人的一片痴情……"任天行突然睁开眼,怒视他吼道,"我,我真想替她狠狠给你两拳!"

滕泰只当任天行是喝高了,对他的吹胡子瞪眼毫不在意,但心里确实生出对表妹的歉意:"是啊,红颜从小就喜欢跟在我屁股后面,走到哪跟到哪,简直是甩不掉的小尾巴。记得那年我去美国读书时,她才15岁,闹着要跟我一起去,两家父母大人怎能由着她的性子来?我走后,妈来信说她又哭又闹了好长一阵子。"

任天行心里像被刺了一下,硬生生地疼,于是从心底深处蹿上来一句话,脱口而出后把自己都吓了一跳:"滕工,我任天行做你的妹夫,你看如何?"

滕泰一愣,继而哈哈大笑:"任大主编,我没意见,那就要看你怎么争取红颜的芳心了。"

任天行顿时大为高兴:"既然你我以后是一家人了,理应互帮互助,为感谢你,铁路融资之事,我给你指条行得通的路子,也是唯一一条行得通的路子。"

滕泰马上坐正身子:"快讲!"

任天行好像酒意全无,一脸严肃道:"正如你所说,彭海铁路如想继续修建完工,德辕必须赴南京上任,这样才能解决资金问题。"滕泰点头,期待他说下去,"但要德辕做出心无牵挂、重踏仕途的决定,你要请一个人出面劝服他。"

"何人?"

"沈依水。"

第十章
闺蜜如情敌

重新如愿以偿地走在复旦大学绿树成荫的青砖路上,沈依水一身白衣黑裙的女大学生装扮,离上课时间还早,她流连着四周久别的校园风景,脚步轻快地往文科教学楼走去。孔德辕从一棵百年樟树后大步走出,站在她面前举起一样东西。

她大感意外:"棉花糖!"

他还是惯常儒雅的笑:"送给沈依水同学。"

她含笑轻抿棉花糖,口里、心里都是软绵绵的甜蜜。

"看来你重归校园,如鱼得水啊。"

"当然。时隔七年,万没想到还能重回学堂。圣鲁姐和孩子们都还好吧?"

"圣鲁要教孩子们写毛笔字,派我出来买文房四宝,顺便先过来看看你。"他们走到树荫下一张长椅边,坐下来。

"圣鲁提出跟我解除婚约。"

"你知道她做出这个决定有多痛苦吗?"

"我爱你,你知道我有多痛苦吗?"

"圣鲁姐是个好人,好女人。对你,她毫无怨言,默默等待了十三年;对那些流浪儿,她像妈妈一样全身心地照顾他们,不求任何回报。请你理解我不能做任何伤害她的事。"

"她是孔家大小姐,我是孔家大厨的儿子,我从小就低她一等,我只是陪她上学、放学、读书、玩耍的伴读,因为这种身份上的悬殊,我怎么可能爱上她呢?"

"以前,我只知道男女相爱是你情我愿、渴望一生相守;可自从认识圣鲁姐之后,我知道爱还有很多意义,宽容、忍让、奉献……甚至是谦卑、放弃、成全,这也是爱,是更不容易做到的爱。"

"对圣鲁来说,你这种成全是施舍,她不会接受你施舍给她的感情。"

两人声音越来越大,吸引到朝这边走来的同样白衣黑裙的女学生张静薇和翟翠莹的注意,她俩放缓脚步,好奇地朝沈依水招手。她忙起身向孔德辕道别,紧跑几步追上她们。

张静薇扭头回望,孔德辕落寞惆怅的背影辐射出的伤怀气息,竟让她心口窒息般颤了一下。翟翠莹伸手把她的头扳回来,叫道:"我的大小姐,眼睛长人家身上了,也不看看脚下台阶,小心绊个狗啃泥。"

张静薇实在忍不住,好奇地问:"那个男的,是谁啊?"

沈依水反问:"哪个男的?"

张静薇不好意思继续追问,咬住嘴唇。翟翠莹朝她眨眨眼,同样好奇地问:"就刚跟你坐一起聊天的那个男的?"

"表哥。"沈依水淡淡回道。

张静薇调皮地搂住她的肩头:"咱表哥叫啥名?"

"咱表哥叫德辕哥,我刚才听到了。"翟翠莹抢着回答,随之哈哈笑起来。

张静薇神色认真起来:"依水,我从没求过你,现在想求你一件事。"

"求我介绍表哥给你认识?"

"知我者也。"

"抱歉,表哥有未婚妻。"

张静薇失望地噘嘴自嘲:"那又怎样?我愿意给他做小,可以吧啦?"听到这句话,沈依水的心仿佛被一根尖尖的刺给扎了一下。

上课铃铛铛响起,翟翠莹朝身后一瞄,慌忙喊道:"快走,老夫子来了。"三人一溜小跑,钻进教室。

昨晚受任天行点拨,滕泰一整夜都在想怎么请沈依水做说客之事。翌日醒来天光已明,白色亚麻窗帘漏进的朝霞在窗前折射出一道细巧的彩虹弧,在渐渐放亮的晨光映射下若隐若现。他不禁心情大好,心想今天恰好周末,索性直接去复旦大学找她。

黄包车在校门口停下,滕泰跟门房打好招呼走进校园。视野之内,既有古树参天的高大巍峨,又有路边小草的我见犹怜;远眺有红墙黛瓦的古典园林建筑,近观有西洋风格的钢窗玻璃大楼。待确定方向后,他大步朝古色古香的文学院教学楼走去,远远听到"叮铛铛"的下课铃声。

幽深的教学楼走廊里,立时涌出白衣黑裙的女学生和青衫黑裤的男同学,其中有三位女生牵手挽臂亲密地沿台阶而下。虽人头攒动,但站在水泥阶下的滕泰眼中只有沈依水,他远远地仰视着她,她是多么与众不同。虽然同样是白衣黑裙,但如此素淡的衣服穿在她身上,竟生出一种无以言说的雅致与韵味;虽然同样是笑语盈盈,但她的笑是那样的温婉典雅,清丽脱俗;虽然同样是青春洋溢,但生活分明已过早赋予她许多沉甸甸的内容。眼看她袅娜的身影走下台阶,即将与自己擦肩而过,他赶紧满脸喜悦地唤道:"依水!"

沈依水闻声驻足,展露笑颜道:"滕先生,真是意外。"

他满含期待地说道:"今天周末,我来接你回家。"

她更加意外:"接我回家?"

站在她身后的张静薇和翟翠莹一直在察言观色,听到此话后两人不禁低头窃窃私语。沈依水不忍拂了他的好意,心想他定有事相商,便回身跟她们挥手告别。张静薇忍不住问道:"依水,怎么不跟我们介绍一下啊?难道这位先生也是你的表哥?"

她一时没想好如何作答,只好点头。滕泰微笑着主动自我介绍:"你们好,我叫滕泰,泰山的泰。"

翟翠莹轻声重复:"滕泰,好与众不同的名字!"然后拉住沈依水衣袖,"你也把我们介绍给表哥啊。"

她知道二人一向调皮作怪,遇到气度不凡的男人更是喜欢扮花痴,只好向他介绍:"这两位是我的同学兼室友,张静薇同学,翟翠莹同学。"

两人笑眯眯跟他打招呼,眼光锁在他脸上,倒把他看得不好意思,忙向她们道别。两人眼含羡慕、不舍地看着他们远去,翟翠莹情不自禁吟道:"月移花影动,疑是玉人来。"

张静薇被她不着调的酸文逗得笑弯了腰,调侃道:"小黄莺,你花痴病发作啊?"

"天上掉下个滕表哥……"翟翠莹无可奈何长叹一声。

张静薇心有戚戚焉："老天真是不公啊！依水身边怎么尽是这种帅气阳刚型的大男人啊，派到我张静薇身边的尽是些娘娘唧唧的小男人。"

翟翠莹忍不住大笑："小豹子，瞧你刚才那色兮兮的样子，活脱脱像小青见了许仙，简直想吃人家一口！"

"你还有脸笑话我？你当着人家的面，就夸人家名字好听，就差奉承人家好有男人味了！"她学翟翠莹的口气，"滕泰，好与众不同的名字啊！你花痴病发作啊？"

翟翠莹觉得双颊热乎乎的，自言自语道："滕泰先生真是依水的表哥？不是刚见过一位孔表哥吗？"

"管他真的假的呢，反正自古以来，表哥表妹的关系就很微妙。等下个礼拜依水回来，我们一起盘问她，逼她招供。"

翟翠莹不觉憧憬起来："如果真是表哥的话，就让她把这两位英俊潇洒的表哥介绍给我们，那位孔表哥给你，这位滕表哥就是我翟翠莹的了。说好了，不许跟我换。"

张静薇爽快应道："一言为定，不许反悔。"然后歪头想了想，"还别说，这两位表哥各有千秋、难分伯仲。不过，我更喜欢成熟稳重的孔表哥。"

"不害羞，大花痴！"翟翠莹说完，怕吃她的小拳头，便笑着往前跑去。张静薇拎着书包在后面追，喊着："大花痴！等等我！你请我吃小笼，我请你看电影。"

两辆黄包车一前一后从药水弄出来，迎面便是南苏州河路，暮色渐起，从河面吹来暖融融的风令人感知到季节的转换。滕泰心想在这样的春暖黄昏里，与她共走一段也是赏心乐事，于是招呼车夫停下，两人沿岸漫步。

沈依水指着前面一户宅院道："孔子小学就在前面，我带你去看看可爱的孩子们。"

他犹豫着说道："依水，我有件事想请你帮忙。"

"铁路筹款的事？"

他深知她是聪慧的女人，所以更怕给她添麻烦。"前几天方小姐见我时提起过，你来上海是为修了一半的铁路筹款的，至今资金仍无着落。这段时间我总在想，等'沪江号'轮船试航成功后就卖掉，把全部资金交与你修路，虽然对建造铁路来说是杯水车薪，但或许能帮你解一时燃眉之急。"

聪慧的女人让人惊叹,聪慧再加上善良的女人让人折服。他顿觉心底涌起的暖流如日暮春风一样令他身心舒畅,他诚恳地说道:"你的一片好意我心领了,可这样做不行。一来,你的船厂养着大批工人;二来,修路所需资金巨大,不是个人出资能解决的。现在老天助我,时机已到,有解决问题的办法了。"

"怎讲?"

"我想请你帮忙说服孔先生,重返南京政府任职,这样彭海铁路建成通车,指日可待。"

她没有做声,心有所思地朝前走。她自然明白只有孔德辕赴宁任职才能彻底解决铁路修建资金之事,然而沪江造船厂自他来沪主持后,无论造船还是贸易都已步入正轨,并名声远播,如此时放手,定会给船厂带来巨大损失,更让她内心纠结的是,她虽已放弃与他的感情,但怎舍得再次与他分离?

"桂花糕!甜甜糯糯的桂花糕!"一位挑担老汉苍哑的叫卖声传来,浓郁沁凉的桂花香气扑面而来,状如长条的糯米糕上,撒了一层黄糯糯的桂花屑。沈依水取出一枚银圆递上,老汉手脚麻利地用油皮纸包了十五只桂花糕递与她。

学校门口,孔晓青的小脑袋不时探头张望,她早养成习惯,每到周末就盼着沈依水从学堂回来看她们。沈依水和滕泰刚跨进校门,孩子们就立即唧唧喳喳围拢上来,她蹲下身把桂花糕一只只放到张开的小手里,静静看着他们享用。

孔晓青小口地吃着桂花糕,晶晶亮的大眼睛却一直放在滕泰身上,滕泰觉得这孩子可爱中透着伶俐聪慧,冲她眨眨眼睛,她倒一点不怕生,索性走到他身边,把自己的一只小手放在他手中,问道:"依水姐姐,这位叔叔是你的男朋友吗?"

沈依水和滕泰都被她的古怪精灵逗笑了,正不知如何回答,看到孔德辕和孔圣鲁从教室里走过来。孔圣鲁微笑着招呼:"依水,你可来了,一到礼拜五,孩子们就倚在门口盼着你来。"

孔德辕看到站在沈依水身边的滕泰有些意外,点头招呼。滕泰也颇意外,对孔德辕身边的孔圣鲁微笑致意,问道:"德辕兄,如果我没猜错的话,这位就是孔夫人吧?"一句话问完,引起孔德辕、孔圣鲁和沈依水三人尴尬,滕泰突然想起任天行的话,不好意思地更正道:"对不起,确切地说是未婚妻?"三人都不好表态,孔晓青扑进孔圣鲁的怀里,稚声稚气地回答:"她不是孔夫人,也不是未婚妻,她是妈妈。"她仰头看着孔圣鲁,甜甜地喊妈妈,孔圣鲁感动得心里暖暖的,俯身抱紧了她。

孩子们吃完桂花糕便嚷嚷着饿,孔圣鲁招呼他们去教室开饭。孔德辕对沈依水说道:"明日'沪江号'试航,我想请你到船上散散心,我有话跟你讲。"

她点头应道:"我也有话跟你讲。"

黄浦江与长江在吴淞口友好地连接,携手敞开胸怀汇入东海。春日朝阳暖而不燥,徐徐开阔的江面如打开的折扇,跳荡着金光点点的波纹。"沪江号"劈开如鳞波纹,划出汹涌波涛,朝东海方向驶去。驾驶舱内,萧韦双手掌舵注视前方。吴怀恩打开一块舱板,从里面逐一拿出钓竿、渔网和水桶,嘴里嘟囔着:"看着我们亲手制造的轮船又遨游在大海上,我这心里别提有多开心啦。"边说边给鱼钩串上食饵,"韦哥,让老戴先把着舵,咱哥俩出去,边钓鱼边说会儿话。"

萧韦答应着,把舵轮转交给戴维。两人跨出驾驶舱走到开阔的甲板上,凭栏远眺,心旷神怡。吴怀恩一甩膀子把鱼钩奋力抛到海里,打开了话匣子:"韦哥,听孔先生说,这南京国民政府上台后,天下要太平了,接下来的日子不会再像以前那样,随便啥鸟人找三五个兄弟,扛几杆土枪,就可以把皇帝老儿拉下马,然后再扯着嗓子一吆喝,自家就当上假皇帝了。"

萧韦点头:"我还听说,这新上任的国民政府的头在报上登了抛妻休妾的声明,要娶上海滩大名鼎鼎的宋家三小姐,这蒋宋一联姻可不得了,中国的江山和财富几乎都是他们蒋宋两家的啦……"

吴怀恩不耐烦地打断:"姓蒋的爱娶谁娶谁,跟咱哥俩没关系。"扭头指指驾驶舱内的戴维,"瞧瞧,就这一脸正经的洋鬼子,也比咱哥俩过得滋润,他身边没缺过女人啊!"

"别瞎讲。"

"老戴的事瞒不过我麻杆,他三天两头去贝当路的莎莎酒吧会洋妞。嘿!韦哥,你还真没见识过,那洋妞和咱弄堂里的姑娘就是不一样。"吴怀恩瞧着萧韦皱起眉头,忙打住话头,"可怜咱哥俩,至今都还是光杆一条……"

萧韦听他有滋有味地谈起女人,扭头望向海面不理他。吴怀恩知道他是个闷葫芦,索性自顾自继续讲下去:"我在依水妹子的船厂干活,领的薪水足够娶妻生子的了,可怎么就找不到自家喜欢的女人呢?你还是船厂总管事,薪水除养活老娘外,娶媳妇比我更有资本,你大可在弄堂里挑挑拣拣,找个听话顺眼好使唤的。"他无比沮丧地叹口气,"哪像我,亏还是个少爷出身,不光没留下一点家底,还拖着一条跛腿,没有哪个正经姑娘能看得上我。"

萧韦明显烦了:"你能不能聊点别的?"

吴怀恩立马抿紧嘴憋住还想讲的话,不高兴地白了他一眼,一抬头瞄到上面一层甲板上倚栏而立的孔德辕和沈依水,话匣子又不由自主地打开:"这孔先生吧,就更让人搞不懂了。老婆大老远来了也不结婚圆房,把她晾在一边;凡是长眼睛的,谁看不出他喜欢依水妹子啊,可也不好娶她做姨太太吧?我不晓得依水妹子是怎么想的,还有那个孔小姐是怎么想的?这三个人的关系像麻绳一样死缠在一起,理也理不清,越理还越乱。韦哥,如果孔先生胆敢让依水妹子做小的话,起码我不能答应啊,你也不能答应啊,那也太委屈沈家大小姐了吧?"

"砰!"吴怀恩头上吃了萧韦敲来的重重一栗子:"再胡咧咧,信不信我一脚把你踹海里喂王八!"

"我讲的哪里不对了?我心里憋得慌,就想跟你讲讲,不行啊?"

萧韦瞪眼:"信不信?"

吴怀恩识趣地应声道:"信信!我信还不行嘛!"手中鱼竿一阵抖豁,他叫着:"大鱼上钩了。"使劲拉住鱼竿,两人合力往上拽,来回拉锯好大一会儿,一条肥硕的米鱼被拖上来,吴怀恩甩手把它抛到甲板上,被这条足有一尺长的大鱼给吓了一跳。

"沪江号"继续朝东海深处驶去,海水渐蓝渐深,携带咸味和潮润的海风拂起沈依水的长发,长发向后高傲地迎风扬起,他凝视她被风吹得眯起眼睛的样子,心中痛楚翻涌,此时此刻只要她开口让他留下来,今生今世他也不会离开她的视线。他伸出大手紧紧握住她,一股暖流冲击着他的心胸,哽住他的喉头:"昨晚在孔子小学,我看到你跟滕泰一起走来,我就知道你想跟我讲什么。"

沈依水一双秋水如眼前深邃的海洋,波光闪耀,她下定决心轻轻说道:

"德辕哥,你还是回南京吧。我不能太自私,让你为了沪江造船厂留在上海,我没有权力要求你只帮我一人做事……"她眼里漫上一层雾,迷蒙动人,"你是做大事的人,还有更多的人需要你的帮助。既然任先生、滕先生他们都恳请你去南京赴任,自有他们的道理,我想,一定是有更重要的事等着你去做。昨天滕先生特意到学堂找我,告诉我说铁路筹资之事他已用尽全力,可仍是处处碰壁,靠个人势单力薄的奔走呼告,几乎让他产生放弃继续修路的念头,他非常需要你的帮助,目前也只有你能帮他。修路不是滕先生一人之事,铁路是国家的,是为百姓而建,是造福一代代中国人的事。所以你一定要帮他,不要为儿女情长牵绊了你的宏图大志。"

此番深明大义的话从面前这位柔弱无依的女子口中说出,他深切明了她不仅是上海滩一位大户千金,不只是复旦大学一位女学生,她的胸怀和胆识足以同大展宏图的男人相比肩;她希望自己与她一起传承沈家祖业,但更期望他能担当辅佐滕泰事业的重任,因为这份事业不是个人的,而是国家的、百姓的。她的这番心意怎能辜负?

"我懂你的这份心,你是希望我去建功立业,做一番于国、于民、于己都身感荣耀的事业。"

她展露出笑容,点头道:"放心去吧,船厂有韦哥和怀恩打理,不会有问题。另外,我请求你携圣鲁姐一起去南京,她定会是一位温良贤惠的好妻子,以后也会是一位善良温柔的好母亲。她的孔子小学和孩子们,我和萧妈会照管好的。"

"沪江号"驶入深海区,海风吹荡轮船劈开的浪花朝甲板猛烈扑来,他伸出双臂把她紧拥入怀,贴在她耳边动情表白:"依水,我爱你。记住,今后无论何时何地,我的心永远属于你。"

试航大获成功,回到家自然是要庆贺一番。萧妈和孔圣鲁早早备好晚餐,待众人落座,先是用青花大瓷盘端上一尾红烧米鱼,随之沈家家传大菜红烧肘子和焖猪蹄,各色冷盘小菜、时令鲜蔬,一道道佳肴依次上桌。

萧韦首先举杯道贺:"孔先生,我没进过学堂,不会讲话,您决定明日赴南京上任,祝您鱼跃龙门,前程似锦。"

"韦哥,你这还叫不会讲话啊?咬文嚼字的,像个酸秀才。"吴怀恩语气里倒真是酸不溜丢。

孔德辕举杯道谢,与萧韦一饮而尽。吴怀恩讨好地开腔:"我早看出来了,德辕哥是将相之才,岂能总待在这小小的十六铺码头?以后沈家和船厂有你护着,谁敢惹我,我喂他吃枪子。"

孔德辕微笑与之干杯,吴怀恩忙为其再斟上。萧妈一直乐呵呵地招呼着吃鱼,众人纷纷落箸,几个回合下来,青花瓷盘中只剩下一只光秃秃的鱼架骨。

孔德辕端起酒杯,逐一望向大家,眼神中是让人不忍对视的无奈与不舍。"德辕此去南京,也是一再斟酌之后决定。我想今后,我还有机会回来跟大家继续共事。"说着,期待的目光落在萧韦和吴怀恩身上,"萧韦,怀恩,船厂就交给你们了,希望能接着再造出第三艘、第四艘轮船来,以后还要把中国人造的船卖给外国人,让黄浦江上,东海上,跑满中国人自造的轮船。"

吴怀恩嘴巴正撕咬着一只油光锃亮的猪蹄,但此时他必须要表态:"您就放心地去做您的大官,办您的大事,这船厂,没问题,交给我怀恩,我懂技术啊。"他瞥一眼萧韦,"不,我是说,交给韦哥和我。"

萧韦笑道:"戴维的造船技术你都学到手了吧?"

吴怀恩立即不服气地反驳:"别忘了,老戴可是我从阎王爷手里抢回来的,他敢不好好教我!他胆敢跟我留一手,我对他不客气!马上让他回他的小英国,到山坡上放羊去!"

孔德辕看向一直沉默的孔圣鲁,恳切请求:"圣鲁,答应我,明日跟我一起去南京。"众人眼光全转向孔圣鲁,她缓缓地摇摇头,从口袋里拿出一张折痕很重已泛黄的纸来,毫不犹豫地撕碎。

沈依水大惊,忙伸手阻拦,纸片已纷纷落地。

"德辕,我已想了很久,你放心去吧。我知道,此次赴任不仅仅是实现你个人的仕途抱负,还有滕先生为国为民的大业需要你的辅佐。学校里有这么多孩子陪着我,他们更需要我,能陪伴他们一起长大,我很高兴,也很满足。"

吴怀恩捡起飘落在地的一张纸片瞧了一眼,惊叫:"婚书就这样撕啦?圣鲁姐,你马上可以做官太太了,干吗给撕了?"

孔圣鲁掩饰着内心的伤痛,心平气和道:"德辕,现在这张束缚了你十三年的婚约已经没了,你自由了。跟依水成亲吧,带着她到南京赴任。"

此话一出,孔德辕和沈依水陷入沉默。萧妈倒是喜悦地应道:"等孔先生去南京把官坐稳了,再回来八抬大轿娶我们家小姐。"

琉璃瓦似的皎月铺满院落,月辉肆意倾泻,流淌在苏州河面上,凝结成无人倾吐的心事。"水边灯火渐人行,天外一钩残月带三星。"月光的清冷落寞感染到屋内人,本是欢喜庆功宴变成了伤感送别宴,大家早早道别散场。

萧妈多了一层心思,有意叮嘱沈依水送送孔先生。一路月光相随,星子相伴,他握住她的手不舍得撒开。一直走进船厂他的住处,才放开她的手,四目交缠,久久凝睇。于他,"临别殷勤重寄词,词中有誓两心知",此番赴任是连他自己都无法预测的前途,唯有她的理解使他欣慰;于她,"含情凝睇谢君王,一别音容两渺茫",此番离别不知情归何处,有他真情相赠便已足矣。

"这次离开,你不怨我吧?"

"你为滕先生的铁路离开,我不怨你。"

他拥她入怀,想在记忆里烙下她的体温和气息。她在他如浪拍岸的低喃和清润如露的气息中心醉神迷,娇媚双唇滑过他耳廓、腮边、颈项,在他皮肤上镌刻她的唇痕,像铁屑感应铁石的磁场,刹那被他双唇相吸;如一滴泪坠入海洋之心,愉悦的涌动此起彼伏冲击她、淹没她,她渴望沉溺、消融在他汹涌澎湃的漩涡里。

露华浓,玉漏迢迢尽。

繁星如珠宝参差地散落在无垠的夜幕上,星辉点亮立于落地窗前张静薇双眸中的两颗小星星,这样静美的夜让她舍不得入眠,值得献给思念的人。她回身至书桌前端坐下来,从笔架上取下一管紫毫笔,舔少许一德阁墨,落笔在半生徽宣上。写毕,她突发奇想把自己的情思分享给翟翠莹,赶紧拨通电话。

"小花豹,失眠了吧?"

"小黄莺,你不也没睡吗?"一向爱恨爽快的张静薇难得有些不好意思起来,"我刚写了一首小诗,就想第一时间读给你听。"

"洗耳恭听。"

"一颗灼热的星

夜空中

繁星熠熠

我

凝望最亮、最灼人的那颗

遥不可及

星辉下

心波淼淼

我

垂下最冷、最孤傲的眼神

犹自堪怜"

"活脱脱一位花痴少女的怀春诗。"翟翠莹羡慕地叹道,"你把我的心事都给写出来了。"

张静薇调皮起来:"可我不知道,这首诗该赠给孔表哥,还是滕表哥呢?"

翟翠莹提高嗓门道:"我们不是已经讲好了嘛,你的白马王子是孔表哥,我的是滕表哥,不许反悔!"

话筒里传来咯咯笑声,翟翠莹早习惯她阴晴不定的大小姐脾气,听她刹住笑说道:"看你急成这样,我逗你玩儿呢。滕表哥虽同样英俊潇洒,还带有大户出身的优越感,但我更喜欢孔表哥身上大儒大稳的气质,就是那种泰山崩于前而色不变,麋鹿兴于左而目不瞬的稳。就算他是会当凌绝顶的泰山,终有一天我也要登上去!小黄莺,接下来我们要各自行动了。"

张静薇"啪"一声扣上电话,立刻觉得自己的生活有了奋斗目标,有了令她充满幸福感和价值感的挑战。她抿嘴想了想,兴冲冲又提起笔,在《一颗灼热的星》诗名下面加了一行簪花小楷——"赠德辕哥"。

随着敲门声响起门被推开,张同渊走进来。她起身迎上来撒娇:"爸爸,您还知道回来看我呀?"

"爸爸这不是抽时间回来看你了嘛!"

她不满地哼了一声:"自从您南京的小老婆生了小弟弟后,您就更不常回上海看我和姆妈了。"

"爸爸无论在哪里,心里一直装着你们娘俩呢。"

她赌气撅嘴把头扭向一边,张同渊走近,无意看到宣纸上"德辕哥"三个字,心下一惊,若无其事地问道:"你认识孔德辕?"

她慌张地用手盖住宣纸,两颊迅速红如火烧云。她的举动和神色已泄露答案,他怕女儿难堪,绕开话题叮嘱几句离开。

转眼又是周末,张静薇和翟翠莹分别挽着沈依水的手臂,一路说笑着走出校门。经过一辆黑色奥斯汀轿车时,车门打开,司机胡乐来跳出来打开后车门,一双穿粉色羊皮高跟鞋的脚先踏出车门,玉腿上紧绷绷地裹着透明玻璃丝袜,然后光彩照人的方红颜站在三人面前。

她兴冲冲地喊道:"沈依水!"

"方红颜?大明星方红颜!我们看过你演的电影!"张静薇和翟翠莹激动地唧唧喳喳起来。

沈依水甚是讶异:"方小姐何事?"

"今天是周末,我来接你啊。"她亲密地挽起她胳膊,"今晚请你到喜悦来酒店,为我表哥送行。表哥听说孔先生昨日已回南京,一天也待不下去了,非要明天就回工地。所以邀请你一起为表哥送行。"她打开车门,把还在犹豫不决的沈依水送进车后座。小轿车突突几声,撒开四轮奔了出去,留下惊愕不已的闺蜜俩。

"这位表哥是谁啊?"张静薇听到自己的声音酸溜溜的。

"我听说十六铺码头新建的那家上海滩最大的造船厂——沪江造船厂的老板,就是沈依水。"

"啊?依水她怎么从来没跟我们提起过啊?你怎么不早点告诉我?"

"我昨晚才知道,还没来得及告诉你。上周我爸要运批棉纱到南通,就是包的沈家的船。我看到爸爸书桌上签的一份合同,上面有沈依水的名字,才知道这家船厂的大老板就是我们的同学沈依水。"

"也说不定是重名呢?"

"你以为就你聪明,刚开始我也是这么想。所以我向爸爸证实过,船厂的老板就是这位天天跟我们坐在同一间教室读书的——沈依水。"

张静薇不由地服了气:"如此低调,不显山露水的,还有那么优秀的男人围着她转,这个女人以后不可小觑。"

临江而立的喜悦来酒店,本是白俄人购地所建,是上海滩罕有的俄式宫廷风格建筑,但这位白俄人不善经营,终日流连四马路风情场所,终至卖楼抵债，被当时汇丰洋行大买办潘得利接手，改建为酒店。自开埠以来，全国商贸中心由广州北上，移至上海，各国商船汇聚黄浦江，自然首选下榻喜悦来酒店，潘家生意兴盛已至三代。

三楼一间包房里，临江窗口视野开阔，江景一览无遗。方红颜找各种借口与沈依水碰杯，两人眼角眉梢已含醉意。方红颜借此向滕泰表态："表哥，我不再是以前那个任性的小丫头了，我现在懂你的理想、你的追求和你的事业，所以我不怨你。以后无论你做什么，你选择爱谁，我都理解你、支持你。"

滕泰心里很是慰藉，笑道："我听到一个才子佳人的故事，特别感人，各位是否想听？"

自古才子佳人的故事要么相思无涯，痴情终生，要么香艳悱恻，终得圆满。众人自然愿意倾听，方红颜更是兴致勃勃地回应："快讲啊，我最喜欢听落魄才子俏佳人的故事了。"

"有一位闻名上海滩的大才子，有一天他的心上人突然失踪，他茶饭不思、焦虑不堪，辗转上海、北京、南京三地遍寻不着，最后只好在《申报》上登了一则寻人启事。这不是大家见惯的那种寻人启事，更确切说是表白的情书，此举简直称得上前无古人，后无来者。小颜，要不要我来为大家背诵一下？"

她方才醒悟过来，本就因酒而红晕的脸颊一下子变成红酡酡两片，眼眸里两点火星窜出小火苗。她连连摆手："不要！肉麻死了。"

他忍住笑："表哥为你感到高兴，这位大才子才更值得你去爱。"

方红颜虽已不胜酒力，却并没忘记今晚自己的真正目的。"依水，我特别请你来为表哥送行，就是想把表哥对你的爱告诉你，他爱你！"放下京城大户千金的傲气，收敛上海滩当红电影明星的风情，抛掉跟随她多年的妒忌和醋意，此时的她只是表哥的表妹，替他表白一直压在心底的话。

"小颜，你醉了，我的事不要你管。"

沈依水显然被这突如其来的表白给弄懵了，方红颜借着袭上来的醉意，不管不顾地继续说了下去："表哥，你让我把话说完吧。如果我不替你说出来，等彭海铁路修完，沈依水可能已为人妻、为人母了。到时，你只有抱憾终生。"

这些话像劝酒令一样，让滕泰独自闷头干了三杯。

胡乐来按照方红颜事先的叮嘱一直以茶代酒,待酒宴散后,驾车先送滕泰和贝拉,车停到霞飞路福康大楼前。方红颜大大咧咧地说道:"贝拉,你先回去休息,我送表哥和依水回家。"

　　胡乐来把酒醉的滕泰扶出车外,送回他住处。方红颜凝视靠在后座上不胜酒力的沈依水,突然脑子里冒出一个无法遏制的念头,这个念头死缠着她,鼓动她,撺掇她,她咬着唇想来想去,挥之不去的念头彻底征服了她。看到胡乐来走回来,她摇下车窗招呼:"小胡,我口渴,去弄堂口杂货铺子帮我买瓶汽水。"

　　方红颜见胡乐来走远,一咬牙把沈依水拉出车外,搀扶她走到公寓二楼,她用钥匙打开房门,把她送进卧室,为她脱鞋,扶她躺在表哥身边,拉过一截被子搭在她身上。

　　直到坐进车里,她才意识到胸口突突跳,心脏如出膛的子弹奔向嗓子眼。她使劲压住胸口,闭眼不敢去想刚才一幕。她心里只有一个信念:为了成全表哥的爱情,她什么都愿意做。

　　胡乐来拿着两瓶汽水坐进驾驶座,扭头把一瓶递给方红颜,又把另一瓶递向后座,汽水无人接,他才发现沈依水不在车里。方红颜不愧是演员,若无其事回道:"刚刚,沈依水说坐在车里头晕,自己招黄包车回家了。"胡乐来没多想,脚下一踩油门,车子驶出霞飞路。

　　夜半,月移光动,凉津津地洒在沈依水脸上。滕泰感觉口渴,一个翻身醒来,看到身侧的她,如无数次身在梦中。她发出一声梦呓,他吻向她双唇,吮吸她唇齿间的甘津,犹如激发了她曾有的体验,她感应般回吻他,更令他身心渴求与她交融。

　　岂知聚散难期,翻成雨恨云愁?

　　方红颜回家冲澡后,酒意消散,突然后怕起来。海关大楼送来12点的报时声,她的心跟着咚咚跳了12下,她赶紧钻进被子把自己藏起来。她看到沈依水脸色冰冷,朝自己狠狠扇了一巴掌,她果然感到脸上火辣辣的痛,她大哭着喊表哥,直到声嘶力竭,直到把自己哭醒,发觉自己浑身冷汗淋漓。她急忙起身拉开梳妆台小抽屉,从里面拿出剪下来的一片报纸。

　　任天行照例在乔家栅吃好早点来到报馆,嘴里哼着流行小曲:我等着你回来,等你回来让我开怀……推开主编室的门,他猛然看到蜷缩在沙发上的方红颜。

"红颜,这么早你怎么在这里?怎么了,脸色这么不好?你哭过?你浑身还在抖,发生啥事了?"他大步走上前,一连串地问。

她什么都说不出,站起身像寻到救星一样,一下子扑进他怀里。他猝不及防,差点被她扑倒。她任性地紧抱着他的腰不松手,脸贴在他胸口上。

"受什么委屈了?快讲给老任听听。"他拍拍她后背,打趣道,"有啥事我给你扛着,不怕!在上海滩,还没你任大叔解决不了的事。"

她赖在他怀里,轻轻抽泣:"你不是我大叔,不是。我不要你做我的大叔。"

他捧起她满是鼻涕泪水的脸,紧张地追问:"到底怎么了?"

她松开手,默不吭声从包里拿出一片已泛黄的报纸,递给他。他接过一看,放声大笑:"红颜啊,红颜!原来当年这则寻人启事你不光看到了,还一直珍藏着,没枉我老任这份心啊!"

她擦了眼泪,定了心问道:"现在我要是想嫁给你,你会娶我吗?"

他心里一愣,嘴上却满不在乎地开玩笑:"方小姐,你也不看看这是哪一年的报纸,这则寻人启事早过期了。"

她失望地垂下期盼的眼神,从他手里小心取回报纸,细心地放入包里,默不做声朝门口走去。在她即将拉开门时,他从背后一把抱住她:"虽然报纸过期了,但我对你的心永不过期。"他转过她身子,一双大手揽住她肩头,凝视着她:"红颜,你无论碰到什么麻烦,我都会帮你解决。"

她再也忍不住,伏在他肩上放声大哭,好一会儿,她才能讲出话来:"我做了一件大蠢事,这件事你解决不了……事已至此,木已成舟,生米已做成熟饭,谁都解决不了……我知道自己错了,责任我一个人扛不住,你能帮我一起扛吗?"

"能能,我能,无论啥事撂给我。我老任个儿比你高,肩比你宽,腰比你粗,脚比你大,天塌下来地陷进去,我都能替你扛着。快告诉我,到底啥事啊?"

她哽咽着不敢看他的眼睛:"昨晚,我们在喜悦来酒店为表哥送行,我为了让表哥高兴,把沈依水请到酒店,并自作主张替表哥向她表白爱情,每个人都喝得很尽兴。可就在送大家回家的路上,我忽然冒出来一个甩不掉的鬼念头,这个鬼念头像恶魔一样完全控制了我,我把沈依水送到表哥的床上……"

显然这事完完全全超出他预料,也超出他能力范围,让他顿感压力:"你为什么要这样做?"

她抬起头,泪眼迷蒙:"因为我深深了解爱一个人却得不到回应的痛苦,所以,我才不想看到表哥也忍受这种痛苦,我想帮助他得到他爱的人……就像当初你帮助我一样。"

"你的想法是好的,但你做过头了。"

"早上醒来时,我突然感觉自己做了一件多么荒唐、愚蠢的事!我不知道该怎么办,我弄巧成拙,好心做了坏事,我怕表哥和依水永远都不会原谅我,我把他们两人都害了。"

"红颜,你做事一向凭自己性子、随自己心意,我喜欢你这种爽快的脾气和性格。可这件事,你真犯糊涂啊,你不知道吗?德辕和依水早已情投意合、彼此相许,如果不是德辕老家的未婚妻突然来到上海,他俩早成亲了。"

"所以,我想帮表哥起死回生啊!"

他抬手轻轻擦掉她脸上的泪珠,叹道:"世事难料,说不定,他俩昨晚什么事都没发生呢?即便发生了,不正遂了你的意嘛。别难过了。"他转而一笑道,"你刚才问我什么,你再说一遍。"

她破涕而笑,挥起两只小拳头擂向他胸口,他不躲不动,任她在怀里撒娇。

校园小径飘满香樟树枯叶,一路走在上面,枯叶茎脉碎裂的窸窣声不禁让张静薇和翟翠莹感叹四季循环,生命轮回。自入秋以来,两人明显感到沈依水少言寡语,心事重重。她俩私下以为是因为孔表哥和滕表哥都离开了上海,不免也跟着闷闷不乐。三人来到学校饭堂,打好午饭围坐一起。

张静薇见沈依水面前又是米饭青菜,便夹了一块红烧大排放进她碗里。沈依水看到白米饭上卧着一块浓油赤酱的大排,胃里不觉一阵翻滚,她忍了忍,又一阵更强烈的翻滚冲上来,她赶紧捂住嘴巴,起身跑出食堂。

"小黄莺,依水这是怎么了?"张静薇看着她的背影,分外不解,翟翠莹冲她耸耸肩。

稍一会儿,沈依水无精打采走回来坐下。张静薇夹起大排闻了闻:"肉排没馊啊？依水，你刚才怎么了？"

张静薇攥着滴着酱汁的大排在沈依水眼前晃，她胃里又是一阵翻江倒海袭来，一股酸涩的胃液涌上嗓子眼，她慌乱拿起书包跑了出去。张静薇捅了翟翠莹一下："你上自天文地理，下至小道八卦，无所不知，无所不晓，你来分析一下，沈依水刚才的反应，是什么情况？"

翟翠莹蹙眉思索："昨晚吃饭时，我爸的小姨娘看到佣人端上一盆红烧肘子，也是这种反应。对，没错，跟沈依水刚才一模一样。"

"那是——怎么了？"

翟翠莹也没多想，直接说道："当时我爸乐得哈哈大笑，我妈气得脸色惨白。我问我爸小姨娘怎么了，我爸跟我说，我要做姐姐了。"

张静薇终于听明白了："怀孕？你是说沈依水怀孕了！"

翟翠莹急忙摆手，搪塞道："不不不！我可没说沈依水怀孕了，我说的是我爸的小姨太怀孕了。"

"你说，会是谁的孩子？"

"这也是我想问你的。"

萧妈抬眼看到沈依水快快不乐、四肢乏力地走进来，吃惊地迎上前道："小姐，今天不是周末，你怎么回来了？你脸色发黄，不舒服了？我现在就陪你去看大夫。"

她有气无力地摆摆手，转身想上楼。萧妈喜滋滋地从桌上拿起一张请柬："小姐，任先生和方小姐这个周末晚上举行婚宴，邀请我们都去，也请孔小姐一道去。"

她不做声，心事重重地朝楼梯走去。萧妈心里犯嘀咕：朋友结婚是喜事，小姐怎么不开心呢？

在西式风情的礼查饭店举办中式婚礼，倒符合上海滩中西交融、华洋杂处的色彩。酒店大堂用红色帷幔和彩带装饰一新，红地毯铺在大厅中央，上面绣满金色牡丹花，朵朵怒放。方红颜一身绛红色云锦缎旗袍，洒满金丝刺绣的玫瑰花，身姿更加凹凸有致；任天行一袭赭红色长衫，上面缀满金丝绣团福，与佳人交相辉映。两位新人牵手从地毯一端缓步走来，大堂内霎时热闹起来。方红颜手执鲜花绣球，背对大家使劲一扔，径直落在沈依水怀里，她拿着绣球不知所措，萧妈高兴地拍手道："我们家小姐也要喜事临门了。"

窗外黄浦江江面格外澄明,来往商船穿梭,停泊在十六铺码头的"茂源号"和"沪江号"鸣笛相庆。众人在胡乐来的引导下入席,任天行和方红颜向大家鞠躬道谢。任天行介绍第一道菜:"这是酒店当天从阳澄湖买来的大闸蟹,大家尝尝鲜!"

壳黄肚白的大闸蟹分发到每位宾客面前的白瓷盘里,吴怀恩迫不及待揭开黄灿灿的外壳,肥得流油的蟹黄溢了出来。萧韦帮沈依水和萧妈打开蟹壳,放入各自盘中,一股湖蟹的土腥味冲入沈依水鼻腔,直捣胃部,沿着胃壁横冲直撞,顿时呕吐的感觉冲击到喉咙口。她赶紧抿紧嘴巴,又一阵恶心的感觉从胃部翻滚而上,冲开嗓子眼的阻挡,差点撬开她紧咬的牙关。她屏住呼吸才保住牙关没有失守,涨红的脸颊暴露了她正忍受着强烈不适,坐在身边的萧妈惊讶地看向她,欲言又止。还未及喘口气,再一次呕吐的感觉不可抑制地袭来,她嗓子眼里被迫发出一声咕噜声,众人都发现了她的异样,纷纷把惊讶的目光移向她。她眼神低垂,慌乱不堪,双手叠加捂着嘴不放,无法跟任何人打招呼,急忙起身离座,快步跑了出去。众人手执大螃蟹面面相觑,把询问的目光移向萧妈。萧妈眼神里同样是亟待答复的问号,急忙起身道歉:"不好意思,你们慢用,小姐这两天肠胃不适。"说着,她急步走出包厢。

大家信了萧妈的话,埋头享用膏肥肉嫩的蟹。只有方红颜似有所思。

第十一章
秘密成痂

身着玫瑰红湖丝睡衣的方红颜端坐于梳妆镜前,放下盘发,取下钻石耳饰,翘起无名指沾了一滴金芭蕾桂花水,轻点在耳后。身着奶油色湖丝睡衣的任天行仰靠在绮丽的婚床上,陶醉地凝视着镜中的方红颜,吮吸着空气中缭缭绕绕的桂花香。

虽然眼前这个京城丫头心里揣着的还是表哥,但他知道这都是小女孩情窦初开的意乱情迷,如果不是她为了达成表哥的心愿闯了大祸,她怎肯掉头投向自己的怀抱?

"老任!"

"今晚是我们的新婚之夜,你能不能温柔点?"这京城闺秀和上海小囡终究天性不同,他倒也习惯了她心直口快的讲话风格,就喜欢她的冲劲。

"老任,沈依水是不是真的怀孕了?"

"据我判断,是真的。我记得我妈刚怀上我时,就这反应,一模一样。"

她笑着嗔怪:"人家都快急死了,你还胡说八道!沈依水真的怀孕了,那可太好了!"

"她是一位还没出嫁的大小姐,有什么好的?哭还来不及呢。"

"我算过时间了,她现在怀的孩子,岂不正好是我表哥的呀。有孩子在,她人早晚是我表哥的。"

"这事麻烦了……"

"有什么麻烦?像我们一样结婚不就行了?我要把好消息告诉表哥,明天就去。"

他伸手把娇妻揽入怀里,贴耳怨道:"我的任太太,今晚可是咱俩的良宵啊,一刻值千金,你能不能少跟我谈你表哥……"她咯咯笑着想反驳,他双唇压上来,封了她的口。

正值欢园金桂、畅园银桂和中堂绕莲心池一圈的丹桂盛放,整个沈宅裹在馥郁的桂香中,沈依水的裙摆、发梢、走动时撩起的气息都浸染幽香。以往逢值此时节的傍晚,老爷、太太都会安详地坐在树下的红木圈椅里,细品着桂花香茗,静听莲心池里一簇簇锦鲤浮出水面,嘬食飘坠的桂花的嗦嗦声。待短短几日的花季过后,池里的锦鲤条条浑圆肥硕,背脊锃亮。萧韦每年这几日难得不跟船北上,整日在园子里忙着采摘桂花,沈依水和萧妈随他身后,在各个园子里挑拣、晾晒、熬制、封罐,这样便为整整一年的桂花糕、桂花藕、桂花圆子、桂花莲子羹备足了料。

这种软糯甜香的味道是缭绕在沈依水心里家的温暖,桂花香终于把她从昏迷中唤醒,她睁开眼看到萧妈正从食盒里端出一碗热腾腾的桂花莲子羹,沈宅的老味道让她绵软的身子生出力气。

"你晕倒了,大夫刚来给你做了检查,不碍事。"孔圣鲁坐在床边安慰,伸手扶起她,接过萧妈递过来的粥,看她吃下半碗。

沈依水下床收拾停当,背起书包往外走。

"小姐,你这是去哪里?"

"去学堂。"

"使不得,大夫说要你在家里静养,可不敢乱走乱动。小姐,这学就先别上了,等把孩子生下来,咱再接着上……"

"孩子?"沈依水只听到两个刺耳的字。

萧妈狠下心说道:"大夫说你怀孕已两个多月了……"她从口袋里拿出诊断书递给沈依水。

她看完诊断书,心倒定下来。萧妈见她默不做声上了楼,赶紧问孔圣鲁:"孩子是不是孔先生的?"她抓着孔圣鲁的袖口追问,"如果是孔先生的,那他要赶紧回来跟小姐成亲啊。我家小姐一直都是清清白白做人,她还没嫁出去就怀了孕,宝宝生下来没爸爸,让我怎么跟死去的老爷、太太交代呀?"

"萧妈,我知道依水是好姑娘。我也不好说这孩子是不是德辕的……要不,我当面问问她。"

萧妈这才想起孔圣鲁与孔德辕的关系,一脸歉意:"孔小姐,真难为你了。"

孔圣鲁走进沈依水卧室,索性直话直说:"恭喜你,依水。德辕要是知道他做爸爸了,不知道会有多欢喜呢。"孔圣鲁拿起一只苹果专心削皮,听到沈依水斩钉截铁的话:"孩子不是孔先生的。"

这话如水果刀刃刃般锋利,闪着冷冰冰的光,惊得她心里一愣怔,手一抖,还没削完的苹果就势从手中滑落,咕噜噜滚落到门边。

孔圣鲁下楼把她的话转述给萧妈听,萧妈同样愣怔,继之眼泪便下来了。正当两人一筹莫展时,方红颜提着大包小包礼品兴冲冲进来:"萧妈、圣鲁姐,恭喜你们,听说依水身体不舒服,我来看望她。"

她俩为难地互相看了一眼,刚要说什么,方红颜看到饭桌上的诊断书,证实了心中的疑问,拎着大包小包蹬蹬上楼。她轻推开门,见沈依水俯在书桌前,聚精会神挥毫书写,口中吟道:

晓梦随疏钟,飘然蹑云霞。
因缘安期生,邂逅萼绿华。

方红颜走近,放下手中礼品,瞄了一眼她腹部,开心地说道:"依水谢谢你,我要做姑姑了。"她笔锋一顿,一滴黑墨落在宣纸上洇开,她索性就着这团墨画成了枯枝墨梅。

方红颜知道她懒得搭理自己,忙道歉:"我错了,那天晚上我不该趁你酒醉,送你到表哥家。我让老任明天就去工地,把好消息告诉表哥,让他马上回来跟你结婚。"

她双唇紧抿,可还止不住打颤,水雾弥漫眼眶,凝结成泪珠,泫然欲滴。她语气不容置疑:"方红颜,你不要自以为是,我的事跟滕先生无关!"

就这样沈依水保持沉默大半年,大家都配合她不再追问。

立秋当日近凌晨时,天阴了下来,大团大团的乌云从西天漫卷而来,湿重的水汽往下扯着云团,越压越低,东方乍现的一丝晨曦瞬间被云团遮蔽,天色仿佛午夜。车窗外乌沉沉,车轮在暗夜里哐当哐当作响,前方似有一抹暖暖的光亮,随着光晕越来越大,才醒觉是隧道里的灯光,眨眼间火车穿出隧道,又消失在黑夜里。雨滴终于挣脱云团的束缚,畅快地弥漫在天地间的无限黑暗中。

火车到了浦口站,雨势仍婆娑,萧韦随人流走出火车站,全身湿透。他叫了一辆毛毡篷黄包车,身着蓑衣的车夫把他送到南京国民政府大门前。

秋雨沁凉入骨,萧韦颤巍巍告知门卫自己找孔德辕先生。警卫通报给孔德辕的秘书甘必雄,很快有人过来把带他到孔德辕面前。

铁道部会客室黑白配置,简洁明亮。孔德辕拿出放在办公室自己备用的白衬衣、蓝裤子让他换上,并急问:"船厂出事了?"

他背对他换衣服,才有勇气开口:"孔先生,小姐……"

他心里"咯噔"一跳,追问:"依水怎么了?"

他穿好衣服,却不敢回身面对他,孔德辕起身一把扳过他身体,眼眸里腾起两簇小火苗,灼烧得他红了眼圈。"听我老娘讲,小姐再有两个月就要生了……"萧韦抬起期盼的目光,"你快回上海跟她成亲吧!"

他一时欣喜得无语,眸子里燃起的两簇小火苗大放光彩,突如其来的巨大喜悦让一向沉稳严谨的他心绪摇荡,他立即电话通知甘必雄,他要马上去上海。甘必雄提醒他由他主讲的铁路建设会议时间到了,请他现在出席。

孔德辕走进会议室,一张椭圆形会议桌横贯中央,国民政府各路官员已就座。会议室正前方墙壁上,悬挂着一张长江三角洲铁路交通地图。

部长张同渊主持会议,宣布:"今天召集大家开会,是奉蒋主席之命,部署一项非常重要的任务。蒋主席在我党首届五中全会上,提出国民政府十年铁路修建计划,拟在十年间修建铁路 3 795 公里。这个计划首先启动的是长江三角洲铁路建设方案。在长江三角洲大力发展铁路建设的战略意义和经济效益,我毋须赘言。关于方案具体实施情况,有请铁道部次长孔德辕为大家讲解。"

"目前,长江三角洲现有津浦铁路、沪宁铁路和浙赣铁路三条主干线,贯穿大江南北;另外,还有现在正加紧施工、三个月后有望通车的彭海铁路,这条铁路将连接东西区域,为未来网状铁路线打下基础。在长江三角洲这块中国最富庶的土地上,国民政府拟修建与沪宁线在苏州汇合——苏州至南通的苏通线,与津浦线在南京汇合——南京至南通的宁通线,然后北上与彭海铁路连接。与此同时,还要建造一座横跨钱塘江的铁路大桥,以此桥连接浙赣铁路和沪杭铁路,使铁路线进一步往南方延伸。"孔德辕站在地图前讲解,众官员明显感觉到他今天精神焕发、神采奕奕。

陈述完毕,孔德辕慷慨激昂地宣布:"今天此会宣告长江三角洲铁路建设方案正式启动。"众官员报以热烈掌声,甘秘书把滕泰的大幅照片挂在地图一侧,"经铁道部研究决定,长江三角洲铁路建设由滕泰任总设计师、总工程师,全面主持苏通线、宁通线和杭州湾铁路大桥的建设。时至今日,在中国山川河流之上,虽已有数座铁路大桥,但无一例外是外国人设计、建造的。如:济南黄河大桥,是德国人的作品;蚌埠淮河大桥,是美国人的成就;哈尔滨松花江大桥,是俄国人留下的业绩。所以,杭州湾铁路大桥修建的重大意义就在于,这将是第一条由中国人自行设计、建造的跨江铁路大桥。"热烈掌声长久不息。"很遗憾,今天滕泰总工没有时间来参加会议,此时此刻,他正奋战在彭海铁路施工现场。"

方红颜刚一看到任天行回到家,便急着说道:"老任,明天一大早,你就去工地找我表哥,无论如何让他马上回来。沈依水再有两个多月就要生了,他是宝宝的爸爸,不管现在工地上什么情况,他必须要跟你一起回来,你必须要把他带回来!"

"你这是让我给孩子找爹去啊?可我也得知道,孩子的爹此时身在何处呀。"

"废话少说,你到底去不去?"

"不是我不愿意去,而是我真的不知道,咱表哥的铁路现在修到哪里了。我现在去徐州,说不定他已经到连云港了。"

"那你就沿着铁轨往前走,直到找到表哥为止。"

"我给德辕打个电话,让他通知滕泰。"

她坚决反对:"不行!你一定要亲自去,亲自把表哥带回来。"

他哭笑不得:"你这是让我去押人啊!"

深秋午后暖阳怜惜地洒在沈依水身上,令她的侧脸线条更加柔美端庄,她站在讲台上正给孩子们上英语课,清瘦的身板更衬出她隆起的腹部。孔德辕站在院子里,就这么从窗口静静地看着她,这是美妙无比的时刻,他享受展现在他眼前的她的一切:孕育新生命的腹部画出优美的弧线,清秀面容绽放出温和慈悲的光芒,悦耳声音传来的字字句句熨帖他的心。她的要强、她凡事自己咬牙扛着的个性、磨难来临时不乱一丝方寸的优雅淡定,既让他心生赞佩也让他心生钝痛。他走进教室,跨上讲台,紧紧拥抱她:"依水,我们结婚吧。"

她心潮起伏,却直截了当地说道:"孩子不是你的。"

"孩子是谁的?"

她推开他的怀抱,语气坚定:"谁的都不是,孩子只属于我。"

雨悄然无声地下了一整夜,等到午后也不见丝毫歇息迹象。深秋的雨阴郁湿冷,但丝毫不影响滕泰内心翻腾的喜悦,如不是任天行在车上,他真想跳下车来,冲进雨里,把内心灼热的欣喜狂喊出来。

孔圣鲁把亲手织的婴儿软底鞋递给萧妈看,扭头瞥见急步走进来的滕泰,滴着雨珠的脸上洋溢着欣喜:"我要见依水!我要向她求婚!我是孩子的父亲!"

一口气抛出的这三句话把萧妈和孔圣鲁震得嗡嗡耳鸣,霎时连呼吸都僵住了。滕泰无暇顾及二人,急忙大步上楼。待她俩回过神来想追上楼时,却见他又急急从楼上奔下来。

"依水不在楼上,萧妈,她去哪儿了?"

众人立马慌了神,倒是萧韦先镇定下来,安排大家分头去学校和船厂找人。萧韦喊了一辆出租车,沿街寻找。雨势渐大,街上行人稀稀落落,他双眼累得通红都不敢眨一下。凭直觉他命车直抵松江府沈宅门口,车未停稳他已从车里跳出,伸手推黑漆大门,大门被反拴住,他心里又急又喜,一个箭步攀住马头墙纵身跃下。他冲进正院直奔客堂,奔向二楼老爷卧房,室内空荡;他急忙掉头,沿围廊奔至正北雕有喜鹊报春窗棂的房门前,猛然止住脚步,稳住呼吸轻轻推开,卧室里仍没有小姐身影。

萧韦顿时蹙紧眉奔下楼,跑向后院的欢园。远远望见身着宝蓝色旗袍的沈依水,站在横跨莲湖的回廊上,浑身已被雨水淋透,旗袍湿漉漉地贴伏在身上,勾勒出腹部隆起的圆润弧线。

萧韦一个箭步冲上前,用双手箍住即将扑向湖面的小姐。仰倒在他怀里的沈依水似漂浮在水面上,只待沉下去,沉至湖底……听到一连串呼唤小姐的熟悉声音,她感觉自己在触到湖底的刹那又浮了上来,浮出湖面。她微睁双目,看到萧韦焦灼的双眸血丝连连,她全身冰封的血液一下子被融化,奔涌至下体。

她痛得双手颤抖,咬牙哀唤:"韦哥,快帮我……帮我把衣服撕开……宝宝要生出来了……"

他哆嗦双手不敢去碰触小姐的身体,又见她拼力忍着痛,额头浸出密密汗珠,紧咬牙关伸手去拉他的手。她发出的痛苦呻吟声迫使他鼓足勇气,抓住她旗袍下摆,"嗞"的一声下摆被撕开到腰际。

他冷静下来,安慰道:"小姐,我帮你,有我在,宝宝一定能平安生下来。"

雨在暮色浓重时疲倦地歇下来,沈家围墙内密植的金丝竹和芭蕉叶吸饱雨水,静静垂下叶片吐故纳新。各路人马无功返回,萧妈、孔圣鲁、孔德辕、滕泰、吴怀恩都急得不知如何是好,方红颜和任天行慌慌张张奔进来。

方红颜看着满屋子的人,急问:"依水找到了吗?"

"找不到小姐,我也活不下去了……可我也没脸去见老爷、太太啊……"萧妈抹着泪一直摇头。

方红颜这才看到孔德辕,惊诧地问:"孔先生,你怎么回来了?"

"怪我一直忙于事务,没早点回来跟依水完婚。"

方红颜一脸诧异:"依水肚子里的孩子是我表哥的,要跟她结婚的是我表哥啊。"

滕泰和孔德辕顿时万分惊讶,看向对方。此时萧妈倒是镇定下来,拿出一家之主的样子,正色道:"孔先生,滕先生,我知道你们都老欢喜我家小姐,但到这个时候,你们要说实话,到底谁是孩子的父亲?"

孔德辕和滕泰不约而同道:"孩子是我的!"

萧妈哭笑不得:"孩子的爹只能是一个人!到底谁是?"

照这样争执下去,只会损伤沈依水的人品,孔德辕和滕泰都沉默不语。在气氛尴尬得人人都坐不住的时候,萧韦踏进客厅,众人齐刷刷看向他。孔德辕冲到萧韦面前:"找到依水了吗?"

"小姐在松江府的老宅里。"

萧妈急急责问:"为啥不带小姐回来?"

孔德辕大步朝外走去:"我马上去见她!"方红颜赶紧拉着滕泰也走到门口。

"小姐因为淋了雨,早产了……孩子,是我接生的。"

"孩子是你接生的?!"萧妈大惊失色。

萧韦握住拳头,横了一条心道:"孩子是我的!"

这句话的每一个字都像擦枪走火般贴在众人耳边炸响,且还嗡嗡不绝地回响。反而是萧妈先缓过神来,嘴里嚷着"作孽哦、作孽哦",狠狠甩了儿子一个大嘴巴。

时光倏忽,五年如一日。人间喜怒哀愁似与它无关,它只管朝前奔,从不回头。在孔子小学读书的萧沈初不用住校,因为他不是孤儿,他有妈妈沈依水、爸爸萧韦。

萧韦每天准时接送他,小朋友们很是眼巴巴地羡慕,尤其是和沈初同龄的露儿,她今天更是坚持要和他一起站在门口等爸爸来。街灯逐次点亮时,照清了一个大步朝学校走来的人影,沈初一眼看到爸爸,撒腿扑进他怀里,萧韦伸出强壮双臂一把举起儿子,把他安稳地落在肩头上。

"骑大马了!骑大马了!"萧沈初照例高兴地喊。

"儿子,骑大马回家。跟姑姑和小朋友们再见,咱回家了。"萧沈初神气地骑在爸爸肩上,朝孔圣鲁和露儿摆手。露儿可怜巴巴地张开双臂,叫嚷:"我也要爸爸抱!我也要骑大马!"

萧沈初大方地说道:"露儿,我的爸爸,也可以做你的爸爸呀。"萧韦笑着一手抱着萧沈初,另一只手一把揽起露儿,露儿趴在萧韦的怀里开心地咯咯笑,两个小人儿分别靠在他的左膀和右臂,笑够了,又在他怀里可爱地抱在一起。

孔圣鲁看着这场面不禁湿润了双目:"看这俩孩子,真投缘。"

待把露儿哄好,交与孔圣鲁,萧韦扛着沈初回到家,伺候吃饭、洗澡,然后抱在怀里轻摇着哄睡觉。沈依水在床边叠好沈初的衣服放入衣柜,走到萧韦身边,看着他感激地问:"韦哥,你待沈初像自己亲儿子一样亲,这五年来,你从没觉得一丝委屈吗?"

萧韦轻轻地把已睡熟的沈初放在床上,细心地为他盖好薄被,抬头看向沈依水:"有你有儿子,我觉得我是全天下最幸福的男人。'沪远号'这周要完工了,明天我要早点去码头。小姐,你也早点睡吧。"

她嗔怪:"又叫我小姐!怎么让你改口都改不了。"

他紧挨着儿子躺下，很快响起重重的呼吸声。她一个人侧躺在另外一张床上，看着对面床上已经睡着的萧韦和儿子，心里又酸又痛。

世事叵测，往事如烟，秘密已经成痂。在每一个这样让她踏实静谧的夜晚，前尘往事便会漫洇上她的心头。

在岁月缭绕层叠的云雾中，孔德辕的面容像一颗星一样，一直悬在她的胸口，让她沉迷般地心痛，无法倾吐一个字的痛。五年前那个经过雨水浸洗的午后，她在萧韦笨拙的帮助下生下儿子，她固执地要求他回去向众人宣布他是孩子的父亲。此后她久居沈宅不见任何人，她不知如何回答究竟谁是孩子的父亲、为何萧韦是孩子的父亲、萧韦有何资格做孩子的父亲这些她也想弄清的问题。好在众人都默契地选择沉默，默契地不来沈宅探望她和孩子。这件事在每个人心里都留下不可言说的疑问，尤其对萧妈来说，是精神上的一次重创，自此她便神思迷乱，时而清醒时而糊涂，时而直接质问时而自言自语。

天蒙蒙亮，萧韦照例帮儿子收拾妥当带下楼吃早点。萧妈照例慈祥地笑问："韦啊，这大胖小子是谁啊？"萧沈初早习惯了奶奶如此千篇一律的询问，仍是不厌其烦地回答："奶奶，我是萧沈初，昨天您还知道我是大孙子，今天怎么又不认识我了？"

沈依水连忙招呼儿子吃饭，萧韦耐心地俯身到萧妈跟前："妈，不是跟您说过无数次了吗？沈初是您的孙子，我的儿子。"

萧妈今天是糊涂得厉害了，一头雾水地问："韦啊，他怎么会是你的儿子？他是谁的儿子？孔先生的还是滕先生的？"

每有此类追问，沈依水自然尴尬不已，便低头吃饭。萧沈初抬起头来，嘴里塞满饭粒，用充满疑惑的眼神看着萧妈："奶奶，您老是提孔先生和滕先生，他们到底是谁啊？他们在哪里啊？他们怎么不来看我啊？"

萧韦忙制止："儿子，别问这么多问题，奶奶年纪大了，记不清楚这么多事。赶紧吃完上学去。"

在这五年里，滕泰完全封存自己的情感，全力以赴投身到铁道部委任的长江三角洲铁路修建工程中，夜以继日、风餐露宿完成其中的苏通线和宁通线修建工程。为庆祝阶段性胜利，更为部署接下来重中之重的工程，孔德辕代表国民政府接见滕泰和贝拉。

"国民政府十年铁路修建计划中,最重要的一个项目——长江三角洲铁路修建工程,五年内已完成两条铁路的施工建设,这是以滕工为代表的建设者们对中国的民族铁路事业做出的巨大贡献。"在事业上,十余年来孔德辕与滕泰互为依托、互相成就;在个人情感上,他们虽然爱着同一个女人,但都不约而同尊重她的选择。

"接下来的任务是重中之重——建造杭州湾铁路大桥。这个任务不是我派给你的,也不是国民政府派给你的,而是民族、百姓对你的充分信任,把这个千斤重担压在你肩上。时至今日,西方人一直嘲笑中国人没有智慧和能力独立设计、建造跨海、跨江双轨钢铁大桥,我们就要造给他们看看,并且还要建造高质量、高标准的铁路大桥!滕工,无论怎样千难万苦,你一定要把这个担子扛起来!"

滕泰充满信心地表态:"一千三百多年前,隋朝的李春设计并建造了一座精美的石拱桥——赵州桥,这个记录比西方人早了九百多年,至今,赵州桥完好无损地横跨在河北省赵县洨河上。我想,祖先早已证明,在建筑领域,中国人有足够强大的智慧和能力。"

贝拉拿出大桥设计图初稿铺开在桌上,滕泰指着图纸讲解:"杭州湾铁路跨江大桥分为上下两层,上面一层是公路桥,行人、大小车辆均可通过,下面一层是双线铁轨桥。这样设计虽然增加了很多技术上的障碍,但我有信心一一克服。"

孔德辕听完滕泰对大桥结构设计和功能设计的阐述后,不由赞叹:"好!滕工,专业上我一切信任你、支持你,在施工过程中有任何困难和要求尽管提出来,我全力配合。不过有句话,我先说在前面,如果这座大桥造不成功,你就跳江谢罪,我跟在你后面跳!敢不敢立这个军令状?"

滕泰起身郑重承诺:"一言为定!"

孔德辕回身从书柜里拿出一台摄像机:"贝拉小姐,这台摄像机是美国造的,我想你使用起来会非常方便。你的任务是负责全程记录建桥的整个过程和收集、保管有关建桥的所有数据和资料。"

贝拉高兴地接过,同样起身郑重承诺:"保证完成任务。"

"滕工,今晚我们喝一杯?"

"前提是不聊铁路和大桥。"

暮色四合,华灯初上,秦淮河两岸亭台楼阁咿咿袅袅评弹声缭绕。孔德辕吩咐甘必雄包了一艘画舫,人随画舫摇曳在流光溢彩的河面上。

"箫琴一曲意如何?
浅浅轻舟漾水波。
多少繁华言笑里,
而今于此怅然多。"

孔德辕高声吟罢,斟好两杯酒,端起一杯递给滕泰:"你看这良辰美景何等赏心悦目,所以今晚我们绝不谈铁路和大桥。我想借酒意打开心扉,跟你掏掏心窝子。"滕泰二话不说,与孔德辕碰杯后一饮而尽。

"我想你定能懂我的意思,这是一场我们两个人推迟了整整五年的谈话。"

"今晚,你想跟我谈依水?"

"以我对依水和萧韦各自人品的了解,儿子绝对不是萧韦的。"

"我说孩子是我的,你会相信吗?"

"我不信萧韦,自然也不会信你。当年依水不肯说出孩子是谁的,我想她可能永远都不会亲口说出。只有等孩子长大了,他自己会做出选择。"

"德辕兄,这么多年来,你在事业上一直给我莫大的支持和提携,是我志同道合的朋友、兄长,我感激不尽。可命运喜欢捉弄人,偏偏让我们爱着同一个女人,并且都这样毫不动摇、始终不渝,爱得艰难,爱得绝望,爱得苦中作乐……"好些话如鲠在喉,滕泰说不下去了,举杯一饮而尽。

"在事业上,我们是战友,是朋友;在情场上,我们是毫不相让的对手、情敌。现在,我们又是同病相怜的天涯沦落人……"孔德辕和滕泰一样好多话如鲠在喉,说不下去,也举杯一饮而尽。

两只酒杯代表千言万语碰在一起,簇簇绛红色小酒花溅起,又沿着杯壁缓缓滑落,两人心中无论怎样酸甜苦辣的况味,也随着渐渐加深的酒意沉息下来。"当年,我以为孔圣鲁是你青梅竹马的爱人,而你以为贝拉是我志同道合的伴侣,可我们都没想到,沈依水才是我们共同挚爱的女人。"

孔德辕深深叹道:"可到头来,只有萧韦能给她一个踏实、安稳的家。我们都爱她爱得心有余而力不足,所以,我们都不配爱她。"

上海滩底层的贩夫走卒大都晓得百家乐赌场,几个铜钿就能玩乐一把。自萧韦和沈依水成亲后,吴怀恩心头说不出的失意和失落,至于到底为何心有怨气,他不想理也理不清楚,理到根上无非是自己的自私和嫉妒。除了独自喝闷酒外,他放纵自己重返百家乐寻乐子。赌场老板的目光很快捕捉到走进来的跛腿吴怀恩,连忙迎上细看,惊呼:"麻杆!你死哪去了?怎么这么多年看不到你了?"低头琢磨着他的瘸腿,又幸灾乐祸地嚷着,"你这腿是被打折的吧?啥人啊下手这么狠?"

他尴尬地扭头想走,被赌场老板一把揽住肩膀:"麻杆,来都来了,只管痛痛快快玩几圈。"他被推到一张赌桌前,身边的一个赌徒被挤得闪了一下身子,转头怒目相视,随即换了一脸惊喜:"我眼睛没看错吧?麻杆!"

他皱眉闭眼才费力想起:"癞子!杨癞子啊!"

"是我,我杨永谦啊。"

"没想到,你小子还活着?我还以为你又投胎了呢?"

"我这不是活得好好的嘛,倒是你,当年巡捕房剿灭江龙会,你是涂老大身边的红人,怎么没把你一起崩了?"

他送上一个大白眼,得意道:"我麻杆福大、命硬,有贵人护体,不是谁想让我死我就非要死给他看的。你也是江龙会的,咋没崩了你?"

杨永谦拖着他胳膊往外走:"这里太吵,走,出去聊聊?"他这才看到他跛着腿踉踉跄跄的,"你又做啥坏事了?怎么成瘸腿了?"

出了弄堂口,便看到苏州河在眼前弯弯绕绕而过。靠在石桥上,吴怀恩拿出一包香烟,抽出一支递给他:"哥们,吸一支,认得不?这是闻名上海滩的'蔡廷锴将军'牌香烟。小日本跑到上海滩欺负中国人,蔡廷锴将军率领19路军誓死抵抗。老百姓敬佩蔡将军,就以他的名字做香烟的牌子。来品品,这烟吸起来特别解气,但这烟不好买,疯抢。"

杨永谦赶紧把烟放在鼻子底下嗅了又嗅。吴怀恩点燃烟,吸了一口:"我还以为你也吃了巡捕房的枪子了呢。"

杨永谦也点了烟,一吸一吐后得意地显摆:"跟你一样,我也福大、命硬,也不是谁想让我死我就非要死给他看的。江龙会被连窝端的前天,老外婆恰巧去世,我一早就赶回苏州奔丧。后来想想,老人家这是用她的命换我的呀。奔丧后我听闻江龙会被灭了,我不敢回上海啊,就一直躲在苏州乡下,再后来又听说巡捕房的孙督长被仇家干掉了,所以我杀回来了。"

"我们都是大难不死,必有后福的人。现在,哥们在哪混饭吃?"

"瞎混!也就做点小生意,吃喝不愁,抽空还能百家乐玩玩。倒是你做大发了,上海滩大名鼎鼎的沪江造船厂二老板。"

吴怀恩顿时挺直腰杆,洋洋得意地谦和起来:"二老板谈不上,不过我负责船厂的技术活。大老板是我姐姐的小姑子,我姐夫的亲妹子,嘿嘿……说到底一家人。"

杨永谦一脸巴结相地讨好:"以后还请多关照,不管怎么讲,在江龙会时,咱俩也是出生入死过的兄弟呀。"

吴怀恩斜乜着眼,瞧不起的口气:"怎么帮你?介绍你到船厂做工?可你不懂造船技术啊,你会做啥?"

"造船我确实不懂,我们兄弟能不能合伙做点生意?"

"啥生意?除了造船,我可啥都不懂。"

"所以我们要分工合作嘛。我现在手头上就有一单大生意。"

吴怀恩不耐烦地嚷:"别绕圈子,我忙着呢。""麻杆,你知道现在市面上什么最好卖,什么最紧俏吗?"他茫然地摇摇头。

杨永谦顿时笑容满面唠叨起来:"就是上海滩千金小姐、贵妇太太们喜欢的东西啊。比方讲,什么胭脂、水粉了,什么香胰子、花露水了,什么头油膏、桂花油了,还有,那女人大腿上穿的玻璃丝袜子最最畅销,有多少卖多少,每趟都不够卖。"他撸起裤腿,亮出自己大腿比画着,"麻杆,你亲眼见过没?那透明透亮的玻璃丝袜子穿在女人雪白的大腿上,大腿就更加雪白了,又嫩又滑,挠得男人心里贼痒痒,就想亲手摸摸……"

他心有所动,准确讲是对穿玻璃丝袜的雪白大腿心动,好像在哪部洋人电影里看到过,当时确实挠他的心,心里痒痒了好些日子,手也跟着痒痒了好些日子。心里想问癞子买一双,但又不好意思张口,转念一想就算买了,送给哪个女人呢?他脑子里搜刮半天也没一个女人面孔跳出来。

"想啥呢?这么好的生意做不做?"

"哦,有道理,上海滩女人的钱最好赚。几年不见,你长见识了,会琢磨事了。不过这些好东西从哪能搞来?"

"简单来兮,一水之隔的小日本。日本货,既便宜又好卖。用你家船厂的大铁皮跑一趟,载回来一船的货,再一倒手卖给上海滩的小商小贩们,咱哥俩就大发了。"

吴怀恩心里盘算着,跑一趟日本的利润大概抵得上跑大半年的内海,于是问道:"日本海能让中国船进吗?"

"这你放心,我来搞定。"

苏州河沿岸弄堂里飘出猪油菜泡饭和霉干菜烧肉的香气,两人囊中羞涩都不舍得拿出铜板请客,便道了别。吴怀恩走进沈家,正赶上一家人围桌吃饭,沈依水忙招呼他,他坐下来拿起碗筷,一番狼吞虎咽。

填饱肚子,他小心翼翼问:"依水妹子,有笔大单子,我吃不准要不要做?所以过来跟你商量商量。"

"什么单子?"

"跑趟日本……"

沈依水不容他说下去,立即打断:"不做,再大的单子也不做。跑哪都可以,就是不跑日本。"他没话讲,赶紧夹一大块红烧肉,把自己的嘴塞住。

萧韦被勾起气来:"现在满大街都是日本货,大到飞机、汽车,小到火柴、针头线脑。日本人卖他们的货,来抢中国人的银子,也就罢了,他们还开着飞机、大炮、军舰来占我们的地盘,简直是人心不足蛇吞象。"

钱塘江因特殊的地理位置和形态,历来水流湍急,潮水澎湃。告别孔德辕之后,滕泰火速召集老搭档驻扎在临浦村,全面启动建桥工程。在江边开施工现场会,滕泰手拿一枚螺丝钉,特别强调:"经过前期周密勘查可以判断,钱塘江潮头与河床上随水流变迁无定的泥沙是建设这座跨江大桥最大的难题。别小看这枚小小的螺丝钉,整座大桥一共有28根钢梁,每一根钢梁要用到18 000枚螺钉。徐工,每一枚螺钉安装后,要求专门技术人员逐个检查,不合格的螺钉必须第一时间换下重新安装。这样才能保证这座大桥上50万枚螺钉,每一枚都能挑起千斤重担,这样才能保证这座大桥承重力坚固稳定。"贝拉站在摄像机后,一丝不苟用拍摄记录每一次会议,每一份图纸和每一天现场施工。

冯大志脸色惨白地跑过来:"滕工,出大事了!第一艘打桩船刚下水不到两个时辰,被潮水打翻沉没,船上四个工人全部失踪。"滕泰立马跳上工程车奔向现场,贝拉急忙收起摄像机紧随其后。

工程车还未停稳,滕泰打开车门跳下来。邵工迎上来报告:"这段江面靠近入海口,今天风大浪急,打桩船被风吹离预定的打桩位置,触礁沉没。"

滕泰吼道:"人捞上来了吗?"

"怎么捞?眨眼工夫,救援船就会被冲走。"

滕泰默默走到江边,悲伤地凝视江面,吩咐善后事宜:"徐工,想尽一切办法打捞遇难工人们的遗体,好好安葬。林工,从工程款拨出一笔专款送到每位遇难工人亲属手上;另外,亲属提出的任何要求,要无条件满足。邵工,明日下午钢梁和螺钉陆续运到工地,你带领工人们负责接收和验货,决不能再出任何问题。"工人们听到这些话聚拢过来,滕泰斩钉截铁地承诺:"请大家放心,我会尽快定制两艘钢制打桩船,确保不会再发生此类事故。"

"沪远号"试航的日子来临,天未亮萧韦就到船厂同吴怀恩和戴维汇合驾船去了吴淞口。沈依水来船厂候着他们回来,接近晌午时听到码头上传来汽笛声才放下心来。看到三人面带笑容地走进来,她高兴地赞道:"戴维、怀恩,你们的造船技术是上海滩最棒的!这十年来,你们造的'茂源''沪江''沪远'三艘轮船,每艘试航时都没出过任何差错,真要好好感谢你们。我跟韦哥和圣鲁姐商量过,从今年开始,你俩列为沪江造船厂股东,年底享受利润分成。"

吴怀恩咧开嘴巴大笑:"没想到,我成了上海滩响当当的沪江造船厂老板了。"戴维谦虚地笑笑:"钱越来越多,我越来越爱船厂,越来越爱上海。"吴怀恩拍拍戴维肩膀,打趣道:"老戴,你可是英国皇家学院水利机械专业的高才生,你既能让船在水上漂,也能让船沉下去,你小子我一直不放心,一直悄悄防着你呢。但是现在你成了船厂股东,我还有啥不放心的呢?"戴维两手一摊,耸耸肩笑得露出满嘴大白牙。

萧韦笑道:"都这么多年了,你怎么还不放心老戴?"

"我们可是做正经生意的,有句老祖宗的话不能忘,害人之心不可有,防人之心不可无,对洋鬼子也是如此。"大家都笑开了,刘阿兴听到急促的敲门声,忙打开房门,风尘仆仆的滕泰意外地出现在大家面前。

滕泰开门见山:"依水,萧韦,我是来求助的。"

沈依水点头,凝神静听。"我想请船厂三周之内,帮我造两艘钢制打桩船,即便是在大风、大雨、大浪等恶劣天气下,也能安全施工的打桩船。"

吴怀恩抢先回答:"没问题,交给我和老戴。800吨位的轮船我们都造三艘了,不要说小小的打桩船。"

沈依水递上一杯水来:"滕先生,我们都知道,这十几年来你一直奔波在外,为国家、为百姓修路造桥,几乎都忘记自己的存在。我们船厂很高兴能帮你分担点事情,三周之内,船肯定送到工地。"

滕泰很想跟沈依水再说点什么,但其实无须赘言,感激和思念流淌在他望着她的眼神里,任何语言已是多余。工地上突发事故的处理令滕泰身心俱疲一夜未歇,凌晨又赶至船厂,在他身心最乏力之时,沈依水话语里的每一个字都似夜空繁星,闪烁的光暖到他心里。

霞飞路租的公寓还在,方红颜一直帮表哥续着房租。回到公寓,他拉开抽屉,看到三本素描本安静地躺在里面,他拿出一本来仔细翻看着,她从容、淡定的面容一页页从他眼前掠过……

时光荏苒,万物皆可逝。而只有心中坚守的那份情感却能逆时光生长,越经风雨越顽强。

第十二章
人生蹭蹬

　　隆冬寒露结成冰,月色迷蒙欲断魂。
　　一阵阵朔风寒透骨,乌洞洞大观园里冷清清。
　　……

　　得意楼茶馆里,若隐若现飘出评弹《红楼梦·宝玉夜探》。吴怀恩循声走进,东张西望沿楼梯拾级而上。正等得百无聊赖的杨永谦远远瞄到他,迅速把一包白粉末倒入一杯盖碗茶中。

　　吴怀恩坐下来,盯着台上唱评弹旗袍女人的玻璃丝袜大腿挪不动眼珠子,问:"发财了?到这种地方喝茶听曲?"

　　杨永谦笑嘻嘻埋怨:"本来是可以发一笔财,可你不干啊!"

　　"不是我不干,我做不了主。虽说我现在也是沪江造船厂股东之一,但生意上的事还是我家妹子定。我定没人听啊!"

　　"瞧你那点出息!还是男人吗?你还真被沈依水这个女人拿捏住了。"

　　他白他一眼,哼了一声:"我家沈老板讲了,谁的生意都可以做,就这日本人的,不做!坚决不做,没得商量!"

　　"管他什么人?我们是赚钞票,晓不晓得?有钱不赚是傻瓜。"

　　"如果你非要做,还是找别人吧。"

　　"也难怪,吃女人的饭,就要听女人的话,为女人办事。麻杆,你这碗软饭啥时吃到头?作孽!"

　　他不愿再听下去,起身欲走:"没别的事,我不奉陪了,船厂的事巨多,我很忙。"杨永谦见连讽带刺的火候刚好,忙拉住他呵呵笑道:"算了,生意不做就不做,但不妨碍我俩继续做兄弟嘛,来都来了,喝口茶再走,这是得意楼茶馆顶级的六安瓜片,你品品咋样?"

他只想赶紧走,便端起盖碗大口喝干。杨永谦乜眼看他喝下便放了心,开始闲扯:"这段时间你干吗去了?连鬼影子也见不到?"

"别提了,连续干了几个通宵,累得我睡了一天一夜,今天差点没爬起来。"

"什么大买卖,这么拼命?"

"沈老板让我们造两艘打桩船白送给杭州湾铁路大桥工地,也算是为中国铁路建设做贡献了。"

杨永谦漫不经心地观察着他的神色:"有笔更大的买卖,你干不干?"

"只要是跟日本人无关,就好商量。"

"听说沪江造船厂刚造好一艘800吨位的货轮,已经试航成功了?卖不卖?"

"这么大买卖,我可做不了主。"

"这笔买卖如果做成了,你麻杆就等着下半辈子和你想要的女人们吃喝玩乐吧。"杨永谦从怀里掏出一摞纸钞放在他面前。

他不动声色瞥了一眼,轻描淡写地问:"想让我做啥?我老早跟你说了,我除了造船,啥都不会。"杨永谦傻呵呵笑:"我就是好奇,想见识下你亲手造的船,今晚带我到船厂看看?"

他眼馋地看着面前一摞钞票犹豫着,虽然想死守住双唇,但还是听到自己该死的话音:"还就今晚方便,韦哥和老戴去杭州湾工地送打桩船。"

往船厂走的每一步都令他心虚,胃痛得痉挛,好在夜色四合,让他壮了些胆,打开船厂大门,带杨永谦偷偷溜进厂里。突然他俯身捂着肚子喊痛:"哎哟,憋不住了,我想拉稀,先去方便下,你别走开。"杨永谦知道是药粉见效,心怀鬼胎答应着看他奔远,忙鬼鬼祟祟拿出照相机到处拍。

"谁?"办公室门打开,戴维站在门口向外张望。

恰巧吴怀恩提着裤子奔回来,远远答应:"是我老戴,你们这么早回来了?"

戴维打着哈欠:"连夜赶回来,太累了。"

吴怀恩心虚应着:"那你赶紧睡,我这就回。"

"那人是谁?"

"朋友来参观下,我马上带他走。"戴维困得实在无心多说什么,关门熄灯。

"这洋鬼子是干吗的?"

"英国人,船厂请的轮船制造机械师,我和他负责造船。他小命是我救的,所以我讲啥他听啥。"杨永谦还想登船,被吴怀恩死命拉出船厂。

自打桩船运到工地后,滕泰和助工们轮流带领工人水下作业,因事故耽搁的工期也顺利赶上来。黄昏时分当打桩船升至江面,滕泰从船上走出,迎面看到已在岸边等候良久的甘必雄,他心下明白孔德辕定有要事接他去南京。

没想到上车后见孔德辕坐在车里,忧心忡忡。日军占领东三省后,企图南下侵犯并占领全中国,称霸亚洲的狼子野心从未放弃过;当下,日本军队大举集结,现有7艘舰艇停泊在下关江面上虎视眈眈,国民政府虽有长江第二舰队泊于栖霞山之北江面上与之对峙,但中国军队舰艇装备陈旧,强弱悬殊;加之日军还具有空中优势,敌机时刻处于战备状态,随时将要轰炸宁、沪两地;另外,日军海军陆战队也一直处于一级待命状态。形势紧迫,时间刻不容缓,孔德辕亲自到工地会面滕泰,只想问他一句话:"年底大桥能否通车?"

滕泰深知当下时局,立即表态:"一切听从铁道部指挥。如果国家需要,保证年底通车。"

"战事一触即发,此桥之命运关乎国家之命运、民族之命运。滕工,你肩扛的责任重于泰山。还记得我们立下的军令状吗?"滕泰双目灼灼郑重点头,孔德辕这才放心驱车返回。

时至盛夏,江南雨水充沛,杭州湾水流湍急,潮水澎湃。工程车在指挥部门前停下,贝拉扛着摄像机从车上跳下来走进指挥部,架好机器,打开开关调好画面,画面中滕泰坐在书桌前蹙眉思虑,桌上摊着一大堆资料。贝拉走近指着图纸上2号桥墩处发问:"我在施工现场看到,在大桥南2号桥墩上留有一个长方形大洞,可在这张工程设计图中却没有,如何解释?"

滕泰略一沉思,答道:"这是数月前孔部长见过我后的紧急机密决定,杭州湾大桥连接大江南北,一旦竣工,便具有极其重要的战略交通意义。日军现已纠结大批海军陆战队,随时会从海上登陆,进犯上海,我担心这座大桥有朝一日会被日军所利用,那样的话我便成了国家罪人。"

贝拉惊问:"你是想?"

滕泰深深点头:"留此爆破点,以防万一。"

指挥部外传来一声刺耳的刹车声,徐工奔进指挥部报告:"滕工,6号桥墩处发生问题,请您马上过去查看。"滕泰冲出指挥部,徐工紧随,贝拉连忙扛起摄像机追上。三人上车后,工程车快速朝江边开去。

突然,隆隆炮声和飞机轰炸声响起,一路追着工程车示威般轰鸣。

就在这一日这一刻,1937年8月13日,淞沪会战爆发。炮声轰鸣中,工程车急速驶到江边,滕泰立马跳下车奔向江边,透过望远镜沉着检查6号桥墩处,命令:"速调沉箱。"

徐工急忙阻止:"滕工,敌机持续轰炸,你在岸边指挥,我下去。"

"正是因为太危险,我下!"

徐工指挥冯大志和工人驱车拖来一个巨大铁箱,箱身外装配空气压缩机,一旦发动起来,可以把江水隔绝在外,铁箱可沉入水下30米。贝拉操作摄像机冷静记录下这一切。

滕泰和冯大志换上安全服,进入沉箱。沉箱在空气压缩机巨大旋转力量下,腾起浪涛坠入江底。箱内,滕泰戴着专业护镜,透过沉箱瞭望口,仔细检查桥墩,冯大志在他指挥下进行多处焊接和技术操作。沉箱四周水流如瀑,四面八方携着巨大压力冲击箱体,一轮轮激流漩涡围绕箱体迅猛打转。自沉江之刻起,两人已置生死于度外,待一切故障排除后,滕泰命令升箱,箱内照明突然熄灭,黑暗迅疾如江水一样吞噬箱体。

此时,日军轰炸机编队自上海一路投掷炸弹飞抵杭州上空,施工现场灯火通明怕引来敌机轰炸,所以不得不关闭总电闸。大约过了一个时辰,沉箱内瞬间亮如白昼,江面巨大浪花腾空而起,沉箱从江底跃出水面。

晚饭时,大家聚在一起,桌上是一盆青菜、一盆米饭和一盆鱼汤。滕泰笑道:"大志,把那瓶二锅头拿来,今天是值得纪念的日子。"冯大志答应着照办,给每个人都倒满。

"让我们先为杭州湾铁路大桥的胜利竣工,干一杯!"众人都情绪激动地举杯,一饮而尽。

"今天,8月13日,日军攻打上海,国之大耻。"滕泰声音沙哑悲痛,一杯烈酒饮尽,嗓子里犹如火苗灼烧,"更可叹的是,我们三年来夜以继日造好的大桥,真乃生不逢时!"

贝拉追随滕泰至今,自然了解他想说什么,想做什么:"大桥如果启用,将成为日本人争夺的焦点。"

滕泰显然已下定决心:"与其被日军利用进犯杭州,不如把它炸掉。"

众人听到此话的惊心动魄不亚于今天听到的轰炸声,炸掉刚刚竣工即将通车的大桥,犹如一位母亲把自己呱呱坠地的孩子,亲手掐死一样令人悲痛。

"大志,备车,我要连夜赶往南京!"

夜色沉沉也不及滕泰的心事沉沉,一路风驰电掣赶至南京已是天光微晞,滕泰直奔孔德辕的寓所。"今夜我专程赶来,就是想最后请示下,桥,是留还是毁?"

"我刚接到行政院指示,本打算电话通知你,没想到你对时局如此敏感,已先知先觉。上海一旦沦陷,此桥必落入日军手中,成为助敌军攻打杭州的一条重要交通要道,所以必须在上海被攻陷之前炸掉它。另外,务必保存好所有建桥资料,决不能落入日军手中。"

"我马上回去布置任务。"

"我已命甘秘书备好炸药,凌晨定将送达工地。"孔德辕紧握他的手,目光如炬,"保重,后会有期!"

滕泰明白他目光里的期许,郑重点头:"后会有期!"

时间紧迫,滕泰马不停蹄赶回工地,召齐各位工程师聚集指挥部,部署任务:"按南京国民政府行政院和铁道部的指示,现在我们紧急成立炸桥小组,组长是我,成员有贝拉、徐工、林工、邵工、冯大志,冯大志负责具体联络。"众人郑重点头。"100个炸药包,共200公斤炸药,凌晨前会秘密运到工地,由徐工亲自验货保管。"他指着大桥结构图,"凡是我画了圈的地方,都是大桥的致命爆破点,是放置炸药包的最佳位置,而且这些爆破点较为隐蔽,不会轻易被发现。尤其是2号桥墩,是实施爆破的核心位置,在这儿放置10包炸药,所有的引线接到2号桥墩炸药包,然后,总引线从这里接出,埋线通到电闸室,总引爆点就设在电闸室。安置炸药包的工作由林工负责,埋线工作由邵工负责,大家都明白了吗?"众人边听边认真地做记录。

滕泰转头郑重看向贝拉,"大桥不在了,只要修建大桥的图纸还在,我相信就有重建的那一天。贝拉,有关建桥的所有水文、气象、地质资料,设计、施工图纸,计算数据、分析报告和你拍下的2500多公尺的胶片,决不让任何一点资料落入日军手中。"

"我会用我的生命去守护。"贝拉深知这些资料如同滕泰的生命。

接应好甘必雄送来的炸药,滕泰宣布正式启动爆破行动。突然,外面由远及近传来车轮声、狗吠声,众人还不及反应,房门被一脚踹开。日本军官板垣俊六带领四名持枪日军冲进来,杨永谦低头哈腰跟在后面。

板垣俊六凶煞傲慢的目光扫过每一个人,寒凛凛的杀气顿时充塞室内。"哪位姓滕?"杨永谦狐假虎威地叫嚷。

徐工、林工、邵工不约而同跨前一步,异口同声道:"我是。"在他们身后,滕泰依然稳稳坐在工作台前,不紧不慢道:"我是滕泰。"

板垣俊六吼了一声,杨永谦紧接着吼道:"皇军有请。"徐工冲杨永谦怒骂:"汉奸,败类! 有什么事就在这里讲!"板垣俊六朝杨永谦使个眼色,杨永谦立马换了口气:"皇军海军陆战队司令部山本宫丸大佐久闻滕泰先生大名,特请滕先生到司令部会晤。"

滕泰深知躲不过去,为早点把日军引开,以防爆破装置被发现,淡然笑道:"既然山本有兴趣见我,不妨一见。"然后朝众人意味深长点头,大步走出指挥部,被日军押上吉普车,车卷起尘土迅即驶离工地。

日军围攻上海,城内军民联合奋力抵抗,就连得意楼茶馆的评弹曲目也由《红楼梦·宝玉夜探》换成《新木兰辞》。

    唧唧机声日夜忙,
    木兰是频频叹息愁绪生,
    惊闻可汗点兵卒,
    观兵书十数行,
    卷卷都有爹名字,
    老父何堪征战场,
    ……

吴怀恩跛腿急走进茶馆,在老位置找到杨永谦,一屁股坐下,气喘吁吁:"杨癞子,这都啥时候了,日军眼看着攻进城了,你还找我做啥?"

"上次跟你讲的大生意,考虑得怎么样了?"

"我小命不知能不能保得住,啥人有心情跟你做生意?"他说着欲起身走人。杨永谦摸出两根金条来,放在他眼皮底下,不紧不慢道:"这两条大黄鱼归你,我要沪江造船厂轮船设计图。"

他惊问:"啥?你要做什么?"

杨永谦原形毕露,龇牙咧嘴:"麻杆,你小赤佬反应慢,不跟你绕圈子了。这半个月你也看到了吧?日本军的攻势越来越猛,这大上海早晚是日本人的,我就不瞒你了,我是为皇军做事的。日军海军陆战队山本大佐,需要沪江造船厂的轮船设计图。如你愿意合作,山本大佐还会有重赏。"

他火冒三丈,腾地站起来吼道:"你他娘的,做了汉奸了。我差点忘了,你老爹年轻时偷渡到日本做过苦工,你小子会点小日本鸟语是吧?走着瞧,在小日本人屁股后面做狗,早晚会不得好死!"说罢,他气愤地一瘸一拐下楼。

杨永谦被呛得鼻孔呼哧呼哧冒火:"敢在我面前耍横,早晚把你收拾得服服帖帖。"

上海战事持续了三个多月,双方不断增派军力,一方誓死攻城,一方誓死守城。上海各界市民更是激昂慷慨,不遗余力协助中国军队日夜鏖战。就连战前歌舞升平的电影公司也纷纷放弃鸳鸯蝴蝶派的制片计划,以电影特具的表达方式抗议日军侵略。丽华影业公司摄影棚内,正在连夜拍摄有声电影《木兰从军》,大草原帐篷里,李广元帅正为大破匈奴而归的花木兰举行庆功宴。

胡乐来饰演的李广元帅举起酒卮,赞道:"花将军,祝贺你又立奇功!如不是你带领骁勇善战之骑兵,把匈奴赶出关外,今夜,我汉营恐怕会被践踏于敌军铁蹄之下。"

方红颜饰演的花木兰双手抱拳,回敬:"多谢元帅设宴!杀敌报国乃职责所在,希望有朝一日能把匈奴永远赶出中原大地,还我国家的安宁和百姓生活的祥和。"

"干!"

"干！"

李广抛了酒卮，乘兴相邀："花将军，你看今夜月色妖娆，星辉煜煜，你我何不移步帐外共赏夜色呢？"听此温柔缱绻的话语，花木兰情不自禁流露出女儿的娇羞，忙以袖遮掩点头答应。

摄影棚外一片骚动声，胡寿全忙喊"CUT"！只见日军海军陆战队山本宫丸大佐带领一列荷枪日军闯进摄影棚，杨永谦低三下四尾随。山本朝杨永谦恶狠狠哼了一声，他狐假虎威发布命令："即日起，丽华影业公司已被日军海军陆战队司令部所接收，自此，一切反动电影不得投拍。违者，格杀勿论！"

胡寿全反驳："丽华影业是我与方红颜小姐合资的股份公司，怎么你大嘴巴一张一合，就归日本人啦？"

杨永谦嘴角一咧，冷笑道："你日夜拍戏拍昏头了吧？外面都什么世道了你不晓得？从今天起整个上海滩都是皇军的地盘了，这上海滩上还能有什么不是皇军的？"

山本怒视胡寿全，吼道："《木兰从军》的剧本，必须改！"杨永谦自然领会他的意思："这场戏，山本大佐的意思是，要李广识破花木兰的女人身份，向她求爱，然后携手回乡，结婚、生子、过太平的日子。一个女人家，不要老是在战场上打打杀杀，老百姓需要的是和平安稳的生活。"

方红颜憋不住笑出了声："你一大汉奸倒讲起戏来了，还想做导演啊？"山本抽出腰间佩刀，寒光凛凛地在她眼前挥舞。大家只好保持沉默，冷眼观看这出临时加演的戏，真真切切感受到什么是侵略，不仅攻城掠地，还要侵蚀文化，改变文化基因。

侵略者一句话宣布接收了制片厂，方红颜、胡乐来坐在化妆镜前郁闷地卸妆，胡寿全愤怒地把手中剧本朝地上狠狠一摔："这个戏，老子我不拍了还不行嘛！"

方红颜气鼓鼓地问："照小日本说的，那还叫《木兰从军》吗？变成《木兰寻夫》了。"

胡乐来分析："很明显，小日本是怕咱这部电影拍好，在上海滩各大电影院热火朝天地放映，把市民的抗日情绪给煽动起来。"

"自打日军入侵上海后，那是到处伸一腿、插一脚，无所不管、无所不抢，这抢地盘都抢到电影圈里来了。明星、天一、联华,现在是毁的毁,炸的炸,烧的烧,散的散,我看丽华气数已尽。"

胡寿全垂头丧气叹道:"趁现在还没封城,我只好南下香港躲躲了。"

萧沈初吃好早饭,背起书包跟萧妈道别,差点被跛腿跨进客厅的吴怀恩撞倒。他喘着嚷着出大事了,滕先生在工地上被日本鬼子给抓走了。

沈依水急问:"怎么回事?"

"一大早我在弄堂口吃馄饨,有一个从大桥工地上逃回来的小工,他说昨天凌晨他亲眼看见滕先生被押上日军吉普车。"

沈依水咬着唇,思考着:"我要去见见滕先生。"

萧韦担心起来:"滕先生在日本人手里,你怎么见?"

吴怀恩点头:"听说日军海军陆战队司令部里能吓死大活人,小日本兵个个都端着带刺刀的枪,还养着很多条耷拉着大舌头敢吃人的狼狗……"

"我不光要见滕先生,我还要想办法救他出来。"

"我的小姐,滕先生不是被巡捕房抓去的,他是被日本鬼子给抓走的,你怎么救?"

她语气更加坚定:"现在,没有比救滕先生更重要的事了。他不像我们只是一介凡夫俗子,孔先生讲过,他是咱们国家首屈一指的铁路专家,中国的铁路、大桥建设都离不开他。所以无论怎样难,我一定要千方百计救他出来。"

萧韦哭丧着脸:"我不是不让你救滕先生,可你也知道,日军打进上海城里,老百姓躲都来不及,你还要主动找上门,弄不好是要送命的。"

"花多少钱都可以,无论付出什么代价,我要把滕先生救出来。"

吴怀恩跛着脚打转转,一筹莫展:"再说了,听汉奸杨永谦讲,日军的山本大佐正想要霸占船厂呢。"

吴怀恩的话点醒沈依水,她上楼去了书房。

滕泰被押进山本办公室,神色平静。对山本假意客气的打招呼充耳不闻、置之不理,看到墙角沙发,走过去疲倦地坐下来。

山本一笑:"滕工三年多日夜奋战在工地上,一定是身心俱乏,把你请到上海,就是想让你好好休息一下。"滕泰仰靠在沙发上,闭目不语。

"滕工心中牵挂的是即将通车的杭州湾铁路大桥吧?"

"既然知道,那就放我回去!"

"放你,当然可以。只要你答应,今后为皇军修筑铁路。"

"铁路,我已经修了十八年了,累了,想就此好好歇歇。"

杨永谦看着山本脸色插话:"我劝你识相点,别敬酒不吃吃罚酒,别怪我没提醒你,罚酒可是很难吃的,说不定能吃死人。"

滕泰睁开眼,无所谓地用日语说道:"也好。"他抬头指着书架上一本最厚的书——日文版《欧洲铁路史》,"请借我那本书看看,我准备在你们的牢房里多休息一段时间。"

山本亲自拿过书来递给他,无比惊讶地问:"滕工懂日语?"

滕泰眼皮也不抬,只管翻阅着书:"你不也懂汉语吗?这叫作知己知彼,百战不殆!"

第十三章
永相诀

美国驻上海领事馆总领事威廉·詹姆斯是贝拉父亲的挚交,当年贝拉执意来中国时,其父来函拜托老友关照,病危时更是寄来遗嘱把女儿托付于他。所以,当贝拉约见时,詹姆斯自然知道她为何事而来。

贝拉一走进会客室便急切请求:"詹姆斯先生,滕泰是中国优秀的铁路专家,现被关押在日本海军陆战队司令部,肯定与刚竣工的杭州湾铁路大桥有关。我请求您设法把他救出来。"詹姆斯开门见山表态:"我一定会帮助你,这几日我一直在考虑如何救出滕工。"

如何救滕泰对詹姆斯来说,同样是难题。如果以领事馆名义交涉,那么便成了美国与日本国与国之间的政治利益博弈,而滕泰是中国公民,显然这种交涉方式没有站得住脚的理由;如果以个人名义与山本宫丸谈判,难度丝毫没有降低,因为想不出对山本有致命吸引力的谈判筹码。但面对贝拉恳切的眼神,这件事詹姆斯必须要尽力去解决。

司令部大院内,士兵们在杀气腾腾地列队操练,两只大型狼犬不时吼出令人胆战心惊的嚎叫声。山本大佐站在办公室落地窗前,像观赏他最迷醉的能剧一样,令他视听觉心满意足。机要兵走进来报告山田少将密电,山本立马示意念。

"山本大佐:八月三十日晚六点,我华北基地第三先遣物资车队将达杭州,命杭州湾铁路大桥开闸放行。山田喜夫少将电。完毕。"机要兵放下电文,礼毕离开。山本皱眉心想,滕泰是跟杨永谦完全不一样的中国人,软硬不吃,很难对付。他拿起电文细看,蹙紧眉头,八月三十日,就是明天。来不及再等滕泰自愿合作,必须对他采取手段甚至武力。

山本立即带着四名卫兵走进牢房,映入视线的依然是滕泰坐在墙角草席上,气定神闲捧着砖块般的《欧洲铁路史》认真阅读,看他那专注的神情,仿佛在自家书房里,仿佛在耶鲁图书馆里,也仿佛在森林湖畔边。

"滕工,这几日来有什么收获?"山本皮笑肉不笑地提问。

滕泰不屑抬头,轻松回应:"在这儿吃得好,睡得香,还能静下心来啃啃专业书,感觉浑身充满干劲。"

"明晚去参观你建造的杭州湾铁路大桥,如你能积极配合我军指挥,我会当场放你。"

"大桥就摆在那儿,藏也藏不了,欢迎任何人参观。"

山本碰了软钉子,只好回办公室部署明晚的行动。杨永谦躬身伺立他身后,小心翼翼献计:"太君,明晚放姓滕的,似乎不妥……"

"嗯?"

"太君,放滕泰等于放虎归山。我有一个主意,想向您禀报。"

"嗯?"

"我调查过,滕泰有一位重要助手叫安妮·贝拉。这个美国女人是他耶鲁大学的同班同学,十八年前就一直跟随他在中国修路建桥。我建议让滕泰在牢里做人质,命她去开闸,有滕泰在司令部抵押,谅她也不敢做什么手脚。还有,这十八年来,修路建桥的资料肯定都在姓滕的手里,以后还要利用他为皇军服务,这些重要资料没交出来之前,太君不能轻易放他出去。"

山本指着杨永谦那张谦卑恭顺的脸赞道:"吆西吆西!你,是个大大聪明的中国人。"杨永谦大喜:"谢谢太君夸奖,能为皇军效劳是我的荣幸。太君,还有一事,沪江造船厂沈老板,这个女人硬着呢,但最终还是被我说服,为了救滕泰,她愿意拿船厂交换。"

山本踱步思考:"大日本海军陆战队正急需一个像沪江造船厂这样大规模的场地,作为军舰的保养和维修基地。这个女人怎么愿意花如此大价钱救滕泰?"杨永谦刚要开口,卫兵进来报告有位叫安妮·贝拉的美国女人,要见滕泰。

"太君,说曹操曹操到!我刚讲的就是这个美国女人。"山本好奇这是一个什么样的美国女人,命令:"带她去牢房。"

贝拉跨进牢房时,山本和杨永谦已先一步来到,滕泰对二人置之不理,只管专心看书。贝拉快步走上前,轻声唤他,滕泰听到熟悉的声音一抬头,蓦然看到站在铁栏外的贝拉,急忙起身走上前。

贝拉忍住眼眶里打转的眼泪打量他,头发如秋草杂乱,双目血丝成网,唇周大小水泡凸起,可见他内心是何等心急火燎。滕泰反而笑着宽慰道:"别为我担心,我很好。"仅一句话就使她双目蓄满的泪水像放闸一样簌簌而下。"这么多年,你不是一直劝我要休息嘛,现在我在此就当休息。"他朝她举起手中书,"自回国后,我难得有时间看看专业书,现在倒好,除了吃饭睡觉,我可以什么都不做只管看书。"

她含泪含笑点头:"你放心看书,一切交给我。"

"在耶鲁时,这本《欧洲铁路史》我看的是英文版,不知道还有日文版。日文好久不看、不说,退步很多。贝拉,等以后有更多时间,我想把这本书翻成中文版,好不好?"

"当然好。但你要答应我,还是让我做你助手。"

山本不耐烦地朝杨永谦示意,杨永谦上前来假惺惺道:"贝拉小姐,滕工还需要在这休息几天。太君请你明天下午1点前,带路到杭州湾铁路大桥参观。如果你不准时到的话,恐怕对滕工不利,我的话你应该明白!"

滕泰知道给日本人带路意味着什么,惊问:"我是大桥总工程师,为什么不让我去?"山本阴阳怪气道:"滕工,你累了,需要好好休息。配合我军指挥,贝拉小姐会做得更好。"

"她是美国人,我的事与她无关。我去!"

贝拉冷冷看向山本:"我会准时到,你要答应我,到时立即放了滕工。"

山本一字胡笑弯:"一言为定。我不仅会放了滕工,还会把书赠予他。"

明知山本一派胡言,贝拉和滕泰只能将计就计,不得不告别,两双手依恋地握紧,两颗心涌动千言万语,两双凝视的眼能读懂对方心中每一个字。

见过滕泰后,贝拉立刻去沈家见沈依水,从手袋里拿出两把钥匙,郑重放在她手里,一字一句说道:"自从滕泰回国后,十八年来修建了京绥铁路、彭海铁路、苏通铁路、宁通铁路和杭州湾铁路大桥,修路建桥的所有工作资料,我全放在两只黑色皮箱里。这两把钥匙是开皮箱的,皮箱我已寄存在花旗银行私人密码柜里,密码是滕泰的生日。钥匙只有交给你,我才放心。"

"为什么把钥匙交给我?"

"今晚我要带日军去杭州湾铁路大桥,所以钥匙请你保管,等滕泰安全了,替我交给他。"

"你也有危险?"

"放心,我是美国人,日本人不敢把我怎么样。"

她敬佩贝拉对滕泰的情深义重,她甘愿在异国他乡追随他十八年,甘愿为保护他用自己的生命去冒险,她握紧钥匙,更加坚定用船厂交换滕泰的决心。

贝拉了却后顾之忧,赶至日军海军陆战队司令部,大院内,士兵和狼犬已上车待发。杨永谦看到贝拉,立马奔进司令部报告山本,在门外听到少佐板垣俊六正向山本报告一件突发事件。

"昨晚,东条中佐在东风饭店饮酒,醉后调戏中国妇人,被上海警察局当场扣押。"

山本不屑地回应:"这有什么大惊小怪的?上海滩都是日本天皇的了,整个中国也即将臣属于大日本帝国,日后,中国妇人尽属我们东洋人玩乐。哈哈……去!传我命令,让警察局立即放人。"山本迈步往外走,却被板垣后面的话拖住腿。"麻烦的是,东条中佐戏弄的不是一位普通妇人,是美领事馆领事的中国太太。"

山本气得哇哇大叫,抽出腰间佩刀把面前一把椅子一砍两半。美日关系因中国战事正处于极度敏感时期,任何风吹草动都可能导致两国拉锯关系的失衡。山本不得不临时改变计划,命板垣俊六带队去杭州湾开闸放桥,自己亲自去警察局要人。

山本跨进局长办公室,段尔夫局长并未起身,仍端坐在办公桌后面,仅抬眼瞄了下脸似铁皮的山本。稍许冷场后,段尔夫不咸不淡地开门见山:"如果我没猜错的话,大佐是为东条四太郎的事而来吧?"

山本见他是这态度,便知此事棘手,于是措辞便入乡随俗:"我专程来是把人带回去好好训斥,希望段局长能给予方便。"

"仅仅好好训斥是不够的,美领事馆要求,务必按你们日本国的军法处置。"

山本一愣,看段尔夫毫不相让的神色,只好压下心中怒气:"谈个条件吧,你如何才能放人?"

"我只有职责关人,没有权力放人。至于放不放,要经美领事馆总领事威廉·詹姆斯先生的同意。"山本听明白症结所在,不再多言,转身便走。

落日余晖把杭州湾大桥笼罩在五彩晚霞中,江水湍急,激起一个个五彩漩涡。随着刺耳的刹车声,吉普车和卡车车灯照亮大片江岸和湍急江水。贝拉走下车,江风吹拂她的披肩金发,黑色风衣的衣襟也随风鼓荡,她仔细观察电闸室至江岸的地理位置,计算二者之间的距离。十二名荷枪实弹的日军和一条大型狼犬凶神恶煞围在她身边,而她的神情仿佛只是黄昏时分来江边吹吹风赏赏晚霞的路人。

板垣喝止住狼犬狂吠,命令杨永谦和六名日军负责监视开闸,他带余下日军到桥上迎候车队到达。"看到大桥对面有车灯,马上开闸!"板垣依然不放心地用枪抵着杨永谦的头,咬牙切齿威胁:"如果这边出了任何问题,我让你脑袋就地开花。"

杨永谦吓得哆哆嗦嗦:"太君放心,绝不会出任何问题!人都已经带来了,还是一小娘们,洋妞她也是娘们。我们可是十四个大男人,再加一条狼犬,蚂蚁能把大象吃了?我还不信了……"板垣懒得听下去,挥手朝大桥方向列队奔去。

杨永谦用枪抵着贝拉打开电闸室,里面排布着密密麻麻的线路和各种型号的电闸开关。日军士兵立于门口把守,他牵着狼犬进来,眨巴着小眼睛看得头晕目眩:"册那,像盘丝洞一样。"狼犬竖起双耳本能地警惕起来,耷拉着长舌喘着粗气,不断嚎吠。

贝拉平静说道:"你们先出去,这里到处是电路,万一被狗触碰到,电闸开启不了,那你脑袋要开花。"杨永谦被狼犬狂吠得气急败坏,扯紧了它颈间铁链。

突然,大桥上隐约出现车灯长河,闪闪烁烁。杨永谦忍不住兴奋大叫,狼犬倒被他龇牙咧嘴的叫声吓到,铁链从他手中挣脱,撞开门朝大桥方向蹿去。六名日军都慌了神,紧跟着追上去。杨永谦吓得屁滚尿流,跑到江边,不知所措。

车灯长河逐渐逼近大桥……

贝拉冷静地扳动闸机,在车灯长河的照耀下,可以看到大桥上闸板徐徐打开。

车灯长河开始缓缓移上大桥……

贝拉迅速拿出早已藏好的工具刀,切断主电源,电源线"滋滋"迸溅火花,贝拉拿起电源线果断引燃了藏在隐蔽处有100多根引线组成的总引线。总引线像鞭炮一样噼里啪啦炸响,一条蜿蜒前行的火信子突突往前窜燃。

杭州湾大桥上,轰轰隆隆的爆破声不绝于耳。全部车灯长河随着爆炸声和大桥一起,相继坠入江中。

板垣俊六、日本兵和狼犬顷刻间化为乌有。杨永谦看到贝拉从电闸室冲出来奔向江边,举枪朝她射击。贝拉冲刺到江边,纵身跃入湍流江水中,黑色风衣被甩在岸边。杨永谦朝腾起的漩涡射击,直到打光子弹。他哭丧着脸,浑身哆嗦,双膝发软扑倒在江边,双手在沙土里抓来抓去,抓到一样东西,定睛一看,是贝拉的黑色风衣,他像发现宝贝一样,忙塞到自己衣服里。

一夜未敢合眼等消息的山本,偏偏在凌晨时分撑不住打起盹来,电话铃声大作,持续的刺耳铃声在睡眠状态的山本听来,像是轰轰隆隆的爆炸声。他突然有所预感,猛地一激灵醒来,惊恐地抓起电话机,耳中立马灌入山田喜夫少将严厉的吼声:"八哥牙鲁!"仅裆处裹着一块白布的山本吓得翻滚下床,保持标准的立正军姿,嘴里如往外倒豆子一样"嗨!嗨!嗨!"额头上逐渐渗出豆粒汗珠,顺颊滚落。

山本来到办公室,两眼布满血丝,每一根血丝里都膨胀着复仇的血腥杀气。他手握寒光凛凛的佩刀,杀气腾腾地演练军刀操,每一刀都凶狠地刺向假想敌的要害,每一刀都带着一招毙命的快感。他朝墙角一个杨永谦模样的人体模型恶狠狠地左劈右砍,龇牙咧嘴狂叫:"杨永谦,死拉死拉的!"

没想到门口传来一声拖着哭腔、胆战心惊的叫声:"太君……"灰头土脸、筋疲力尽、声音沙哑、狼狈不堪的杨永谦哆嗦着双腿,小心翼翼地挪进办公室。山本看到他非人非鬼、丑陋滑稽的模样一愣,随即爆发出酣畅淋漓、极度嘲弄的狂笑声。杨永谦抽动嘴角,不知该笑还是不该笑,该哭还是不该哭。山本刹那间恢复惯有的凶残表情,举起佩刀"呀呀呀"号叫着冲到他面前,闪着寒光的军刀架在他脖子上。

"太君,我罪该万死,但我明知是死,还要冒死回来,我是为太君着想啊……"

山本仍嗷嗷叫着,刀下使力,杨永谦脖子上立马一道血印子。他心想只要还没死,还能讲话就不放弃自救:"我要不回来,大桥被炸毁的真相就会永远被埋没,太君您怎么跟您的天皇交代啊?"

"我是说爆炸现场您什么都不知道,这事故报告您怎么写啊?"被杨永谦一语中的,山本手中军刀松了一下。

杨永谦可怜兮兮缩紧身体,从刀下钻出来。"到达工地后,我突然想小解,因为有女人在旁边不方便,所以我跑老远去小解。我远远看到板垣少佐带着所有士兵到桥上去迎接车队,电闸室里只留下那个洋妞。太君,这绝对失误啊!然后,就我一个小解的工夫,就听到桥上轰轰隆隆炸开了⋯⋯我赶紧提裤子跑去抓那洋妞,那女人冲出电闸室跑向江边,我举枪就打,一直追到江边,直到把所有子弹打光为止。"

山本眉头皱成川字:"那个女人死啦?"

"能不死吗?就我这枪法,她躲不了。况且江风浪大,我亲眼看到她中弹后跳入江中,被江水卷走了。打不死也会被淹死。"

山本瞪着血红的眼睛,厉声喝道:"你!撒谎!"

杨永谦忙掏出黑色风衣展开,"您看胸口这一大滩血迹,能不死吗?恐怕早喂了江里的鱼了"。山本拿过衣服,仔细察看。杨永谦略松口气:"太君,这事就怪那板垣少佐太疏忽大意,求功心切,为迎接车队领队的长官,带着人都上了桥,竟忘记监视那个洋妞,结果⋯⋯您给上面的报告就这么写,全是他的错,与您没关系。我是唯一的当事人、目击者,我可以签字画押给您作证。太君,我冒死回来,就是为了给您做证人,求太君饶我一命,今后我定会立功赎罪。"

卫兵报告有位中国女人求见,山本怒气冲冲命令:"放狗,咬死她!"

"她说她是沪江造船厂老板,有重要东西交给您。"

"太君,姓沈的终于来了。"杨永谦俯身在山本面前耳语几句,山本点头命令带她进来。

沈依水气定神闲地走进来,从包里拿出一个牛皮袋,递给山本:"这是沪江造船厂所有图纸资料和造船许可证,现在统统交给你,以后船厂是你们的,请把滕泰先生放了,我现在要带他走。"

山本并不接牛皮袋,怒气冲冲叫嚣:"人,我不放!沪江造船厂,是大日本海军陆战队的。不过,不能让你白跑一趟,我允许你去见他。"

自贝拉带日军去了杭州湾大桥现场,滕泰表面仍是专心读书,但心里比被硬生生钝刀子剜肉还疼,大桥一旦炸掉,贝拉哪还能活着回来?钻心的痛楚分分秒秒啃噬他,他唯有夜以继日读完《欧洲铁路史》来度过最漫长的夜。沈依水被杨永谦带进牢房时,见他胡子拉碴、憔悴不堪,热泪瞬间涌上眼眶,忙讲些轻松话题安慰:"滕先生,我给你带来换洗衣服。我蹲过巡捕房牢房,知道几天不换衣服有多难受。"

滕泰自嘲地一笑:"没事,我一大男人,又常年在山间野外修路,不在乎。倒是见了你,我又有了更高奢望,真想看看孩子。"

"孩子知道你——修铁路的滕叔叔,做大事的滕叔叔,了不起的滕叔叔,我和奶奶经常跟他提起你,让他从小记得你。"

滕泰欣慰地点头:"转眼孩子也十岁了,我做梦都想见他。"

"孩子叫萧沈初,已经读小学了。看到他就能感觉到时间过得有多快。"

山本拿着黑色风衣走上前,幸灾乐祸地问道:"滕工,这件衣服你认识吗?"滕泰隔着铁栏接过衣服,展开端详,看到前胸处一个焦煳的枪眼和洇开的血迹,不祥之感马上扎心般攫住他。山本冷眼观察他的表情和情绪。

"贝拉在哪?"滕泰双手箍住铁栏,痛苦质问。山本冷笑不语,显然已确认衣服是贝拉的。杨永谦笑嘻嘻凑上来答道:"滕工,你的贝拉小姐早喂钱塘江里的鱼了。本来皇军请她为大桥放闸,她却炸掉了你辛辛苦苦造了三年的大桥,然后跳江自杀。"

他话音刚落,站在一边的沈依水使尽全力狠狠扇了他一个大嘴巴子,五个指印立刻红彤彤地烙在他脸上,火辣辣地痛。他顿时气急败坏,掏出腰间盒子枪,瞄准她扣动扳机。滕泰急得抓住铁栏拼命晃动,连山本都被二人举动惊呆。

沈依水稳稳站在他面前,无比蔑视地看着他。

"噗噗噗!"打出的全是空枪。"册那,我忘了子弹全喂洋妞了。"他懊丧地脱口而出。山本扬起大手,一个耳光扇过来,他捂着猴屁股似的脸,痛得龇牙。机要兵进来报告有山田少将来电,山本扭头走出牢房,杨永谦逃命似的跟出。

山田命山本立即释放滕泰,派车到美租界警察局接东条四太郎中佐回司令部。杨永谦显然被扇糊涂了,极为不解地插嘴:"太君!滕泰此人现在更不能放,大桥被炸了,那就让姓滕的再为皇军造一座。还有,以后皇军的铁路运输和修建,此人都可以出谋献策、冲锋陷阵,还有……"未等他讲完,山本厉声呵斥他闭嘴。

美领事馆接滕泰的车已停在司令部门口,如不放人,东条中佐今天就会被押往东京军事法庭。此事美领事馆插手后,事态变得很严重,这已不仅仅是东条中佐调戏中国妇人的事,而是牵涉日美双边外交关系问题。

沈依水搀扶滕泰走下司令部大楼台阶,一辆黑色锃亮无牌照无标识的轿车停在台阶前,美国司机打开车门,她扶他坐进车里,轿车驶出司令部,很快稳稳停在玛利亚医院副楼前。

司机告知他们美领事馆詹姆斯先生在205病房等候,滕泰顿时明白一切,握住车门把手竟无力推开,沈依水把他从车内搀出来。推开205病房门,詹姆斯急切迎上来:"滕泰先生,贝拉一直在等你来……按照计划,她炸桥后跳入江中,我有事先安排好的人救援她。但她左胸中弹奄奄一息,为了等你来,她还坚持着……"

他箭步冲到病床前,跪在床边。贝拉闭着眼睛,曾那么风情万端的两扇金色睫毛了无生气,遮蔽她如精灵般的碧蓝双目,脸色如北极冰雪,双唇上有细细伤痕,唯有铺在肩上的金色长发还闪耀光泽。

十八年来她伴随他身边,但他从未有时间这般凝视她,他和着血丝的泪珠滚落在她脸庞上,双唇剧烈翕动,轻声唤她名字,伸出手怜爱地为她整理发丝,在她耳边轻语:"好样的贝拉,你做得很好!读书时,你游过太平洋,现在,你又游过中国的钱塘江……贝拉,这回我承认我又输了,换了我,我游不回来,我肯定喂江里的鱼了……"他已泣不成声,但仍有千言万语要讲给她听,"贝拉,你罚我吧,像以前一样罚我吧,我认罚!罚我早起陪你跑步,罚我教你学习汉语,罚我给你包中国饺子,罚我陪你回美国的家也行……只要你醒过来,怎样罚我都行。贝拉,你不要离开我,你陪我修铁路已经十八年了,我早已习惯有你陪在我身边……"

沈依水站在一侧听着这些痛入骨髓的话,双唇紧抿着不哭出声。听到消息的任天行一分钟都不敢耽搁,带着方红颜赶过来,恰好看到这一幕,震痛无语。詹姆斯离开病房,痛彻心扉的最后一幕他不忍面对,更不能沉溺其中,他需要冷静理智安排接下来的事情。

滕泰伸出双手把贝拉拥入怀中,让她感受到自己的体温:"江水一定冰冷冰冷吧?别怕!有我在你身边,我抱着你很温暖、很安全。"他紧握着她失去体温的手,哽咽着请求,"贝拉,你不能离开我,我需要你!你不是说要陪我继续修铁路吗?你不是说永远留在中国和我在一起吗?你睁开眼睛看看我,我答应你,我们永远不离开……"

两颗清亮的泪珠滚出贝拉的眼眶,依依不舍地滑入脸颊两侧的金发里,两排金色睫毛努力地抖了又抖,终于挣脱困住她双眼的巨大压力,像沉入江底的一尾鱼被射入江面的一道光所牵引,拼尽全力浮出江面。

贝拉睁开碧空一样深蓝、清澈的双目,凝视滕泰……这双眼眸里蕴蓄着一个女人对爱人全部的柔情和眷恋,她没有力气说出一个字。她伸出一只手,费力地从颈间拉出一个绿宝石心形项坠,放入他手里,眨下大眼睛示意他打开。他掀开项坠扣,项坠分为两瓣,各有一张贝拉父母的肖像,中间有一张精美的小纸片,上面一行英文:TengTai: My student, Annabella love you, I will you love her with your whole life. Evan Tepper

泪珠夺眶而出,洇湿纸片,他合上项坠,紧握在掌心,哽咽:"这就是教授让你带给我的礼物吗?你为什么不早点给我?"

贝拉用大眼睛寻找沈依水,沈依水急忙走上前,贝拉伸出手,用最后的生命能量拉住她的手送给滕泰,就在离他的手近在咫尺时,贝拉的手松开了,毫无生命气息地垂落……

"贝拉……"一股血流热辣辣地冲击滕泰喉口,随着他嘶哑地呼喊喷出,他痛苦欲绝地把脸埋在贝拉的金发里,嗅着她的发香,亲吻她的脸颊,在她耳边柔声细语地表白:"Annabella, I love you, I love you forever."似乎感应到他的心声,贝拉缓缓安静地合上她那双总闪耀着善良、热情、智慧的双目,在爱人的怀里坠入安详的深眠。

詹姆斯走进来,急忙叮嘱:"滕先生,贝拉能坚持到最后时刻看到你,她就可以安心走了,我想她的灵魂已升入天堂。目前你留在上海很危险,我已经安排好,你打算到哪里去,我派人送你出上海。"

"谢谢詹姆斯先生,我要带贝拉回家。"滕泰抱起贝拉,经过沈依水、方红颜和任天行身旁,径直跟着詹姆斯先生走出病房。

"表哥,你要到哪里去呀?"方红颜伤心的呼唤就在耳边,但他听不到、也看不见任何人,他的心已被痛吞噬,脑子里只有一个想法,送贝拉回家。

"暮云收尽溢清寒,银汉无声转玉盘。
此生此夜不长好,明月明年何处看。"

沈依水遥望挂在空中的一轮满月,吟罢叹道:"苏轼这首《中秋月》,今晚读起来尤其让人心生悲凉。"孔圣鲁自然知道她的心情,今晚滕先生带着贝拉的骨灰,已离开上海,"如此皎洁的月色像是为贝拉和滕先生送行。"

孔圣鲁点头:"没有贝拉的陪伴,以后滕先生大概不能再修铁路了。"

"圣鲁姐,你来上海转眼已经十三年了,在这十三年里,你收养了一批又一批无家可归的孤儿,让他们在学校里读完小学,然后,又送他们到教会中学继续读书。你的爱跟贝拉一样深沉、无私。"

"你不也一样。从一位娇滴滴的沈家大小姐,成了现在上海滩最大的沪江造船厂老板,这么多年有多少辛酸和磨难,你不都咬牙挺过来,从没放弃过吗?"

"船厂不是我一个人撑起来的,如果没有孔先生、韦哥和怀恩的帮助,我做不了这么大的事。还有你,在我最需要资金的时候,你把父母留给你财产的一大半投给船厂,真谢谢你。"

"我还要谢谢你呢。如果没有船厂每年分给我的利润,我哪有钱养活这帮孩子啊?"

"圣鲁姐,你还在等孔先生吗?"

"我没等他,我在过我自己的日子。"

"如果说以前有我夹在你们中间的话,现在我早已嫁为人妇,真心盼望你和孔先生能履行你们的婚约。"

孔圣鲁内心如锥扎般痛,却轻描淡写道:"婚约,被我撕了。"

沈依水自然懂她,心里的约定,是永远无法撕毁的。

吴怀恩拖着残腿急奔进学校,看到沈依水便一屁股瘫在地上,咧着嘴哭:"戴维和'沪远号'回不来了,在吴淞口被日军军舰放的鱼雷击中,沉了……"

沈依水一阵头晕目眩,差点也瘫倒在地,她强力镇定下来,连夜赶到吴淞口。凌晨时分，江面早已恢复平静，来往船只如旧。吴怀恩和孔圣鲁守着她，站在江边期盼戴维驾驶"沪远号"归航。直到密集的雨珠搅乱了江面的宁静，一种强烈的预感把她从悲痛中唤醒，三人急忙赶去船厂。

"自开战以来，敌军不断增强空军和海军的军事力量，我军长江江面的舰艇已被击沉12艘，另有50多艘受损战舰急需修葺和维护。现命你马上接收沪江造船厂，作为我军舰艇的作战维护基地。"山本保持立正姿势，毕恭毕敬接听山田喜夫少将的电话。"这次如再出差错，你就是大日本皇军在华东战场上的罪人，将接受军事法庭的审判！"

午后，雨势更稠密，把这座已经沦陷、满目疮痍的城池裹进阴沉沉的冰冷中，满城的冰冷滋生出令人窒息的绝望。日军大卡车气势汹汹开到船厂门口停下，车头悬挂的膏药旗被雨淋得垂头耷脑。油皮锃亮的狼犬狂吠着蹿下车，肩挎步枪的日军士兵鱼贯而下，杨永谦抢功似的抱着一个木牌跳下车。

山本佩刀一挥，杨永谦自然懂他的意思，忙把手中木牌靠墙立着，踮脚伸臂去取写着"沪江造船厂"五个大字的牌子，脚下一滑，摔个狗啃泥。山本朝身后的卫兵一努嘴，一个卫兵马上冲上去，猛地一跃，踩在杨永谦肩上，取下沪江造船厂牌子，杨永谦跪在地上咬牙撑着肩膀上的卫兵，等他把新牌子挂上。刘阿兴老远看到，撒腿跑到船厂办公室。

因一块木牌的更替，眨眼工夫，"沪江造船厂"变成"江户造船厂"。此时一个身影飞奔过来，抬身一跃，伸手把写有"江户造船厂"的牌子扯下来，"砰"的一声，重重掼在地上。萧韦拿起"沪江造船厂"牌子，擦掉上面的泥水，准备重新挂上。

山本顿时火冒三丈，戴着白手套的手一指萧韦，吐着粉红舌头、虎视眈眈的狼犬立马脱缰扑向他，饿狼般撕咬。他赤手空拳与狼犬搏斗，山本神情陶醉地盯着，像观赏能剧一样时而抚掌，时而狞笑。

山本再次伸出白手套发出指令，狼犬张开血盆大口，露出两排尖利犬牙，死死咬住萧韦一条大腿不放。顿时钻心的痛令他全身战栗，血顺着裤管流下来。沈依水、孔圣鲁、吴怀恩等三人这时才赶到船厂，眼前发生的一切果然如沈依水预料，她举起地上木牌砸向狼犬，狼犬脑门被砸个正着，能听得到脊骨咯嘣断裂的声音，"噗通"一声瘫卧在地。

沈依水俯身在雨水里抱起萧韦,他痛得张开嘴好大一会儿才讲出一句话:"小姐,船厂是你一手建造的,谁想霸占我都要跟他拼命……"

"韦哥,求求你别讲话,我送你去医院……"她呜咽着用手捂住他的嘴,阻挡雨水淋进去。

杀气腾腾的山本拔出了腰间手枪,瞄准沈依水。"砰!"一颗子弹窜出枪膛,冲击密集的雨阵,呼啸着射进一位敢阻挡它的女人的身体。女人的身子像花瓣坠地一样落在雨水中,胸口汩汩涌出触目惊心的殷红鲜血,如盛放的玉兰花……

沈依水发出无比凄烈的呼喊,急忙放下萧韦,跪爬到孔圣鲁身边,双手慌乱颤抖地去堵她胸口涌出的血,血不断任性地涌出,顺着她的指缝固执地涌出……

"依水,你要好好的……"孔圣鲁睁开双目,用仅剩的一丝微弱气息挣扎着讲出半句话。

一时间,大雨滂沱;黄浦江,波涛翻涌。如同贝拉一样,这位同样为追随爱而来到这座城池的女人,再也回不了故乡,她们都香消玉殒在日军手里;如同钱塘江会永远铭记贝拉一样,黄浦江将永远铭记孔圣鲁。

第十四章
沉　船

自从夫家与她斩断关系不得不重回娘家后，每当寂寥无法排遣时，翟翠莹便到东方好莱坞影院看电影打发僵死的时间。今天放的是电影《桃李劫》：

"我们今天是桃李芬芳，明天是社会的栋梁；
我们今天是弦歌在一堂，明天要掀起民族自救的巨浪！
……"

一贯坐在最后排最角落的她，被片中《毕业歌》触动了某根还未死去的神经，她似乎觉得自己还不该如此行尸走肉地活着，似乎觉得自己被唤醒了某种觉悟。散了场，她这样想着想着走出影院，不觉走到一个弄堂口，看到对面一家幽静的咖啡馆，门上吊着一块铁皮镂花门牌，上写"老时光"三个锈迹斑斑的字。她拿出一块白色丝质手帕，对着落地玻璃窗，擦着眼角泪痕，整理头发，每次回家前她都要把自己从里到外修复好。她目光被一个人影给吸引住，走进咖啡馆。

"静薇！是你？"

"翠莹！"张静薇赶快拉翟翠莹坐下来，仔细打量她："毕业后，你怎么不跟我联系了？我给你家打电话，老说你不在；后来再打，说你嫁人了；后来再打，就打不通了，好像换了电话号码。"

"我是嫁人了……"

"嫁给啥人了？"

"毕业后没多久,我爸把我嫁给他南通开棉纱厂的老客户的儿子。可是没想到,那少爷是个烟痨子,两年不到死了,我又没来得及生子,自然夫家不肯养我这个克夫的小寡妇,所以我只好回来了。"

"当年我们都是许愿非表哥不嫁的呢,没想到你早早嫁了……反正不管怎样,我要嫁就嫁给我喜欢的孔表哥,除非不嫁。"

"你的孔表哥你还能知道他人在南京当官,可我的滕表哥在哪儿我都不晓得。"

"你现在过得好吗?"

"前两年,我姆妈三天两头跟我爸和小姨娘吵,说他们为了钱、为了生意,逼我嫁到外地,合伙害了我;后来我姆妈生了胃病,吵不动了;前些日子,她胃痛得厉害,吃不下东西,在医院里活活痛死、饿死了。爸爸的织布厂,也被日本人的飞机给炸成一片废墟。我们家也从花园洋房搬到现在的小弄堂,我成了家里多余的人,吃闲饭的人。我不愿待在家里看小姨娘和弟弟嫌弃的脸色,只好常常出来漫无目的地闲逛,看看电影打发日子。静薇,毕业后这五年多你过得好吗?"

张静薇不由叹口气:"比你好不了哪里去,我到现在还没嫁出去呢。唯一瞧上眼的孔表哥,我也没机会接近他。"又叹道,"不晓得依水怎样了?"

"听我爸讲起过,依水当年果真是因怀孕退学的,生了男孩。"

"谁的孩子?孔表哥的还是滕表哥的?"

"都不是。万万想不到,是她家下人的儿子。孩子生下后,他们就结婚了。"

张静薇心里不知是欢喜还是失落,不禁感慨起来:"真是世事难料啊!不晓得孔表哥和滕表哥各自结婚了吗?翠莹,以前我们担心孔表哥和滕表哥喜欢的是依水,所以我俩都把各自的喜欢藏在心里,现在好了,依水已为人妻人母,我们还有什么好顾虑的呢?"

翟翠莹面色忧戚:"你还好,可以勇敢地去爱,我呢,已是被骂做克夫的寡妇了,能悄无声息地活着已是最大的福气。"说到绝望处,她怕哭出来失了态,忙告别。

酷暑的晌午最是慵懒,苏州河两岸老柳虽枝条婆娑,但柳叶失了水分,叶片卷起边儿,皱巴巴的。第二天两人又约在这里,张静薇赶着毒日头来到老时光咖啡馆,里面冷气丝丝。见翟翠莹已落座,忙问:"听电话里,你有急事?"

待送咖啡的服务生走开,翟翠莹悄声道:"我今天约你来,是跟你道别的。恐怕以后很长时间,我们都没有机会再见面了。"张静薇吃惊地连声追问:"为啥?老天让我们好不容易又见了面,怎么就没机会再见了?是你爸和你姨娘又要卖你一次?逼你再嫁人?"

"都不是。我要走了,到很远的地方去。"张静薇更急了:"为啥要走?到哪去?翠莹,你能不能一口气全告诉我,急死人了。"

"听我慢慢讲,你一定要保密。"张静薇不断点头。"以前我爸织布厂里,有一位很有学问的叔叔,叫蔡加明。听我爸讲,他是从苏联留学回来的,会制造和修理织布机。我读中学时,爸爸就经常请他来家里,给我补习数学和英文。蔡叔叔天文地理无所不知,我从小就很崇拜他。"

张静薇急不可耐地插问:"你走跟他有啥关系?"翟翠莹查看四周,见没人关注她俩,更加压低嗓音:"突然一天,我发现他是……"她犹豫着抿紧纤薄的两瓣唇不知该不该讲下去。

"是什么呀?讲啊!"

"共产党。"

"共产党?翠莹,你搞清了吗?这三个字不好瞎讲的。共产党,一,没三头六臂;二,脸上没刻着这三个字;三,人家没告诉你是。你怎么就发现人家是共产党的?"她既纳闷又好奇地连声问。

翟翠莹欲言又止,共产党是貌似常人,脸上是没刻字,走在人群里是难以辨识,但一旦有时机走近他们,他们身上有一种特定气场,确切讲是一种精神上、思想上传达出的与众不同的坚定意志力。但她无法把这种感觉向张静薇描述清楚,因为张静薇没有接触过共产党人。

"听我爸讲,共产党可难对付了,尤其是在上海的共产党,比见首不见尾的神龙还厉害,因为他们既不见首也不见尾,藏得很深,你根本没机会看到他们的真面目。"

翟翠莹立马担心起来,"哎呀"一声:"我忘了你爸爸是国民党大官了,这件事你不会告诉他吧?你发誓你不会跟他讲!我还是不跟你讲了。"张静薇摇摇头,伤感地叹口气:"你放心。自从爸爸在南京又有了家室后,我和姆妈都难得见到他。他偶尔来一次,也是来去匆匆,丢些钱给我们,就算尽到他的义务。"

"好吧,我相信你。"

"接着讲啊!"

"记得那天梅雨季,湿答答下了一整天冷飕飕的雨,我在家憋得发闷气喘,又不想晚饭餐桌上听姨娘指桑骂槐穷唠叨,就突然想去蔡叔叔家借几本书带回来看。以前他给我补习功课时,曾经讲过他有好多好多书,想看可以问他借,还把地址写在我笔记本上。到他家门口敲了好久门,我报出名字后,蔡叔叔打开门让我进去,可他转身时我看到有血从他身上不断滴落……"

"啊?"

"我当时惊叫起来,蔡叔叔伸手捂住我嘴巴……"

"啊!"

"我这才看清他脸色惨白,左胳膊上渗出血嘀嘀嗒嗒的。他让我别叫别怕,让我帮帮他。"

"你又不是外科大夫,怎么帮啊?"

"他说只有我能帮他,我当时又惊又怕就只有点头。他说从沪西工人夜校讲完课出来时,被国民党特务开枪击中左臂。他让我去药店买剪刀、绷带、碘酒、止血药和消炎药,帮他把弹头取出来。"

张静薇惊奇地问:"你救了他?"翟翠莹很有成就感地点头:"我妈嫁给我爸之前,在医院做护士长,所以,她经常教我包扎、上药等急救护理。那天是我帮他取弹头,包扎伤口。你不敢想象吧?我事后想想也怕死了!"

"后来呢?"

"后来嘛,蔡叔叔自然是完全信任我了,告诉我他是共产党在上海的地下党。延安的领导怕他继续留在上海会暴露身份,命令他明天回延安。"一听到"延安"两个字,张静薇眼前立刻浮现出红彤彤金光闪耀的太阳,虽然她知道天上明明就一个太阳,但她心里就感觉延安的太阳和上海的不一样。她不觉流露出很向往的神情:"真想去延安看看。现在,上海有很多很多文艺界进步人士前仆后继奔赴延安。"

"明天,我也去延安。"

"所以,你约我来告别。"

"蔡叔叔让我假扮他女儿,带我一起去。"翟翠莹双目闪耀着小星星,喜滋滋的。张静薇撇撇嘴:"他当然要带你一起去啦,你知道了他的身份,留下你,他不放心哦。那你爸和你姨娘知道你要去延安吗?"

"告诉他们干吗?姨娘早看我不顺眼,嫌我吃闲饭,又是克夫的小寡妇,巴不得我在她眼前消失呢。"

张静薇不禁羡慕起来:"听说,延安是个阳光灿烂的地方,到处艳阳高照、金光闪闪,一年到头几乎没有阴雨天;哪像上海,一连几个月的黄梅天,湿得你心里都发霉长毛。我还听说,在延安不管男女老幼人人平等,大家一起劳动、工作、生活,每天都过得特别充实、特别快乐。"

翟翠莹开心地应道:"蔡叔叔也是这么讲的。静薇,既然你这么向往,明天跟我一起去吧。"

"我怎么去啊?我又没救过哪位共产党人的命。"

"我跟蔡叔叔说说,请他带两个女儿去。"

张静薇眼睛一亮,惊喜的容颜像瞬间绽放的昙花一样光彩夺目:"真的?"少顷又如昙花一现后光彩凋零,"可我不能走,我姆妈还躺在医院里呢,医生说她的日子不多了,我,我这个时候不能走。"

"哦,当然照顾你姆妈最重要。要不我先去,到了那里给你写信。等你姆妈身体好了,你能脱开身了,去找我。"那个脑海中金光闪闪的地方因为翟翠莹要去,折射到张静薇心中的某个暗处,她也渴望光亮、渴望希望、渴望刺激的风暴袭来。

多年的病痛和情感的荒瘠终把张静薇姆妈熬到灯枯油尽,撒手人寰。送别母亲,她把自己关在房内数日,任父亲如何劝慰,都不语不食。

国军在正面战场节节败退,南京蒋政权与武汉汪政权已公开决裂,时局朝夕多舛。张同渊心下焦急不堪,再没时间陪伴女儿从丧母之痛中缓过来,他要带她一起走。

这日,邮差送来一封信,看到来信落款,张静薇仿若一尾焦渴的鱼听到雨落的声音。

小花豹,你好!

我来延安已经四个月了,一切都比想象得还好。刚来那几天,因新鲜、陌生导致的兴奋、紧张,让我连续失眠好几个晚上呢。

延安与上海,真乃天壤之别、截然不同的两个世界。

这里没有旗袍、没有高跟鞋、没有咖啡馆、没有电影院;

但这里有理想、有激情、有自由、有酣畅淋漓的欢笑。

作小诗一首赠予你:

《心比风还自由》

站在一望无际的黄土地上,

视线没有了阻隔,

展开轻盈的双臂,

心被打开,

放飞了,

心比风还自由……

畅快地呼吸这澎湃荡漾的风吧,

蓝天白云,

大地田野,

风给你一个结结实实的拥抱,

一切都被明晃晃地照亮了,

梦找到了家,

心比风还自由……

小花豹,看看这颗麦穗吧!这是我在麦田里捡到的,一颗饱满、结实、沉甸甸的麦穗。等明年秋天,我也要挥镰割麦,加入劳动人民的队伍中。你能想象得到亲手收获劳动果实的感觉吗?闻闻麦穗的清香吧!是雨水滋润泥土、泥土拥抱阳光、阳光温暖大地的味道,是大自然最原始、最新鲜的味道。

来吧!小花豹,这里有你想要的鲜活、充满激情、心比风还自由的生活。

等你来!

小黄莺于延安

张静薇从信封里掏出一颗干枯的金黄麦穗,把它放在鼻下,微闭双目轻轻嗅着,果真嗅到雨水滋润泥土、泥土拥抱阳光、阳光温暖大地的味道。她仰在床上,沐浴在这味道中,眼前展现出一望无际的麦田,颤颤巍巍的麦穗丛里,手拿镰刀挥汗如雨的翟翠莹站起身来,迎着风畅快地笑。

对女人来说,很容易被听觉、视觉、味觉、嗅觉尤其是幻觉的力量所诱惑和感召,于是,张静薇立刻做出决定,从床底拖出一只大皮箱来,从衣柜里把自己的衣服一件件往皮箱里塞。

张静薇换好衣服提起行李箱,走到客厅,张同渊的目光落在行李箱上:"去哪里?"

她嗫嚅着:"爸,我正想跟您讲呢,我,我想离开家,去……"

他显然知道女儿的去向,立即打断:"正好你把行李收拾好了,跟爸爸走吧。今晚就走,去南京,然后一起去重庆。"

"爸,我……我要去我想去的地方。"

"你想去的地方,不适合你。"

"你知道我想去哪里吗?你怎么知道不适合?为什么啊?"

他面带慈父的微笑拍拍女儿肩膀,口气却异常严肃:"因为,你有我这样一位在南京国民政府任要职的爸爸,所以,你想去的地方,那里的人会把你当作敌人,你这是自寻死路。"

她还想辩解,他摆摆手:"静薇,以后你会明白的。车已在外面等候,立即跟我走。"

"我不去南京,更不想去重庆,我要去延安!"她强烈抗议。

"孔德辕在南京等我们一起搭船去重庆。"他若无其事地说。

不出所料,他听到女儿惊喜地脱口而出:"德辕哥?他也去重庆?"

张同渊听在耳里、看在眼里,心里谋划着。回到南京公馆已是凌晨,为防万一他立马致电孔德辕。孔德辕正用一块白手帕擦拭一把美制勃朗宁手枪,听到铃声忙把手枪放入手提箱。

"我刚回来,家事已妥善处理。明晚11时,下关码头,我们同乘'龙兴号'前往重庆。"

孔德辕看了下时钟,从此刻起到明晚11时还有40个小时的时间,自己去与不去重庆不是自己能决定的,决定权当然也不在张同渊那里,他心里从没像此时此刻这般坚定地相信,能决定自己何去何从的只有一个人,他要立即去上海见她。

走出上海火车站时已近晌午,他招手上了一辆出租车,因很快能见到决定他人生方向的女人,跟司机讲话的声音里竟带着些许喜悦:"师傅,到沪江造船厂。"

司机并未发动车,而是好奇地从后视镜中瞄他:"先生,外地来的吧?"

"嗯。"

"你还不晓得吧?沪江造船厂没了,改名叫江户造船厂了。沈老板那个女人老可怜啊!真是作孽哦……"

他心里陡然一惊:"发生了什么事?"

"你是外地人,难怪不晓得。这事全上海滩一夜之间都传遍了。"

他心急如焚地命令:"快讲!"

"那天,上海多少年没见过下这么大雨,鬼子司令部一辆大卡车杀气腾腾开进沪江造船厂,把江户造船厂牌子往大门上一挂,愣是把沈家船厂给强占了。听人讲现场那真叫惨啊!先是船厂萧老板,就是沈老板的先生,被东洋鬼子放出的大狼狗差点把大腿给咬成两截,沈老板抱起船厂大木牌,当场把狗头给砸碎了。沈老板这个女人不简单,看外表是弱不禁风,可做起事来真是厉害,男人都自愧不如……"

他心被揪起来,如在锋芒毕露的刀刃上划过。

"鬼子头山本恼羞成怒,冲沈老板开枪……"

"依水?"他不禁脱口唤道,刀尖如扎进他心口,生疼。

司机好奇地从后视镜瞥了眼失态的孔德辕:"先生,你听我讲下去。没想到,冲过来一位更不要命的女人,替沈老板挡了这颗枪子。听人讲,替沈老板挡枪的是位山东女人。山东自古就出英雄豪杰,山东人真仗义,连女人都这么仗义……水泊梁山一百零八条好汉,个个行侠仗义,为民除害;还有山东曲阜孔圣人,是我们中国人的老祖宗……"

司机一阵自顾自啰唆,突然意识到后面乘客没了声音,忙住嘴,抬眼从后视镜打量,只见孔德辕双唇紧抵依然止不住颤抖,扭头望向窗外,泪珠决堤般滚落。

孔德辕让司机把他送到沈家,萧妈拉着他的手只管流泪,他安抚好她又赶至圣爱医院,打听到萧韦的病房,从门上方玻璃窗里看到他靠在床头,右腿被厚厚绷带缠着吊起,沈依水坐在床沿手端碗,用调羹舀起一只馄饨送到他嘴边。

虽有一门阻隔,但来自她心底深处浓重的哀伤与悲痛迅速传递给他,他只想把这个饱受伤痛的女人拥入怀里,用双臂紧紧拥住她,让她把所有的哀伤与悲痛全部卸载给他。在别人眼里她坚强无比,但他多希望她不必如此坚强。

他推门走进去,双手十指交缠紧握在背后,他怕自己真的会失控紧紧拥抱她。他问候萧韦检查他的伤情后,对她说:"我想去学校看看圣鲁。"

她陪他来到学校孔圣鲁房间,线装本《论语》如她在时一样摊开在书桌上,他把书合上放入手提箱,跟她告别:"圣鲁,就让这本书陪在我身边吧。"

她泪水涟涟:"我把圣鲁姐葬在松江府我父母身边,这样她就不会觉得孤单了。"

"等把日本人赶出中国,我带她回家。"

他们为孩子们做好晚饭,陪孩子们吃好才回沈家。"你这次来,不光是向圣鲁姐告别,也是来向我道别的吧?"早几日,她听在复旦大学读书的孔晓青讲过国民政府计划迁都重庆之事。

她见他面有难色,又接着讲下去:"不要担心,这么多年我早已习惯你的道别。十八年前你第一次离开我时,茂源海运行刚刚开张,你要回南京督军府任职,一走四年。你第二次离开我,是南京国民政府成立那年,滕先生的彭海铁路因后续资金中断,需要你回去做官扶持他,这一走又是十年。现在日本人打进来,你又要走了,不知这次走是几年?我们还能相见吗?"

他拉起她的手,放在掌心里暖着:"依水,现在只要你说一声我需要你,这次我绝不走,永远陪伴你。十八年都过去了,我们的人生,除了分分离离的十八年,就不能有一个相依相伴的十八年吗?"

她无比伤悲地低下头,纠结得无法言语。他托起她的脸凝视道:"让我留在你和孩子身边,我愿意放弃一切!"

她摇头,泪珠簌簌而下。"我没权利留你,我已为人妻。"她抑制住悲伤,"听晓青讲,国民政府迁都重庆,是为了最终把日本人赶出去。为了死去的贝拉、圣鲁姐、戴维,我也不能要求你留下。"

他打开手提箱,拿出一把手枪放入她掌心:"这是一把美制勃朗宁手枪,我来教你怎样射击。以后我不在你身边,这把枪就是你的守护神。"

她双手在他大手环绕下握紧手枪,他手把手演示怎样射击,直到她掌握了射击技术;他拿出6发子弹,把装卸子弹的方法教给她。两双手缠握在一起,身体紧拥在一起,呼吸吞吐在一起,气息交融在一起……他动情地从身后拥抱她,吻她的耳垂,沿着耳垂滑向白皙的颈项,又攀爬颈项到达柔润的双唇,含住带有朝露气息的唇瓣;她仰靠在他宽厚的肩上,情不自禁与他唇舌热烈呼应,如在蓝天白云上跳荡,从这朵云跳荡到上面另一朵云……

"龙兴号"客轮载着国民政府秘书处、参谋部、行政院、内政部等高层部门的高级官员及其直系家属亲眷,趁着暮色四合朝西南方向航行。待浓重夜色沉甸甸压下来,月辉洒在江面波光粼粼地荡漾时,高官美眷们陆续登上甲板,赏月阔谈。

张同渊和孔德辕并肩走上二层甲板栏杆前,朔朔江风扑面而来。孔德辕遥望江面上的无边夜色,深深吸了一口冰冷、潮润的空气,不禁让他触景生情,吟道:

"僵卧孤村不自哀,尚思为国戍轮台。
夜阑卧听风吹雨,铁马冰河入梦来。"

"德辕,你在忧虑什么?"张同渊眺望着茫茫江面,关切地问。

他双手拍打栏杆,虽面色被浓重夜幕笼罩,但炽热的心痛从声音里泄露无遗:"国土沦丧,生灵涂炭,令人痛心疾首,我们理应东进杀敌,而不是此时西迁退让。"

"委员长在决定迁都之时宣布,'倭寇要求速战速决,我们就要打持久战消耗战'。迁都虽是无奈之举,但也是一种以守为攻的军事战略。今后,我党要联合共党和社会各界一切力量,共同抗日,驱逐倭寇。"

"兄弟阋于墙而外御其侮!国共两党第二次合作,这次希望党国一定要拿出诚意来。"

"这个话题真是一言难尽,两党之间的恩恩怨怨、是是非非留待后人、留待岁月去评判，今人尤其是当事人评价尚早。"张同渊低头沉思、岔开话题，"西南地势高峻，多是山川盆地，交通以空运和水路为主，迁都后铁道部恐会被暂时搁置。德辕，你我同乡，亦是老友，你如愿屈就，我来为你运筹，举荐你到内政部做秘书长，你意下如何？"

孔德辕深知迁都重庆后，国民政府高层格局必将洗牌，委身内政部或许是明哲保身、韬光养晦的最佳通道，当即表态："德辕当然愿意在同渊兄的手下悉听教诲，报效犬马之劳，以谢部长栽培。"张同渊听此表态心中大悦，哈哈笑道："你与甘必雄都是我十分信任的人，我已提携他任职内政部参谋长，望以后我们三人同心协力、精诚合作。"

"爸，您在这儿吹风呢？"一句含笑发嗲的话语被江风送至耳边，孔德辕从眼角余光里看到甲板楼梯处，款款走来一位风姿绰约的女人。

"爸，您离开船舱也不告诉我一声，害我到处找您。幸好听到您这标志性的哈哈大笑声，才知道您在这儿领略长江的夜景呢。"女人走过来，含笑发嗲的话语中又多了一层俏皮的撒娇。

张同渊慈爱地拍拍女儿肩膀："静薇，你来得正好，给你介绍一下，这是爸爸的同乡，更是爸爸的老友孔德辕。"

张静薇定睛一看，忍不住"扑哧"一笑，亲切调皮地唤道："德辕哥！"这一句突然而至更加魅惑的声音令孔德辕没有藏好自己吃惊的表情。

"别闹，静薇，叫孔叔叔。"张同渊继续装作不知地转头问孔德辕，"你们何时何地认识的？"

孔德辕在努力回忆，张静薇抢过话题，笑嘻嘻回道："我们何止认识？我们已经认识十年多了。爸，我认识他时，就叫他德辕哥，所以您现在让我叫他孔叔叔，我改不了口，况且，他有那么老吗？"

张同渊无奈地摆摆手："德辕，你别见笑。这是我的宝贝女儿张静薇，生性活泼，无拘无束，从小被我宠坏了。以后请你代我多多调教她，让她懂些诗书礼仪。"

"静薇小姐，我们十年前就认识？我怎么不记得何时何地有幸见过你？"孔德辕不便答复张同渊的嘱咐，诧异地问道。她妩媚一笑，嗲兮兮答道："十年前在复旦校园，我们见过面呀。"

孔德辕还想向她确认什么，一对母子从楼梯口走上二层甲板，朝这边散步而来。女人身姿丰润,体态优雅,面容温婉中还隐含一股子妖媚;儿子高大俊朗,英气逼人,一看就是富贵子弟,这种气质不是寻常人家能生养出的。

张同渊笑哈哈揽住太太的腰肢:"德辕,借此时机给你介绍下,这是我太太季艾云。"又转身指着站在一丈开外一副无所谓表情的大男孩,"我儿子,张宗光。"

孔德辕欠身致意,季艾云点头微笑,腮边漾起两只小酒靥,煞是醉人。

"确切地说,我妈本来是姨太太,大房去世她刚扶正。"仍站在一丈开外的张宗光眺望江面,嘴里吐出这句话好像跟自己无关一样。

显然张同渊早已拿儿子的叛逆无可奈何,只能轻轻责备:"看这孩子,什么时候有个正经样。"又转换口气向孔德辕解释,"宗光是复旦大学的一名学生,学校随后也会迁至重庆,所以我就让他跟我们先行一步。"

季艾云连忙向张同渊使了个眼色,暗示他不要讲太多,怕儿子听到不知道又说出什么意想不到却极有可能令人尴尬的话。果然,耳边响起张宗光的风凉话:"张静薇,瞧瞧你这身打扮。"

"我怎样打扮跟你有关系吗?"

"花枝招展得像刚出道的舞女!你知道咱们这是干什么去吗?"

"不管干什么去,我反正没有粗布衣衫。"

"金蝉脱壳、乌龟找壳!说白了,就是逃亡、流窜,你打扮得像百乐门赶场子的舞女,这是给谁看呢?"

张静薇知道弟弟嘴里吐不出好话,但仍被气得语塞,张宗光耸耸肩,撇撇嘴。在孔德辕面前被弟弟这样毫不留情地挖苦,张静薇气得眼圈一红,扭头跑下甲板。

张同渊连忙打哈哈:"德辕老弟,到了重庆,我们就是共患难的一家人。你嫂子是苏州人,烧得一手好菜,以后请多来家里品尝。"

孔德辕还未表态,张宗光遥望黑沉沉的江面,嘲讽的话语再次冷冰冰响起:"此时此刻,国都不国了,家何以为家?你们这些党国大员竟然在逃奔的路上,奢谈些玩玩乐乐、吃吃喝喝,真乃党之不幸、国之不幸。"

张同渊和季艾云终于被气到哭笑不得,连连嗔怪儿子不懂事。孔德辕却意外觉得张宗光少年老成,心怀家国,不由对他刮目相看。

船厂被日军霸占后,生活愈来愈艰辛,但沈依水始终坚持把孔圣鲁开创的孔子小学办下去。今日一大早照例打开校门,被俯卧在门口的一个女子吓了一跳,她赶紧想关门,但腿被一双手箍住,她只得蹲下身想掰开,却被这双手吸引住目光。这明显不是难民的手,也不是操持劳作女人的手,这双手有它的阶层和语言,有它所属的环境和场所。她目光顺着手延伸到女人脸上,虽发丝凌乱、两腮不洁,但神情格外沉静端庄,脸比手更确定了她的判断。

吴怀恩提着大桶豆浆和满竹篮油条,踮脚走过来嚷道:"又是哪来的逃难女人?让我收拾她。"说着,他把豆浆和油条往沈依水手里一放,俯下身一使劲,拽起女人双臂想把她拖到街对面去。

沈依水忙喊:"怀恩,把她背到院里来。"

"干吗?你要发善心收养她啊?躲还躲不及呢!这世道死都不怕,就怕多张嘴。就这院子里,已经有十五张吃饭的嘴了,你还嫌少啊?再说了,这天天都有饿晕倒地的老人、女人和孩子,甚至大老爷们也有,你能都收留?"

"我不是想收留她,我看她还有口气,想给她喝碗豆浆,看看还能不能活过来。等活过来,再让她走。总不能眼睁睁看着这么漂亮的小姑娘死去吧?"

漂亮小姑娘?这四个字挠痒他的心,他忙又走回街对面,迟疑地蹲下身,拨开女人乱发,果然看到一张满是灰尘但格外秀美的脸,他心像被擂了一拳,失血般"嘣"地跳了一下。

他立马改变主意,抱起姑娘走进院子,直奔孔圣鲁房间,小心地把女人放到床上,脱掉她脏兮兮已磨出洞的皮鞋。女人发出极其微弱的呻吟声,他忙倒一碗豆浆,在沈依水帮助下慢慢滴进女人干裂的唇里,女人身体得到豆浆滋润,呼吸随之平缓下来。

自收留逃难姑娘后,沈依水觉察到吴怀恩明显心事重了起来,开口说笑的次数少了,耷拉脑袋的时候多了。姑娘身体羸弱,始终不言语,他坚持要带她到医院看大夫。沈依水想去医院检查下也好,没啥问题就可以打发走人了,有啥问题更要送她走人了,学校里孩子们都不能顿顿吃饱,再留个身子有病的难民,养不起。医院回来后,吴怀恩坐在台阶上闷头不语,看似在专心摘菜。

"怀恩,是不是那位姑娘有啥病?"

"大夫讲她没啥大毛病,就是长期挨饿,身子太弱,调养一段时间就好。"

"那放心了,你干吗这么愁眉苦脸的?"

他指指脑袋,压低嗓门:"我怀疑她这有毛病。在医院里大夫问她什么,她都傻兮兮没反应,看样子是聋子,还有可能是哑巴。"

"怀恩,咱好人就做到这儿,送她走吧。"

"可她身子还跟面条一样软,脚下跟棉花一样虚,让她怎么走?反正我开不了这口。"他收拾好摘好的菜,闷头走向厨房。

萧韦出院后在家疗伤,每晚萧沈初趴在书桌上写大字,他坐在一旁帮儿子研墨。吴怀恩走进来蹑手蹑脚跑向阳台,扯下一条晾绳上萧韦的黑裤子,拿起剪刀"嗞啦"两声,把两条裤管都剪了下来。

"麻杆!你做啥?那条裤子是小姐买的布料找裁缝定做的,平时我都不舍得穿。"吴怀恩不理他,在每个裤管上剪了两个洞,然后在每个裤管的一头扎了个死结。

萧沈初扔下毛笔,拿起一只裤管套在头上,从裤管的两只洞里露出两只滴溜溜转的眼珠子,开心地拍手叫:"怀恩叔叔,你是想和我玩国军打小日本鬼子的游戏吗?"

"是国军抓汉奸的游戏。"

"麻杆,你到底要做啥?"

吴怀恩充满义气地宣布:"韦哥,我要给圣鲁姐、老戴、贝拉小姐和你报仇!"

萧韦摇摇头叹息:"就你,还瘸条腿,怎么报啊?"

吴怀恩从口袋里掏出一块白手帕,放在书桌上铺平,冲腻歪在他身上的萧沈初笑道:"儿子,帮叔写两个字。"

黎明前的夜色是最深的,在黑漆漆夜色的掩护下,吴怀恩和萧韦来到福乐来小弄堂口,这条弄堂两旁的棚户房只有半根竹竿的距离,二人隐藏在拐角处,竖耳倾听弄堂里的声音。

当微弱的晨曦有一缕洒进弄堂时,传来搬弄脚踏车的声音。吴怀恩偷偷一乐,冲萧韦使了个眼色,把嘴凑在他耳边叮嘱:"干这事我在行。想当年在江龙会时,这种明里使绊子、暗里捅刀子的事没少做,待会儿你躲一边去,瞧我的。"说着，两人把裤管套到头上，眼睛透过剪开的两个洞可以看到外面。

杨永谦叼着烟卷骑上车，晃晃悠悠出了弄堂口。吴怀恩扑上去，趁他还没反应过来，用那条只剩下裤裆的裤子套住他的头，然后使劲一扯，把他拉下车。两人赶紧一人拎一条腿，拖到隐蔽角落，开始痛快淋漓地拳打脚踢，杨永谦的两颗门牙被打落在地。

一道霞光驱散黎明前的最后黑暗，天放亮，两人赶紧撤离。

山田喜夫少将深夜秘密来到司令部，坐在密室的榻榻米上，怒目山本："近期你带兵不力，连连贻误战机。杭州湾铁路大桥被炸，人、车、军资俱毁；我军在长江江面的军舰，被敌方空军投放的炸弹和江面上的水雷不断袭击，损毁惨重！华北派遣军司令部对你很不满意，特派我向你传达命令。"

山本翻身跪下，俯首闭目："嗨！山本宫丸愿意接受总司令的处置，誓死捍卫天皇！"

"我这次专程来，不是处罚你，是给你机会。"山本稍松口气，额上渗出一排汗珠。"近日，我军上海特工队在东海截获一批美方资助国民党军队的重要军备物资，其中，有军用小型电台500部，军用卡车4辆，军用越野吉普车10辆，还有大批枪支弹药，价值不菲！司令部命你务必10天内，把这些物资安全运往苏北作战区。"

"嗨！"

一把刀柄刻着樱花图案的军刀"哐铛"一声，甩在山本眼前。山田喜怒不形于色，声音里却透着杀机："如再有半点差错，你就用这把军刀，自行了断！"

山田凌晨秘密离开上海，山本立即把杨永谦招来。他倒背手，贪婪地盯着挂在墙上的一幅中国地图，用手圈着东北地区、平津地区、华中地区，洋洋得意："中国半壁江山，统统已在大日本天皇的麾下！"手指在地图上游走，定格在重庆，"不久，此地便会成为一片焦土废墟。"

杨永谦尴尬地附和："国民政府就算躲到山疙瘩里，皇军战机也会把它炸成废墟。"

山本感觉似有一道金光在眼前一闪，伸手一把箍住杨永谦下巴，使劲捏开他嘴巴，两颗金光闪闪的大门牙进了出来。"吆西，金子！"山本两眼放光。

杨永谦不解其意,下巴被捏得生疼还得龇牙咧嘴点头:"报告!太君,是实足金。前两天,不小心门牙被摔掉两颗……"他话没讲完,两颗金牙已被山本拔下。

他这才明白山本的意思,深入骨髓的谄媚还是战胜了心疼和牙龈撕裂的肉疼:"太君,您的喜欢?送给您,小意思,留作纪念。"

山本用门牙咬了咬两颗金牙,面露喜悦:"吆西,杨队长,你很聪明!"然后,若无其事把两颗假牙放入口袋,"有一批重要军资要尽快运到苏北作战区,你有什么好主意?"

杨永谦毕竟脑子灵光,忙道:"太君,我的建议是走水路。铁路风险太大,飞机代价太高,同样风险大,只有水路合适。"山本两眼盯着他,他像是受到鼓励,"不能用皇军的军舰来运输,那样容易被长江上的敌军军舰盯上。用私人商船,以做贸易为名作掩护,再派一个全副武装的小分队,扮成装卸工跟船押运,这样可确保万无一失。"

山本略有沉思道:"吆西。私人商船,你是否已考虑好?"

"船是现成的。沪江造船厂,哦,不对!我们江户造船厂不是有'茂源号'和'沪江号'两艘商船吗?'沪江号'是新造的,质量好,吨位大。"

"谁来驾驶?"

"当然最好是原来船厂的萧韦来掌舵,这船就是他造的,他最了解这艘船的性能,重要的是,他来驾驶不会引起敌军怀疑。"

"这件事你去办!两天之内,必须起航。"

虚掩的校门被推开,杨永谦探头探脑走进来。吴怀恩一阵惊慌,以为他找上门来算账,但看看他一副谦卑表情,又不像。他放下心来,二话不说把他推出门外。

"麻杆,我有重要事跟你商量。"

吴怀恩两手叉腰,气呼呼地教训:"癞子,你怎么找到这里来了?这是学堂!你晓得自家是什么人吗?"见他低头不反驳,更是痛痛快快地骂,"你是浑身散发臭气、丢尽中国人脸的汉奸。你晓得这所学校里收留的都是什么孩子吗?全都是被日本鬼子和像你这样的汉奸害得无家可归的流浪儿!"

杨永谦听他训斥,尴尬的笑凝固在脸上。吴怀恩手一挥:"我跟你没啥好讲的,马上从我眼前消失!"

杨永谦竭力赔着笑:"怀恩,这几天我去百家乐找你,你不在,听江户造船厂工人讲……"

吴怀恩听到"江户"二字,双眼瞪得浑圆:"你狗嘴里讲啥?"

杨永谦意识到口误,赶紧低头哈腰,左右各给了自己一个小嘴巴子,突然听到吴怀恩爆发出一阵开心大笑。"癞子!你两颗大门牙呢?不会是被山本打掉的吧?要不就是被鬼子大狼狗给啃了?"

杨永谦意识到自己丑陋的样子,绷紧嘴一脸可怜相。

"啥事?"

"有一桩大买卖,做不做?"

吴怀恩翻了个白眼送给他,坚决干脆地应道:"不做!跟你坚决不做!"

"跟谁做不是做?只要能赚钞票。"

"跟汉奸不做!"

杨永谦厚着脸皮继续劝:"我看学校里也养着十几个孩子吧?那一张张小嘴可都是吃粮食的无底洞哦……"

这句话的确像小刀子戳到吴怀恩软肋,船厂被日本人强占,学校、沈家还有他自己都靠着沈依水压箱底的金条度日,可就算再多的金条也填不了一张张嘴啊,他略微心动。

"我手头上有一批紧俏货,想请萧老板亲自驾船运到连云港,事成之后,"杨永谦伸出两根食指在他眼前一交叉,"十根'大黄鱼',做不做?"

吴怀恩故意摆出一副无所谓的表情:"什么货啊?别他奶奶的是给日本人运军火?为日本人做事,你就是给一船'大黄鱼',韦哥和我也坚决不做!"

杨永谦现在真后悔没舍得请他到酒馆吃吃红烧肉喝喝老黄酒,没办法,他只好继续给他灌迷魂汤:"运军火那不是找死嘛,这批货,无非是一些食盐、白糖、布匹、煤油等日常用品。现如今这些东西在苏北那可是奇缺货,又是家家户户吃喝拉撒睡少不了要天天用的,所以这里面的差价,也就可想而知了。这乱世,家里不囤点'黄鱼',那就是等死上门。"

显然,杨永谦最后这句话不仅戳到他软肋,更直接扎进他心窝子。最近不知怎的,他总有些心绪烦乱,总感觉自己不再是一人吃饱全家不饿的单身汉,他有了作为一个男人必须要负的责任。就在这一刻,他突然意识到,这必须要负的责任就是要养那个又聋又哑的女人。

他坐不住了,直奔沈家。

"不行!我不帮汉奸做事!我更不会为了钱去帮汉奸做事!"

"我们并不是想帮汉奸做事,我是想着,送趟货就可以拿到十根'大黄鱼',咱接下来的日子不就好过点了嘛,学校里孩子们不就可以吃饱饭了嘛,还有,那姑娘不就可以不走了嘛……"

萧韦愕然:"什么姑娘?"

他说漏了心事,赶紧支支吾吾闭了嘴,赶回学校。

方红颜刚给孩子们上好课走出教室,看到吴怀恩从外面垂头丧气走进来。她冲他指指教室:"姑娘也跟着听课,学得可认真了。"

他心里有些惊喜:"能听课,证明她不聋不傻啊?"

"她好像确实是哑巴,没听到她发出声音来。"

他低头嘀咕:"不聋不傻就蛮好。哑巴也没啥,没啥。能吃饭就好,活着就好。"

方红颜没在意他的嘀咕,问:"这几天她气色明显好多了,是不是该打发她走人了?"

他对她后面一句话产生心理排斥,只能用沉默压制内心的烦躁。见他不表态,她又继续道:"她多在这里住一天就多一张嘴,要从孩子们口里分食啊。"

"一个姑娘家,能有多大饭量?"

"你不是一直在抱怨,粮价疯涨,只要是吃的东西都在涨。为了养活这么多人,韦哥在弄堂口摆修车摊,依水天天帮人家织毛衣,你也很忙,买菜、烧饭、涮锅、洗碗、洗衣服,天天手脚不停伺候这帮孩子。多一张嘴多一份开销,多一份麻烦,她也不能帮学校做什么事,我们养着她干吗?她啥来历我们也不清楚,要不吃完午饭就送她走?"

他咬着嘴巴,不说话。

"你开不了口,我去跟她讲。"

"我养她!"这三个字从吴怀恩嘴里脱口而出,把方红颜和他自己都吓到了。

海关大楼钟声沉甸甸地传来七声回响,这七声钟声都敲在萧妈心上,她焦急地等萧沈初和露儿放学回来。

萧妈见萧韦推着车走进院来,等不及他进来,忙从屋里喊话:"韦啊,两个孩子还没回来,急死人了。"

"我去学堂找找他们。"萧韦转头往外走,露儿哭着跑进院子,一头撞到他怀里。露儿乖巧懂事,赶紧止住哭啼:"放了学我俩一起往家走,没想到拐到弄堂口,突然冒出两个人,捂住萧沈初嘴巴,把他拖到路边停着的一辆小轿车里。然后,小轿车一眨眼就不见了……"

"我的孙子啊!大孙子啊!"萧妈跌坐在椅子上哭喊。一直手不停织毛衣的沈依水顿时头晕目眩,毛线球滚出老远。

露儿从口袋里拿出一张皱巴巴的纸:"这是抓萧沈初的那个坏蛋塞给我的,让我带回来给你们看。"沈依水双手颤抖着展开,上面写着:"萧韦:明上午八点,到江户造船厂领孩子,过期不候。"

到江户造船厂领孩子,这显然表明是日本人干的。萧韦和沈依水一时想不通日本人霸占了船厂,为何又绑架孩子。沈依水上楼拿来檀香木匣子,打开:"这40根金条是孔先生第一次来上海时给我的,我一直藏到现在,现在可以拿去赎回儿子。"

"昨天怀恩跟我讲,杨永谦想让我驾船运批货到连云港,被我一口拒绝。今天晚上儿子就被绑架,这不明摆着是日本人干的吗?绑了儿子逼我帮他们运货。"

"无论怎样,我们不能帮鬼子运军火打我们自己的军队。"

萧韦打定主意:"别担心,我有办法。不管怎样,我要先把儿子救回来。"

她知道他能有什么办法,无非是拿命换。回到卧房,她哭倒在他怀里,他伸出手温柔抚摸她纤弱的后背,不敢多触碰他心目中永远的小姐。

"韦哥,这十多年来,你怨过我吗?"

他双手捧起她的脸凝视:"小姐,这十多年来,我感激你,感激你给我可爱的儿子、温暖的家。只是你跟了我,太委屈了。"

她摇着头,泪水顺势滑下脸颊:"不,是你太委屈了。"

两人从未如此相依相偎着度过一夜,天刚放亮,她为他换上一身干净衣裳,亲手做好早饭看着他吃下,目送他和吴怀恩走出家门。

到了船厂门口,他俩从黄包车上下来,站岗日军手牵的狼犬龇牙咧嘴狂吠。"怀恩,你就在这儿候着,等沈初出来,马上带他回家。"萧韦不等吴怀恩讲什么,转身大步走进船厂。

十六铺码头,"沪江号"海轮矗立在江面,昂首待发。山本挥手,早已候命的东条中佐和十二个身穿便衣的日军马上排队登船。

杨永谦恶狠狠冲萧韦喊:"上船!"萧韦站在原地一动不动,口气坚决:"我要见我的儿子!"

山本怒气冲冲朝后面一挥手,萧沈初被日军抓着肩膀带过来。萧韦看到叫着爸爸的儿子走过来,大步上前把日军抓在儿子肩膀上的手使劲甩开,上下打量着在他耳边叮嘱:"儿子,爸爸来接你回家,怀恩叔叔在船厂门口等你,快去找他。"

萧沈初紧拉萧韦的手往外走,他强忍住内心的悲凉解开儿子的手:"儿子听话,你跟怀恩叔叔先回家,我办完事就回。"

萧沈初再次拉紧他的手:"不!我要跟爸爸一起回。"

萧韦俯下身,慈爱地叮咛:"昨晚,奶奶和妈妈看不到你,快急出病来了,快回去,让她们早点看到你。"

萧沈初懂事地松开他的手,走了两步又回头不舍地看他。他紧走两步抱起他贴在胸口:"儿子,爸爸的话你要永远记住!妈妈是天底下最好的女人,最好的妈妈!"儿子点头答应,跑向门口。

深沉夜幕下,"沪江号"行驶在东海海面。驾驶舱内,萧韦专注操作着舵轮,双眼余光瞥到两个持枪监视他的日军靠在舱壁上,昏昏欲睡。他放弃驾驶,轮船失去方向漂浮在海面上,他快速钻进一个秘道直达最底舱。

轮船的漂浮状态惊醒了休息舱的东条四太郎,他警觉地掏出手枪跨进驾驶舱,果然驾驶台前空无一人。东条冲向甲板,朝死寂的夜空鸣枪,十二名日军瞬间集合在甲板上。

萧韦听到甲板上传来枪声,咬紧牙关加速转动进水闸上的旋把。东条踩着悬梯下到底舱,握着手枪警惕地打量四周,突然,转动旋把的声音让东条发现了萧韦,他惊骇地举起手枪,朝他背部射击,他忍着剧痛,更加拼力转动旋把。东条疯狂朝他连续射击,一颗颗子弹呼啸着穿透他的身体,他双唇被自己咬出血来,拼尽最后一丝力气,打开进水闸。

霎时,海水排山倒海般狂涌而入,萧韦瞬间被海水吞噬,东条和十二名日军随即被裹挟其中。

辽阔寂籁的海面上,"沪江号"沉没得无声无息。

第十五章
哑　女

山本只有心情大好时才会到这间风格淡雅的日式密室,穿上米黄色和服,赤脚,戴着假面,手执刀柄刻有樱花图案的军刀,伴随唱片里播放的能乐,即兴表演一段能剧。杨永谦和日本军官井田一夫少佐跪坐在榻榻米上,观赏山本自创的军刀舞。

"春光空明丽,春日何悄寂;
　愁心醉不成,好花披满地……"

舞到兴浓时,山本竟边舞边柔声吟唱起来。

大煞风景的电话铃声冲断片刻的欢愉,山本来不及摘面具,急忙拿起话筒:"嗨!嗨!嗨……"随着"嗨"声一个比一个沉重,杨永谦全身汗毛一根根挺立起来,凛凛的冷意嗖嗖钻进毛孔,心陡地像被冰封一样。山本一把甩了话筒,又一把掷下假面,杨永谦猝不及防地看到一张愤怒绝望至扭曲抽搐的脸,他全身挺立的汗毛瞬间吓趴了。

山本挥刀怒视杨永谦咆哮:"一大早在这又跳又唱等好消息,等来的是什么!"

"是……什么?"井田胆战心惊地问。

"特工队来电,人、船、物已于昨日深夜,全体沉没!"山本把寒气凛冽的军刀架在杨永谦脖子上。

杨永谦毕竟濒死危机经受得多了,生存本能已锻炼得无比强韧,他迅速从吓傻状态切换到惊醒自救,扭头拉开身边木门,赤脚狂奔出去。山本挥舞军刀立即追击。他跌跌撞撞跑到走廊尽头,山本也追上来,眼见无路可逃,他只好一头钻进山本办公室,像老鼠一样贴地东躲西藏。

墙角一台很大的收音机正在播放《大东亚进行曲》。山本挥刀追进来,像期待猎物即将到嘴的狼一样,嚎叫:"我要亲手砍了你!把你的骨头拆下来,让我的狼犬饱餐一顿!"刀尖向趴在桌下的杨永谦逼近,他上天入地都已无门,只好抱着脑袋听天由命。

音乐戛然而止,收音机里传来日伪电台的声音:"战事通报:今日凌晨,在南昌会战中,我军向敌军投放3 000发毒气弹,致使敌军伤亡惨重,南昌已被我军攻克收复。在这次战事中,我军少将山田喜夫不幸殉职战场,以身报效天皇……"

"咣当"一声,军刀落在杨永谦眼前,山本惊愕地呆立。杨永谦立即反应过来:"太君,没事了!我们都没事了!运送军火之事是山田少将跟您单线密令,他一死,没人知道这批军火是谁负责运送的。"

山本爆发出一串冷笑:"天助我也!山田死了,那我山本就不用死了。"

杨永谦这才敢从桌底下爬出来,起身立正报告:"太君,我现在就带人去萧韦家,把他老娘、老婆、儿子统统抓来喂狗。"

"慢!把她们抓来,不就等于证明,军火是上海海军陆战队司令部负责运送的嘛!"显然此刻山本忘了自己衣衫不整光腿赤脚的模样,与他威严十足的神情形成巨大的滑稽反差,"我命你立刻去抓一个人!"

"谁?"

山本拿起桌上一张《申报》扔给杨永谦,他看到头版大标题为:"驱逐鞑虏,还我河山!揭露日军法西斯残暴行径,中国军民心理防线是摧不垮的!日本空军对战时首都重庆狂轰滥炸,目的很明显,就是企图摧垮中国军民的抗日斗志。但中国人民有钢铁一般的意志、誓死捍卫家园的精神,团结一心,共御外敌,誓把侵略者赶出国门。"

自打孔圣鲁走后,方红颜代替她给孩子们上课,晚上交给从复旦大学放学回来的孔晓青照应。这天像往常一样,她烧好饭等老任下班,听到敲门声赶紧开门,报馆编辑王宝才神色慌张,气喘吁吁进门:"今晚,我和任主编加班赶完一篇稿子,然后下楼回家。任主编刚要上一辆黄包车,不晓得从哪突然窜出来两个五大三粗的流氓,他们架起他就塞进一辆小轿车里,眨眼间车子就不见了……"

方红颜未来得及问一句话,便晕倒在地。

吴怀恩知道萧韦此去凶多吉少,果然他从江户造船厂一名工人那里打听到船沉东海的消息。他好不容易走进沈家,见沈依水在洗着一家人的衣服,萧妈拿块抹布,弯腰仔细擦着修车摊子。他双唇抖抖索索可就是吐不出一个字,低头默不作声拿下屋檐下挂着的备用车胎,套在肩上,然后推起车摊往外走。

"怀恩,吃了晚饭再去吧?"

"萧妈,依水妹子,韦哥不在家,以后这车摊归我了!轮船我都能修,修车是小事。"

多日的煎熬等待使沈依水分外敏感:"你为啥这样讲?"

"我,我……"

"怀恩,你听到什么了?"

吴怀恩禁不住突涌到喉头的酸楚,索性把推车一掷,回身抓住萧妈双手:"妈!如果您不嫌弃,我吴怀恩从今天起就是您的儿子,以后让我替韦哥好好孝敬您,为您养老送终。"

萧妈还没听完,身子已经瘫在地上。

圣爱医院大厅收费处,方红颜被王宝才的太太冯雅如搀扶着拿好药,转头看到沈依水在人流里排队,忙打招呼:"依水,你怎么在这里?韦哥回来了?他受伤了?"

沈依水缓缓摇摇头:"他没回来……妈妈受不了打击住院了。"

"韦哥出事了?"见沈依水眼泪止不住往下掉,方红颜泪水涌上眼眶。

冯雅如赶紧劝道:"任太太,你刚怀孕,不能太激动,更不好伤心流泪。"

"红颜,你怀孕了?太好了,任主编知道了,不晓得会有多欢喜呢!"

冯雅如叹道:"任太太也是刚刚晓得怀孕的事,任主编还不晓得呢。听我家宝才讲,昨天晚上,在报馆门口,任主编被日本人的汉奸给绑走了。"

两个伤心的人,谁也安慰不了谁。方红颜赶紧往外走:"我要去见老任,无论他被关在哪里,我都要去见他。"

此时,任天行坐在牢房一角,神色泰然,闭目养神。山本走进牢房,杨永谦贼头贼脑跟在后面。

"任大主编,昨晚在这里休息得好吗?"

任天行双目微开一条缝道:"我老任心宽体胖,在哪儿都能倒头就睡。"

山本语气柔中带狠:"任主编手中的笔,虽然辛辣犀利,但我腰中的军刀,却是毫不认人,它只认得鲜红的血,带腥味的血!只要你识相一点,笔锋转转向,我们便可和平共处,友好相待。"

任天行忍不住放声大笑:"你山本有枪支弹药、飞机大炮,我老任身后却有百万读者,百万双怒视的眼睛,百万颗爱国的心!人有人格,报有报格,国有国格,三格不存,人将非人,报将非报,国将不国!"他站起身,整理好布衣长衫,气派从容:"这间关我的牢房,以前也关过中国的铁路专家滕泰先生吧?滕先生没招你惹你,你怎么不跟他和平共处、友好相待?"他走到铁栅前,轻蔑地直视山本:"你想让我的笔锋转到哪儿去?转到你们小日本这边来?鼓吹你们所谓的'大东亚共荣圈'?为你们的天皇效忠?为你们企图称霸整个亚洲唱赞歌?鼓掌欢呼?宣传你们攻占上海、侵犯中国是正义的吗?你们在南京残暴的大屠杀,你们在重庆疯狂的大轰炸,你们的毒气战、细菌战、活体实验、烧杀抢掠、瓜分中国的阴谋诡计都是正义的吗?哈哈哈……简直是天大的笑话!你们杀害了千千万万的中国人,占领了中国的半壁江山,难道不允许我们中国人说一个'不'字嘛!"

杨永谦眼见山本一时无语,心虚地插嘴:"任主编,人不为己,天诛地灭。现在不是请你在大学里演讲,识相点!也不看看你现在什么处境?"

任天行冷笑:"杨大汉奸,我想,你的处境每时每刻都不会比现在的我好过吧?你出了这个大门,犹如过街老鼠,人人唾弃;进了这个大门,仰人鼻息,看人脸色,是别人脚下的一只恶狗。我任天行在任何时候、任何地方都能挺直腰杆跟任何人讲话,做任何我想做的事,你呢?你能吗?你敢吗?可怜!可悲!可叹!可耻!"

杨永谦被骂得无地自容,试图挺直腰杆,可不行,既不舒服也不敢,很快又恢复他早已习惯的低头哈腰状。

方红颜怀孕后,哑女不仅悉心照顾她,还担负起照顾学校孩子们吃喝拉撒等工作。她陪方红颜去医院胎检,医生告知怀的是龙凤胎,方红颜激动地拉住她的手喜极而泣。这次谁都劝不住,她坚持要去看任天行,把好消息当面告诉他。

方红颜坐上黄包车,哑女跟着坐上来。吴怀恩走上前,拉她下车:"你留在学校里,我去!"

哑女抓住黄包车,死不放手。吴怀恩见拗不过哑女,忙招了一辆黄包车跟在二人车后。黄包车到了大西路口便不敢往前走,哑女和吴怀恩搀扶方红颜走到司令部大门,向卫兵报出任天行的名字,竟无阻碍。

杨永谦早奉山本之命通告卫兵,有大肚子女人来看任天行须放行。他前些日子还去学校劝方红颜,让她做任天行的思想工作早点归顺,被她断然拒绝,没想到今日倒送上门来。

山本命令把任天行带到办公室,故作客气地打招呼:"任大主编,这段时间有什么新的想法吗?"

任天行不屑地看向山本打哈哈:"你有吃有喝有住免费招待我大半年了,可惜我没任何想法,你对我还不死心吗?"

"等下,相信你会有想法的。"

"我软硬不吃、好歹不识、不受任何人摆布。既然落在你小鬼子手里,想怎么处置,随便!不必再跟我探讨想法了吧?"

"任太太要来见你,我怎么能忍心拒绝呢?"山本说着朝外面一挥手,吴怀恩、方红颜和哑女被带进来。

任天行看到大腹便便的方红颜,急忙奔过去握住她的双手:"红颜,你怀上宝宝了?你为何还要来这里?"

"我带宝宝来看你……"方红颜看到他神色倦怠,心疼地哽咽住。

自三人走进之后,山本的神情很是怪异,目光迷离,心思恍惚,完全不理会任天行和方红颜在说些什么,只是定定地站在原地,双目凝视点定格在身着旗袍搀扶方红颜的哑女脸上。

正当杨永谦疑惑山本的反常时,猝不及防听到一声响亮的耳光,定睛看到是哑女竭尽全力扇了山本一个耳光。杨永谦一个箭步冲过去,恶狠狠回敬了哑女更加响亮的嘴巴子。

血缓缓从哑女唇角流出来。

"巴嘎牙鲁!你竟敢打太君?"杨永谦气愤地拔出腰间的盒子枪瞄准哑女。

"砰!"一声突如其来在耳边炸响的枪声比耳光更加猝不及防,众目睽睽之下倒地的却是杨永谦。但他不甘心死去,四肢抽搐挣扎着,也不愿阖上双眼,他想看清是谁朝他开枪,万没想到枪握在山本手中;他想发出一声疑问,但却办不到了。

哑女扇了山本一个耳光,杨永谦回扇哑女一个耳光,然后,杨永谦死在山本枪口下。这短短几分钟内的突发状况连任天行都懵了,他紧紧搂住方红颜,她的身体在他怀里发抖。

山本面色由怒转喜看着哑女:"淳子?淳子!是你吗?"

淳子抿紧双唇,左右开弓,朝山本脸上狠狠扇去。山本迎着脸双目紧闭,任她抽打。直到她泪流满面,无力再抬手。山本被扇得满脸通红,睁开双眼痛苦地再次问:"淳子,真的是你吗?你怎么到上海来了?"

淳子指向站在身后的吴怀恩、方红颜和任天行,含泪质问:"山本君,你准备要杀掉他们吗?一个一个都杀掉吗?连她肚子里马上要出生的孩子,都不放过吗?"

"我是一名军人。"

"你知道我为什么要来上海吗?你知道我是怎么来到中国的吗?自从你离开日本到中国战场后,我想你,我天天想你!我经常望向大海,盼着有一天你能回来和我在一起。山本君,你在这儿思念过我吗?你知道我每天对你的思念吗?"

山本拍着胸脯回道:"自来华后,战事紧迫,我没有时间思念你,但你一直在我心里。"

"后来,我打听到你到了中国的上海,我就下定决心要来上海找你。为了见到你,我转道去了美国,然后从美国坐船来到上海。刚一下船,我的证件、钱、衣服,我随身携带的所有东西,竟然被把守港口的日本军人给抢走了……我明明告诉他们我是日本人,可他们还是抢走了我随身携带的一切!山本君,你知道我是怎么活到今天的吗?"

山本贪恋地看着淳子,无暇过问她遭受的千难万险、她历经的辛酸磨难,军人的使命不容他在战场上顾及儿女情长。

淳子用饱含愧疚和感激的眼神望着吴怀恩、方红颜和任天行,改用汉语说道:"是他们,这些善良热情的中国人救活了我;是他们,整整养了我四年。他们为了养我,节衣缩食留下来给我,后来粮食越来越少,他们一天只能吃两顿饭,但尽管这样,他们还养育着好多因这场战争而无家可归的孤儿!"

淳子爱惜地整理抚平好自己身上穿的那件蓝格子旗袍,眼泪落下来:"你知道我身上穿的这件衣服是谁的吗?就是你强占沪江造船厂时,亲手开枪打死的孔圣鲁小姐的。看!是她的衣服每天遮蔽我的身体,为我遮风挡雨,给我带来温暖。可你呢?你杀了多少他们的亲人?你毁掉了他们所有人的幸福生活!每当你杀一个中国人时,你想过他们心中的痛吗?那种失去亲人的痛!这几年来,日本军队杀了多少善良无辜的中国人?为什么日本非要侵犯别人的国家和领土?非要杀人如麻让无数家庭妻子离子散呢?山本君,这是为什么?你能告诉我答案吗?"

"淳子,这是国家与国家之间的战争……"

淳子面色和悦起来,语调转为平静温柔:"山本君,如果没有这场战争,我也会像任太太一样,每天煮好饭等你回家,为你生孩子,男孩、女孩,生好几个我们的孩子……"

她被强烈的哽咽堵住喉咙,再也说不下去……瞬间,她抽出山本腰间的军刀,毫不迟疑地举到自己脖子前,双手决绝一划,霎时,鲜血喷涌溅到山本脸上、身上,像樱吹雪一样洒落一地。

"咣当",沾满哑女鲜血的军刀落地,她的身体像风中零落的花瓣一样坠向地面。一切都发生在刹那之间,时空定格,呼吸凝滞。呆若木鸡的山本爆出一声比狼犬还尖利的嚎叫,跪在哑女面前,撕心裂肺地哀唤:"淳子!淳子……为什么我们刚见面就成为永别……淳子……"

淳子脖子上的血汩汩涌出,她半闭双目气息孱弱,山本忙俯耳倾听。"山本君,现在你的心……痛吗?痛吗?"

山本"啊啊"号叫着点头,心痛如撕裂,如刀绞。

"我就是想让你品尝像他们一样失去亲人、爱人的痛苦。"淳子目光转向吴怀恩、方红颜和任天行,"他们都是我的救命恩人,请你放他们走!马上放他们走……答应我,永远都不要再抓他们。答应我……"

山本看着淳子气若游丝却死不瞑目的样子,心如刀剜地怒吼:"走!统统走!"

吴怀恩想上前看一眼淳子,被任天行一把拖住,三人眼睁睁看着她呼呼倒气,知道她想亲眼看着他们离开才能咽下最后一口气。

她大睁着秀美双目,一直深情地看着他们走出房门,一直充满感激和牵挂地看着他们的身影消失,才吐出最后一句话:"山本君,请求你,带我一起回家……"

三人刚走出司令部大门,方红颜连惊带吓一下子瘫在马路边,剧烈的情感刺激引发腹部剧痛。"老任,我不行了……宝宝要生出来了……"她痛得额头汗珠滚落,双唇哆嗦,有气无力。

"你忍忍,这是日军司令部大门口,我马上送你去医院!"

她痛得无力言语,只是虚弱地摇头。吴怀恩急中生智,急忙向一辆黄包车招手,车夫犹豫着不敢走近司令部门口。吴怀恩飞奔过去,掏出几块银圆塞给车夫:"兄弟,你这车我买了。"他赶紧把车拉到方红颜身边,任天行抱起她小心地把她放到黄包车里。

双胞胎降生在日军司令部门前,降生在黄包车里。

夜雨开始密密斜斜地编织雨网,没多久雨网被雨滴撕破,大雨肆无忌惮瓢泼般下起来。吴怀恩坐在教室外的台阶上,完全没在意寒雨对他身体的恣意侵袭,他全身心沉浸在刚看到的淳子留给他的那封信里。

> 怀恩哥,其实在我心中,已经无数次叫过你哥哥了,现在,我终于可以跟你讲话了。原谅我,我是一位日本女人,我来上海是为了寻找未婚夫山本宫丸,没想到却有幸认识了你、沈老师和方老师,还有学校里这些可爱的孩子们。我在东京大学读书时学过汉语,所以你们讲话我能听得懂。山本君因为在大学里,汉语成绩非常好,被征为第一批华中派遣军来到上海。怀恩哥,我要替山本君向你们谢罪和道谢,日本军人侵占你们的国土,杀害你们的亲人,你们却用善良和人道养活了一位日本女人,并且像亲人一样对待她……

吴怀恩悲痛得无法自持,索性走进大雨里,沿着苏州河南路往黄浦江方向走去,耳边还是淳子温柔沉静的声音,她信里的每句话都让他痛彻心扉。

> 我一直不开口讲话是因为,我怕你们发现我是一位日本女人后,会讨厌我,会赶我走。后来时间久了,我舍不得离开你们和学校里可爱的

孩子们,所以,我更不敢跟你们讲话。怀恩哥,谢谢你从自己口中省下粮食,养活了我四年。我曾想就这样隐姓埋名留下来,哪怕永远做一名哑巴,我也愿意,只要能留下来,留在你的身边……

不知不觉黄浦江已横在眼前,江水借助雨水的撞击,波涛动荡,但无论江水如何汹涌,雨水如何瓢泼,吴怀恩耳边还是仅有淳子的声音。

现在的山本君,已经不是我从前爱的那个男人了,他已经被军国主义洗了脑,是反人道的法西斯战争,让他变成一个杀人恶魔、刽子手!他的双手已经沾满中国人的鲜血,是无论如何都洗刷不掉的……

吴怀恩仰起脸任雨水冲击,终于发出声嘶力竭的哀号:"你回来,你回来呀……我要养你一辈子!"

我愿意,用我的死,替山本君减轻一点点罪孽,用我的死,换来你们的平安。真想看看方老师的两个小宝宝,祝他们能平平安安地来到这个世界上……

中国人,谢谢你们!

淳子

淳子的最后一段话让吴怀恩打起精神,他急忙赶到圣爱医院,来到方红颜的病房。"孩子救活了吗?"他急切地问。

日军的牢房没有击垮任天行,但丧子之痛一夜之间令他形销骨立。

"一个都没活吗?"

"没有。"

第十六章
陪　都

陪都重庆连日雾凇沉砀,山川草木滋养在沉沉湿霭中,吸纳吞吐着天地精气。但对于迁至此地的国民政府矜贵的大员们和娇贵的家眷们来说,则是极度身心不适,怨声弥漫在各种利益圈子里。孔德辕顺其自然成为张同渊圈子里的重要成员,正式任职内政部秘书长,成功地被张同渊认定为他栽培的最亲信的左膀右臂。

张静薇参加完军统培训班开学典礼,心情无比寂寥。继母季艾云虽内外皆擅长逢迎,但对她来说总归隔了一层血缘亲情,再加上讲话只管自己爽快的同父异母弟弟张宗光,时不时让她觉得憋屈。她在国民政府大院里闲荡着,一个个像小蝌蚪一样的摩斯码游荡在脑海里,令她头晕目胀。都是父亲非要安排她做机要员,她暗暗在心里埋怨着,但她不得不服从。她深知父亲需要她成为他棋盘上的一颗棋子,一颗能亲手接触绝密情报和信息的绝对安全的棋子。她叹口气,抬眼间仿佛看到一个熟悉高大的背影穿廊而过,心中一喜,边急步追赶,边在身后喊:"德辕哥?"

"德辕哥?"这声呼唤那么遥远却如此清晰地冲击着他的耳膜,这是一句几乎夜夜回荡在他梦里的呼唤,可现在明明是雾气散尽的午后。孔德辕定住脚步,渴望回头能看到他朝思暮想的女人,但他更怕看到的是另外一张面孔。就在他犹豫间,张静薇跑上前,送上满面笑容:"德辕哥,自从下了轮船后,这么久我们还没见过面呢。"

"静薇小姐,以后请叫我孔德辕。"他不愿把失望的神色挂在脸上,挪步欲走。

"那怎么行？你是我爸爸的老朋友呀,怎好直呼大名?"

"那就叫我孔叔叔。"

"那更不行了,你看起来这么年轻,我张不开口。"

"请叫我孔秘书。"

张静薇调皮地笑起来:"我不叫,这是你们官场上的称呼,我不喜欢这种官僚气。"

"好吧,随便你怎么叫吧。"他无奈地抬腿就走。她并未觉察到什么,喜出望外连忙跟上:"德辕哥,我这样称呼你,可是经过你刚刚批准的哦。"

"你怎么着军装了?"

"还不是我爸的命令嘛。他见我自打来重庆后,整日在家无事可做,便安排我来做军统的机要员。我想,与其天天在家和云姨大眼瞪小眼,还不如出来为党国做点事情,你说呢?德辕哥?"他不置可否,自然明晰张同渊的布局。

"所以今天我就来了,先在三楼参加为期三个月的译电员培训,要记住那些烦死人的摩斯码。德辕哥,真巧,没想到第一天来,就碰到你。"她的声音里掩饰不住偶遇他的喜悦,而他转身与她道别,她只好止步在楼梯口。临近黄昏,雾气再次弥漫,裹挟着潮湿的阴风让她发热的头脑稍稍静下来,随后竟感觉浑身凉飕飕的,心也凉飕飕的。

复旦大学迁落在重庆北碚区,傍山而建,师生安置妥当后,已正式开课。孔晓青从教学楼门廊里走出来,沿一条石板路拾级而下。她翻开手中的《中国小说史略》,拿出夹在里面的一封在路上辗转一个多月的信,小心撕开信封,面含期待地展开信纸,边走边看。

> 晓青姐姐:
> 你在重庆好吗?我很想你!
> 因为怀恩叔叔收留了一个漂亮的哑巴女人,住在妈妈的房间里,所以,我现在住在沈阿姨家里。不过这样也好,我可以天天跟萧沈初一起上学,一起放学,一起写作业了……

孔晓青看到这儿"扑哧"笑出声。突然,刺耳的警报声骤起,空中几架日军轰炸机结队飞近,远处有爆炸声隆隆传来。

"有空袭！快进防空洞！"周遭不断有人边跑边喊。

她急忙把未读完的信塞进口袋，拔脚想追随人流跑进前面的防空洞，可是左脚抬了几次都没有提起来，低头一看，左脚鞋跟嵌进石板缝里。敌机的轰鸣声和炸弹的爆炸声如雷贯耳，她慌了神，蹲下身试图拔出鞋跟。冷不丁一只男人有力的大手抬起她的脚踝拉起她，向防空洞跑去。

防空洞里异常逼仄，只洞口有一簇光线。孔晓青和紧攥着她手的男生最后一刻跑进来，恰好挤在这簇光线下，两人四目相对，呼吸相闻。刚定下神，她突觉左脚刺痛，才意识到自己是赤着左脚跑来的，她抬起脚，看到地上有血染的脚印子，男生赶紧伸出右脚，让她踩在自己脚上。

敌机在防空洞上方呼啸盘旋良久，又盘旋呼啸而去。人流开始往外涌，男生一下子抱起孔晓青大步跨出洞口，一直把她抱到校医务室，看着校医为她清理干净伤口包扎好，又坚持要背她回宿舍。经历空袭后的校园格外静谧，夜色低垂寒凉，她觉得冷飕飕的，不由得紧靠在男生后背上，隐约感知到他的呼吸和心跳，又觉得自己的心热腾腾地跳，冷热交织下她神绪起伏。男生似乎意识到她的不安，说道："我叫张宗光，是商学院大一学生。"

"我叫孔晓青，是文学院大一学生。"

身在异乡读书，没少日子两人便很快熟络起来。张宗光想先带她见姐姐张静薇，然后再见父母，让她融入自己的家庭。周末下了课，他在图书馆老位置找到孔晓青，俯下身贴在她耳边悄悄道："今晚，我想带你去见我姐。"

"为什么？"

他怕她拒绝，所以只好采取迂回战术："原因很简单，因为我姐也是复旦大学文学系毕业的学生，我们都是校友。"

"对不起，我没时间。晚自习我要温习功课，还要给妹妹写信。"

"去吧，我跟我姐已经约好了。我姐这人热情大方、心直口快，特别爽朗，也特别有趣。虽说脾气有点怪，但跟她熟了还是很好相处的。告诉你一件我姐做的事，你就知道她这人的脾气了。"

她知道他一开口准是长篇大论，怕影响别人急忙起身拉起他往外走，来到图书馆门外的台阶前，说道："给你5分钟。"

"我姐在大学时，有一闺蜜级同学，叫翟翠莹。这位翟小姐不堪忍受父亲的漠视和姨太太的敌视，悄悄去了延安，没多久从延安给我姐来了一封信。也不知道信里写了什么,反正我姐看信后,心潮澎湃,激情荡漾,立马决定像文艺界人士一样投奔延安。当晚我姐打包好行李,准备偷偷溜出家门。就在这个节骨眼上,老爸让她准备好随船一起来重庆。我姐当时很坚决地说,她不去重庆,她要奔赴延安……"

她显然对他姐的故事没兴趣,指指他的腕表打断:"5分钟到。你姐不是来重庆了嘛,没啥悬念还有什么好讲的?"

"可你知道我姐为啥没去延安找她的闺蜜,而随我们一起来重庆吗?"

对这个与己无关的问题她更加了无兴趣,转身想回去。

"我姐这人就是重色轻友,我爸说孔德辕叔叔和我们同船到重庆,她立刻改了主意。孔德辕魔力真大啊,我姐这么自恃清高、固执己见的人都因为他改变了主意,更确切地说,是因为他改变了人生方向。"

"孔德辕"三个字确实有魔力,她不由停住脚步。

"我在船上见到孔叔叔,不得不佩服我姐的眼光,他果然……"

"带我去见你姐!"她抬脚蹬蹬跑下台阶。他赶紧追上,问道:"你不会也像我姐一样,听到'孔德辕'三个字改变主意的吧?"

"是。"

自来渝后,张静薇分外思念亡母时,便会到街上晃荡,一路上坡、下坡,上台阶、下台阶,很快就能把自己累得什么都无力想起。有一次她惆怅地沿一条老街拾级而上时,一家咖啡馆跃入眼帘,门上吊着一块铁皮镂花门牌,上面写着"好时光",虽与"老时光"一字之差,但已令她诧喜不已。她走进去坐下,想到与翟翠莹最后一面是在老时光咖啡馆,又想到已为人妻人母的沈依水,当年校园里的三闺蜜,如今分隔三方。时光荏苒,白驹过隙,无论老时光还是好时光,终究留不住。

今晚,她又坐在这里,落寞地搅着杯中咖啡。张宗光拉着孔晓青的手急忙走进来,待落座后,她漫不经心打量她:"你是上海人?"

"确切地讲,我是一个流浪在上海街头的孤儿。"

张宗光大吃一惊:"你不是跟我讲,你在上海有家、有妈妈、有妹妹吗?"

"没错,我在上海是有家、有妈妈、有妹妹。妈妈是收养我的圣鲁妈妈,妹妹是同样被收养的孤儿露儿,家就是圣鲁妈妈创办的孔子小学。孔妈妈教我们国文,沈依水阿姨教我们英文……"孔晓青好似随意地提到沈依水,实则有意。

张静薇险些被咖啡呛到,急问:"沈依水?沪江造船厂的老板?"

"当然是!依水阿姨和妈妈一样,同样是一位了不起的女人,她们是这个世界上,最值得我敬佩和仰望的两位女人。虽然她们爱着同一个优秀的男人,她们可以默默地爱这个男人十三年、十八年、二十六年甚至是永远,但她们又是情同手足的好姐妹,共同办学校、开船厂、造轮船。更令人敬佩的是,她们为了成全对方的爱,又都放弃了这个男人。"孔晓青好似随意地提到一个男人,实则有意、特意、故意,这是她应邀来此的目的。

"爱着同一个男人?这个男人是谁?"

显然这是孔晓青最想听到的追问,她之所以来这里与张静薇面对面,就是为了引她发问,然后回答她的提问。她直视她的眼睛,一字一顿清晰回答:"孔——德——辕。"

显而易见这场谈话,孔晓青在张静薇心里没留下任何好印象。

三个月的译电员速成班终告结束,参加完结业典礼的张静薇心血来潮想见孔德辕,便打听到了他办公室。室内无人,陈设极其素俭,像极了他本人。张静薇虽感失望但也不好久候,回身欲走,恰与正进门的甘必雄打了个照面。

甘必雄自然认识这位张部长的爱女,只是苦于没有恰当的时机相识,立马含笑招呼:"静薇小姐,找孔秘书长?他不在,有事让我转达吗?"

她礼貌地淡淡回应:"没什么事,只不过是培训结束了,我想跟德辕哥打声招呼。"

他赶紧讨好地说道:"静薇小姐,你不认识我?请允许我自我介绍一下,我是……"

她毫无兴趣扭头便走,很快消失在楼梯口。他尴尬地站在门外走廊目送,颇多回味地自语:"德辕哥……"他不禁"噗哧"一声,发出一声深有意味的冷笑。

张静薇骨血里潜伏的顽强坚毅、自我挑战、绝不认输的性格基因,是张同渊青年时的翻版,张宗光还处于顽劣的未成型期,需要给他时间成长,所以张同渊对女儿的栽培用心颇多。

今晚,为庆祝女儿正式入职国民政府,他聚集全家人共进晚餐。他率先举起酒杯爽快地干掉杯中物,心情大悦:"静薇,从此你就是党国的人了,以后要忠于党国,报效党国。"

季艾云自然洞悉丈夫是把女儿当儿子来培养的,但也不好多话失了继母的风度,随之微笑举杯道:"静薇,祝贺你通过机要员的培训考试,我听你爸爸讲,这机要员哦,可不仅仅是会背密码、会翻译密码……"

张静薇与继母虽从没有过重大情感冲突,但就是有一种天然的虚情假意的隔阂,让两人亲近不起来,她不想多听她废话,忙向她点头微笑:"谢谢,云姨。"

张宗光对同父异母的姐姐一向冷言冷语或热嘲热讽,但自从她答应见过孔晓青后,他的不友好态度自觉地收敛了好多。他调皮地与她碰杯,玩笑道:"祝贺老姐,从此,你就正式成为老谋深算的女特务了。"

张静薇不动声色地反击:"今晚,我们似乎更应该庆贺宗光啊!"

"我是逍遥无党派,有什么好庆贺的?"

"庆贺你这位藐视天下女人的男人找到女朋友了。"

从没觉得儿子已长大成人的季艾云惊讶万分:"宗光,是真的?"

张宗光这段时间一直发愁自己和孔晓青恋爱的事怎么向父母开口,心下明白这是姐姐故意给自己坦白的机会,便索性毫不隐瞒:"是真的,今晚姐姐不提,我也打算自己讲的,并且你们也会很快见到她。她是一位与众不同的女人,我能遇到她的确值得庆贺。"

张同渊边吃边喝,不动声色地听着。季艾云当然了解自己儿子逆反的性格,所以不表任何态。

张宗光突然笑起来:"姐,你说该怎么办?"

"什么该怎么办?"

张宗光还是忍不住笑:"你叫德辕哥,我叫孔叔叔,这不是乱了辈分吗?"

张静薇一副无所谓的神情:"你爱叫什么叫什么,我管不了你;我爱叫什么叫什么,你也管不着我。"

"在来重庆的船上,我看孔叔叔,你的德辕哥,好像对你没啥意思,要不要我给你帮帮忙?"

"错!那时候他不是对我没意思,而是根本就不认识我!"

张宗光糊涂了:"你不是跟爸爸说,你们已经认识十几年了吗?你叫了十几年的德辕哥,改不过来了吗?"

"我是说我认识他十几年了……你的理解力怎么这么差啊?"

"我错了,错了,是你认识他,他不认识你。这样理解对了吧?"

这番话触动了张静薇心底酸酸涩涩的心事,她冲父亲嚷:"爸爸,你管管宗光啊,他尽乱讲话。"

听到一对儿女吵吵闹闹的对话,张同渊收获了足够多的信息,终于发话:"找个时间,约德辕来家里吃饭。"季艾云当然听懂丈夫这句简单话里不简单的意思,忙表态:"我亲自下厨,烧几个苏州小菜款待德辕。"

"好啊,我邀请孔晓青一起来。"张宗光借机跟父母打招呼。

翌日大早,张同渊参加完党政军高层会议,急召孔德辕和甘必雄议事。他指着桌上一个档案袋,借当下国际政治力量的纵横捭阖来观察二人对战争形势的判断,说道:"这份文件是傅秉常大使代表国民政府与苏联、美国、英国代表刚刚签署的《四强宣言》,以中国目前的国际声望和经济实力,能在国际政治地位上列入四强,实属不易。这是在罗斯福总统的一再坚持与协调下,与苏、英达成一致的,当然,这也是蒋夫人的功劳,与她的亲力斡旋密不可分。"

孔德辕对大势已看得分明,表态道:"显然,《四强宣言》是继《二十六国公约》之后的又一份共同对抗德、意、日法西斯侵略的联合盟约,实际上,是预示着世界范围的反法西斯战争已进入最后反攻阶段。"

张同渊点头赞同:"根据《四强宣言》里的条款,中国国民政府有权利和责任参与各大国为结束战争而采取的协调行动,并且与美、苏、英共同筹划组建战后联合国机构。"

甘必雄喜悦地附和:"太好了!抗战胜利的曙光已现,也就是说,我们很快就不用再待在这闭塞雾瘴之地了。"

"不可高兴太早,"张同渊老谋深算思虑着,两人显然高下立判,在谋略与格局上甘必雄根本无法与孔德辕比肩,"抗战胜利是指日可待,只是恐怕另一个战场会烽烟再起……"他不再说下去,目光睃视二人。

甘必雄满心只盼着哪天停战迁回南京,从没心思想过还会有另一个战场烽烟再起。"如为黎民苍生着想,两党还是和平商谈、不起争端为好。"孔德辕这句话让张同渊明白了他的政治倾向和立场。

"德辕，必雄，这么多年来，你俩是我非常信任和得力的人，以后很长一个时期内，国民政府的格局定会动荡不稳，希望你们不要辜负我的栽培和期望。"

甘必雄赶紧表态："部长放心，我甘必雄能有今天，全拜部长所赐，一切听从您调遣。"

张同渊手指档案袋："马上送机要室。"甘必雄心思一动，抢先拿起文件："跑腿的事我去吧。"

甘必雄早打听到张静薇已入职军统机要室，这次逮到机会见见部长千金，然后一步步按自己设计的情节点、时间点走下去。看到她端坐办公桌前，他自动浮上笑容："静薇小姐，这是张部长让我送来的一份绝密文件，请登记入档。"她并未抬头，一副公事公办的样子，递上一本绝密文件入档登记簿："请签字。"

他俯身签字，同时用眼角余光观察她，从美人脸上解读不出任何表情，或者说，美人脸上只有一种表情——无表情。登记好，他压低声音："这几天国泰电影院在上演郭沫若先生的历史剧《屈原》，听说此剧自上演以来反响很大，好评如潮。今晚，静薇小姐能否赏光一起前去观赏？"说着，他把一张票放在她面前。

她一愣，马上毫不犹豫拿起票来还给他："谢谢，今晚我有安排了。"机要室不是久留之地，更不许在此纠缠，他只得不甘心地离开，心里恨恨地嘀咕：张同渊如此老奸巨猾的老狐狸，自己都能想方设法取得他的信任，这个孔德辕压根无视的女人自己搞不定，以后还怎么跟他平起平坐？要想比他多一个不可替代的筹码，张静薇这张牌必须要握牢在自己手里，况且自己能费尽心机得到的也只有这张牌。

他隐蔽在政府大院外一棵枝干粗壮的梧桐树下，静等她下班路过，正苦思揣摩着，扭头瞅见换了一身摩登洋服的她走过来。

他现身笑着招呼："静薇小姐！"

"你怎么在这里？"她诧异万分，但并不想多搭理。他索性坦白："我在等你，一起去看戏。"

"我不是跟你讲过，不去吗？"她说着从他身边擦过。他跟在后面，按自己的设计继续讲下去："如果静薇小姐对看戏没兴趣的话，我想有一件事，你可能会感兴趣,说不定听我讲完,你会改变主意,陪我一起看戏呢。"

"是吗?可是,我并不想听。"

他当然不管不顾继续讲下去:"静薇小姐可能不了解,二十年前,我在南京督军府谋事,有一段时期我在孔德辕身边做事,所以对他的老底非常了解。"

她停住脚步,回身看着他,冷冷回道:"那又怎样?你为什么跟我讲这些?"

他嘴角挂着一丝刻意训练出的自信的笑:"因为我知道,你想了解他,有关他的一切。"她立即粉面不悦,不想再听他多讲一个字,加快脚步走上前面的石阶。

他反而停下来,不紧不慢继续他的话题,显然他知道这句话抛出去,她自然会折返。"他在上海和一个女人生了一个孩子,你不想知道吗?"果然未出乎他预料,她不由自主停住,转头俯视他,冷冷质问:"甘必雄,你在调查他!"

他走上前仰视台阶上的她,凝神观察她的表情,笑道:"作为他多年的秘书,有些事并不用特意为之也能知道,除非这件事他根本就没做过。静薇小姐,你想知道得更详细一些吗?"他说着,冲她扬了扬手中的戏票。

"我答应你,去看戏。"当年沈依水因怀孕退学,她当然想知道孩子是否与孔德辕相关。他挥手招来两顶滑竿,两人一前一后坐上去。

话剧《屈原》上演恰逢其时,当下抗日战场和国民政府当局正需要这种宁死不屈保家卫国的慷慨情绪,所以在陪都酿成观戏热潮。张静薇并无多少心思看戏,甘必雄费尽心机才有机会与她如此近距离亲近,更是心不在焉。

待戏散场,二人随人流走出国泰剧院,她赶紧道谢道别。

"确切地说,是谢谢我提供的信息。"

她一丝苦笑,转身拾级而下。他话犹未尽,又赶上道:"静薇小姐,我知道旁边有家馆子,专做上海菜,掌勺的是一位上海来的师傅,味道极为正宗。能否赏脸一起吃夜宵?然后,我送你回张公馆。"她还未作答,分明听到不远处张宗光的呼唤。

"姐,你也来看戏?"张宗光手牵着孔晓青走过来,虽是和张静薇讲话,但眼睛一直落在甘必雄脸上。

他忙自我介绍："我叫甘必雄,和你姐是同事。你是宗光吧?你小时候我见过你,一眨眼长成英气逼人的大小伙子了。"

张宗光冲他点下头并不搭话,见张静薇一脸不愉悦的样子,便拉起她的手:"姐,我们一起回家!"她感激弟弟帮自己解了围,忙点头答应。甘必雄只能怅然若失地看着他们走远。

露儿的信又是在路上辗转月余才到孔晓青手上,下课回到宿舍,她迫不及待拆开。

姐姐,你好吗?

这封信全是不好的消息,最近,我想不出有什么好消息告诉你。

姐姐,日本鬼子绑架了萧沈初,逼萧叔叔驾船送货,他不想帮日本鬼子送货,但他要救儿子不得不去,他把船沉海里,再也回不来了。奶奶心疼得生病了,在医院里住了很长时间,昨天才回家。沈阿姨经常偷偷地哭,她怕被奶奶和萧沈初看到,她就躲起来偷偷地哭,她的眼睛经常是红红的、肿肿的,我知道那是哭的。

姐姐,听沈阿姨说,方阿姨生宝宝了,是双胞胎宝宝。可是,因为宝宝生在日军司令部大门前,刚生下来就都生病死了,他们其实也是被日本鬼子害死的。

还记得上次写信告诉你的学校里的那个哑巴姐姐吗?原来她是一个日本女人!她不是真的哑巴,她还会讲中国话呢。日本女人救出任叔叔后,就在鬼子的司令部自杀了。沈阿姨说她是个好人!

孔晓青视线已被泪水模糊,再也看不清一个字,她怕被回来的室友看到,急忙跑出去。

雾都即便下雨也是雾霭沉沉,雨雾湿腾腾弥漫,孔晓青围着操场在雨中一圈又一圈地跑,直到累倒在跑道上,她索性借着雨雾的掩护大哭一场。露儿的这封信里,竟然死了四个人。

沉闷的中雨一直持续到夜深也没有停歇的迹象,依然保持着雨量和节奏不依不饶地下,夜色更加滞重。客厅里没有开灯,只有雨雾中街道上的灯光朦朦胧胧地映照进来,显得空间孤寂空荡。

季艾云孤零零一人坐在宽大沙发上,等丈夫和儿子归家,这是她每天夜幕降临后的常态。只有等到他们,她才能安心入睡。不知几时,钥匙开门的声音把她从迷糊中吵醒,张宗光哼着小曲推门进来,不用看清也知道沙发一角母亲照例会坐在那里。

"妈,我回来了。"他照例打完招呼便想上楼,瞬间客厅大亮。

"光儿,你怎么才回来?"

"我是想放学后马上回来的,这不正赶上鬼子轰炸机又像蝗虫一样压来,我只好在防空洞里躲了一阵子。"

季艾云招呼儿子坐在身边,问道:"你都毕业多久了,打算怎么办?你想过自己的前途吗?"

没想到母亲的关心激起他的气愤:"我个人前途算什么!关键是中国的前途何在?现在老蒋避重就轻,玩阴的,把共产党的人当炮灰,这哪是国共合作,他恨不能要借刀杀人……"

她冷不丁被儿子这番话吓到,赶紧制止:"闭嘴!小心你这些言论被你爸爸听到。"

他仰靠在沙发上叹道:"整天待在这雾蒙蒙、死沉沉、四处不透气的山坳坳里,简直能把人心憋出绿毛来。我还能干吗?在这个家里,我连发表自由言论的权利都没有。"

她感同身受儿子的烦闷,只好转换话题:"跟妈说实话,你经常提到的孔姑娘,你是认真的吗?"

他马上挺直身体,一脸认真地表态:"当然是!还等着哪天带她来家里跟你们见面呢。"他一直等孔德辕哪天来家做客,可以借机把孔晓青带来,这样可避免家庭内乱,但孔德辕一直借口没有时间来。

她断然摇头:"你们不合适。"她知道这个阶段不跟儿子表明父母的态度和立场,接下来难度会更大,反弹会更强烈。

"我们互相喜欢,这难道还不是合适?"

"听静薇讲,孔姑娘是流浪在上海街头的孤儿,被人收养长大的。我们这种家庭怎么能让她做儿媳呢?儿子,听妈的话,不要再和她交往了,你爸爸不会同意,早点散了吧。"

他知道父母必然会反对,所以想等恰当时机再带晓青回家,想不到母亲的态度如此没有接纳余地,一时生气地反驳:"妈,您怎么能讲这种话呢?难道您也看不起孔晓青?当初,您不就是苏州茶馆里一位唱评弹的小歌女吗?我爸就一杯茶的工夫看上你了,然后,往拉二胡的外公手里丢下两根金条,立马把您带走了!"

她分明知道依儿子的个性必然会争辩,但没想到他拿自己的身世来相提并论,一下子扎痛她心底的暗伤:"那不一样,我做的是姨太太。"

"您不早就升级了吗?"他不想再用无礼的话语继续刺伤母亲,孔晓青自与张静薇见过面后,对他的态度时冷时热,令他心烦意乱,加之今晚母亲断然表明态度,当然这首先是父亲的态度,致使他如此不敬地回复。

"光儿,让爸爸为你在政府里找份差事。你和孔姑娘断了吧?"

"母亲大人,请你和父亲大人都不必为我操心,我可不想像张静薇那样,当特务。"他心想干脆丑话说到底,以后会清静些,说完立刻起身上楼,他怕撞到父亲回来,少不了又是这两个话题。

张静薇憋了一夜,终于熬到晨色微晞,赶紧把自己精心打扮一番直接来到孔德辕办公室。果然,终年如一日早到晚归的他已坐在办公桌前审阅公文。

她走到他办公桌前,攒了满腹的话却欲言又止。他用询问的目光看着她,她鼓起勇气从公文袋里拿出一张照片,放在他面前。他疑惑地拿起照片凝视,面部表情由惊诧变得柔和亲切起来,这种表情是她从未见过的。自然无须赘言,这种表情证明了甘必雄所言属实。

照片是一张背着书包英气勃勃的少年正面照。

柔情在他脸上一闪而逝,他愤怒地问:"卑鄙!他到底要做什么?"

"你要防备甘必雄,他一直暗中调查你。"

他叹道:"不知从何时起,他把我当对手了。"

她翕动双唇想把心里话趁机全讲出来,办公桌上电话不合时宜地叮叮叮响起,她赶紧在他接电话前一股脑说出:"今晚6点,朝天门崖边古亭,我有话当面跟你讲,不见不散!"

她回到机要室后一直心神不宁,怕接到他拒绝赴约的电话,怕听到他差人转告的爽约信息,更怕见到他当面回复的拒绝。分分秒秒数到下班时间,她一反常态拔腿就走,来到路口看到一顶滑竿,招手就上。

"师傅,江边古亭。"

雾霭沉沉,石阶逶迤。嘉陵江边山崖嶙峋,崖边探出一亭孤立。滑竿颤颤巍巍快近古亭时,她意外发现他早已等候于此。

她忙下了滑竿,沿江边石阶攀崖而上,登上古亭,喜不自禁:"德辕哥,你能如约来,我很高兴。"

"静薇小姐,我来是告诉你,既然很多事情你已经知道,以后我们还是不要私下见面为好,这样对你不利,免得中了某人陷阱,流言蜚语四起。"他转身眺望宽阔的江面,声音里的沉重让她不由收敛了笑容。

"我不怕!"

他回身看向她:"你这样,也许正中了别有用心之人的下怀。"

既然他说出不要私下见面为好,那么也许就没有下次。她索性简单直接地发问:"照片上的男孩真的是你的儿子?是你和沈依水的儿子?"

他长久沉默,无限感慨地叹道:"真希望是我的儿子!"

"我担心甘必雄阴谋算计你,但我不知道他究竟是何居心。"

"也许很简单,他这样做,就是为了得到你。"

他怕被盯梢,不敢久留一处,沿古亭西口而下便是朝天门,便和她信步走去。

一梯梯石阶次第而降,直抵入江。二人踱到朝天门石阶前的街堰上,极目远望,客船货轮,木舟灯火,映照江面波光煜煜。看到这难得片刻安宁的暮色美景,她不由展开双臂,沿阶快步而下,及近江边,回转身来热情呼唤:"德辕哥,下来呀!江边景色好美!"

江风烈烈,夜色撩人,然一位为情所动,一位不为所动,如眼前的几百级石阶横亘两人之间,那么近,又那么远。二人对望,各怀心事。

刹那,刺耳的防空警报刺破夜空,长鸣阵阵。她慌忙急速朝上跑来,他急忙沿阶跑下相迎。随即轰炸声隆隆在耳,两人相遇在石阶中央街堰上,她惊恐地一下子扑入他怀中。

"快!去防空洞!"他拉着她往上走。

隆隆飞机声挟着轰炸声由远及近,周围人群奔突涌动。她的手被他握在掌心,心中反倒坚定下来,有一句话卡在喉中,只有抓住这个天赐良机,自己才有勇气面对面对他说出。她拦腰紧紧抱住他，把脸埋在他的胸口："我不走！我愿意就这样和你站在这里！只有这个时刻，我才能这样被你抱在怀里。"

此刻的战火烽烟，仿佛只为成全她的一个拥抱。

时间不允许他讲话委婉含蓄，他必须劝她赶紧去防空洞："静薇小姐，请不要把感情浪费在我身上，我不值得你这样做。"

她更加紧紧地抱住他，在他怀里摇着头。"甘必雄肯定告诉过你，我的心里一直装着一个女人，只有她，永远是她。"

轰炸声明显朝朝天门方向移近，抬眼已能看到轰炸机呈羽翼形列阵而来。行人商贩前呼后拥奔向朝天门码头上的防空洞，无人顾及这对像被粘住鞋底的男女。

"快走！很危险！"他贴着她耳边喊，但她依然箍紧手臂不动，头贴在他胸口喊："除非你答应我，明晚到我家过中秋节。"

"我答应你。"

她高兴地抬头仰视他，双眸星光欢跃，情不自禁脱口而出："我爱你！我什么都不在乎！我只要爱你！"

轰炸机编队已飞至江面上空，隆隆炮声淹没张静薇情真意切的表白，孔德辕立刻拽着她匍匐到一块巨石下。江面上，震耳的爆炸声接连响起，货轮被炸翻，喷涌的浪花腾空翻跃。虽然她躲在他怀里，身体一直抖，但其实她心里一点都不怕，甚至庆幸这场轰炸是天时，朝天门码头石阶是地利，天时、地利促成她与他的人和。

一连几天，张宗光找遍孔晓青就职学校的教室、图书馆、食堂、操场，都未看到她人影。他的心一直吊在嗓子眼，还隐隐感到生生的疼，像是受了风寒湿气郁积在心口的那种疼，他意识到自己是多么担心她不告而别。他到她宿舍去找，不是被告知没回来就是被告知不知道，他越发觉得不对劲，尾随了一位与她关系最好的室友，竟来到离学校最近的一家医院。

张宗光看到还在输液的孔晓青，既惊又喜又怨："你生病了，怎么不告诉我？"

"我只是被雨淋了，发烧，晕倒在图书馆里。"她淡淡回应，"医生说输完这瓶，就可以回学校了。"

他真诚地望着她:"明天是中秋节,我想带你回家见我父母。"

"不去!"她斩钉截铁地回道。

"如果我说孔德辕明晚会出现在我家,你去不去?"

"去!"她同样斩钉截铁地回道。

他料到这招管用,但想不通为何屡屡管用。

迁都后第八个中秋节来临,一个比一个清冷,就连月亮似乎也一次不如一次圆。对每一位被迫迁徙至此的人来说,团圆节愈加思亲怀故。对张同渊来说,多年胶着状态的战事在盟国政治舆论和军事干涉下,近期已现缓和,甚至即将迎来转机,这同时或许也是他本人仕途的转机,要想在党国谋求更高的位置,眼下要加紧布局排兵;对孔德辕来说,个人政治企图早已摈弃,只盼战火早熄,岁月安宁,不再颠沛流离,不再爱而不得;对张家兄妹来说,能借机带喜欢的人参加家宴,品茗赏月,便是对父母表明态度;对季艾云来说,一家人能聚在一张餐桌上享受一顿节日晚宴,就是对她操持家事的奖赏。今年这节过得不同以往,多了两位不内不外的人,但愿都能心平气和对得起团圆两字。

落日熔金,暮色合璧,明月高悬,似乎只有今晚,这座备受战火蹂躏的山城才敢接受皎洁月光的抚慰,才敢拥抱人世间的欢情。

张静薇今晚自然是精装加身,月牙白滚边锦缎旗袍严丝合缝地勾勒出身体线条,凹凸紧致却又风韵收敛,左胸口一朵粉艳艳桃花已绽放到荼蘼,恰烘托出鹅蛋脸的柔美弧度。她听到窗外停车声忙掀帘眺望,看到孔德辕走下车,她按捺不住高兴,急忙奔下楼梯,却又在楼梯口刹住脚步。

孔德辕手提一个食盒走进来,对迎上来的季艾云笑道:"嫂子,这是南京盐水鸭,味道还很正宗,偶尔在一家苍蝇馆子发现的。"

张同渊哈哈大笑,话里有话道:"德辕老弟,来重庆这些年我邀请你来家里聚聚,你总是各种原因推脱,还是静薇有面子,你终于肯登门了。"

"同渊兄,实在是静薇小姐给我面子。"他举起手中两瓶酒,"能为佳节助兴的除了赏月,还有共饮家乡酒。"

张同渊接过细看,笑开了怀:"孔府家酒!太好了,哪里搞来的?今晚我们定要一醉方休!"他在心头回味着,"约莫有十年没喝家乡酒了,但味道好像在心里散不掉。"

张静薇静悄悄站在楼梯口,期盼他能向精心修饰过的自己投来注视的目光,但他同父亲寒暄过后依然目不斜视。她的落寞神情自然被季艾云收纳眼中,她朝张静薇使眼色,她懂继母的意思,走到厨房接过女仆备好的茶盘,腰肢款款来到孔德辕面前:"德辕哥,请喝茶。"

张同渊佯装生气:"看这孩子没大没小的,称呼德辕哥,岂不乱了辈分?"

张静薇趁势坐在父亲身边,挽着他的胳膊撒娇:"爸爸,我这样称呼,德辕哥早就同意了,您就别操心了。"

张同渊笑问:"是吗?德辕?"

今晚不做任何扫兴的事,是孔德辕进门前对自己的再三叮嘱,只得点头:"我认识静薇小姐的一位同学,按照我们两家的世交,那位同学称呼我德辕哥,所以,静薇小姐效仿同学这样称呼我。"

"原来是这样,那就随静薇的便吧。"张同渊心下明白那位同学是沈依水,但何不装糊涂乐见其成呢。张静薇俯在父亲臂弯里开心地笑了。

"德辕,你感觉到了吗?现在,中日战场还未熄火,但国共两党的角力已显山露水。"

孔德辕自然有所警觉,但不便随意表态。

"美国派出两批各9人的军事观察员现已抵达延安,名义上是洽谈营救在敌占区跳伞的美军飞行员,其实这里面大有文章。"

孔德辕心领神会:"美国政府的倾向性发生转变,也是时势使然。同样是抗日卫国,国民政府自迁都重庆后,日益安于现状、奢靡腐化;延安方面却艰苦卓绝、自力更生,是截然不同的两重天,这些都是中国人民和美国在华代表有目共睹的。"

张同渊颔首:"美军观察组经过这几个月对八路军和陕北根据地的考察,在他们一系列的宣传报道中,已毫不掩饰对解放区军民的好感。"

张静薇听得不耐烦,起身为二人续茶:"爸爸,今晚是中秋家宴,您能不能少谈些国事?"

张同渊笑道:"女儿提醒得好,今晚不谈国事,只聊同乡情谊。宗光呢?怎么还不回?"

张公馆大门外,两顶滑竿一前一后颤颤巍巍停下。孔晓青从滑竿里走下来,抬眼打量眼前灯火通明、豪华气派的三层洋楼,内心犹豫着,要不要迈进这座本该与她毫无关联的府第。

张宗光拉起她的双手,眼睛里含着月光:"今晚我要向爸爸、妈妈宣布,跟你订婚。好不好?"

孔晓青淡然一笑:"你我身世不同,等有朝一日离开重庆,我们恐怕对自己的人生道路会有不同的选择。所以未来怎样,不是由你我决定的。"

张宗光欲言又止,门被打开,传出季艾云高兴的声音:"定是宗光回来了,我们可以开饭了!"张宗光拉起孔晓青的手走进门,向在场各位介绍。

季艾云忙笑语晏晏招呼大家入席,孔晓青有意坐在孔德辕对面。在佳节夜色和团聚气氛的烘托下,张同渊心情大好:"德辕,今晚不喝洋酒,就喝你带来的家乡酒,以此遥寄我们的思乡之情。"

孔德辕拿起孔府家酒,旋开瓶盖,咕咚咚倒满两杯,纯酿醪香缭绕开来,烘托出节日氛围。酒过三巡,冷盘热菜上了十二道后,张同渊放缓节奏,双目逡巡到儿子身上,这才猛然自省自己实在疏于过问家事:"宗光,你大学毕业了,不能整天在外面晃荡,要安心找份事做。说说看,你自己有什么打算?"

张宗光知道和父亲聚在一个饭桌上,这是一个躲不开的话题,便认真回道:"还没找到让我有热情的事,暂时不急。"

"你到底怎么想的?"

"当下中国局势未趋明朗,国共两党是继续合作,还是分道扬镳,或者决一死战,仍处于前途未卜的状态,所以我还想静观时局方向。"

张同渊笑道:"你小子,狡猾得很。有你老子在这儿,我的方向就是你的方向!"

"全国人民都看出来国民党对共产党的惺惺作态,'攘外必先安内',在蒋委员长的心里,恐怕从来没把共产党人真心当作自己的朋友、战友、同盟。他内外有别,表里不一,只是千万要记住,不要聪明反被聪明误。"

张同渊面带愠色:"宗光,你还年轻,辨不清是非方向。"

张宗光还要辩解,被坐在对面的母亲严厉的眼色制止。季艾云满脸荡漾微笑,打圆场道:"今天是家宴,我们不谈国事、政事、战事,好不好?"她的目光瞄向孔晓青,借机转移话题,"孔姑娘,你毕业后做些什么啊?不会像我们家光儿一样,整天无所事事吧?"

"我在沙坪坝小学教书。"孔晓青不卑不亢地答道。

张宗光插话:"好啊!既然不谈国事,那我们就谈谈家事。爸妈,我想跟晓青先订婚,等抗战结束回上海后,我们就结婚。"

季艾云像被一整只月饼堵住口,说不出话来,儿子从小到大因性格无拘无束,时不时给父母出难题,总会冷不丁闹她堵心。

"你小毛头急什么?你姐还没结婚呢?"张同渊不便多说什么,只好搬出这个理由。

张宗光索性摊牌:"那好啊,我姐都快四十了,真是老大不小了,早就该结婚了。今晚她喜欢的人也来了,那就开诚布公地谈开呗。"

这题出得又大又难,一时谁都接不了话。张宗光见众人尴尬到无语,索性直接点名提问:"孔叔叔,德辕哥,你也知道,我姐非常喜欢你。我也看得出来,你并不讨厌我姐。今晚我替我姐挑明了,要不趁这月圆之夜,干脆你俩订婚得了。"

张静薇对弟弟的帮助既感激又厌烦,只好生气地喊:"张宗光,我的事不用你管。"

季艾云心想先转移一下关注点也好,或许还能让张静薇对自己心存感激,连忙附和:"是呀,德辕,你和我家静薇非常般配,如果你们都没意见的话,今晚又正值良辰美景,就把婚订了吧?等抗战一结束,回到上海你们马上结婚。好不好?"

张同渊用期待答案的目光注视孔德辕,目光里饱含着坚定,隐约还闪烁着不容拒绝的威严。难题踢到他这里,孔德辕手指摩挲着酒杯,思忖着如何作答。

没有他们期待的答案,所以,答与不答,显然,都是错。

沉默,也是错。

孔晓青始终低头在吃,对她来说餐桌上哪道菜不是珍馐?她先把自己喂饱不是满足口腹之欲,而是为了她来此的目的,为了她有机会发言时能因饱腹后生出镇定,说出来的话每一个字都有让人信服的力量。"张伯伯,季阿姨,你们可能对孔叔叔的私事不是太了解。"她先抛出这句话显然就是要制造不和谐,果然,众人皆惊愕地朝她看过去。

"孔叔叔,您不认得我了吗?我是孔晓青。"她笑意盈盈地凝视孔德辕,见他眉头蹙紧,只好帮他唤起回忆:"我五岁那年,圣鲁妈妈把我从弄堂口捡回孔子小学时,我见过您;在学校里,我无数次听到妈妈和沈阿姨讲到您。"她又看向季艾云,"季阿姨,我是一个孤儿,五岁就流浪在上海街头,是一位叫孔圣鲁的女人收养了我。这位收养我、大度善良的女人,就是孔叔叔的未婚妻。"

亲耳听到孔晓青的亲口证实,季艾云心里反倒慌乱起来。"晓青,你不是讲过,你妈妈被日军开枪打死了吗?"张宗光不晓得孔晓青到底想说什么、想做什么,但显然感受到了她的不配合。

"当年,妈妈寻夫到上海后,孔叔叔没有按他承诺的婚约跟妈妈结婚,因为他心里有了另外一个女人,这个女人叫沈依水。妈妈为此非常难过,但她并没有因此抱怨过谁,自此之后,她把所有的爱都给了她收养的孤儿。"

自打孔圣鲁走了之后,孔德辕心里长出了一根坚硬的刺,这是一根五味杂陈的刺,不能想、不能思、不能念,否则会被刺扎得钻心痛。

张静薇看不下去,不悦地回道:"孔晓青,你说的这些陈年往事,我们早就知道。"孔晓青无心理会张静薇,依然目不转睛看着孔德辕:"孔叔叔,有一件事,你可能还不知道吧?"

听她微微发颤的声音,孔德辕知道定不是好事,他示意她讲下去。"前段时间,汉奸绑架了萧沈初,日军拿儿子相要挟,逼萧叔叔运送军火,萧叔叔为救回儿子,只能答应。他驾船到了东海,与船同归于尽。"

虽然有心理准备,但孔德辕听罢,心中那根刺明显又粗壮许多,并毫不客气地在他心中搅动,尖锐的痛突袭至指尖,令他碰翻了杯中酒。"对不起,同渊兄,我突感身体不适,先行告退。"他说罢,快步走到客厅门口。

此时,门铃响起,女仆打开房门,迎面硕大一簇红丝绒般的玫瑰花伸到孔德辕面前,随后一张笑眯眯的脸探出来,与他打了个照面。

"孔秘书长,你也来了?怎么我刚来你就要走?"孔德辕懒得作声,大步跨出,但他隐痛的神色被甘必雄瞬间扫描到。

甘必雄忙转身,看到一张张神色各异的面孔。"部长,夫人,不好意思,我来晚了,我一直在等这束从昆明空运过来的玫瑰花。"他讨好地看向张静薇,"静薇小姐,今晚只有这鲜艳欲滴的红玫瑰才配得上你。"

张静薇犹如眼前无人、耳中无声,漠然转身走上楼梯。甘必雄没料到受到如此冷遇,热腾腾的心瞬即被冰水浸透,继而结冰。他手捧玫瑰呆立原地,心中的怒与恨凝固、冰冻,结实如千年寒冰,自此再无法消融。

季艾云忙打圆场,朝厨房喊:"李妈,拿个大一点的花瓶来。"到底是年少轻狂,优越的成长环境让张宗光从来不知道压抑自己的情绪,看着甘必雄期待别人为他解围的窘态,嘲笑声肆意喷了出来。

甘必雄竟然也厚着脸皮跟着笑起来,可没人留意他的笑容里藏着狠和恨。因为从这刻起,他决定不爱了,收起他的爱,封存他的爱,自此,他要释放因这份爱带给他的委屈、羞辱和愤懑,他锁定了首先泄恨的目标,就是眼前这个朝他毫无顾忌放声嘲笑的人。

中秋家宴上,每个人都各怀心事,各不如意,只得早早散场。"甘必雄是你让他来的?"季艾云帮张同渊脱下外衣,边为他换睡衣边问。

"没想到这小子这么猴急,给他个笑脸,他就以为我同意把女儿嫁给他了。嗤!"

"你是在拿你的女儿做诱饵?"

"你一个妇道人家,懂什么?"

"你这样做会毁了静薇的幸福。"

"诱饵?我巴不得她是诱饵呢,可她做不了!起码就目前来看,她钓不到孔德辕。在我的棋盘上,真正的诱饵是孔德辕。"

季艾云万分惊讶:"你这话什么意思?"

"一山岂容二虎,为啥老祖宗有这句话?"张同渊靠在床头深思远虑,"自古迄今,历来有政治手腕的人都爱坐山观虎斗,特别是对待自己忠心得力的手下,让势均力敌的左膀右臂一直处于竞争之中,局势的掌控权才会把持在作壁上观的人手中。老蒋尤其深谙此中道理。"

季艾云明白了丈夫的用意:"整天光听你讲这些权谋术就觉得累,看你们这些党国要人,不想着怎么打败日本人,整天尽琢磨内斗。"

"政治是什么?说白了就是你死我活,为官就是你方斗罢我登场。民国十六年,国民党中央组织部党务调查科成立,抗战爆发后,在武汉扩充为中统局,后迁来重庆;在中统势力愈发膨胀时,老蒋又成立了军统。中统、军统,这两个部门根本就是一个职能,做一样的事,并且都是直接听命于他的特务组织,性质如同明朝的东厂、西厂。但是,你知道老蒋为什么在国民政府内设了一个中统后,又组建一个军统吗?"

"我哪晓得啦?家里一个大小姐和一个小少爷就够我头疼了。"

"从徐恩曾和戴笠水火不容、拼个鱼死网破可知,老蒋就是要他们互相牵制、互相掣肘,从而平衡大局,唯我掌控。所以,我张同渊想要立于不败之地,就要学其精髓。照目前国内外局势分析,老蒋与共党最后抢江山、夺皇位之战不可避免,孔德辕和甘必雄一文一武,一守一进,是我多年有意栽培的两枚棋子,我要想把他们都牢牢捏在掌中,关键时刻唯我是从、唯我所用的话,就不得不让他俩互生矛盾、互相猜忌,这样我才能鹬蚌相争、渔翁得利。"

季艾云担忧起来:"孔德辕可不像甘必雄那么愚忠,他不会轻易受你摆布。"

张同渊目露凶光:"孔德辕如有什么二心的话,自有甘必雄这个蠢货去对付他,这也是我为什么要拉拢、诱惑甘必雄的原因。"

第十七章
时间凝伤

苦挨了大半年，吴怀恩才在心里与叫淳子的日本女人做了彻底了断，告别了心中那份无处投放的柔情后，反倒有一种无以名状的力量从心底生长起来，这股力量逐渐尖锐强大，让他老想着大干一场。在江户造船厂做工的刘阿兴找他修车时，无意透露船厂来了一艘日军的大油轮停在码头。这个消息电光石火间与他心中滋生的力量对接，是的，该猛地、畅快地干一场大的，为死去的贝拉、孔圣鲁、老戴和韦哥报仇。

翌日晨分，吴怀恩等在阿兴必经的石库门弄堂口，见他推车出来便开门见山问："有件事，你敢不敢干？"

"啥事呀？"阿兴看他疲惫不堪叠加兴奋不已的脸，双眸像刚吸了大烟一样隐露精光。

"今晚，我想把日本人的船厂点把火烧了，把运送燃料的轮船炸掉，给他来个火烧赤壁！你敢不敢和我一道干？"

"你吞了豹子胆？就靠咱俩能把那么大船厂炸掉？"

"你收音机里没听到啊？美军炸了小日本的广岛、长崎，我们为啥就不能炸小鬼子的船厂？兄弟，昨晚我想了一整夜，用不了多久小鬼子就会被国军赶跑，再不报仇雪恨，这辈子就没机会了。干不干？"

"怎么干？船厂一天到晚都有鬼子兵把守，连门都进不去。"

吴怀恩胸有成竹地拍胸口："船厂是我建的，那里的地形我太熟悉了。我想好了，根本不用从大门进。离船厂大约一公里处，有一个十分安全的地方，我们可以从那里下水游进船厂码头。"

刘阿兴思忖着："我做啥？"

吴怀恩拿出一盒火柴塞给他:"你只要帮我把这个带进去,哪怕就只有一根。等点着油轮,我们就撤,按原路游回去。神不知鬼不觉把这事办了,就等着听小鬼子的鬼哭狼嚎吧。"

"船厂是沈老板的,等鬼子被打跑了,还要归还沈老板,我们要是把它炸了,多可惜啊!"

"阿兴啊,你真糊涂。鬼子运来那么一大船油来,就是准备跟国军最后决一死战。你动脑袋瓜子想想,他们会把船厂完整地留下?我们不炸,他们也要炸的,那岂不是我们倒霉?所以,炸,一定要炸!炸他个血肉横飞,炸他个片甲不留!"吴怀恩这么多年来深受沈依水谋事决断的影响,自然比刘阿兴多一层眼光和智慧,"被鬼子欺负了整整八年,我们也要像韦哥那样,干一票漂亮的,让鬼子们记清楚了,以后再不敢来侵犯上海、侵犯中国。"

"韦哥敢干的事,我们也敢干!"刘阿兴终于被说动了,"只是这火柴我怎么带进去啊?船厂里面严禁烟火,中国工人每天上下班都要被严格搜身。"

吴怀恩显然早已想好计策,他把火柴盒撕开,留下一面可以划火的黑纸片,连同四根火柴一起放入油纸袋,塞进刘阿兴的自行车车胎内。

刘阿兴白天先去上工,放工后把自行车留在船厂。挨到下半夜,两人潜游到靠近船厂暗处,露出头来深深地喘了口气。江面上,停泊着大大小小轮船近十艘,每艘船头上都悬挂着日本膏药旗,一艘巨轮上的探照灯杀气腾腾地扫射江面。

刘阿兴警觉地观察好四周,慢慢爬上岸,躬着身子移步到停放自行车的地方,用刀子划开车胎,迅速取出油纸袋返回,交给浮在江水里的吴怀恩。

吴怀恩把油纸袋含在嘴里,潜入江水中,向油轮游去。刘阿兴刚要下水,突然一束电筒光照到他脸上。两个巡逻日军快步跑过来,大喝站住!刘阿兴心里"咯噔"一震,强行镇静下来,为了保护吴怀恩,赶紧朝巡逻兵迎过去。

"太君,是我,刘阿兴。"

"巴嘎!你的,为什么半夜在这里?"

"太君,我值夜班……"

"你撒谎!从昨天油轮靠岸之后,晚上就不许支那人在船厂值班。"

"值班?你的衣服为什么是湿的?"

刘阿兴不知如何回答,这时江面上陡然火光冲天,腾腾火焰燃烧夜幕。日军惊骇地开枪射击,刘阿兴胸口中弹,挣扎着跃入江中。随着爆炸声轰鸣,江水被沸腾的污油覆盖,继之引燃了停在码头上所有的日军轮船,火苗突突窜上码头,迅即船厂被汪洋火海吞噬。

8月15日,天皇向全世界发布无条件投降诏书。山本却命令驻沪海军陆战队坚决抵抗到底,决不退兵。大本营终止一切战斗行动的电文一道道发来都未能阻止山本负隅顽抗的决心,直到派遣军司令部急电摆在他眼前:"令!全体驻华日军即日起无条件缴械投降,不得抵抗!中国派遣军司令部司令官冈村宁次。"

山本像被抽了主脊椎的软体动物般神魂俱散,只剩一具残喘的肉体。他拖着这副皮囊独自来到密室,换上白色和服跪在榻榻米上。他双目含血死死盯着桌上一张相框,樱花树下,淳子含情脉脉地靠在他肩上。

他抓起手边一瓶"松竹梅"花雕酒,仰脖一口气灌下。

缤纷飘零的樱花真美啊,但在淳子的笑容面前,黯然失色。这比樱吹雪还美的笑容为他绽放,可他竟永远地辜负了她。

他蠕动着爬起来,猛力抽刀出鞘,双手紧握刀柄,寒光凛冽。他把最后一口残酒含在口中,喷在刀刃上,在密室狭长的空间里,挥舞起军刀,一直舞到筋疲力尽、气喘吁吁、大汗淋漓。他双膝跪地,"扑哧"一声,军刀插入腹中,一股污血喷溅到淳子和他的合影上。

"淳子……原谅我,不能送你……回家……"他把照片抱在怀里,用最后的气息向她告别。

日军宣布停战后,政局愈加劻勷。任天行手中笔如刀似剑,笔下文字更似一枚枚炸弹,毫不留情地投向背叛民众意愿的国民党:"蒋介石撕毁'双十协定',对中原解放区发动疯狂进攻。强烈痛斥国民党这种背信弃义发动全面内战的无耻行为!号召全民联合起来,坚决抵制内战!"

王宝才刚读个开篇就担忧起来:"主编,这篇文章一旦见报,国民党的军警、特务都要找上门来,太危险。"

"国民党倒行逆施,不顾全民意愿,前脚刚把日本人打出去,后脚就挑起全面内战。这样反戈内击、自相残杀,不知又要征战几年?还让百姓喘口气活下去吗?"任天行既气愤又沉痛,声音里含有壮士舍生取义的悲壮感,"日本人占领上海时,我曾因为发表抗日文章,在日军司令部牢房里被拘押了大半年;我的两个孩子在日军司令部大门口出生,刚来人世便夭折。现在,东洋鬼子被我们的军队打跑了,抗战胜利了,我倒要看看因为发表顺应民心、坚持正义的文章,国民党会把我怎样?"

复旦大学迁回上海后,萧沈初和露儿如愿考入中文系,弥补了当年沈依水因家庭变故两次肄业的遗憾。因方红颜的关系,萧沈初从小崇敬任伯伯,等读懂了他的文章,更是奉之为人生圭臬。所以入学后,两人积极加入学生会。

当晚,经选举上任的学生会部长邵杰仁发布就职宣讲:"目前政治局势是,蒋介石不顾人民呼唤和平、期盼民主的心愿,公然撕毁'双十协定',悍然发起全面内战,已在中原解放区打响内战的第一炮。这是赤裸裸分裂中国的行为,是对华夏全体同胞民心民意的无耻强奸!我们复旦大学学生会不仅要发动本校学生,更要大力调动上海所有大学的学生,组织示威游行,上街宣传演讲,阻止内战进一步蔓延,呼吁立即停止内战。"

副部长佟端瑞热烈响应:"我们现在就写标语,贴到上海的大街小巷,让每一个市民都知道国民党的独裁野心和法西斯行径。"

露儿和女生们忙铺好备用的毛笔和宣纸,萧沈初挥毫在一张张纸条上写道:反内战,要和平!反独裁,要民主!然后拿起一叠叠宣传单,分发给众人。同学们自由组合趁夜色分散到上海大街小巷,萧沈初和露儿来到苏州河南路,一个往墙上刷糨糊,一个张贴,到了下半夜,墙上、电线杆上、停放的车辆上,都被糊上了标语。

天还未亮透,标语就出现在上海警备司令部贾司令办公桌上,他扫了一眼后大为震怒,把标语甩向丁副官的脑袋:"你们这些蠢货,每天晚上巡逻,在上海的大街小巷竟然还出现这种反动传单!马上传我命令,再有学生闹事,要武力镇压绝不手软,我要见血的!看他们笔杆子硬还是我的枪子硬。"

首战告捷,同学们兴奋地又聚在一起,商讨下一步行动。少年老成的邵杰仁颇有成就感地发表动员讲话:"第一阶段的宣传发动我们做得很好,大部分市民和工厂工人都已经意识到国民党妄想一党独政的野心,从近期广播和报纸上得知,市民群众纷纷表示支持我们学生的正义斗争,特别是工人阶级,在地下党组织的领导下,积极酝酿罢工,我们也应该有所行动,配合工人兄弟们的罢工运动。"

佟端瑞激动地响应:"明天我们组织全校同学罢课,走上街头,去宣传演讲,去游行示威,以我们的实际行动,唤起更多的人加入反内战要和平的联合战线中来。"

大家分工完毕,各自领了任务去学生宿舍做动员工作。萧沈初忙完,不顾天色已晚,和露儿赶回家,他觉得有件事必须要当面向母亲表明自己的态度。

"孔德辕叔叔是国民党要员,我提醒您,以后不要再跟他有任何来往。"萧沈初不仅表明自己的立场,还希望母亲跟他一样划清界限。

露儿忍不住插嘴:"可我知道,孔叔叔是好人啊。"

"你讲的是个人人品问题,我讲的是政治立场和政治阵营问题。在国家命运何去何从面前,政治立场的重要性远远大于个人人品。"

听了儿子这番话,沈依水心中五味杂陈,悲欢交集。欣喜的是站在面前的儿子已长大成人,明是非,辨真伪;伤痛的是国家民族的危急时刻已影响到个人阵营的选择。"以后不要再跟他有任何来往",儿子的这句话让她无言回应。

初冬,寒凉湿重的雨一旦下起来就任性个够。萧沈初和露儿冒雨赶回学校,加入游行队伍。两条"反内战,要和平"和"反独裁,要民主"的巨大横幅在队伍前方高高扬起,沿途不断有市民送上雨具,随游行队伍行至黄浦江岸。

邵杰仁跳上一处高台,慷慨陈词:"市民们,同学们,漫长、残酷的八年抗战刚刚过去,迎接我们的本该是和平宁静的生活,可是这种渴盼已久的安宁生活我们得到了吗?没有!为什么我们没有得到?是因为国民党反动派剥夺了我们享受和平生活的权利,他们为了一己政党的独裁统治,竟然违背民意,戕害民心,公然发动内战!"

游行队伍后面一阵骚乱,队形被冲散。一群全副武装、手持警棍的军警劈开队伍横冲过来,几名带头的冲向邵杰仁,把他拖到地上一顿猛打。其他军警挥舞警棍驱散学生和市民。萧沈初眼看着军警带走了邵杰仁和佟端瑞,同学们身上雨水血水交织,横幅被众人踩在脚下,雨具散落一地。

露儿扶着头上流血的萧沈初,好不容易招到一辆黄包车回到家。萧妈见孙子脸上血迹斑斑,一下子触发糊涂症,心疼地一直念叨:"该死的日本鬼子,连孩子都不放过呀,中国人啥时候才能把他们赶走啊?"

沈依水赶紧为儿子换衣清理伤口。露儿耐心解释:"奶奶,日军已经被中国军队打跑了。萧沈初的头是被国民党打的。"

萧妈蹙紧眉:"国民党为什么要打我的孙子?"

萧沈初窝着一肚子气:"奶奶,现在的国民党和日本鬼子一样,想霸占中国,不让老百姓过安宁日子。"

萧妈气得直拍桌子:"中国人怎么打中国人?作孽哦,这不是手心打手背吗?"

露儿陪萧沈初来到他房间,帮他躺下盖好被子起身要走,被他一下子拉住手,她想挣脱,他拉得更紧。"你头部有伤,好好休息。"她慢慢抽出手,他依依不舍看着她走向门口。

她刚要开门,听到他疼得哎哎哟哟叫起来,急忙返身坐在床边,连连问:"疼吗?是这儿疼吗?疼得厉害吗?"他不言不语,只管默默看着她关切的眼神,享受着她温柔体贴的话语。

他终于憋不住笑了,抓住她的手:"别担心,我是逗你的。我就是想和你在一起,不想让你走,想跟你多待会儿。"

"真的不疼了?"

"真的不疼。"

她双手握成小拳头,像鼓点一样捶向他胸口:"你真狡猾!你要我!不理你了。我走了,我真要走了。"她只管说走,可并没有起身,两双手扣得更紧。

"你不能走,你要帮我做件事。"

她逗他:"要我哼睡眠曲哄你睡吗?"

他收起笑容,起身走向书桌:"我们要想办法救出邵杰仁和佟端瑞!你帮我研墨,我要写篇文章揭露国民党军警的丑恶行径,今晚就送给任伯伯,明天一早见报。"

她赶紧铺纸研磨,他沉思良久,提笔写道:"复旦大学爱国学生为阻止内战,呼唤民主与和平,冒雨上街游行,市民纷纷为学生们送上雨具。未曾想,国民党军警竟在光天化日之下,冲进游行队伍,手持警棍打伤几十名学生,并带走两位受伤的学生干部。学生何罪之有?! 爱国何罪之有?! 反内战,要和平何罪之有?!"

周末是学生会干部例会时间,零零星星来了几个人,大家都丧着脸,神情茫然。"看看国民党报纸上写了些啥! 简直是混淆是非、颠倒黑白! 邵杰仁和佟端瑞两人竟然是以妨碍公共秩序罪被拘捕,这明显是歪曲事实、杀一儆百。"萧沈初气愤地把手中报纸撕成碎片,"现在,全国反内战的呼声越来越高,我们不仅要上街宣传,还应该走进工厂,宣传发动工人们和我们一起上街游行。"

"对! 要争取更多阶层的民众,要团结更多的力量。"在众声抗议时,窗外放哨的同学高喊"有军警! 快离开!"紧接着传来嘈杂的声音,萧沈初忙示意同学们从窗口走,把他们一个一个送出窗外。最后他把露儿托上窗口,教室外纷至沓来的脚步声逼近。

"你先回家,我们分头走。"他看着露儿跳下窗口,跑向对面教学楼,七八个军警提着警棍破门而入,冲上前把他抓住。

国民政府自重庆迁回南京已有时日,政务步入正轨。重庆九年,甘必雄一直在悄悄织网,现在既然胜利班师,该实施他的收网计划了。九年筹谋,只为捕获一条鱼——五彩锦鲤张静薇。

自重庆中秋夜自取其辱后,他未再轻举妄动,现今终于等来一个一剑封喉的时机,让五彩锦鲤自动游到网里来。确认消息属实后,他等不及下班,立刻来到机要科。

张静薇照例仅瞟他一眼,照例冷香袭人,照例冷言冷语:"你如果是来闲聊的,请马上离开,这是上班时间。"

他对这种脸色和声调早已身经百战,再也刺激不了他的挫败情绪,反而必达目的的想法像加了油门一样往前冲:"如果在其他地方和其他时间能见到静薇小姐的话,我还来这儿干吗?"

"什么事?"

"今晚,我想带你去见一个人。"

"今晚值班,谁都不见!"

"先别回绝得这么早嘛,听我讲完你再做决定。"她立马起身,不想听他纠缠。

"我刚得知,昨晚上海警备司令部抓到复旦大学一位学生领袖,是在他们秘密集会时逮个正着。这位学生领袖曾多次带头煽动在校学生聚会闹事、上街游行、反对内战。"

"这跟我有关系吗?"她打开房门,"是你走还是我走?"

"你有兴趣知道这位所谓的学生领袖是谁吗?"

显然她毫无兴趣,抬脚往外走。他的声音追了上来:"他叫萧沈初。"她对这名字无感,脚步并未停下来。

他终于放出撒手锏:"他的照片我给过你,你应该不会忘记吧?"

"照片"两个字足以让她停住脚步,她返身追问:"萧沈初? 孔德辕的儿子? 他被上海警备司令部逮捕了?"

果然给点饵就上钩,自动入网。他点头回应,准备一点一点不动声色地收网。

"你是怎么知道的?"

"我刚看到,警备司令部上报来的上海各大高校学生领袖名单里,有萧沈初这个名字,他现已被关押在警备司令部牢房里。"

"上过刑吗?"

"目前不知道。我想如果这小子嘴巴硬的话,那肯定要上刑伺候了。警备司令部的丁副官是我的老熟人,要想了解得更详细些很容易。如果静薇小姐真的很关心,我可以开车送你去上海,到司令部的大牢里去看看这位萧沈初的庐山真面目。"

一旦掉坑入套,人便会失去冷静的思考和判断力。她显然不知所措,他趁机俯身凑近她,压低声音:"最近还听说,萧沈初身世复杂奇特,他不一定是孔德辕的儿子,当然更不是那个姓萧下人的,姓萧的只是替人接盘的冒牌货,萧沈初的亲生父亲或许还另有其人。"他边说边两眼直勾勾地盯着她,观察她的细微表情。

"甘必雄,你太过分了,你还在调查孔德辕?"

他微微一笑:"滕泰这个人——你认识吗?"

"滕——泰?"她领悟了他口中的另有其人是指滕泰,"你也在调查滕泰? 你到底想干什么?"

"没事了,就当我什么都没说。"他转身便走。

"甘必雄,甘参谋长,请等一下。"她回过神来,边喊边追上去。背对着她的甘必雄,脸上露出狰狞得意的奸笑,憋了九年的一口恶气终于掘出了一个透气孔。转瞬间,他收拢奸笑,潇洒地转过身屈尊含笑:"静薇小姐,有何吩咐?"

"我请求你,帮忙救出萧沈初。"之前,她从未放下身段跟他说过一句话,所以,这句请求听起来更像命令。

此时此刻他感悟到,人生最巅峰的体验是人与人对峙的反转、逆转和峰回路转。透气孔开得更大了,网收得更紧了,他自然心神舒畅,嘴角一咧,颇有意味地回道:"我当然愿意为静薇小姐效劳,但不知你开出的条件是什么?"

"无条件!不帮拉倒,我请爸爸斡旋。"她瞬间恢复大小姐的高贵姿态,扭头走回机要科,把他像晒咸鱼一样晾在走廊里。

他狞笑,恶毒的。

萧沈初彻夜未归,沈依水彻夜未眠。翌日大早她便赶到警备司令部大门前,被两名持枪警卫阻拦。

"我儿子萧沈初被抓到这里,我来看看他。"

"没有司令的允许,谁都不许探视。"

"我儿子犯了什么罪?凭什么抓他?"

"太太,我们只是执行命令。没有司令的允许,谁都不许探视。"

她知道多说无益,只有等贾司令出现。没成想,一位小警察出来传达有请沈依水女士的命令。她被引到司令办公室,只见一位五大三粗的壮汉端坐在办公桌前。

她不卑不亢开口:"谢谢贾司令召见,我是萧沈初的母亲沈依水,我来跟您谈谈。"

贾司令因身形壮硕,制服加身,不怒自威。他用眼神示意她落座,然后探究的目光落在她身上:"沪江造船厂的沈老板,久闻大名,今日终得一见。想谈什么?只能给你5分钟。"

"我今天要带儿子回家,请司令开个条件吧。"

贾司令一阵开怀大笑:"果然是沈老板一向的谈判风格。早在二十年前,我就风闻沈老板不同于一般女流之辈,处事勇猛果断,毫不拖泥带水。今天,贾某算是亲自领教了。既然你已开门见山,我自然没有遮遮掩掩的必要。"他把脸上的笑纹收紧,瞬间像换了一张面具一样,神色严肃凶狠,"只是,当年你跟巡捕房孙督长的交易套路,用在我贾某身上行不通。"

她含笑:"我可以按您的套路来。"

"我跟孙督长是老相识,多少也了解一些你们的交易内幕。作孽啊,当年老孙一时糊涂、鬼迷心窍,不仅没有抱得美人归,还搭上性命。前车之鉴,后事之师。所以沈老板,我们还是公事公办为好。"

"不知司令想怎样公事公办?"

"实话跟你讲,萧沈初现在是警备司令部黑名单上的要犯,他不仅带头张贴反动标语,而且煽动上海各大学校学生罢课、游行、聚众闹事、扰乱治安;更甚的是,他在《申报》上发表反动文章,公然向国民政府挑衅,这已不仅仅是扰乱公共秩序罪,我怀疑他通共,受上海共党地下组织所指使。如果调查清楚果真如此的话,你儿子恐怕很难再回家了。"

"萧沈初是孔德辕的儿子,您放不放人呢?"她嘴角噙笑,语气软糯,温柔似水的目光轻轻与贾司令的目光对接。

就这嘴角一抹似有似无的笑意,眼角一丝若即若离的柔情,让贾司令顿然领悟当年孙督长是怎样把持不住的。

男人的大忌:美人面前,定力羸弱。

定力他早已练就,孔德辕他也并不忌惮,但孔德辕后面的靠山他不得不顾虑,不得不给面子,何况靠山后面还有更大的靠山。

值班当晚,张静薇心中一直忐忑不安,不能及时回家请求父亲斡旋,万一错过最佳解救时间,怎么办?昏昏沉沉思虑到清晨,密码电台传来信号,她急忙全神贯注接收电文,然后检查一遍译好的电文,内有两个字闯入她的眼帘:"滕泰!"她心里紧张,手一哆嗦,电文飘落,顺势滑向房门口,此时甘必雄跨步进来,电文恰巧滑落在他脚边。

他俯身捡起电文,一目即阅。她大惊,奔上前抢过电文。

"这里是机要重地,请你出去!"

他装作一副若无其事的样子,无耻地调侃:"在总统府,谁人不知我是张同渊部长未来的乘龙快婿啊,所以,我说来接你下班,没人敢拦我。"

"胡说八道,信不信我让爸爸把你毙了!"

"放心,我什么都没看到。我来只是想早点告诉你,在我的尽力周旋下,萧沈初已经放出来了。"他并不期待她的感谢,说完转身离开。

总统府清幽雅静,鸟鸣啁啾,已有早到的人走进办公楼。张静薇眼看着甘必雄走远,匆忙走出机要室,穿越走廊,疾步奔下楼梯,拐入二楼走廊。

甘必雄从一个角落悄悄走出,小心翼翼尾随在她后面,见她敲门走进孔德辕办公室,急忙贴门窥听。

"这是我刚截获的延安密电。"

孔德辕看后当机立断:"我能请你帮我做件事吗?"

"可以。"

"这封电文对我非常重要!请你赶快做技术处理,就当今晚没截获过这条电文,千万记住,不要留下任何痕迹,你能做到吗?"

"明白!我能做到。"

窥听到这里,甘必雄推门而入。孔德辕从口袋里拿出火柴划着,点燃了密电。

"为什么要烧毁密电?"甘必雄直截了当发问。

"你凭什么说这是密电?这是我写给静薇小姐的情书。"

"既然是情书,为什么不交给静薇小姐,要烧毁呢?"

"因为我被拒绝了。甘参谋长,我私人感情的事你也要过问吗?"孔德辕这几句话虽是轻描淡写,但语气里透着狠辣。

甘必雄知晓证据已被销毁,多说无益,只好悻悻离开。自己贸然闯入,目睹了孔德辕所做的有违身份立场的事,意味着自己与他已公然对立,所以,无论是对滕泰还是对张静薇,都要赶在他之前下手了。

当晚,萧沈初被释放,迎接他的自然是奶奶的婆娑泪眼和妈妈从头到尾的全身检查,待确定身上无伤后,让他洗澡换衣。

终于回到书房,露儿无所顾忌地一把抱住萧沈初,泪眼汪汪:"那些坏蛋怎么把你放出来了?"

他抱紧她:"我想,是迫于舆论压力吧。"

"佟端瑞和邵杰仁放出来了吗?"

"佟端瑞被刑讯逼问是否是共产党指使学生上街游行的,他不承认,结果一条腿被打断,是家里来人把他抬回去的;邵杰仁游行时头部被军警严重打伤,关在狱中没有得到及时治疗,没几天就死了。"

她难过地靠在他肩膀上哭起来。"自辛亥以来,有革命就会有牺牲。露儿,不要怕!历史早就无数次证明,胜利总是属于正义的一方。"他托起她脸颊,为她拭去泪珠,清凉的月光落在他的双眸,灼灼发光。

甘必雄和上海警备司令部丁副官素有交情,多年来两人暗地里互通信息,共享人脉资源,沆瀣一气,但对外绝不公开私交。当年丁副官在南京当差时,不过是一小兵,有次马督军在秦淮茶楼听曲,他刚被选入随身护卫队,还没见识过风月排场,所以,眼前一切都火辣辣刺激着他的视听觉。尤其旗袍歌女的吴侬软曲和眉目风情让他荷尔蒙上头,如同被灌了老酒一样面红耳赤,幸好时任副队长的甘必雄觉察到他的异样,借故把他支开,否则他也许小命不保。

午夜时分,办公室并没开灯,甘必雄等到早已约定的通话时间,拿起话筒压低嗓音:"马上给我查滕泰这个人,修建彭海铁路的工程师滕泰。尤其是淞沪战役爆发后,他离开上海后的所有信息。去了哪?做了什么?怎么加入了共党?在共党任何职务?一定要挖个清清楚楚。"

有这份黑材料捏在手,以后不怕孔德辕和张静薇不听自己摆布。甘必雄沉溺在夜的黑寂里,恨恨地想。

没多久,黑材料到手,甘必雄像拿到撒手锏一样,退可自保,进可当枪使。二十多年来,无论在军界还是政界,他从不是孔德辕的对手,但总是交锋;在情场,孔德辕更是不费吹灰之力,自己苦苦追求的张静薇倒贴给他,他还心不在焉。

逆转的时刻到了,他要主动出击。

无须等到下班,他直接去了机要科。张静薇正在登记公文,照例对他视若无睹。他盯视她,目光肆无忌惮,这是之前他绝没有的心态和胆量。他甚至怀疑自己还爱这个女人吗?如果这个女人只是贩夫走卒的女儿,或是沦落风尘的小家碧玉,自己还会有这么强烈的征服欲吗?

"静薇小姐两眼布满血丝,想必昨晚没休息好吧?"

"我很好。"她眼皮都懒得抬一下,能回应一句已是尽了最大礼仪。

"今晚七点,在金陵饭店玄武厅,我请静薇小姐吃饭,请一定赏光出席。"

他惊讶地听到自己一副不容商量的口气。

"不去,我身体不舒服。"

"你刚才不是说你很好吗?"

"我突感不适。"

"我找人斡旋放出了孔德辕的儿子,你不是说要好好谢我吗?你怎么谢我?连一顿饭都不肯赏光?"

"我想好怎么谢你了,我会请求爸爸给你谋个更高的职位。"

"关于那封密电,你想不想听?"他抛出了撒手锏。

她猛抬头怒视他,只见他嘴角露出意味深长的冷笑,扭头走了,留给她的背影仿佛明晃晃地写着八个字:不听拉倒,后果自负。害得张静薇琢磨到下班时,不仅没了主意,反倒心慌得要命。她决定去金陵饭店赴约,看清楚他葫芦里究竟卖的什么药,如果他胆敢图谋不轨,就找个把柄让爸爸毙了他。

能出入金陵饭店的绝不是平民百姓,正因为高端,才极具私密性。甘必雄早端坐在玄武厅,他对张静薇的出现显然胸有成竹。

"讲吧,你想怎样?"张静薇落座后,直奔主题。

他不慌不忙招呼服务生把菜一一上齐,然后亲自打开一瓶红酒,斟好两杯,这才仿似无欲无求地凝视她。他喜欢这种操控节奏的感觉,因为在这之前,他在她面前,都是被动的、尴尬的、狼狈的、丧失尊严的。

"有事请快讲。"她掩饰不住对他所做一切的厌恶。

他一口干掉杯中物,玩弄的目光肆无忌惮地游走在她美艳的脸上:"痛快!那我就开门见山,不绕弯子了。实不相瞒,在重庆时我就怀疑孔德辕通共,现在终于被我抓到证据。"

"纯粹胡说八道!你有什么证据?"

他索性放松身体,仰靠椅背,不紧不慢地发问:"你知道我为什么要等孔德辕点着电文之后,再走进去吗?"

"你竟然跟踪我?"

"因为电文内容我已在机要室里看到了。你知道我为什么明明知道了电文内容,还要走进孔德辕的办公室吗?"

"你在门外偷听偷看,你比我想象得还要卑鄙。"

"因为我就想让你们知道,我看到你们偷偷烧掉了机密文件,这样你们就有把柄攥在我手里了。"

"你的目的是什么?"

他并不急着回答,又自斟自饮干了一杯,已是面红耳赤。

"问得好!"他起身走到她身边,试图揽住她的肩膀,被她断然甩开,他毫不在意地继续讲:"我要把这件事报告给中统的徐局长,到时,你和孔德辕很快就会以通共分子的罪名被监禁调查,不光你的德辕哥会因此前程尽毁,就连你的父亲也可能会受到巨大牵连。后果不可预料,但肯定是毁灭性的,张静薇,你好好想想吧!"他在她耳边狠狠地轻语,贪恋地嗅着她脖颈的芳泽。

"你没听到孔德辕说那是写给我的情书吗?"她不得不放缓语气。

"你能让孔德辕娶了你,才能证明那是他写给你的情书。"他毫不掩饰语气里的嘲讽和轻蔑。

"他娶不娶,我嫁不嫁,跟你有关系吗?"

"你倒是想迫不及待地嫁他,可他想娶你吗?哈哈……"

"你信不信我今晚回家就让爸爸一枪崩了你!"

"你信不信我会先一枪崩了孔德辕?"

她一时不敢接话,因为此刻他满脸杀气,面目狰狞。

"你信不信就算我没机会崩了孔德辕,也会有人替我崩了他?"

她忍不住怒斥:"你,阴险!卑鄙!可耻!你就是嫉妒孔德辕!"

他突然箍住她的一只胳膊,阴狠地在她耳边咬牙切齿:"没错,我是阴险、卑鄙、无耻!我就是嫉妒孔德辕!还有,我还要——得到你!必须得到你!张静薇,你不是一直瞧不起我吗?我现在反倒想让你心甘情愿地求着嫁给我!"

她咬唇忍着痛,不敢反抗挣脱。他把脸贴近她,企图吻她,待双唇与双唇即将重叠时,见她并不躲闪,于是索然无味地放弃了,并松开她的手臂。

"我不想强人所难,我有足够的耐心等到你主动投怀送抱的那一天,心甘情愿让你求着嫁给我。重庆九年,我甘必雄屡遭冷落、屡次碰壁,你已经让我耗尽我对你所有的耐心和热情。所以,这次我想速战速决,只给你一天时间考虑。否则,别怪我翻脸不认人!"

奔出金陵饭店,张静薇才察觉自己浑身颤抖,连牙齿都碰撞得嘎嘎响,这不是被甘必雄吓的,而是被他气的。如果告诉爸爸,爸爸定让他活不过今晚,可因此便会分分秒秒置孔德辕于危险境地,甘必雄的死党也定会寻找一切机会暗杀他,她不敢拿孔德辕的命去冒险。回到家后她想告知孔德辕,但想到他也定会让甘必雄活不过今晚,因此他仍然会分分秒秒处于危险境地。她陷入极度两难之中,泪水冲刷着她的脸颊,她拿起电话却没有勇气拨号,克制着哽咽,还是把想说的话说了出来:"德辕哥,我爱你!所以,我不能眼睁睁看着甘必雄陷害你。现在他手里有把柄,我不能让他的目的得逞。我愿意用我一生的幸福换取你的安宁,为了你,我什么都愿意做。"

吐出这番压在心底的话,虽然孔德辕一个字没听到,但她好像凭空获得了回馈的力量,这股力量随着血液流动滋长在她体内,生长出的勇气足以让她去承担、去牺牲、去拯救。

同样的黄夜,孔德辕也做出了一个决定,他要结果了甘必雄,不留后患。他拉开抽屉,拿出一枚银光闪闪的飞镖放入夹层口袋,因为携带枪支、子弹是需要登记的,不适用。

谋划好后,他赶去总统府,径直走进甘必雄的办公室。甘必雄显然心情笃定喜悦,用平起平坐的语气跟他打招呼:"孔秘书长,有什么事打个电话就行了,干吗还要劳驾呢?"

孔德辕双手插袋不语,用余光扫描室内窗外,等待下手时机。甘必雄自然沉不住气,憋不住炫耀:"正好,我有一件喜事,提前向你汇报。"

孔德辕微笑静听,鼓励他讲下去,而手已捏紧飞镖,只待出手。

"我要结婚了,哈哈!想知道我和谁结婚吗?"甘必雄等不及他作何回答或者根本不需要他回答,"是张静薇小姐,今天上班前,就你来之前,她亲口主动跟我求婚,她要嫁给我,心甘情愿。等我做了张部长的乘龙快婿,那我肯定不会再屈居于一个小小的参谋长职位上。孔秘书长,你说是不是?"他意味深长地用挑战的目光与孔德辕对视。

孔德辕思虑了一夜都没想到会有如此状况,一时想不出对策,只好停止行动,但脸上的笑意更深了。

"我准备包下金陵饭店的喜庆厅,在那里举行盛大婚宴。你一定会赏光莅临吧?"

这是一次特殊的会面,或者说是对峙。孔德辕不战而输,不置一词转身离开。

张宗光按照记忆中孔晓青给他讲的孔子小学的点滴细节,终于找到并站在了学校门前,耳边传来她给孩子们上课的声音,一下子涌出泪来,百感交集。

孔晓青猛然看到笑逐颜开的脸上却挂着泪痕的张宗光站在面前,也一下子涌出泪来,双眸闪着泪花破涕而笑。

"晓青,那天中秋家宴后,我就再也没见到你,到底发生了什么?"

"你父母派人到学校把我赶走了。"

张宗光懵了:"我父母赶走你?"

"他们嫌我出身低微配不上你,逼我马上离开重庆,永远不要再见你。"

"那你后来去了哪里?"

"我去了成都,在一所小学教书,等停战后就回了上海。"

他急切地握住她的双手:"晓青答应我,以后无论发生什么事,都不许再离开我。我明天就回南京,我要告诉我父母,我张宗光非你不娶。"

"他们不会答应的,我跟你的家庭格格不入。"

"如果我的父母不答应,我就跟我的家庭决裂,到上海来跟你结婚,一起在学校里教书育人。晓青,我要娶你,你答应吗?"

久别重逢的喜悦让两人忘了身在教室,台下小朋友像是听懂了一样,纷纷嚷着:"答应,答应……"

孔晓青被小朋友们逗得俯身大笑,喜不自禁地点头。张宗光高兴地一把抱住她:"今天就带你回家,告诉爸妈我要跟你结婚。"

当晚,告知结婚的事被张静薇抢了先,她直截了当向父亲表明嫁给甘必雄的决心,她想速战速决,她怕多延迟一分钟便多一分钟反悔的时间。

"你这是先斩后奏!"张同渊叼着雪茄,差点被那口含在喉腔的烟雾呛到,"是什么让你做如此仓促的决定?到底发生了什么事?"

"我心甘情愿!"

"静薇,婚姻大事你一定要想清楚,不能由着性子来。爸爸当然不是反对你嫁给必雄,他虽不像德辕那样正直沉稳、忠实可靠,但他精明算计、胆大敢为,自有他的过人之处,只是,爸爸觉得你突然跟我说你要嫁给他,这里面一定有什么事。"

张静薇紧抿双唇,再不能多说一个字,她怕自己会崩溃,会号啕大哭,会不顾一切反悔。

"静薇,你不是一向对甘必雄很反感吗?怎么突然就决定嫁给他呢?到底发生什么事了,不能跟爸爸讲吗?"季艾云小心翼翼劝道。

"就是突然喜欢他了呗,女人本来就是善变的。"

"好,你不讲,我现在就派人抓那小子来审问。"

门铃响,女仆开门。甘必雄手捧红丝绒玫瑰喜滋滋地走进客厅,向张同渊和季艾云深鞠躬:"部长,夫人,我特地上门请求,把你们的女儿静薇小姐嫁给在下。"

张同渊还没来得及发问,甘必雄便转向张静薇,单膝跪地,递上玫瑰:"静薇小姐,请答应嫁给我。"

她只得接过玫瑰,张同渊当然敏锐捕捉到女儿脸上没有一丝喜悦。他起身得意扬扬地宣布:"我已包下金陵饭店喜庆厅,明晚举行婚礼,静薇小姐想尽快完婚,是不是?"

张同渊大怒:"甘必雄,你搞什么名堂?"

"是她心甘情愿要求嫁给我,非我不嫁!静薇,是不是?"

"是。"

尽管在场所有人都注视张静薇,但没人能从她回答的口气或神情上判断她的真实心情和意愿。就是一个字的确认答复而已,不包含任何感情色彩。

众人质疑的目光逼视着,她慌得想逃走,门铃的响声解了她的围。孔德辕不顾众人看向他诧异的目光,站定在张同渊和季艾云面前,真诚地躬身后正色道:"同渊兄,嫂子,德辕现有一事相求。"

"抱歉,德辕,今天有点家事……"不等张同渊说完,孔德辕郑重其事表态:"请把静薇小姐嫁与我。"

空气并没有炸锅,而是被冰封。连一向杀伐决断的张同渊和擅于打圆场的季艾云都被封了口,倒是张静薇先缓过来,心里翻涌酸楚,脸上笑意盈盈道:"谢谢你,德辕哥,我终于听到你这句话。不管你这句话为何而发,但的确是我最想听的话。"

他凝视她,以求得她的理解和配合:"静薇,嫁给我吧。"

无须回头,她感受到甘必雄怒火中烧,此刻只要她答应孔德辕的求婚,无疑等于同归于尽,料他来之前早已布置好这步棋怎么走。

"可惜……你我没有缘分,在你心里,爱的永远是另外一个女人。我一向是个傲气的女人,不做任何女人的影子和替代品。"放弃最心爱的人的伤感和决绝渗透在她吐出的每一个字中,这些字眼吐出口的瞬间,因为言不由衷又被反弹回来,像小钉子一样"嗖嗖嗖"扎进她心里。

孔德辕想索性挑明真相,还未开口,被兴奋地冲进客厅的张宗光打断。"我找到晓青了,她果然在上海,在孔子小学教书。"他抱住季艾云的胳膊撒娇,"妈,我要去上海工作,我要跟孔晓青结婚!"

面对突如其来的三个男人不约而同的结婚诉求,张同渊竟然感受不到一丝丝喜悦,局面失控的事是他一向最不能容忍的,这是对自己掌控能力的严重挑战。他一拍桌子发怒了:"今晚,为什么你们一个个都来跟我谈结婚的事?乱弹琴!"

当不能用长相厮守去爱时,那便用生离死别去拥有。张静薇怀着这种视死如归的念头执意走上红毯,那头连接的不是她爱的人,但却因此在她爱的人生命里留下对她最好的念想。

站在婚礼现场的孔德辕当然明白,张静薇用自己做筹码,保护了他和滕泰。此刻他心生后悔,自己虽不能给她想要的幸福,但不应该看着她为了自己走向痛苦。那天就应该亲手结果甘必雄的性命,让自己承担由此带来的后果。

然而,一念之愚,千里之哀。

新房内布置得喜气热烈,处处是浓艳的红。张静薇身着玫瑰金云锦旗袍,旗袍上金边红玫瑰花团锦簇,但她神色、气息显然与张扬、膨胀的喜庆格格不入。甘必雄醉意颇浓,那种志得意满的沉醉,那种旗开得胜的迷醉,但无论怎样的醉,也只是身醉,不是心醉。他伸手把张静薇拽到怀里,在她耳边挑战般地宣布自己的胜利:"张静薇,你终究没逃出我甘必雄的手掌心啊。以后你就是我的女人,完完整整地属于我,包括你的身体和你的心!"

她被他的双臂箍得死死的,只有不断躲避他压下来酒气熏天的嘴。他被她持续的左躲右闪惹怒,抬手一个巴掌:"你给我听好了,既然你主动要求嫁给我,以后就不要在我面前装什么圣女!"

她被扇懵了,随心随性活到43岁,还没人敢在她面前爆粗口,更别提敢对她动手。她不想让不争气的泪水滚落,但不争气的声音却带着哭腔喊起来:"你敢打我?你敢打我!"

他咬牙切齿俯视她:"已经打了,你能怎样?"

"我要告诉爸爸,立马枪毙你!"

这句话引发他肆意大笑:"你这样空口毙了我多少次了?我不还活得好好的吗?有本事真的毙我一次试试?"他索性放开她,"你现在就去找你老子,我倒要看看他敢不敢毙了我?但你一定不要忘了,在我死之前,先死的一定是孔德辕和滕泰,我说到做到。还有,你老子这么多年一路提携通共分子孔德辕,你认为他会幸免于难吗?"

这些话像八爪鱼的触角一样,张牙舞爪地吸附住张静薇的双腿,她全身力气被吸干,眼看着瘫倒在地。他一把捏住她的下巴把她提起来,咬牙切齿地警告:"从今以后,别在我面前摆出一副高高在上、盛气凌人的大小姐样子,更不要装出一副受尽委屈、愁眉苦脸的怨妇模样。给我笑一个,整整十年了,我就没看到你冲我笑的样子。"

她不争气的泪水到底还是滚落下来,忍痛挤出几个字:"求你别逼我。"

"我逼你?是你一直在逼我!"

他被刺到心口那个永不愈合的溃疡处,拎起她扔到铺着赫红锦缎的床上,肆意地一把扯开她的旗袍,十颗珍珠盘扣像逃难一样慌乱地四处散落。可怜这十颗如珍宝一样的玉佛珠,其形个个似佛首,隐约看得出垂眉含喜的神态,是顶级匠人把雕刻好的缩微玉佛放入南洋白蝶贝体内,日积月累一层层被白蝶贝吐出的珍珠质喂养而成。张同渊把此等压箱之宝赠予女儿,可见他对女儿极其珍爱,旗袍是季艾云重金请金陵手艺一绝的云锦师傅亲手裁制,从领口到腰下配以玉佛珠做盘扣,真是让人见识了什么叫做锦上添花。

第十八章
政局劢勷

虽历经连年兵燹,老时光咖啡馆仍固守着上海滩洋派的品格,坚守着手磨咖啡的品位,就连招牌背景音乐白光的《等着你回来》,也是只要开张一天就会在店里似有若无地回荡一天。

虽表面一切如初,但这家店其实已被中共地下组织不惜重金盘下。蔡加明接到组织密令,与翟翠莹一起在此等候与滕泰接头。

服务生迎向走进来的滕泰询问:"请问先生,要喝点什么?"

"一杯黑巧克力咖啡和一份杏仁奶油蛋糕卷。"

"要加糖吗?"

"我喜欢黑巧克力的苦、咖啡的苦,再加上杏仁的苦,三种不同口感和层次的苦混合在一起产生出的一种特殊味道。"这种特殊味道对应的是滕泰珍藏的特殊记忆。

暗号对上。服务生把滕泰引向蔡加明,翟翠莹惊喜万分地看着他落座在对面。

"滕泰同志,欢迎你从今天起正式加入我们的队伍。组织上考虑你是大名鼎鼎的铁路专家,所以希望你还是以这个身份做掩护从事党的地下工作。"

有时候翻山越岭走过漫长的路,一句话就能让你倒流回去。当年铁路专家滕泰携贝拉骨灰离开上海,辗转美国、苏联、延安近十年,"风霜染鬓烟云散,春来依旧生芳草"。经过新思想的洗礼,他深明当下中国迫切需要的不是实业报国,而是政治救国,然后给实业以土壤,给百姓以安居。

延安把他派回上海,主要任务是组织铁路工人罢工,炸毁国民党北上的铁路。组织上千方百计为他办好离沪后十年间，在美国耶鲁大学教书的一切档案资料，并成功将他打入国民党上海铁路局任副局长。

蔡加明继续介绍："以后如没有特殊情况，我们的联络点就在这家咖啡馆，翟翠莹是我们的唯一联络人。"

"滕先生，我是翟翠莹。十年未见，你还是老样子。"

"你认识我？"

"二十年前，我就认识你了。第一次见你，是你去复旦大学接沈依水回家。"

显然这句话的魔力更大，一下子把他拽回到二十年前，那时他的心里除了铁路，还有沈依水。"想起来了，当时还有一位女同学，你们俩都是她最要好的朋友。"

"张静薇，她父亲是张同渊，她现在为南京国民党政府做事。"翟翠莹口气里明显对张静薇有怨气，当年她答应她去延安，可她临时改变心意，导致现在闺蜜变成两个对立阵营的人。

蔡加明担心她控制不住自己的情绪，赶紧接话："原来你们是老相识，很好，以后联络起来更方便。当前我们的任务是，发动沪宁线铁路工人实行有组织的罢工，抗议国民党发动内战。现在上海的学生运动已走在全国前列，100多所学校联合成立了'上海市学生和平促进会'，工人运动应该尽快和学生运动互动起来，首先要尽快组织一场工人大罢工，狠狠地打击一下国民党反动派的嚣张气焰。"滕泰领命，立即着手组织铁路工人罢工。

连日来，孔德辕后悔因一时顾虑没有杀甘必雄，婚前甘必雄用来要挟张静薇的那些把柄，婚后他照样还能随心所欲地用，甚至更加肆无忌惮，为此他决意退出。现在她牺牲的是爱情和婚姻，自己如不退出军政界，以后她牺牲的是生命。

他向张同渊请辞，言辞闪烁。张同渊深谙缓兵之计，不置可否："德辕，这是你第二次向我要求解甲归田。第一次是直奉交战时期，直系兵败，政局跌宕，我理解你当时失意的心情，没有劝阻你。可这一次，我不得不请你三思。国共之争，胜败本无悬念，只是时间问题，你此时隐退，到时江山打下来，你如何分得一杯羹？"

孔德辕只好实话实说："自在重庆时，就有人怀疑我通共，一直暗中调查我,还都南京后,变本加厉。所以,我请辞军政界,做一介平民。"

张同渊当然心知肚明,轻描淡写道:"你是说甘必雄?别理他,他能成什么大气候?就算现在他跟静薇结了婚,做了我的女婿,那还是有他该恪守的边界。再说,通共不通共不是他说了算,他就是心胸狭隘,处处跟你攀比。你我在南京督军府做事时,他还刚踏出校门,有什么资格跟你比肩?说你通共,就等于是说我张同渊通共,他有这胆子吗?"

"可因此而连累了静薇小姐,我深感愧疚。"

张同渊叹道:"我的女儿我自然了解,她是倾心爱你,想嫁给你,可她又不能嫁给你,因为她知道你心无旁骛,只钟情于一个女人。想当年,我在苏州采芝斋茶楼仅听到一句艾云的评弹,就勾动了我的魂魄,当天我就带她跟我走了。自古英雄难过美人关,我张同渊是,你孔德辕也不例外。"

"同渊兄于情于事一向当机立断,可叹我与依水已蹉跎半生……"

这句甚是伤怀的话让张同渊心有戚戚焉:"说起儿女之情,我倒不好强留你。你回上海把家事解决好再回来,家事与国事并不冲突。至于静薇,你也不必自责,她选择甘必雄,肯定有她的理由,毕竟在重庆九年时间里,必雄一直对她一心一意。以后看在我的面子上,你和必雄之间不要再有隔阂和猜忌。于公,你和必雄应一致对外;于私,大家也算是一家人。"

"同渊兄所言极是,这次我还是听你的,先回上海看看,何去何从,再做定夺。"

自日军撤退后,沈依水就和吴怀恩商量重建船厂事宜,但一直未筹措够资金。国民党军队进城后,收复日占区,接管租界,随后征收的范围日渐扩大,触及市民的产业和资产,她心生惶恐,决定先去船厂挂上厂牌以证所属权。

吴怀恩摘下早已字迹斑驳的江户造船厂牌子,狠狠摔在地上,还不解恨地边踩边骂:"小日本,我踩你个粉身碎骨,烧你个片甲不留。知道这船厂是谁放火烧的吗?就是你吴怀恩爷爷。"他接过沈依水手里沪江造船厂牌子,正准备挂上去,两个腰间别着盒子枪的军警一路喊着冲过来:"放下!马上把牌子放下!"

"这是我家的船厂,我是船厂的元老股东,不能在自家船厂挂牌子吗?"吴怀恩很是不解地嚷着。

沈依水忙上前解释:"这家船厂从民国十年还是茂源海运行时,就是我们沈家的,后来被日军霸占,现在日军战败投降了,船厂不就归还我们沈家了吗?"

"不行!谁准许你们挂牌子的?整个上海滩的产业现都归国民政府接收,更不要说船厂了。你们是不知道呢,还是给我装糊涂?"

不用装糊涂,吴怀恩被气糊涂了:"这船厂是沈家创办的,那就永远是沈家的,你们还想像日军一样抢走吗?"

一名军警懒得再说什么,上前一把从他怀里夺过牌子,"咣当"一声摔在地上。吴怀恩顿时气疯了,扑到军警身上,把他压翻在地和他撕打起来。另一名军警举枪朝空中鸣放。

枪声让坐在出租车中的孔德辕警觉起来,他判断出是来自船厂的方向,于是请司机加大油门。

吴怀恩被两名军警扭住,倒背着胳膊被铐上手铐。他挣扎着大骂:"横行霸道的小日本鬼子刚走,你们这些中国人的败类又来欺压百姓了。"军警挥起巴掌左右开弓,扇得他鼻孔和唇角流出血来。

沈依水冲到他前面护着他,军警一把拉住她甩向一边。她踉踉跄跄,眼看着自己即将仰头摔向地面,一双有力的胳膊突然从后面揽住她。她感激地回头望去,顿时目眩神迷,身体再次软绵绵地坠下去,那双手臂更加有力地拥她入怀,她听到他的心跳和呼吸声,那是世界上最让她有安全感的声音。

孔德辕把她扶好,然后走向吹胡子瞪眼的军警,厉声命令:"放开他!"

"你谁啊?哪冒出来的?老子连你一起抓!"

"那倒要看看你有没有本事抓我。"孔德辕一脚把扑上来的军警踹翻。

"我们是警备司令部的,奉命接管船厂,你敢打军警?你活腻了!"另一名军警持枪上膛对着孔德辕吼道。

"回去叫贾司令跟我讲话,告诉他我是孔德辕。"

挨了一脚的军警看他气势、听他口气,知道此人必有来头,赶紧忍痛起身向同伙使个眼色,要撤。

"慢!把牌子挂上去!"

两名军警马上捡起牌子,恭恭敬敬地挂了上去。

经过学生运动的历练,萧沈初明显成熟起来,讲话也颇有气势:"各位同学,今天我们在此召开'上海市学生和平促进会'正式成立以来的第一次会议。这次会议的具体任务是,从明天起,我们在座的、来自不同学校的学生代表分头深入到沪西50多家工厂,去演讲、去宣传、去发动、去组织,建立共同反对内战、呼吁和平的上海工人、学生统一联合阵线。"

现场同学们热烈呼应,积极报名下工厂。不出几日,一列几百人的游行队伍浩浩荡荡行进在外滩,学生队伍中高举"上海市学生和平促进会"巨大横幅,工人队伍中高举"沪西工人反内战民主促进会"的巨大横幅,像一堵人墙在移动。

队伍前列,萧沈初和露儿紧握着手,带领队伍一起振臂高呼,反对独裁、制止内战的口号声浪一波追逐一波,像暴雨中黄浦江的惊涛骇浪冲击堤岸。

游行队伍行进到外白渡桥时,桥另一端警笛和哨声轰鸣,全副武装的军警奔突而至,冲撞游行队伍,双方厮打起来。丁副官爬上卡车下令向带头闹事的人开枪,顿时枪声在耳边爆响,中弹者相继扑倒在桥面上。惊恐的露儿冲到萧沈初身前,挡住射向他的子弹。

"我……舍不得离开你……"这最后一句气若游丝的话,像浸透露儿鲜血的子弹一样,永远钉进萧沈初的心里,在今后的人生里,时时让他的心剧痛如裂。

虽然有几天没见到儿子和露儿,沈依水倒是不慌,心想今天儿子总会回家见证母亲的婚礼。她穿上"龙凤呈祥"旗袍,腰身与当年没有丝毫增减,孔德辕一身笔挺的中山装,虽年过半百,仍英姿不减当年。

萧妈触景生情,糊涂症说犯就犯:"小姐,你穿这身喜服还是老好看的,这次你是真要嫁给孔先生吧?"一句话惹得沈依水泪水涟涟,这半辈子与孔德辕几番阴差阳错,缘聚缘散,缘散缘聚,今日终得圆满。她拉着萧妈的手安慰道:"妈,跟您讲过多少次,孔先生不再走了,今天就是我和孔先生大婚的吉日。"

萧妈眉眼堆在一起笑,随之拉住孔德辕的手,神色端正起来:"孔先生啊,告诉你一件事,儿子不是我家韦的,是孔先生你的,是你的。"

"我不是他的儿子!"

门外飞来一句斩钉截铁、寒彻骨髓的话,立刻搅乱了室内喜洋洋的气氛。众人愣怔看着萧沈初走进来，见他面色紫黑，如沉疴未愈脱了人形一般。沈依水赶紧抓住萧沈初的手，生怕一转眼不见了："沈初，你可回来了，我和你爸爸一直在等你。"

"爸爸？谁是我爸爸？"萧沈初指着孔德辕，声音和手指一起发抖，"是他吗？"

"孔先生是你的亲生父亲！今天是爸爸和妈妈结婚的好日子，你和露儿一起参加婚宴好吗？"

"您和他结婚吗？和这个残杀爱国学生和工人的国民党高官——孔德辕结婚吗？"沈依水听到萧沈初直呼其名的质问，慌了神："沈初，你生病了？赶紧先去医院！"

长这么大，萧沈初眼里的母亲一向从容镇定，从未见她慌乱过，他摇头苦笑："妈，我姓萧，我的爸爸是萧韦！您不是一直跟我讲，我的爸爸是萧韦吗？为什么您今天告诉我，他是我的亲生父亲？"

沈依水知道现在不适合再谈这个话题，忙问："露儿呢？我给你们准备了新衣裳，赶紧换上，一起去酒店。"

听到"露儿"两个字，萧沈初像是再次被子弹穿胸，痛得支撑不住，抱头蹲在地上放声大哭："妈，露儿没有了，她……她为了保护我，被国民党军警开枪打死了……我眼睁睁看着她死在我怀里……"

儿子的痛立刻一分不少地传达到她心里，她哽咽着呼唤露儿，却发不出声音。"妈，您不能跟他结婚！他不是我的父亲，他是国民党刽子手的一员，我不答应！"见儿子哭得涕泗滂沱，她想就算儿子不反对，露儿身亡也不宜办喜事，苦等二十六年的姻缘又一次阴差阳错。

上海一波波如浪拍岸的学生运动大有波及全国的势头，张同渊意识到一旦工学结盟反内战，局面或将失控。他要赶紧把儿子送走，以免他站到另外一个阵营致父子成仇。另外，远走美国留学也是拆散他和弄堂姑娘恋爱的合理由头。

张宗光依然抗议："我有我想要的生活，为什么非要逼我按你们安排好的路走？"

季艾云劝道："爸爸费尽心机、千方百计送你到西点军校读书，就是为了让你学成归来，能在总统府谋个职位，继承他的事业。"

张同渊的口气不容置疑:"因为你是我唯一的儿子。照目前局势看,共产党的小米加步枪怎么能抵得过全副美军装备的党国军队?不久以后,中国的江山定是属于党国,所以,你必须去名校学有所成,将来才能在仕途上谋得要职。"

张宗光不由得撇撇嘴冷嘲:"学成归来,说不定早变天了,还有啥职位可谋啊?"

季艾云深知儿子脾性,越压越反弹,想着先把他哄走了再说:"儿子,在美国坚持四年,不就又回来了嘛。到时候,你要和孔姑娘结婚,爸爸和妈妈决不反对,好吗?"

"你们答应晓青和我一起去,我就去。"

季艾云不敢表态,看向张同渊,只听得他一声沉重的叹息:"季艾云,你怎么给我生了一个这么没出息的儿子!孔姑娘去不去,你不能替她做主。但,无论她去不去,你必须去!"

甘必雄带着一身酒气回到家,张静薇预感他会借酒找事,赶紧躲开。他一把拉住她,调侃道:"新娘子,这几天你没上班,消息闭塞,我有个绝对刺激的新闻,你想不想听?"

她挣脱,不想理睬他,转身就走。"你的德辕哥已经放弃官场上的一切去了上海,听说,今晚是他和沈依水那个女人的新婚之夜。"甘必雄跌坐在沙发上,提高嗓门喊。

她停在卧室门口,后背明显收紧:"你为什么跟我说这些?就为了看到我受刺激的狼狈样子吗?"她转身直面他,"看吧,让你看个够。"

他起身跟跄跄地走到她面前,恶狠狠地奚落着:"落花有意,流水无情。可见,你的德辕哥对你是真的无情无义,我劝你,对孔德辕还是死了心吧。"

"既然你明知我心有所属,为什么还要一直追求我,还非要跟我结婚?"

"我是喜欢过你,我曾经非常喜欢你,想全身心地爱你,得到你,占有你。但,在重庆整整九个年头,我满腔的热情被你不屑一顾地践踏了,践踏得遍体鳞伤、体无完肤!"

她反驳:"在重庆你从来没真心对待过我,你只是在利用我!"

他怒吼:"我爱你!是你从没给过我机会,哪怕一次!"他突然感到不可名状的委屈和凄凉,从话语里流露出来,"是的,从我发现你对孔德辕用情专

一、死心塌地之后,我爱你的心就凉了,死了……你为了保护他,竟然可以拿你的婚姻、你一生的幸福跟我交换……所以,我不想再在你身上白白浪费我的感情、我的时间,反而,我要得到你这个人的欲望却越来越强烈,我要占有你,哪怕只占有你的身体。"

"你占有我,不过是为了从我父亲那里谋取更多的筹码。"

他已无所顾忌,哈哈笑道:"当然,不可否认,自始至终,我更看中的是你父亲张同渊的地位和身份。有一个问题你思考过吗?你父亲明知道你不爱我,为什么还同意你嫁给我呢?"

她无言以对,她想父亲可能受到继母的影响。"你父亲看中了我的能力或者说是潜力能为他所用,一手把我提拔为内政部参谋长,目的无非是把我当作他手中调来遣去的棋子,可他做梦也想不到,他把我当棋子的同时,他的女儿竟然成了我手中的一颗棋子。这不是很有趣吗?"

她看着他自以为是的得意神态,讥讽道:"你不要自以为很聪明!你把孔德辕和滕泰调查个底朝天,但你没调查到我和沈依水早就认识吧?"

他顿时懵了,这层关系让他有些错愕。恰门铃响,张宗光进门便请求:"老姐,请你帮忙劝劝爸妈,别让我去美国,好不好?"

猛然看到弟弟,她一时调整不好自己的情绪,双泪滚落。张宗光惊问:"姐!你怎么了?"他扭头怒视甘必雄,"姓甘的,准是你又欺负我姐了?"

"那倒要问问你这位高贵无比、冷若冰霜的姐姐,她做了些什么?"甘必雄冷冷回道。

张宗光血气上涌,冲上去朝他脸上挥了一拳。他毫无防备,身子趔趄差点栽了跟头。他站稳后,吐出一口血沫子,返手还击,一拳把张宗光打翻在地,两人扭打在一起。

她苦劝无效,拔出甘必雄腰间手枪,指向自己太阳穴:"你们再打,我就开枪自尽!"他俩都知晓她的个性,赶紧爬起身。张宗光指着甘必雄警告:"以后你再敢让我姐受委屈,我准保你的死期到了!"甘必雄目送张宗光甩门而去的背影,突然警醒这小子是被自己忽略的隐患,必须首先除掉。

接连几日不见儿子,季艾云自然明白他定是去上海找那弄堂孤儿了,但也束手无策。她手里拿着一只 Bolivar 雪茄,熟练地靠近打火机火苗旋转预热,然后用雪茄剪切掉茄帽,点燃后递给卧在沙发里的张同渊。

他深吸了第一口,含在口腔里像漱口一样绕了几圈才不舍地释放出来,把手里一张《大公报》揉成团,咬牙切齿道:"连《大公报》都亲共了,宗光还有工夫儿女情长呢!"他发狠地猛吸几口,"男人到了宗光这个年龄段都这样,魂儿会被一个女人给勾走,可这第一个勾魂摄魄的女人往往并不是最适合共度一生的女人,就算适合,大多也有缘无分。"

季艾云冷笑:"说的是当年的你自己吧。"

"宗光现在情感太炽烈,不是什么好事,或许反而会给他带来伤害,甚至是致命的打击。所以,要给他一段时间去冷却,让他静静思考自己到底需要什么。男人不是单靠儿女情长就能得到满足的,等年龄渐长便会发现,男人真正需要的是做出一番轰轰烈烈的事业,功成名就才能体会到人生的满足感和成就感。这小子太需要风风雨雨、大风大浪的磨炼了,我们做父母的不能由着他的性子胡来,也不能逆着他的性子硬来,该上点手段了。"

"万一孔姑娘答应一起去留学,你还真打算让他们一起去?"

"乱弹琴!事不宜迟,明天必须走!我安排甘必雄送他到机场,押也要押去。"

甘必雄接到命令后,心下窃喜不已,连夜驾车来到上海,蹲守在孔子小学附近。晨曦时,果然见张宗光两手拎着早点来到校门口,他下车迎上去,开门见山:"张部长派我送你去机场,行李都在车里呢,走吧。"见张宗光想跑,他懒得多说什么,挥棒砸向他的头部,将他拖入车内。

古人都懂得狡兔三窟,况且甘必雄是多年先后在马怀德和张同渊这两只老狐狸身边耳濡目染过的人,所以他在上海早为自己秘密置办了一处藏身之地。他把张宗光拖到只有一扇老虎窗的阁楼上,见他还昏迷不醒,便解气般地狠狠赏了他几个耳光,直到把他打醒。

他得意地笑着:"醒了,死也要让你死得明白。"

张宗光忍着痛努力看清在自己面前张牙舞爪的脸,大声质问:"甘必雄,你为什么把我带到这里来?你想要干什么?"

"干什么?要你慢慢地去死!从在重庆时,你小子就跟我不对路,处处跟我作对,根本没把我放在眼里,现在我就是让你睁开眼好好看看,我是谁!"

张宗光双眼怒火喷涌:"甘必雄,我姐姐嫁给你,真是瞎了眼,我后悔当时没有强烈反对你们结婚。等有一天我出去,非亲手毙了你不可。"

他哈哈狂笑:"真乃乳臭未干的小子,都成为我案板上的肉了,说话还敢这么狂傲,你以为你还能从我手掌心里逃出去吗?我既然软禁了你,那就是说,我已经安排好了有关你的一切,也就是说,你的命完全掌握在我手里。我想让你活你就只能像条狗一样活;我不想让你活,你就随时会翘小辫子。"

"我爸派你送我去机场,接下来收不到我的回音,他定会喂你枪子。"

"首先,我已安排人今天冒名顶替你去美国,他是我的亲侄子,我培养的未来好帮手,这要感谢你父亲和你,提供给他这个难得的留洋镀金的好机会。"他抬起手腕,看了下表,"现在,假冒的张宗光差不多该登机了。放心,到了西点后,他会定期向你的父母写信报平安,你的笔迹他早已模仿得差不多了。还有,你的小脑袋瓜子现在可能在想,四年后,你总要回国出现在你父母面前吧?到时看我怎么交代?哈哈……四年,四年何其遥远啊,不过有一点我可以肯定,那时你已经不在人世了,或许用不了四年,也许三年、两年,会有一个噩耗从大洋彼岸传来,你因车祸而亡,你不幸死在遥远的异国他乡。你的父亲呢?如果还有幸活着的话,他已经老朽了,受到你车祸身亡的重大打击后,他会更加老朽到双手颤抖,瞄不准枪,所以他动不了我一根毫毛;而你亲爱的姐姐呢,将来她会是我一大群孩子的妈,我是她一大群孩子的爸,你说她能奈我何?不过在你死之前,你对我来说还相当有利用价值,你的父亲把我当作他棋盘上的一颗冲锋陷阵的棋子,任其摆布,可他万万没想到,你和你姐姐都是我棋盘上任我摆布的棋子。哈哈……"显然,他早就谋划得妥妥帖帖。

张宗光气得无言以对,挣扎着爬起来,朝甘必雄扑过去,被他飞起一脚踢翻在地,然后一阵拳打脚踢。

沁春来茶行开在苏州河北岸,是蔡加明的秘密联络点,对外由翟翠莹经营生意,也算是有一份活动经费。每天,苏州河上南来北往的商船喧闹起来时,茶行就开门迎客。

蔡加明急匆匆进来,环顾四周后布置任务:"据我们截获的可靠情报,下礼拜一下午四点,国民党一列满载增援军火物资的列车会通过沪宁线开往华北战场,看来,国共两党最后决定存亡的生死之战势必在华北战场打响。上级命令我们在当天下午,一方面组织工人罢工;另一方面实施爆破,炸毁这条铁路线。"

翟翠莹用心记着蔡加明的布置："今天下午三点,你去老时光咖啡馆与滕先生会面,把这项重要任务转告他,由他负责组织工人罢工和执行爆破行动。"

她明白任务紧急,立刻套上雪花薄呢大衣,围一圈湖州丝巾,这种小家碧玉的装扮是很好的保护色。"最近便衣特务密布上海大街小巷,你一定要当心,见机行事。"蔡加明叮嘱着目送她走出,转头看到柜台上有一张写满小楷的宣纸。

"夜空中,
繁星熠熠,
我望向最亮、最灼人的那颗,
遥不可及;
星辉下,
心波淼淼,
我垂下最冷、最孤傲的眼神,
犹自堪怜。"

显然这是翟翠莹的笔迹,她走得匆忙忘记收起来。蔡加明并不懂得诗意,但被后半页铺满的"滕泰"两字点醒。

甘必雄处理好软禁张宗光的后续事宜后,准备消磨些时光再回南京复命。路过一家咖啡馆,被"老时光"三个字吸引进来,他记得在重庆时,张静薇喜欢去一家叫"好时光"的咖啡馆,再说,他现在需要喝杯咖啡稳稳心神。

咖啡馆里,翟翠莹向滕泰转述完上级命令后,按理应该马上离开但她却依依不舍。甘必雄走进来警惕环顾,被一个熟悉的身影吸引,他走上前热络地招呼："果然是滕局长,早听说您回国后在上海铁路局任要职,没想到能在这间咖啡馆碰到您,真乃幸会!"

滕泰平静地抬头看向甘必雄,一眼认出他,但神色未有任何变化。

"怎么?滕局不认识我了?我是甘必雄啊。抗战前,在南京铁道部,我当时是孔德辕次长的秘书,有幸在孔次长办公室见过您几次。还有,炸毁杭州湾铁路大桥的前夜,是我亲自带人把炸药运送到工地上的。"

滕泰不想与他多话,多讲一句话意味着多一分风险。甘必雄好奇心更加重,倒不请自坐,翟翠莹与他坐在一起甚是警惕,趁机机灵地挪到滕泰身边坐下。

"我来沪送张同渊部长的公子去机场,来这里稍作停留,马上赶回南京。"甘必雄心想正好有孔德辕的老相识为自己做个证,"当年,贝拉小姐真是了不起,听说她把大桥炸掉之后,勇敢地跳入江中,身负重伤。虽说她是外国人,但当之无愧是中国抗日战争的功臣,佩服!不知滕局后来去了哪里?将近十年不知您的音讯。"

滕泰坦然微笑:"听起来,像是在审问我?我必须要回答你的问题吗?或者,你可以直接去行政院审阅我的档案。"

"岂敢,我们是一家人嘛。想必滕局知道吧?孔秘书长现也在上海,他要和沈依水女士结婚了。如能有机会参加他们的婚礼,我们能借此聚一下,痛痛快快喝几杯,叙叙旧,那真是我的荣幸,以后还全仰仗您二人的提携。"

翟翠莹听到孔德辕和沈依水即将结婚的消息,脸色一惊又一喜,被一直用余光观察她的甘必雄收获在视线里。

滕泰心中涌动无以名状的复杂情绪,神色却丝毫不为情绪所扰:"孔秘书长的婚宴我定会参加,他不仅是我事业上的伯乐,也是我的至交。想当年,如果没有他的大力举荐和资金上的扶持,不要说建造杭州湾铁路大桥,就是彭海铁路也无法最后完工。迄今为止,他是让我最为敬佩的人。"

"当然,很荣幸我跟随孔秘书长多年,最了解他的能力和为人,他才华横溢、深谋远虑、有大将之风,甘某佩服得五体投地。"甘必雄哈哈笑着,话锋突转,"这位小姐是……"

"我……是他的未婚妻。"翟翠莹被自己脱口而出的话吓得心惊肉跳,她怀疑自己是不是故意选择这个时机,把内心最渴望的愿望讲出来。

甘必雄饶有兴趣:"未婚妻?恭喜恭喜!刚说完孔秘书长大婚在即,没想到滕局也喜事临门,什么时候举行婚宴?我一定要来赴宴道贺。"

"一定!"滕泰不得不圆谎。

"我太太张静薇,不知滕局可有印象?她可是认识你,经常在我面前提起你。"甘必雄佯装喝咖啡,但对滕泰的一呼一吸都不放过。

"不认识。"

翟翠莹惊讶地提高嗓门:"张静薇是你太太?没想到她嫁的是你呀?"

"张静薇的丈夫正是本人,怎么?你们认识?"

"我和静薇是大学同学,还有沈依水,是最要好的朋友,她现在可好?我真想见见她,我太想她了。"翟翠莹兴奋地忘了自己的身份和任务,不觉暴露了自己的社会关系。

无意间收获一个重要信息,甘必雄不怀好意地嘴角噙笑:"好啊,总有一天,我会安排你们见面。"确证了沈依水、张静薇、翟翠莹三人的关系,又联想了三人关系附加的支脉关系,信息量很大,甘必雄一路琢磨着返回南京。

"还顺利吗?宗光没跟你闹腾吧?"刚一进门,张静薇就急着问。"放心,虽然我这小舅子一直跟我水火不容,但再怎么说,我也是他亲姐夫。现在他已经飞在太平洋上空,以后怎样就看他自己的造化了。"

她放了心转身回卧房,拉开被子躺下。他甩掉外衣紧跟进来:"你猜,我在上海一家咖啡馆里,偶遇到了谁?"除了关心弟弟之外,显然她对他的其他话题丝毫没兴趣,便拉起被子盖上头。他掀开她的被子,像捕获了隐秘目标一样宣告:"滕泰!"

果然如他所料,她急忙翻身坐起。"看看你的样子,张静薇,怎么一提别的男人,你就莫名地激动呢?尤其是提到孔德辕和滕泰!这两个男人对你来说简直就是兴奋剂,一提你准兴奋。可是你看到自己的男人呢,整天就是一副冷冰冰、大义凛然的样子,你倒是说说,我甘必雄哪里比他们差?"

她立即提高警惕:"你准备怎样对付滕先生?别忘了你答应过我,永远不伤害他们。"

"我能把他怎样?我倒担心他把我怎样呢。他现在可是上海铁路局的副局长,位高权重,我哪是他的对手?就算是我想把他怎样,我手里也没证据。"她略微放下心来,躺下又拉上被子。他摇着她的肩膀,依然饶有兴趣道:"我还没跟你讲完呢,你猜,我还看到谁?"

"你不会是告诉我,又看到孔德辕了吧?"他被逗笑了:"这倒没有,我倒是希望能替你看望你的德辕哥,跟他聊聊你婚后的幸福生活,可人家现在是怀抱佳人,春风得意,无暇分心顾及他人了……"

"啪"的一声,她把床头灯关掉,他急忙钻进被窝,身体贴近她,在她耳边别有用心地讲下去:"我还看到你的闺中密友,就是你跟我讲过的,你最好的无话不谈的朋友,去了延安的翟翠莹。"

他感觉到她的身体抖抖颤颤,看来又被他点中穴位。

"你瞎讲什么?我什么时候跟你讲过翟翠莹是我的闺中密友?我根本不知道她去没去过延安,你不要诬赖别人。"她翻身面对他,借着月光她分明看到他眼睛里布下的天罗地网,是血色的。

"你不是嘲讽我没有调查到你和沈依水的关系吗?翟翠莹亲口讲了你们三人的同学关系。这个地下女共党还没有灭掉七情六欲,显然不合格……"

"你想怎样?"

"我只是想告诉你,她和滕泰在一起。"

"在一起喝杯咖啡不行吗?"

"我就是奇怪,翟翠莹怎么会跟滕泰在一起?这两个人,女的去过延安,无疑是共党,男的对外身份是国民党,国共两党现在是水火不容、势不两立,这两个不同阵营的人怎么会坐在一起喝咖啡呢?除非,滕泰也是共党?当然,也有另外一种可能,姓翟的是我党安插在共党内的间谍?或者第三种可能,姓滕的是共党安插在我党的间谍?"

他贴紧她,她的身体抖颤得更厉害。他伸手开灯,果然见她紧张得双颊绯红。"甘必雄,你不可以胡猜乱讲!早在复旦读书时,我、翟翠莹、滕泰就互相认识,他俩说不定就是偶然在咖啡馆碰到,坐在一起叙叙旧。"

"如果真这么简单就好了。更奇怪的是,翟翠莹依偎在滕泰身边,很甜蜜的样子,还跟我介绍他是她的未婚夫。"

"未婚夫?"她心想翠莹一直暗恋滕先生,祝福她终于实现自己的心愿。

"以我敏锐的职业判断,这两人是在上海从事地下工作的共党分子,确定无疑。"

"你疯狗病又犯了,你不要无凭无据乱咬人!离我远点!"甘必雄笑嘻嘻地发狠:"张静薇,只要你对我百依百顺,我还不想拿他们怎样。"他摊开四肢,命令:"好好伺候我!"她忍了又忍,还是忍辱把双唇移到他喷着污气的嘴上。

因为一时感情冲动多说的一句话,让翟翠莹后怕得整宿难眠。翌日大早,她便向蔡加明主动坦白认错。

"动情绪、动感情是地下工作的大忌。"蔡加明火气很大,"翟翠莹同志,你是抗日前去的延安,接受党的地下工作训练也有十年,怎么能犯这么简单、致命的错误呢?"

"我是为了保护滕先生,才那样讲的。"虽然事实如此,但她还是为自己的辩解和私心感到羞愧。

"你考虑过为此会带来怎样的后果吗?特别是对滕泰同志!"

翟翠莹只有低头默默听训:"我错了……我愿意接受组织的任何处罚。"

"我调查过,甘必雄是内政部紧跟张同渊的人,他跟孔德辕不一样,是极端仇视我党的死硬派,我推断他不会就此罢休;况且你还暴露了你另外一个身份,你跟他的太太张静薇是同学,既然张静薇知道当年你去了延安,你的身份甘必雄定会查清。所以,你说你是滕泰的未婚妻,这对滕泰意味着什么?"

"也许静薇不会跟甘必雄提起当年我去延安的事。"

"现在任何侥幸的胡猜乱想都于事无补,最紧要的问题是怎样化解这个潜伏的危机。还有,上级通知我们,孔德辕是我党准备努力争取的国民党高层要员,现在他人在上海,已有退意,我们要伺机策反他。"

沈依水的婚礼在儿子强硬的反对下取消了,并且再没提及,孔德辕索性搬到船厂,和吴怀恩一起启动船厂重建的各项繁杂事务,并投入自己大半生的积蓄。萧沈初刚开始觉得为露儿报了仇,渐渐的久了,他意识到这样做仅仅是稍许纾解了自己失去露儿的痛苦。等情绪平静些,他猛然忆起年少在学校时,方红颜不止一次跟自己提过自己的父亲另有其人。

"方阿姨,我的亲生父亲到底是谁?"他来到学校,想问个清清楚楚。看着面前渴望知道身世的萧沈初,方红颜内心五味杂陈,自己在他年幼时说过的话像种子一样种在他心里,现在萌芽了,可这个当口,答案决定着好几个人的命运。

"这个问题已经困扰我很多年了,自我懂事起,它就像魔鬼一样钻进我脑海里,驱之不去,让我无法安宁,我必须要搞清楚这件事。萧韦爸爸把我抚养大,为了救我舍弃自己的生命,他是一位当之无愧的好父亲,他在我心里的位置,是亲生父亲都无法替代的。但前几天妈妈亲口告诉我,他是我的养父。现在我就想知道,我的亲生父亲到底是谁?"

这么多年来,方红颜一直在为表哥争取做父亲的权利,不能在这最关键的时刻放弃。"你的亲生父亲,是滕泰。滕泰是我表哥,他和你母亲的事,我最了解。"

"可为什么妈妈跟我说,萧韦是我的养父,孔德辕才是我的亲生父亲?"

"因为,你妈妈最爱的是孔先生。"

这时,报馆王宝才神色惶恐地奔进学校:"警备司令部几个全副武装的军警来到报馆,二话不说就把任主编给带走了,还封了报馆……"方红颜哪顾得上听完,马上想到去找孔德辕救人。

任天行戴着手铐,被拘押在审讯室。审讯前,丁副官已领会贾司令对这位上海滩第一笔杆子的处置意见:封笔封口,在所不惜。所以,刑讯时心狠手辣。"任大主编,早就听闻你一向把笔当枪使,你这风头出得未免也太盛了吧?"

"我不过是在报纸上替冤死的爱国学生讲几句公道话,何罪之有?"

"仅仅是讲几句话?那要看这话是从谁嘴巴里讲出来!从你《申报》任主编嘴巴里讲出来,再印到一摞摞报纸上,昭告上海滩,那可就是煽动民众、造谣滋事,就是跟党国对抗,这是吃枪子的罪,你晓得吧?"

任天行已被酷刑折磨得七窍流血,仍哈哈一笑:"如果因为在报纸上讲几句道理,就该掉脑袋,那我老任这肩上的脑袋不知掉过多少回了。想当年,日军司令部的山本也是怕我手中的笔,把我关在牢房里半年多,软硬兼施,可我就是没答应封笔,更别说封口了。现在,轮到国民党了,难道你们党国比小鬼子更凶残?更没人性?更怕讲公道话?我劝你还是死了这份劝降的心吧!我手中的笔只听命于民声、民愿、民心,公正、公平、公道,决不屈服于任何反动势力。"

丁副官气得咬牙切齿:"你可真不给自己留活路啊!我没权力让你活,但你自己想死我倒可以成全你。"

孔德辕接到方红颜的求救,第一时间赶到贾司令办公室,可为时已晚,任天行已被刑讯致死。上海滩这位下笔犀利如刀锋的报人,终被封笔封口。

自萧沈初选择听信方红颜证实的亲生父亲是滕泰后,他就离家独住,这也许不是事实真相的选择,但他更愿听从自己内心的选择。石库门亭子间虽逼仄,但好在有老虎窗可以透气,有星子点缀的夜晚,还可以爬出窗外,仰望沁人心脾的星光。

今夜星光尤其清冽,推窗可眺望黄浦江两岸的星星灯火,窗台上几滴醒目的血迹抓牢他的目光,顺着血迹往前移,一直延伸到屋顶灰瓦上。他探头朝老虎窗外看去,一线血迹往上攀缘,在堆放杂物的阁楼前消失踪迹。

他缩回身子,沉思一会儿,从枕头底下拿起一把护身匕首,弯腰走进阁楼。里面就巴掌大的空间,他一眼看到墙角仰靠着一个人,面色比星光还要清白,胸口处渗出的血迹愈加刺目。

"你是谁?"他握紧匕首,壮胆问。

"你是大学生吧?"

他点点头:"啥人把你打伤的?"

"警备司令部军警。"

"军警、子弹、开枪"这些字眼猛然冲击他的大脑,令他心底从未愈合的伤口撕裂,疼痛难耐,露儿就是这样胸口汩汩流血死在他怀里的。

"你……你能帮我,去找一个人吗?"

"谁?"

"沈依水。"

他大惊:"为什么找她?"他见他喘息着再难说出一个字,赶紧关门奔了出去。

家里、船厂、学校都没有母亲的身影,最终他在方红颜家里找到母亲,她来吊唁任天行。方红颜早已欲哭无泪,只是在遗像前一味念叨:"日本人都没杀你,你倒是被中国人杀了……"

"怪我啊,早知此事,我拼死也要保住天行兄。"孔德辕站在沈依水身边,自责不已。

"这几年来,日本人杀死贝拉、孔圣鲁小姐,还有萧韦大哥,国民党杀死露儿,现在又杀了老任,不知道接下来还会是谁……"她声嘶力竭地质问他,"孔先生,国民党为什么要这样对待老百姓?抗战好不容易胜利了,为什么还不让市民过上安宁日子?露儿只是在街上喊了几声口号,就开枪把她打死;老任只不过是在报纸上写了几篇文章,就把他活活折磨死。国民党还有人性吗?国民党还是中国人吗?为什么中国人要杀中国人?"

方红颜的每一声质问都令沈依水左右为难:"红颜,虽然孔先生之前在国民政府任职,但他本人没做过任何祸国殃民的事。"

"蒋介石搞独裁统治,所以大力排除异己……"他的解释被方红颜冷冷打断:"孔先生你走吧,我不想再看到你,老任肯定也不想看到你,你走!"

一直站在门外静听的萧沈初闯进来,怒视孔德辕,满腔怒火喷薄而出:"又是国民党!你们到底还要杀掉多少人?露儿被你们打死,任伯伯也被你们打死……每天都有市民百姓死于你们的枪口下,你们杀的人还不够多吗?"

"沈初!不许你如此无礼!国民党的罪恶不能算在孔先生身上。"沈依水大声制止儿子。

"无礼算什么?对待丧失人性的国民党,应该以牙还牙、以暴制暴!现在,还有一个人也快死了,国民党军警朝他胸口开了一枪,他忍痛爬进老虎窗,躲在我住的小阁楼里。"

"谁?"

"妈,他认得你,是他让我来找你,快去救他!"

沈依水抬脚往外走,方红颜冷静下来带上药箱跟随在后。萧沈初回头见孔德辕也跟在后面,忙拦住:"你去干吗?别忘了自己是国民党要员,你想向警备司令部告密吗?"

这几句刺耳的话提醒了孔德辕,他只好止步。来上海前,他已经下了狠心,无论自己与依水走到一起会碰到多少障碍,无论自己是否会因此失去身份、地位和前程,都丝毫不会再让他离开她一步;可他独独没想到,萧沈初会如此排斥自己,尤其让他心中绞痛的不是儿子不认自己,而是依水夹在中间心像他一样绞痛。

此时此刻,他分明感觉自己的心动摇了。

虽说萧韦走了多年,但吴怀恩还是习惯常来老杨生煎铺灌两盅黄酒解乏,自孔德辕和他一起重建船厂后,两人自然也成了这里的常客。

"孔先生,你有心事?"吴怀恩见孔德辕连饮三杯,满怀愁绪。

"怀恩,以后船厂就交给你了。"吴怀恩连连摆手:"这么大的船厂我可扛不起。孔先生,依水妹子早想把船厂交你手上。"

孔德辕艰难地吐出一句话:"我决定回南京。"

吴怀恩端起酒杯的酒全洒到了自己胸口,惊问:"发生啥事了?你不是亲口许诺要跟依水妹子结婚,永远留在上海吗?等船厂建好了,还要接着造船呢。你别急,等沈初那小子过了那个轴劲,他也就认你了。有我在,他不认也得认!"

爱情亲情情情难舍,家事国事事事忧心。

孔德辕心情沉重地说道:"昨日凌晨,铁路局工人卧轨罢工,沪宁线货运段被炸,国民党一批北上军资被炸毁。警备司令部怀疑滕泰是中共地下党,组织领导这次爆炸行动。现在他身负重伤,军警正在全城搜捕他。"

吴怀恩懵了:"滕先生是地下党?这怎么可能?当年贝拉小姐去世后,滕先生不就离开上海了吗?有十来年了吧,谁都不晓得他去了哪里,他啥时候又回来了?他怎么成了共产党了?他可是中国最有名的铁路专家,国民党还敢抓他?"

"所以,我要尽快回南京查清楚这些事。滕泰是国家首屈一指的铁路专家,现在、以后、未来,国家的铁路建设离不了他。当下危急关头,我要尽我所能保护他。"

吴怀恩点头又摇头:"孔先生,还记得那年你解甲归田,本可以跟依水妹子携手一生,但为了解决滕先生修路融资燃眉之急,你重返政坛;现在又为了救滕先生,你再次放弃自己的幸福。你走了,依水和沈初怎么办?"

"民心所向、大势所趋,现如今局势已日渐明朗,两党之争,孰胜孰败,用不了多久便会见分晓。我想到那时才是我真正退隐之时。现在我还有自己应承担的责任,应去做的事。依水是深明大义的女性,她会理解我,沈初一时还不能接受我,但他以后也一定会理解我。"

显然是张同渊秘密告知孔德辕滕泰被搜捕之事,在心底他从未放弃孔德辕这枚关键时刻能将军的棋子,或者说这枚棋子无论是在任还是解甲,都一直在他的棋盘上,是后退、待命、还是进攻,他自有操纵的手段和谋略。

"这次行动上上下下布置严密,竟然还是被共党钻了空子,可见,共党在上海的地下组织有多么猖獗。"每周一次的家庭聚餐是张同渊定下的规矩,餐后自然是两个男人的书房时间。

"我脑中一直盘旋一个打消不去的疑问……"张静薇端着茶盘走至虚掩的房门前,恰听到甘必雄这句话,本能地驻足倾听。

"你怀疑谁?"

"那位大名鼎鼎的铁路专家滕泰。我去行政院调过他的档案,上面记载'淞沪会战'爆发后,他送贝拉骨灰去了美国,后留在耶鲁大学任教至归国;可据我的内线情报是,当年他确实去了美国,不过很快就秘密前往苏联,一年后潜回延安。"

张同渊不动声色地思虑。"我送宗光去机场那天,在上海一间咖啡馆巧遇他,他正和静薇的大学密友翟翠莹在一起,所以,我又调查过翟翠莹,她在抗战前去了延安。"

张同渊想到在迁都重庆前,静薇在这位同学的唆使下,差点也去了延安。

"在咖啡馆,翟翠莹亲口跟我讲,滕泰是她的未婚夫。当时我就感觉滕泰的身份可疑,但我一直未想通他是怎么打入党国内部的。"

张同渊怕他争强好胜坏了自己棋局的走势,忙警告他:"对滕泰没有真凭实据,就不要轻举妄动。他到上海铁路局任职是行政院翁副院长亲自力荐,翁文灏早年是地质学家,与滕泰在学术上惺惺相惜。你怀疑滕泰,势必得罪翁老,得罪翁老,怕是连我都救不了你。"

甘必雄立功心切,坚定表态:"我会很快找到真凭实据!"

张同渊看他一副箭在弦上不得不发的猛劲,心下琢磨这时如果硬拦着他恐怕他会倒戈,倒不如先放这小卒子过河蹚蹚水,索性再给他灌点迷魂药:"德辕在上海被一个叫沈依水的女人所迷恋,流连忘返,身份、官位、钱财都统统被他弃若敝屣。必雄啊,现在我身边最亲信的人只有你一个。"

"岳父,您放心,我是您一手提拔的,况且我又是您的女婿,理所当然一切听命于您。我知道,拿下滕泰这个地下党的大头目,就能一举捣毁上海共党的整个地下组织。就凭这功劳,待江山打下之后,岳父您必定飞黄腾达、雄踞一方,我自然也能跟着您沾光,荣升高就。"

张同渊喷出几个连环雪茄烟圈,见他果然被迷魂汤灌晕,哈哈笑起来:"我没看错你,你是可造之才。"

第十九章
比死别更痛的是生离

松江府的水运码头是沈家祖上做漕运时修建的,修筑水路与运河连接,又与东海连接。深秋走上码头,满目枯苇迎风萧瑟。

"滕泰伤势如何?"时间已不允许孔德辕再顾及个人情感,他约沈依水来此是向她告别。其实无须多言,几番相逢分离,她与他早已灵犀相通,哪一次久别重逢不是期望相守,哪一次意外别离不是时势使然,她能为他做的就是理解与成全。

"这两天悄悄请了一位德国医生为滕先生治疗,已经脱离生命危险,红颜一直在身边日夜照顾他,恢复得很好。"

"一定要尽全力保护好滕泰,他是继詹天佑先生之后中国铁路事业的开拓者。抗战前,他为铁路事业做出了巨大贡献;花三年时间建造的杭州湾铁路大桥又被自己亲手炸掉,为抗战胜利做出巨大贡献;将来,新中国的铁路事业还要靠他来领导建设,新一代铁路建设专业人才还需要他来指导和培养。"

"国共两党最后的赢家会是谁?"

"照目前局势看,用不了多久,国共两党势必会有一场大决战。"他不由得一声直抒胸臆的长叹,"国军虽有美国强大经济和军事后盾做支撑,但因上层官僚日益腐化,日渐背离民意,失去民心,故颓势已现。依水,我决定今晚回南京。"

她不免忧虑起来:"既然局势如此,你为什么还要主动回到国民党阵营?"

他伸出双手紧握住她的,传达出的力量分明是难舍难离,目光里分明是依依不舍。"目前滕泰的处境仍然十分危险,随时会被特务和军警搜捕。我只有回去,才能与甘必雄之流抗衡,护卫滕泰的人身安全。"

"你这样做,牺牲太大了……"她扑进他怀里,生怕他看见自己管不住的泪珠,"既然明知国民党即将败亡,你反倒回去,岂不也有生命危险?这次我不放你走。"她双臂紧紧箍住他的腰,生怕这次放手,此生便会擦肩而过。

"跟我比起来,滕泰更危险。贾司令、甘必雄等势力不仅阻挠他继续发展铁路事业,而且还无视他为此所做的贡献,以政党分歧为由加害他。"他从口袋里拿出一封信,"等我走后,交给滕泰。"

世间最高级的爱,是成全。成全爱情如沈依水待孔德辕,成全友情如孔德辕待滕泰,成全亲情如方红颜待滕泰,莫不如是。

日夜不眠守了三天,方红颜和萧沈初第一时间看到滕泰睁开双眼。萧沈初忙赶回家想把好消息告诉母亲,进门正撞上饯行宴。"沈初,你爸爸今晚回南京,陪他吃顿饭。"吴怀恩半瓶老绍兴下肚,脸色就如火烧云。

萧沈初在大家期盼目光凝视下,郑重其事地开口:"也好,借这个机会,我正式宣布,我的爸爸是滕泰,我是滕泰的儿子!"

"谁是你的爸爸是由你决定的吗?"沈依水努力克制自己的情绪,因为此时此刻说出的每一句话对四个人都是尖锐的伤害。

"从生物学意义上来讲,谁是我亲生父亲我确实没资格断定,但我现在已经成人,我有权决定自己的事情。起码我知道,滕先生这大半生在为国家、为民族、为百姓做事,值得我像对待父亲一样去尊重和敬爱,而孔先生呢,长期身居国民党高位,做过什么利国利民的事吗?"萧沈初一口气爽快地吐完,扭头上楼,他怕看到母亲自责心碎的眼神。

沈依水想追到楼上去,被孔德辕一把拉住。"让我去跟沈初讲清楚,虽然你身处国民党阵营,但你没做过一件祸国殃民的事,相反,一直是你在背后默默支持滕先生修路造桥,滕先生的丰功伟绩里也有你的功劳,你做的同样是利国利民的事。可沈初他不理解……"沈依水不禁啜泣。

情感与理智冲撞时,亲情与大局冲突时,怎样选择取决于一个男人的胸壑。他想沈初总有一天会理解。

沈依水按照孔德辕的嘱托把信带给滕泰,他展开宣纸,一行行遒劲的蝇头小楷跃入眼帘。

滕泰：你好。未能前来看望你，甚是挂念。等你看到这封信时，我已回宁。鉴于目前政治局势，我想还是回去做些力所能及的事为好。请谨记一事："三二八"沪宁铁路爆炸那天，你和我一同前往杭州湾铁路大桥原址，商讨重建之事，并且你养伤这段时期，对外可说是在大桥原址勘探地质、测算数据。切记！一切有我为你作证，请安心养伤。德辕顺祺！

滕泰阅毕恍然大悟，他这样做是以身作证，是在用他自己的命换他的平安。

甘必雄手拿一个档案袋，大步跨进内政部部长办公室，张同渊放下手中圈阅的公文，冷眼睥睨。"报告部长，我已查明滕泰果然是中共安插在我党内部的地下党，他受上海中共地下党所派，领导指挥'三二八'沪宁铁路爆炸事件。另外，我还通过安插在上海的内线获悉，他中枪后躲在一处民宅里养伤。部长，请立即下令让我带人前去逮捕他！"

张同渊沉思良久："不要忽略滕泰的另一个身份，他是国内外知名的铁路建设专家，是国共两党必争的专业人才，暂时不可轻举妄动。"

"我们不立即行动的话，我担心警备司令部会抢功在先。"

张同渊仍犹豫不决："因他特殊的身份，对他决不能妄动，今晚我先私下跟翁院长打个招呼，听听他意下如何；我们借此查清上海地下组织的骨干力量和藏身之地，然后一举端掉。"

甘必雄不甘心还要强辩，听到敲门声，赶紧闭嘴。孔德辕走进来行礼。"德辕，上海那边顺利吗？我一直在等你的婚礼邀请函。"

孔德辕揣酌着张同渊问话中的潜台词，甘必雄抢话："我听说当天取消了婚礼，因为儿子亲共，选择滕泰做他的生父。孔秘书长，你也别太难过，不管怎样，父与子的血缘关系是无法改变的。"

张同渊喝道："放肆！"

孔德辕不屑理睬甘必雄，郑重表态："部长，我想通了，大丈夫不能为一己私情弃党国利益于不顾。我这次回来，就绝不再走，在党国存亡的紧要关头，誓死与党国共进退。"

"好！这才是你孔德辕应有的气魄。目前，前方正面战场正处于你死我活的绞肉拉锯战之中,地下战场的较量虽不见硝烟,却更加惊心动魄。"

"我有一事特地回来禀明。"

张同渊示意甘必雄回避,他双脚挪不动,明显不愿走。其实这件事孔德辕就是要他旁听的,连忙道:"甘参谋长留下听听无妨。"甘必雄索性坐下来凝神静听。

"众所周知,滕泰是我国铁路事业的开拓者,是我国首屈一指的铁路专家。我知道有人一直在不怀好意地怀疑他与'三二八'事件有关,我与滕泰一起共事二十多年,我要替他说句公道话。"孔德辕毫不畏惧的目光重重地落在甘必雄身上,令他后悔刚才没走。"自杭州湾铁路大桥被炸之后,滕先生立志要重建大桥,这也是抗战胜利后,他决定从美国重返上海的原因。本人在此郑重声明:民国三十七年三月二十八日那天,滕泰一直和我在一起。如有任何失实失职,本人愿承担政纪军纪一切惩处。"

甘必雄自然不服气:"有何证据?"

孔德辕掷地有声:"当天我们一大早出发,赶到杭州湾铁路大桥原址考察,讨论重建此桥的设计方案,直到晚上才回沪。所以我有资格证实,我本人和滕泰一整天都在一起。"

"我问的是证据!证据呢?"

面对甘必雄的毫不示弱,孔德辕抬身挺立,稳步走至悬挂的国民党青天白日满地红党旗下,郑重行礼。"我以我的党性作证!用我的生命作证!"然后他回身,目光灼灼地盯住甘必雄:"甘参谋长,这,难道还不够吗?"

孔德辕双眸中辐射出的浩然正气震慑住甘必雄,令他一时不敢乱语。

"滕泰跟我讲,他打算等内战结束政局稳定后,便要潜心投入杭州湾铁路大桥的重建工作中。对这种造福国家与人民的优秀专业人才来说,还有什么党派身份之争吗?对这种国宝级的专家,党国难道不加以保护,反而要扼杀吗?"

眼观耳听两枚棋子的明争暗斗,张同渊自然是正中下怀。他作出紧皱眉头一言不发状,仅此便平息了争执。

贝勒路,浓荫遮蔽更增加了夜色的深邃,皎皎月光穿过层层叠叠的香樟树枝丫,星星点点刺破暗夜,隐隐可见一座格局气派的欧式公馆。见张同渊从公馆铁艺雕花侧门被一老仆恭敬送出,甘必雄立即迎上,护送他走进泊在路边的雪佛兰轿车内。

"岳父,翁院长有何指示?"黑色轿车隐匿在浓重夜色中,穿透沿路梧桐树叶的斑驳月光被一段一段抛下,甘必雄驾车匀速行驶。

张同渊仰靠在后座慨叹:"这世道,'大黄鱼'真乃硬通货!老翁的嘴巴一向以铁嘴钢牙著称,一根撬不开,那就十根,十根不行那就一百根,最终不就喜笑颜开了嘛。"

虽然貌似一百根"大黄鱼"跟甘必雄无关,但他觉得终究还是有关,不由得肉疼发狠:"这老家伙也不怕一口撑死,我早晚会让他全吐出来!"

"没白喂他一百根'大黄鱼',他向我透露了老蒋的捞人计划,老蒋已亲下手谕,成立以蒋经国为首的工作组,命令四种人必须带走。德辕说得对,滕泰是国家稀缺的铁路专家,是国宝,必然被划入捞人计划中。"

甘必雄不服气地哼道:"置党国利益于不顾,睁眼说瞎话,孔德辕明显是在包庇滕泰。"

张同渊教训道:"跟德辕相比,你眼界还是浅了些。滕泰是国共双方必夺人才,如能拉拢为我棋盘上的一枚棋子,不仅能做我们的护身符,更能成为我们以后巩固地位的砝码。对于他,要智取,要为我所用,不能伤及性命。懂吗?"

甘必雄经过老丈人这番点拨,马上明白滕泰是那枚可以直接将军的棋子。他心思一动,心想你有你的大棋盘,我有我的小棋盘,你能用滕泰将军,我为啥不能?一路上想通透之后,他面含悦色回到家,首先能帮他布局的当然是张静薇。

张静薇歪在沙发里翻看上海滩流行杂志《电影画报》,听到开门声,赶紧闭眼假寐。

"怎么?不舒服?"她扭头避开他伸过来的爪子。

他悻悻地冷嘲热讽:"我知道你这是心病,我甘必雄治不了。但我可以告诉你一个好消息,或许能瞬间治愈你的心病。"

她懒得搭理,起身离开。他追上一句:"你的德辕哥又回来了。"

果然这招屡试屡奏效,她愣住,回身急问:"他为什么还要回来?"接着心酸悲凉得像是自言自语,"他就此永远不回来,不是很好吗?真傻啊……"

每当听到她用这种圣母般慈悲的情感谈论孔德辕时,他胸中便会瞬间怒火腾腾,但他知道这股怒火如果不到爆发的时候喷出来,那么被烧成灰烬的只有自己。他咬牙切齿却心平气和道:"因为他要保护一个人,所以不顾一切地回来了。"

"为了滕先生?"

"那还能有谁!滕泰是孔德辕的老情敌,孔德辕却愿意一次次挺身而出保护他。你说这个游戏是不是特别好玩?况且,这个游戏两个人乐此不疲地已经玩了快三十年了。"

她看向他鄙夷地说道:"孔先生和滕先生这种大于私人感情的男人情谊,你永远不会懂,因为你是个小人。"

甘必雄压根不理会她的嘲讽,只管讲自己的:"还好这次游戏升级了,变得更有趣。孔德辕不仅再一次放弃唾手可得的女人,甚至连儿子都拱手相让……"

她怒目而斥:"不许你这么说!甘必雄,你卑鄙!无耻!"

他终究还是被激怒了,恶狠狠地一把捏住她的下巴,面目狰狞、语气狠毒:"张静薇,我卑鄙无耻已经很久了,你能怎样?我警告你,不要以为你是张同渊的女儿,我就不敢修理你。告诉你,等我抓住姓滕的,那我就是党国的功臣,到时不要说你,就是你的父亲,也奈何不了我!"

"你想怎样?"她忍着痛艰难问出这句话。

"我想怎样,我会提前告诉你吗?你这个胳膊肘往外拐的女人!你心里还供着你的德辕哥吧?"

"你别忘了当初我为什么嫁给你。"

"我只知道我现在得到了你,我如愿做了张部长的乘龙快婿,你不知道这个身份给我带来多少便利,多么高人一等的优越感。"

她下巴被箍得生疼,含泪哀求:"放过我吧……我们离婚吧!明天,我就去跟爸爸讲。"

"离婚?现在你是不是在想,如果沈依水和滕泰结了婚,你张静薇就可以再和孔德辕继续眉来眼去,像在重庆时一样?或许你的德辕哥心一软眼一闭娶了你!你休想!我不会让你得逞的!"

"你这是以小人之心度君子之腹。"

他索性无赖起来:"好!既然你从头到尾都认定我是小人,那我这小人干脆做定了。现在我倒是有兴趣明确告诉你我会怎样,如果沈依水为了保护滕泰,真的以身相许的话,我可以放过滕泰,留下孔德辕孤零零一人,让他的下半辈子生活在无望的痛苦相思中。不过,更为精彩的是,滕泰是你那又丑又傻的同学翟翠莹的未婚夫,翟翠莹可是到过延安的人,她是共党分子,接下来有好戏看了,就看我怎么编排了。"

她听明白了他的意图,他是想让每一个人都活在最悲惨的境地中,不禁哽咽道:"我求你放过他们……我答应你,不向爸爸提离婚的事。"

他拍拍她被泪水打湿的脸颊,嘲笑道:"收起你假惺惺的眼泪,你的泪从来都不是为我流的。"

在萧沈初的一再坚持下,沈依水答应接滕泰回家,没成想被警备司令部丁副官盯上,他带着几个全副武装的军警闯进来,命令带走滕泰。萧沈初扑上去护住,丁副官拔枪斥问:"你是谁?闪开!"

"他是我爸爸!你们凭什么抓人?"

想到孔德辕告别前的嘱托,想到他为了保护滕泰不惜放弃一切重回国民党阵营的良苦用心,站在一旁一直未作声的沈依水缓缓开口:"滕先生是我的未婚夫,不知他犯了什么罪,你们要带他走?"

丁副官忍不住哈哈大笑:"又冒出来一个认领未婚夫的!滕先生,请问翟翠莹是谁?你不也是她的未婚夫吗?"

显然沈依水被这个多年失去音讯的名字吓到,滕泰以眼神示意她无须多言,俯身在她耳边安慰:"等我回来。"沈依水和萧沈初只好眼睁睁看着滕泰被军警押上车。

丁副官打开车门,惊见甘必雄端坐在里面。

"参谋长,你怎么突然赶来上海?我正要连夜把共党头目押往南京……"

甘必雄的脸色如夜色般漆黑,只听到他咬牙切齿的声音:"把他放了,立马放了!"

"我带人蹲守了整整七天七夜,才发现他的藏身之处。放了,我怎么跟贾司令交代?贾司令怎么跟南京交代?"

"放了他,让他跟沈依水结婚。"

丁副官觉得荒唐可笑:"拼命催着我抓人的是你,现在要放人的也是你,你葫芦里究竟卖的什么毒药?"

夜色虽然掩护了甘必雄狰狞的神情,但他因嫉妒而燃烧的恨意却被声音泄露无遗:"在重庆时,孔德辕差点夺走我喜欢的女人,现在我也要让他品尝一下被夺走心爱女人的滋味。"

丁副官无心掺和别人的恩怨情仇,立功心切:"放了共党头号通缉犯,我还能活命吗?"

"你不放,我现在就要你的命!"甘必雄拔枪抵住丁副官脑门,"关于滕泰,张部长已有指示,对他不到万不得已不能动粗,他不仅仅是共党,更重要的他还是铁路专家,留着他有利用价值。再说,孔德辕已官复原职,我们不放他,孔德辕也会想办法保护他。所以,目前真正的强敌是孔德辕。"

丁副官不得不当场释放滕泰,喜出望外的萧沈初把他接到家中。沈依水心下明白一定是孔德辕从中斡旋保护,她从随身香囊里取出紧裹的手帕展开,拿起两把小钥匙递上去:"滕先生,这是贝拉去炸桥的前一天交给我的,她一再嘱咐我,等有一天见到你,一定要亲手交给你。"

滕泰心里隐隐作痛,凝视着捧在掌心的钥匙,发誓一定要重建大桥。

翌日凌晨,萧沈初赶去外滩花旗银行,把皮箱取了回来。滕泰翻检皮箱内各种文件、照片和胶卷,激动得像孩子重获心爱的玩具:"太好了!有了这些资料,杭州湾铁路大桥就可以重建了。"

萧沈初拿起一本素描本,好奇地翻看着,忽然惊叫起来:"妈,这画的是你吗?可真漂亮!"沈依水接过儿子递过来的素描本,默不作声地一页页仔细翻看。萧沈初从皮箱里又拿起两本,边浏览着边发出惊叫:"妈,看!这两本也全是您的肖像,这是谁为您画的?真好看。"

"儿子,我画的是我最爱的女人,这个女人就是你的妈妈。从我见她第一眼起,我就认定她。二十八年的时光虽然漫长,但我对你妈妈的这份爱从来没改变过,也从没减少过。"滕泰情不自禁拉起她的双手,终于释放出压抑了二十八年的情感:"依水,嫁给我吧,我们不要辜负贝拉的一番苦心。"

萧沈初在一旁帮腔:"妈,您就答应爸的求婚吧。"

此刻,眼前的滕泰于她来说不仅仅是一个男人,更是一位巨擘,令她崇敬、敬爱、爱戴。孔德辕为了他一再放弃自己的自由和爱情,贝拉为了他甘愿终身追随牺牲生命,她感知到自己怀有一种延续孔德辕和贝拉使命的愿望,保护他的安全,成全他的爱情。她凝视他火热的目光,含泪笑着点头。

他亦含泪笑道:"我尽快向组织汇报,等批准了,马上举行婚礼。"

老时光咖啡馆,滕泰先听蔡加明传达上级意见。"组织对'三二八'行动很满意,从美国空运过来的战备物资被一举摧毁,有力遏制了国民党开进东北战场的步伐,为我军巩固战场、筹备军事力量赢得时间。上级组织要我转达对你的感谢和嘉奖。"

"这不是我一个人的功劳,十几位铁路工人为此献出生命,他们是更值得被铭记的人。"蔡加明犹豫了下,还是说了出来:"目前组织还没有查清,警备司令部为什么抓了你又当场放了你?"

"我想,他们是没有证据吧。"滕泰也觉得这么解释实在乏力,干脆直奔主题,"老蔡,我今天紧急约见你,是想向组织汇报一件事。"

"讲,我答复不了的,马上向上级汇报。"

"我申请结婚,请组织批复。"

"和谁?"

"沈依水。"

蔡加明心下大惊,但脸上不动声色,接过滕泰的书面报告,揣入怀里,说道:"恕我冒昧,沈依水不是孔德辕的未婚妻吗?我和组织都了解,这么多年你的铁路事业,孔德辕一直凭借他在国民党阵营的身份和职位尽力提携你、帮助你、扶持你;这次你身处险境,他又一直暗中为你斡旋化解危机。现在,你竟然向组织申请和沈依水结婚。我奉劝你要三思啊!"

滕泰苦笑道:"德辕是我的兄长、朋友、恩人,我的事业一直离不开他的扶持和帮助。可在感情问题上,我们三个人阴差阳错已近三十年,该有一个结局了。"

"这不是合理的理由。"

"儿子是沈依水和我的,我有责任给儿子一个完整的家,儿子也有这个强烈想法。这是人伦常情,我想孔先生会理解,你会理解,组织上也会理解。"

"我认为,你这个要求已不仅仅是你的私人感情问题,如果执意感情用事,也许会给我党上海地下战线工作带来不可预料的麻烦,甚至是危机。"

"老蔡,你这是什么意思?"

"你身份特殊,当前政治形势下,此事事关重大,我会尽快向上级汇报,给你明确答复。"

蔡加明直奔沁春来茶行，命令翟翠莹立刻发报。她展开信纸扫了一眼，顿时心慌乱得连一张纸片都拿不稳。

"发加急！"

他见她充耳不闻、神情恍惚，猛然想起她那张写满滕泰名字的宣纸。"翠莹，你这小姑娘，我了解你的心事，可你不能耽误工作啊。"

她又急又火："什么小姑娘呀？我在您眼里永远是小姑娘！拜托您能不能记住我的年龄，今年44岁！老女人了好不好？"

见她眼里拼命忍着泪，他犹豫了："你，很爱他？"

"爱！我爱他！自从二十年前在复旦校园里见过他后，滕先生就留在我心里，像种子一样生根、发芽、长大，占满我的心。蔡叔叔，我的心情您能懂吗？"

他自嘲："我没有过女人，儿女情长的事搞不懂。"

"喜欢一个人、爱一个人，就是想和他在一起，天天在一起，永远在一起。懂了吗？"

"你不想发这封电文？"

她可怜巴巴地发嗲："蔡叔叔，我想请您帮帮我！"

"怎么帮你？"他十分为难，"滕泰还等着组织尽快答复呢。"

"您代表组织答复滕先生，不同意！"

"这件事不仅仅是滕泰的私人感情，还直接牵扯孔德辕的私人感情，而当下，组织又命令我们尽快策反孔德辕。你说，这份申请我蔡加明能做得了主吗？"

"那您认为组织会怎样答复？"

"不好说。我认为对组织上来说，这同样是一个棘手的问题。除了沈依水，滕泰跟谁结婚，组织都肯定会同意；但他偏偏跟沈依水结婚，组织也许会同意，也许不会同意，我认为可能性各占一半吧。"

她豁出去了，索性直截了当恳求："蔡叔叔，想当年我救过您的命，您就当报答救命之恩吧，好吗？"

他思虑良久，做出一个艰难的决定："翠莹，你是救过我的命，从私人感情上来讲，我想尽自己的能力，成全你和你爱的人走到一起。况且，从统战工作的角度来讲,我个人认为滕泰与沈依水结婚不妥,不利于目前组织对孔德辕的策反工作。"

她转忧为喜继而又转喜为忧:"可滕先生爱的是沈依水,我是一厢情愿……"

"我来打报告,请组织批准你与滕泰同志结婚,一方面是不希望他介入孔德辕和沈依水的感情;另一方面你跟他在一起也是为了保护他,继续更好地开展地下工作;三是这样有利于我们对孔德辕的策反工作。"

她突然自卑起来:"我怕……我是结过一次婚的女人,我担心配不上滕先生。"

既然是报答救命之恩,那就要好人做到底。蔡加明安慰:"这个我会以组织的名义跟滕泰谈,都是革命同志,工作最重要!一切要服从工作的需要,听从组织的安排,没什么配不配得上的。"

组织很快电复,蔡加明一刻不等,约滕泰老地方见。每年冬天上海总归要飘一次雪花,今冬这场雪伴随夜色降临,又伴随夜色愈深愈大。

老时光咖啡馆门外,街灯散发出抵抗寒夜的暖意,光晕里飘舞的雪花敌不过暖意,还未落地便无声无息地融化。

"上级有答复了?"滕泰刚落座就急切地问。

"组织上派给你一个非常紧急和重要的任务。"蔡加明显然不急于直接回答他的问题。

"什么任务?"

"因为你和孔德辕有近三十年非同一般的交情,党组织决定把策反他的任务交给你,行动要快、要马到成功。"

滕泰内心一惊:"可现在,我和他的关系很复杂,不是应该回避吗?"

"虽然近三十年间,随着政局形势的发展,你们二人从事业合作伙伴、挚友渐渐分化为两个水火不容的政治阵营,但是你们这份惺惺相惜的男人情谊一直在,对吗?"

滕泰深有感触地赞同:"对。我相信一直在,永远在。从我学成归国后,德辕兄在事业上一直尽心尽力辅佐我。特别是直奉交战之际,南京督军府忙于交战,彭海铁路后续资金难以为继,当时他身在上海,本打算就此隐退,但听闻我在上海融资接连挫败,忧心不已。国民政府成立后,他即刻赴任铁道部次长,所以才有了彭海铁路最后的完工通车,这种知遇、提携之恩实难忘怀。后来,国民政府提出十年铁路计划,重点发展长江三角洲地区铁路建设,他力荐我担任总设计师和总工程师,在他的亲自指挥和资金扶持下,我主持建造了苏通铁路、宁通铁路和杭州湾铁路大桥。可以说,没有德辕兄的政治资源和资金投入,就没有这些铁路线的贯通,我滕泰更谈不上是什么铁路专家。"

显然,蔡加明的话题引导达到了预期效果,他沿着话题轨道继续深有感触地讲下去:"孔德辕同样也为中国的铁路事业奉献了半生的精力和心血,相对你来说,他是位无名英雄。经过长期考察,组织上认为策反他的时机已经成熟,并且也只有你更便于去执行这项任务。在此,我奉命向你转达组织的命令。"

"要我怎么做?"

蔡加明神色严肃,语气坚决:"首先,上级要求你跟翟翠莹同志结婚,以后由她做你的贴身秘书和单线联络员,你的一切工作都可以由她帮助处理。"

滕泰大吃一惊,顿时站了起来:"老蔡,你难道不知道我要跟沈依水结婚吗?我不是向组织打了结婚申请了吗?我爱的是沈依水!我申请的结婚对象是沈依水!"

蔡加明神情冷峻,想要成功成全翟翠莹,报答她的救命之恩,就只能心狠到底:"滕泰同志,请不要太激动,我当然知道。你这不是还没结吗?我请示过上级,答复就是这样。"

"我要亲自向组织申请。"

"请你听我把话讲完。鉴于孔德辕一直钟情于沈女士,上级认为你如果和沈女士结婚的话,不利于你开展对孔德辕的策反工作,也不利于我党争取他。这是革命工作的需要!这个道理,我想不需要我多讲,你作为我党地下工作者应该完全明白。"

这番话正因为非常有道理,才让滕泰心痛无语。蔡加明紧接着的又一通话显示了他作为地下工作领导者的高级心理战术,句句直击滕泰软肋。"傅作义已经投诚,北平和平解放,历史文化古都免于战火。云南省主席龙云将军已成功抵达香港,我地下组织负责人正与其秘密接洽。长期以来,我党在竭尽全力争取每一位亲民、亲共的国民党高级将领和官员,孔德辕也是名单上非常重要的一员,而且是必须无条件策反成功的一员。所以,这个任务只有你能完成,任务非常艰巨、紧急,希望你不要被私情所困扰。"

"组织是安排我跟翟翠莹同志真结婚,还是假结婚?"从滕泰这句难掩忧伤的问话中,蔡加明敏锐捕捉到他那为了爱情而迸发的激情,在自己的强大的心理攻势下已溃散、虚软。

"当然是真结婚!"蔡加明深知在这个关键时刻更要乘胜追击,彻底扭转他的心境、击溃他的意志,"你肯定还记得,有一次你和翟翠莹在此地接头时,被内政部的甘必雄发现,翟翠莹情急之下脱口而出说你是她的未婚夫。因此组织上考虑,为了保护翠莹同志和你,建议你们真结婚。况且,当时翟翠莹之所以那么说,也表明她情深之时吐真言。翠莹同志是个很内向的小姑娘,借这个机会我替她讲两句,她爱你已二十多年,从她还是一位学生,在复旦校园看到你的第一天起,她就爱上你。她……"

滕泰不想听下去,急忙表明自己的态度:"可我不爱她。"

"人是感情动物,自然感情是可以培养出来的。你们婚后朝夕相处,并肩作战,日久定会生情,而且,这份共患难、同生死的感情会更牢固、更真挚。我们好多地下工作的同志,为了革命斗争的需要,开始是假结婚,天长日久之后,又向组织打报告,要求真结婚,这样的先例很多。既然翠莹同志二十年如一日地爱你,你们就真结婚,省得以后还要再向组织申请一次。"

滕泰感觉蔡加明的话像是抵住他后背的枪,一句句把他逼到悬崖上。"我要求给我时间考虑……"

蔡加明心想既然已经把你逼至悬崖,那就索性再给你加点让你纵身一跃的力量。"内战已处于最后关头,大量地下工作需要我们冒着生命危险去开展。滕泰同志,你没有过多时间考虑私事。老蒋虽然还在负隅顽抗,企图守住西南地区,但他还是不得不圈定台湾那个荒蛮小岛作为他最后退守之地,美国已派重兵驻守台湾岛。记住,对于我们这种身份的人来说,革命工作是最重要、最迫切的,同时又是最残酷、最无情的,当个人情感与革命需要发生冲突时,应当毫不犹豫地放弃前者。"

滕泰无奈地长叹一声,眼角闪出泪花。蔡加明不忍注视他,目光投向窗外,狠着心咬着牙吐出最后一句:"你不是原定后天结婚吗?那就照常举行,让所有认识你的人都知道你和翟翠莹结婚了。"他不容滕泰再讲什么,起身离去。

今冬的首场雪不像往年那样轻飘飘地走个过场或是似有还无地点到为止,真是在认认真真掏心掏肺地下。苏州河两岸,已是夜色浓密,但更浓密的雪花竟遮盖了夜色,整个夜晚明晃晃的。滕泰像打着旋的雪花一样虚脱地走在亮得刺眼的夜色里,他的大脑里也是白花花一片,他不知道怎样把组织的决定告诉沈依水和儿子,但又不得不告诉。

张同渊把一纸电文递给孔德辕,面色凝重连连叹息:"国军在华北战场是接连受挫、一败涂地……"

"孙元良兵团在突围中,被共军包围,全军覆灭;黄维司令官和杜聿明副司令已被共军生俘……"孔德辕轻读电文,也一声长叹,"党国大势确已去矣!"

张同渊面色悲痛:"继辽沈战役之后,国军在东北和华北战场上连连失利,徐蚌会战更是遭受重创。目前局势已然发生逆转,共军由战略防御转为战略反攻。平津战役也已打响,蒋委员长现在的意图是弃守华北,全军南撤,增派军事力量以加强长江防御。所以,长江是条生死线。"

"从军事装备上看,我军是美式武装,远远优于共军,却惨败至此。可见,民心向背是胜败关键。万一长江再守不住,下一步如何进退?"

"西南地区也守不住了,以西南作为基地的反攻计划成为泡影,国军气数已尽、回天乏力。真乃聪明一世,糊涂一时,到头来老蒋只剩率领残部去台湾这一条退路。"

甘必雄察言观色:"岳父,您如何打算?"

张同渊长叹:"将败兵随,自古如此。现在总统府有傀儡李宗仁在这儿替老蒋收拾烂摊子,他自己金蝉脱壳腾出时间来加紧做两件事。一,把大量黄金、白银、美钞、文物、古董尽一切可能运往台湾。据我了解,目前运往台湾的黄金已达一百多吨,仅从南京故宫博物院运走的文物、古董大概有二十多万件,这个数目很可观!以后,这些庞大的财富足以把荒蛮、落后的台湾打造成一个属于他的独立王国,同时,也为反攻大陆打下坚实的物质基础;二,蒋公是何等聪明之人,他深知手中光有钱、没有人还是等同于瘸子走路,所以他的第二大行动是抢人才,各行各业、各个领域的专业拔尖人才、有影响力的知名人士,都在他的捞人计划中。胡适不顾共党的多方阻拦,已作为他的和平使者被派往美国。再看看我们周围,别人都在拨着小算盘,蠢蠢欲动,我们不能再坐以静观,以免陷于被动。"

甘必雄心领神会:"岳父,您只管下令,具体事宜由我操办。"

张同渊叼着雪茄从鼻孔喷出两团烟雾,烟雾缭绕在眼前:"滕泰这个人,是抓虎入笼的时候了,我们不动他,别人也会,这是一颗举足轻重的棋子,是一张关键时刻可以甩出的王牌,所以我们一定要先下手为强。"

张同渊明知道孔德辕一心保护滕泰,还故意在他面前下此命令,无非是提醒他站好队,考验他的忠诚度。孔德辕不得不表明自己的态度:"现在抓他不容易,共党已经把他严密保护起来了。"

"抓!不仅抓,还要下手快!必须要活的!必雄,你抓住他,无论是当下还是到了那个孤岛上,在重新洗牌中我们手里就有了谈判的重大筹码,懂吗?"张同渊心想,你们这三枚棋子,谁都别妄想逃出我的棋局,除非死。

"请岳父放心,我能放他就还能抓住他!"自放滕泰那日起,甘必雄就布好了再抓他的局,只不过静待时机而已。

甘必雄紧急赶回办公室,刚推开门,迎面飞来一个大耳光,紧接着另一个大耳光飞来时,一只女人的手臂被他紧紧箍住。

张静薇使劲挣脱,从口袋中掏出一纸鉴定报告,声音随着身体剧烈起伏颤抖:"鉴定结果是,这两年从美国来的信根本不是宗光的笔迹。"

他早料到有这一天,随即无赖起来:"既然你知道了,想要怎样?"

"我要你放人!立刻!"

"我凭什么放?"

"你好大胆子,我现在就去告诉爸爸,看不一枪子毙了你!"

他嘴角含着坏笑:"你是不是巴不得我早点死?你看着孔德辕至今还是一孤家寡人,我死了你好嫁他,是不是?去啊,去告诉你的父亲大人,是我囚禁了你的弟弟。"

她毫不犹豫伸手开门,他一步扑上前堵住门,咬牙切齿道:"我奉劝你给我听好了,你只要敢说出一个字,你弟弟张宗光就是——死!而且,我会让他死在你面前,让你眼睁睁地看着他一点一点慢慢地极度痛苦地死去,你信吗?"

既然真相大白,既然确定弟弟还活着,她倒冷静下来:"你要怎样才放人?"

"以人换人!"

"用谁换?"

"滕泰。"

"怎么换?"

"你只要乖乖听我的指挥,配合我的行动,我保证会把张宗光完完整整交给你。"

"怎么配合?"

"现在你跟我一起去上海。"

"你打算怎样抓滕泰?"

"你要做的就是一步一步无条件服从我的指令。"

"甘必雄,为了我弟弟,我再信你最后一次!否则,我跟你同归于尽!"弟弟和滕泰张静薇只能选择其一的话,亲情终究占了上风。

蔡加明刚送走茶客,抬眼看到翟翠莹心事重重地走进来,惊讶地问:"新婚才第二天,你怎么来了?"

她嘟着嘴走进柜台里面:"在家闷得发慌,出来走走,走着走着,不知不觉就走到这里来了。"

"你有心事?"

她顿时眼眶泛红,低头嗫嚅:"滕先生,他不接受我……不理我……看都不看我一眼……"她控制不住哭出来,"他根本不爱我……"

"我说翠莹,夫妻感情需要慢慢培养,不可心急,况且你又是半路上杀出来的程咬金,不接受你,不理你,不爱你,这都很正常,难道你没有心理准备吗?"

"不接受我,不理我,不爱我,这些心理准备我都有,但他不让我理他,看他,爱他,我接受不了,我心里难受。"

蔡加明一个老单身汉,实在无法做情感疏导师,只好换个角度用上级的口气开导:"翟翠莹,你首先要牢记,组织上为什么安排你和滕泰结婚,不是让你和他整天卿卿我我,而是为了更好地开展革命工作,你这样想不就能接受了吗?以后在共同的革命工作中,你们互相关心,互相帮助,建立深厚的革命感情。我们党的历史上,有那么多地下革命夫妻,甚至是假夫妻,最后在险恶的革命工作环境的锤炼和同甘共苦中,升华为生死不离、永结同心的夫妻。你懂我的意思吗?"

没想到她顿时开窍,赶紧抹掉挂在脸上的泪痕:"我懂,懂了。是我不好,我想要的太多,能让我陪伴在他身边就该知足。"

"你懂啥了?"蔡加明仿佛看到少女时的她,活泼、灵气、一哄就好。

"我的任务是照顾滕先生的饮食起居,更重要的是成为他工作上的得力助手。"

蔡加明放下心来:"你讲得很好,不要为情所困。眼下,革命形势处于白热化阶段,老蒋的部队正分批逃往台湾,与此同时,他们疯狂报复,大肆屠杀共产党人,尤其是已经被关在牢房里的我们的同志。你和滕泰目前主要任务是,利用你和沈依水的同学关系和滕泰与孔德辕的私人交情,积极争取孔德辕留下来,不要追随张同渊逃往台湾。"

"明白。"

"等革命胜利了,全国得到解放,我们每个中国人都可以平平安安享受自己的幸福生活。到那时,孔德辕和沈依水三十年的苦恋可以结成正果,你和滕泰也已培养出革命感情,生孩子,过安详宁静的家庭生活。我老蔡或许也可以考虑考虑自己的终身大事,找个女人过几天安稳日子。"

蔡加明不知不觉讲出自己对未来生活的向往,更加感染到她,"蔡叔叔,是我错了,给我派任务吧!"

"你能想通,我就放心了。你马上回家,跟滕泰商量具体行动措施,时不待人,孔德辕随时有可能踏上去台湾的轮船或是飞机。"

她立即回家,烧了一桌色香味俱全的饭菜,等滕泰进了家门,一一摆在桌上。见他闷头吃饭,便开口聊起早已想好的话题:"从上初中时,姆妈就教我烧菜做饭,她说这是女人一生中必须要学会的手艺,将来这门手艺既能在丈夫那儿讨得欢心,还能让孩子在吃每一顿饭时,感受到温暖的母爱。"

这个话题还真管用,勾起他的感慨:"遗憾的是,我从二十二岁起就漂泊在外,从那之后,就很少有机会吃到母亲亲手做的饭菜,更没机会在她身边尽儿子的孝道。"

她夹起一块梅菜扣肉放到他面前的白米饭上,真心诚意地表态:"以后,我天天烧给你吃。我还要学着烧北方菜，蒸馒头、包饺子、擀面条，还有烙馅饼。虽然我很笨，但在做饭方面，却很聪明，一学就会。姆妈一直说我有天赋，天生就是为人妻、为人母的女人。"

他不由抬起头，第一次凝视她，面前这个女人不高不矮、不胖不瘦、不美不丑，毫无特点。于他来说，仅是一个模糊的影子，即便她就在身边，近得能听到她的呼吸，仍是一个模糊的影子，确切地说是一个毫无性别的模糊影子。但就刚才那个瞬间，似乎有一种来自她的母性的温暖气息在房间里流动起来，荡漾着缭绕着钻进他的心里，令他突然体味到是家的感觉，在他的世界里缺席了三十年的家的感觉。

按照事先谋划，丁副官先带人秘密控制老时光咖啡馆内外。甘必雄带张静薇来到咖啡馆，向她布置第一步行动计划，先打电话联系翟翠莹，一定要想方设法约她和滕泰一起来，单单一个翟翠莹没价值，滕泰才是党国力争的人。等他们来了先叙旧，甘必雄马上去接张宗光，当场交换。

他威胁道："记住，只要稍有差池，第一个被击毙的就是张宗光。"他拨好电话，把话筒递给她。她犹如箭在弦上，不得不发："小黄莺，我是小豹子。"

两人像对上暗号的同党，一阵激动寒暄。她见他眼色示意，忙转入正题："翠莹，我在上海，今晚九点就要和家人乘'中鼎号'轮船去台湾，同行的还有孔德辕先生。此去一别，今生不知还能不能相见，所以，我……我很想在登船之前，见你一面，跟你当面告别，好吗？"

放下电话，翟翠莹匆忙拿起大衣和手袋，跟滕泰解释："今晚张静薇搭船到台湾，孔德辕同行。她约我在老时光咖啡馆告别，我先去拖延时间，你马上向组织汇报。"

"几点的船？"

"九点。"

滕泰瞄了下墙上的挂钟："现在才打电话给你，就是特意不给你汇报的时间。"

"那怎么办啊？"

"我得到的情报是今晚确实有'中鼎号'轮船秘密前往台湾，但名单上没有孔德辕。"

"静薇和我虽然分属国共两个政党，但我们的同窗情谊如初。我相信她不会骗我,她也没必要骗我。她只不过是想临走之前,见我一面,以免终生遗憾。"

"事不宜迟,我陪你一起去,孔德辕对我党很重要,上级给我们的任务就是要想方设法阻止他去台湾。"

滕泰和翟翠莹刚踏进咖啡馆,便被丁副官为首的荷枪实弹的军警包围。

"张静薇,你就是这样跟我道别吗?"翟翠莹怒目而视不敢抬头看她的张静薇。

甘必雄在这个节骨眼上走进来,笑道:"不是道别,是死别。"

"放滕先生走,他是你们铁路局的人。"

甘必雄阴阴地笑:"无论滕先生是什么人,党国更看重他铁路专家的身份,所以,我不能放他。"

张静薇这才意识到自己犯了多么大的错误,想方设法救自己的弟弟没错,但千不该万不该搭上翟翠莹和滕泰的生命。翟翠莹悄悄摸向手袋,拿出手枪瞄准甘必雄,被丁副官一枪打中手腕,又连中数枪。

翟翠莹仰面而倒,被滕泰抱住。"能做你的妻子,我很幸福……"她拼尽最后一口气留下这句话,双目依然不舍地凝望他。

第二十章
比相爱更刻骨的是相思

仿似在漆黑如墨的海底挣扎，仿似被冰封在凝固的海底，又仿似沉溺海底干枯如标本的鱼尚有一丝呼吸。一声锐利的枪响刺穿如墨的海底，引爆炽热岩浆喷涌出海平面，张静薇惊喘着从昏迷中醒来，额头大汗淋漓，浑身僵冷如冰。

"我怎么在这里？放我走！"护士抓着她挥舞的手臂阻拦。她赤脚散发发疯般冲开护士阻挡，奔向门口。房门打开，甘必雄得意扬扬地走进来，示意护士离开。

她一把抓住他胳膊，哀求："我弟弟呢？宗光呢？他在哪里？你放他回家了吗？我要见他，求求你让我见他！"

他不作声，一把抱起她扔到病床上。她已耗光力气，只能嘶哑着哀求："求你放了我！"

他毒辣地笑道："放了你？让你去告我的状？让你老子一枪子崩了我？这么傻的事，我从来没做过。"

"放我出去，我要见宗光……"

"你不是做了笔迹鉴定吗？以此证明我并没有送张宗光去美国。可惜啊，从今以后，你说的话没人相信了。"他扬扬手中一张纸，"这是你的病历，我刚花了大价钱从名医手里买来的。想知道上面写着什么吗？"

她猛然想起，惊问："翠莹和滕先生怎样了？"

他不紧不慢地读着病历："患者张静薇因为目睹好友翟翠莹被枪杀，精神受到强烈刺激，导致患上偏执型被害妄想症，总幻想别人会加害她，加害她的亲人。"

她听到翟翠莹被枪杀,大惊失色:"你卑鄙、无耻,你利用了我!"

他邪恶地逼视她,笑道:"你难道现在才知道吗?我一直在利用你!你不是很想知道张宗光的下落吗?现在我可以告诉你,他也死了,你休想再见到他!还有,再告诉你一个好消息,感谢你的大力配合,滕泰现被关在警备司令部牢房里。他是我手里一个非常有分量的筹码,我随时会押解他一起飞往台湾。他跟你一样,终究逃不出我的手掌心。"

她像被抽干了全身的血液,只剩一句话反复嘟囔着:"我要见爸爸……"

"放心,我会通知你亲爱的父亲来看你,可那时候,无论你讲什么,他也不会相信你,因为你是偏执型被害妄想症患者。现在,我要你乖乖听话,做我孩子的好妈妈。"

"孩子?"

"护士没告诉你吗?你肚子里已经怀了我的孩子。"

她泪潮汹涌,却哭不出声来,感觉自己重又坠入如墨的海底。

甘必雄成功地把这个生在官宦之家、孤傲艳绝的女人收拾成毫无反抗能力的人,从精神和肉体上完全控制了她,他下一步的目标是把自己从棋子逆转为下棋人。

"岳父,滕泰已在我们手上,何时起程,听从您的安排。"他一步步朝自己的野心靠近。

"有他在我们手里就等于握有话语权,到了台湾,国民政府高层还会有我们的一席之地。"张同渊觉得一切都在自己可控的范围内。

"有一个好消息和一个坏消息,我先讲哪个?"

"我吃葡萄喜欢从最大的那颗吃起。"

"静薇怀孕了,您快要做外公了。"

"这真是个好消息。祝贺你啊,必雄,快要当爸爸了。"

"在抓捕滕泰的现场,静薇目睹她的同学翟翠莹被当场击毙,精神受到强烈刺激,现在在上海玛利亚医院静养,医生诊断为暂时性被害妄想症。就是说,她会整天幻想有人要谋害她和她的家人,发作时会胡言乱语、歇斯底里。"

近期,张同渊一直在秘密布置家产的转移,苦于找不到隐秘路线把家族财富安全运达台湾,故疏忽了关注女儿的近况。"最迟下周,我们要全部撤离,你和静薇一起走。"

"请岳父放心,我已安排两位高级护理 24 小时照顾她。在撤离之前,还有什么要我做的吗?"

"孩子是血脉的延续,既然这样,以后我们就真的是血浓于水的一家人,我对你也就没什么好隐瞒的。"亲情果然让张同渊放松对他的警惕,"我在国民政府干了二十多年,不瞒你说,积累了一些家产,你季阿姨这段时间一直在家打包、装箱,除了房子搬不走之外,她已经装了一百多箱东西,女人嘛,眼光、心胸有限,一只古董花瓶都舍不得扔。还有,在上海我的老公馆里也有一部分家产,还没来得及去打理,你看看有没有时间帮我去整理下。我跟贾司令已经通过气,他的家当数目更加可观,大概有近两百箱。眼下我们急需货船,把这批家产先运到台湾,随后我们也好轻装飞往台北。运送私人财物,动用军用轮船显然不合适,况且军轮现在由老蒋统一调遣,日夜穿梭,一切能搬得动的对台湾发展有价值的东西,甚至是整个工厂都要迁过去,这老蒋比女人还贪。现在心急火燎的是,我们到哪里去找大吨位又可靠的货轮呢?"

他顿生一计:"说到货轮,您没想到孔德辕吗?"想到孔德辕,自然想到沪江造船厂。

张静薇真是眼睁睁看着吊瓶里的药水一滴滴打完,才想到解救滕泰的办法。她趁护士来换药时,把输液架拉倒,药瓶打碎,捡起一块锋利的玻璃片,戳在自己左腕动脉上:"马上放我出去,否则我死给你们看!"

"放了你,我们都会没命的。"

她狠狠地朝动脉戳下去,顿时血涌如注:"我死了,你们也会没命的。"护士吓哭了,只好把她带到电话机前。

孔德辕听完张静薇的电话,立即驱车上海,直奔警备司令部贾司令办公室。省去一切寒暄,他张口便是志在必得的气势:"贾司令还记得上次我来司令部吗?可惜来晚一步,我要的人已被你的手下酷刑折磨而死。"

"你是指《申报》的大主编任天行?文人嘛,就是嘴硬身子软,还没怎么伺候,他就玩儿完了。"贾司令当然一副无所谓的神气。

"这次我可是马不停蹄地赶来,可别跟我说什么晚了。"

"不知孔秘书长这次是为谁而来?"

"滕泰！我要带走活的！"

他当然知道他为谁而来，哈哈一笑："实不相瞒，滕泰确实在我这里。但要放人，太难为我了。"

他不动声色，微微一笑："可否让我见一见他？"

"给你一刻钟。"贾司令心想，让你见一见你又不可能在我的地盘上大变活人给搬走了。

孔德辕跟随警卫走进牢房，见滕泰平静地看着一张报纸，像坐在自家书房一样。

"到底是大名鼎鼎的铁路专家啊，连坐牢都享受不一般的待遇。"

滕泰好像知道必能和孔德辕在此相见一样，笑道："这最后一班国民党的牢房，被我赶上了，再过几天，想坐都没得坐了。"

孔德辕不禁大笑，与他席地而坐："报纸上讲些什么？"

"给我看的都是过时旧闻，但依然看得出，南京现在很热闹。代总统李宗仁想向中共求和，引起老蒋对他的极度不满；孙科在竞选副总统时与李宗仁结下梁子，一气之下把行政院迁到广州。如此看来，总统府已分崩离析、树倒猢狲散。"

"从国民党的报纸上，也能看出这么多潜台词，滕工的研读能力真是令人佩服。"

"当年，在日军司令部的牢房里，我还潜心阅读了一本日文版《欧洲铁路史》，我的专业技能因此大有提升。所以说，坐牢的日子对我来说，就是难得的用来学习和休养的假期。不知德辕兄来此，是来向我告别还是为我送行？"

孔德辕压低声音："行政院已把你列为抢夺人才名单里的重要一员，千方百计抓捕你，就是为了把你押往台湾。"

滕泰霍地站起身来，在狭小牢房里踱步："自'淞沪抗战'后，我便对自己的人生方向做出了选择，我决不动摇自己的政治信仰，哪怕为此献出生命。"他转过身，目光炯炯看着他，"德辕兄，现在是你重新做出选择的时候了。虽然你身处国民党阵营，但你从事的一直都是为国利民的交通建设事业，这个没有谁比我更清楚。所以，组织决定让我劝你弃暗投明，加入共产党的革命队伍中。"

孔德辕站起身来,深思着:"谢谢贵党对我的信任,我一直在考虑怎样才能全身而退,留在大陆。不过,目前最重要的任务是如何把你救出去,决不能让他们把你带往台湾。"

没有强硬的筹码跟贾司令交涉只会耽搁时间,孔德辕一直暗中了解张同渊与贾司令多年来沆瀣一气隐秘敛财的勾当,只有张同渊能跟贾司令谈交易放人。他即刻赶回南京,顾不得已是黉夜,敲开张公馆的铁门。

孔德辕走进书房,开门见山道:"我请求同渊兄写个手谕,马上放了滕泰。"

张同渊坐在沙发上,缓缓开口但语气坚决:"此人不能放,我要带他到台湾。"

孔德辕神色忧戚,力劝道:"滕泰是中国铁路建设事业的功臣,他何去何从,应该遵循他本人的意愿,我们无权武力干涉,更无权控制他的人身自由。"

张同渊指指对面的沙发,示意他坐下:"德辕,从来没见你这么慌乱过。"

"贾司令说只要见到你的手谕,就放人。"

"这只是老贾打发你的话,你也信?滕泰现在是重量级筹码,谁握在手里,谁都不会轻易放手。"

"我只想知道怎样你才会放手?"

张同渊明显面色不悦起来:"我不得不提醒你,现在是什么时候?人人自保,自顾不暇,你竟然还在为别人的事跑来跑去。你这是第二次不顾一切保护滕泰了吧?上次你力证'三二八'沪宁铁路爆炸那天,你全天和滕泰在一起,我睁一只眼闭一只眼也就算了,这次你又挺身解救他是何目的?你这样做有违党国利益,你能承担后果吗?"

孔德辕不得不恳求:"同渊兄,我跟随你二十多年,听从你每一次的召唤和调遣,请你帮我一次,放了滕泰,不要带他去台湾。"

张同渊见他执意如此,只好换个攻心角度:"我听说,滕泰是你二十多年的情敌,你跟沈依水的姻缘,不就是因为他,一再阴差阳错嘛;我还听说,沈依水的儿子,到底是你的,还是滕泰的,也弄得不明不白。"

"民族利益当前,个人情感何足挂齿。"

张同渊瞟一眼他,冷笑道:"你是被共党的那一套共产、共妻的荒谬理论给洗脑了吧?最后关头,我希望你一定要站稳自己的阵线,否则,前路即是悬崖。"

孔德辕已做好以死进谏的思想准备,索性坦言反驳:"陈布雷、戴季陶的相继自杀,说明了什么?说穿了,就是对国民党、对蒋中正失去了信心。三年内战已经证明,一个政党能否生存,最根本的问题不是看它背后有什么样的靠山、它的军队有什么精良的装备。反观共产党可证,民心向背,才是一个政党能否立足和长存的关键。"

这番道理确凿的话迫使张同渊语气软下来:"你的心情我理解。如果你真的选择留下来的话,我成全你和沈依水三十年的感情,不强迫你。只是滕泰,必须跟我走!"

孔德辕深知没有更大的利益撬动他,多说无益,只有把最后一张底牌亮出来再赌一把:"我来安排沪江造船厂的'茂源号'货轮,运送你和贾司令的家产到基隆港,条件是立即释放滕泰。"

厚重的窗帘缝隙间,不觉间闪烁着朝阳的光芒,书房内的黑暗渐被升起的光芒逼退。这些日子来,张同渊惊惧每一天的新生,因为这意味着脚踏故土的日子已屈指可数。

张同渊一连串饬责:"德辕,你这是在跟我做交易吗?你不是一直说我对你有提携之恩吗?为了一个滕泰,你我二十多年的交情,就变成最后这场交易!你怎么就不为自己想想?放出滕泰不就等于在你和沈依水的关系上继续设置一个障碍吗?他不是一直都是你的情敌吗?你的亲生儿子不是选择他作为生父吗?"

"滕泰,更是我的朋友。有他在,这块土地才更有希望!"

见孔德辕心胸如此,执意如此,张同渊不免暗生愧怍,只得顺水推舟,万贯家财再不运走,就要拱手留给共产党了。他写了手谕交与孔德辕,马上电话安排甘必雄押船去台湾。

甘必雄在电话里提醒:"滕泰留下来为共党所用,恐怕以后对蒋委员长反攻大陆非常不利,假如被追究起来,您、我包括贾司令会被军法处置。"

张同渊老奸巨猾地一笑:"那就只好演一出明修栈道、暗度陈仓的戏了。你抢在孔德辕前面,先把人带出来,然后一起装箱上船。"

这场戏竟跟甘必雄的谋划高度接轨,令他格外兴奋。他驾车一路狂奔到上海,会同丁副官把滕泰藏在一个樟木箱里,与大卡车上张同渊和贾司令一车厢的家产混放在一起,运往沪江造船厂。

甘必雄驾车,开始按自己棋盘的设计执行自己的计划,他问丁副官:"你知道车上这批货是什么吗?"

"偷偷听贾司令讲,是美国提供给宪兵队的军资,今晚装船运到基隆港。"

甘必雄狞笑:"小老弟,这种故意让你偷偷听到的话,你还能信?你不会不知道现在的形势吧?国民党高官一个个到了鸡飞蛋打、狗急跳墙的时候,都恨不得插翅飞到台湾。可搜掠来的民脂民膏、万贯家财怎么办?姨太太和私生子怎么办?这是目前最让他们茶饭不思、寝食难安的事。"

丁副官恍然大悟:"鸡贼贾胖子,让我为他卖命,还忽悠我!"

甘必雄听出他憋屈已久的怨气,便继续说道:"现在是乱世,乱世出英雄,也出豪富。我们奉命负责押运的这批货,可不是一般的家产,据我了解和估测,全是张、贾二人为官大半生搜刮来的国宝级的财宝,黄金、白银、古董、文物数不胜数。据我所知,张同渊打包的东西中,有一把朱元璋登基时坐的黄金龙头椅,你知道这把龙头椅的价值和分量吗?"

见丁副官茫然地摇头,他一笑:"当然,我也不知道,因为它是无价之宝。可你想想,仅此一件东西,拿到南洋卖掉,就够我俩下半生享尽荣华富贵了。干不干?"

丁副官想了想,发狠道:"国民党想把大陆所有值钱的东西都抢走,给共党来个片甲不留。人不为己,天诛地灭,这可是老祖宗教我们的。雄哥,听你的,你说怎么干?"

"索性一不做二不休,咱们也给他们来个片甲不留。货轮一旦驶到茫茫大海上,朝哪个方向开,那还不是听咱们的?"

丁副官担忧起来:"那我一家老小怎么办?"

"你担心你的父母、老婆、孩子会因此遭受牵连,甚至丧命。放心,我早已谋划得滴水不漏。等我们在南洋出了货,钱到手后,我们当然还要回到台北,告诉他们,很不幸货物在海上被海盗全部劫走,我们是死里逃生回来的,他们除了震怒、心痛之外,能奈我们何?况且,如果他们跟我们来硬的,老子也不是吃素的!把他们私运财物的事全抖出来,看谁怕谁!"

"箱子里的大活人,怎么打发?"

甘必雄撇嘴一笑:"跟一箱箱黄金、古董、文物比起来,这个人可说是一文不值。对张、贾二人来讲,他是攥在手里的政治筹码,但他对咱们来讲,就是个麻烦,趁早丢海里喂鱼。"

丁副官松了一口气:"雄哥,我就服你。鸟为食亡,人为财死,这事干定了!"

孔德辕到了上海先是赶到沪江造船厂叮嘱吴怀恩,没有见到他和滕泰本人前,无论谁命令都不可发船。随后赶至警备司令部,见贾司令正在紧急销毁一摞摞文件。

孔德辕把张同渊的手谕展示在他面前,贾司令眼皮都懒得抬一下:"你来之前,滕泰已奉命移交总统府。"

孔德辕拔出腰间手枪,抵住贾司令油光光的脑门:"少废话,放人!"贾司令使个眼风,门口持枪军警上前,孔德辕扭住贾司令双臂,直至走到车前,把他塞到车里捆住,驾车而去。

甘必雄和丁副官指挥临时雇来的劳工装箱上船,然后威逼吴怀恩起航。孔德辕驱车来到船厂,用枪抵着贾司令脑袋才逼他讲出滕泰已被装箱上船的事。

孔德辕奔到驾驶舱,举枪瞄向甘必雄:"滕泰在哪?"

甘必雄和丁副官都枪指孔德辕,吴怀恩真恨自己此时没有一把枪,斜眼看到沈依水走上"茂源号"。

"孔德辕,你跟张部长不是已经谈好,货上船就放滕泰,你应该去问贾胖子要人。"

"别给我绕圈子,在没见到滕泰人之前,船是不会走的。"

刹那间,也就吴怀恩眨了下眼的工夫,几乎同时响起四声枪响。烟雾散尽,吴怀恩以为自己死了,因为他看到驾驶舱内站着的只孔德辕,地板上,趴着甘必雄、丁副官,还有他自己。

孔德辕惊讶地回头看去,沈依水端着枪站在驾驶舱门口,一缕黑烟还缭绕在枪口。吴怀恩这才明白甘必雄和丁副官一个是被孔德辕击毙,一个是被沈依水歪打正着。沈依水悲喜交加地看着孔德辕,双手后怕地抖起来,他连忙握住她的手,血从交叠的指缝中渗出来。

孔德辕肩头被击伤,沈依水忙拿来药箱帮他简单处理好。"滕泰在船上,我们快去解救他。"

"我只见到那两个倒霉蛋,没看到滕先生。"

三人来到货舱,几乎砍开所有箱子,才发现滕泰。孔德辕征询滕泰意见:"这船货物,价值不可估量,你觉得应该如何处理?"

"运往苏北解放区,等全国解放了,这些黄金、白银、古董、文物应属于国家所有。"

"好,你和怀恩马上出发。"

沈依水从包里拿出手枪,递给滕泰:"滕先生,带上它防身。"

滕泰感激地接过手枪:"德辕兄,你们留下来危险,一起去解放区吧?"

沈依水担忧儿子和萧妈,自然不能同去。孔德辕看着她,笑道:"我生命中剩下的所有时间,归沈依水所有。"

二人目送"茂源号"渐渐驶远,一辆满载军警的汽车急速驶来,贾司令被松绑后带着持枪军警围住二人。

孔德辕神色平静:"放她走!"

沈依水挽紧他的手臂:"从今往后,无论是死是活,我再也不会和你分开,你去哪里我就去哪里。"

"押往机场!"贾司令心想滕泰弄丢了,万贯家产不知去向,只剩这两个人抓在手,或许能成为自己的免死牌。

到了机场,贾司令把孔德辕和沈依水交给已等在那里的张同渊处置。张同渊刚从医院接来张静薇,从女儿口中得知儿子已被甘必雄打死,此时他脸色如铁,心如刀绞。

"飞机还能容下一个人。"张同渊冷冷地看着两双手紧紧扣在一起的孔德辕和沈依水,心下发狠,绝不成全这两个人在一起,即便他们此刻殉情死在他眼前,他也要把其中一具尸体运到台湾,死都不会让他们葬在一起。自己多年的政治布局被两枚久经栽培的棋子给全盘破坏,于情于义都荡然无存,唯有恨意重重。

"要么一起走,要么一起留,我们绝不分开。"孔德辕面色坚定,口气不容置疑。

"在这里你说了不算,你也再没有跟我讨价还价的资本。"张同渊从贾司令耳语中得知甘必雄丧命,想到女儿已腹有胎儿,他决意带孔德辕一人走,并且要活的,押也要押走。

起飞时间已到,登机舷梯即将撤离。张同渊命令随身警卫马上押解孔德辕登机,趁他反抗时,一枪托把他打晕在地,拖入机舱。

沈依水锥心刺骨的呼喊在飞机起飞的轰鸣声中被淹没得无声无息,扬起的尘土毫不留情地埋葬了她的声音、她的面容、她的爱。

凭栏久,叹山川冉冉,岁月骎骎。当时岂料如今。三十年斗转星移,皓空冷月,终至一水相隔,永相思念,成就一座城池的史诗。

城里解放了,回到松江府沈宅安居后,萧妈倒不怎么犯糊涂了,就是几乎天天问沈依水同样的问题:"大宅子太冷清了,沈初和怀恩去哪了?让他们也搬回来住,人多热闹呀。"

沈依水总是不厌其烦地回答:"妈,沈初跟着滕先生去修杭州湾铁路大桥了,怀恩在船厂造轮船呢。明年这个时候,船厂新造的'沪江号'就能下水试航,红颜和晓青说是要带着学校里的孩子们跟船去兜风呢。"

"孔先生呢?啥时回来?"

每次问到这个问题时,沈依水的心痛得说不出一个字。这何尝不是她每天想问的,可谁能来回答她呢?也许是风吧,只有风能漂洋过海,从沈宅穿越台湾海峡,吹到那个小岛上,一直吹到她仿佛能眺望到的对着窗口的书桌前。

孔德辕正手执毛笔,凝神书写。从隔壁卧房传来婴儿睡醒后的啼哭声,他赶紧放下毛笔,合上正在书写的书稿,起身离开朝婴儿啼哭的房间走去。

房间里传来张静薇喜悦的声音:"老孔,把宝宝给我,我来抱,看,又尿你身上了吧。"

"我的儿子沈初,从小到大我没照顾过他一天,我这辈子都心中有愧。这个小丫头,我喜欢一把屎一把尿地伺候她,看着她睡,看着她笑,看着她哭,看着她吃喝拉撒,心里别提有多舒服,就当是老天给我的一次弥补机会吧。"

"你这个样子会把她宠坏了。"

"懂不懂？女孩儿就应该宠着养……"

书桌上，一本书的初稿享受着来自上海松江府沈宅的风轻拂，封面"孔府传菜"四个毛笔中楷赫然在目、遒劲有力。

扉页被风掀开，一行小楷格外隽秀：献给沈依水，我永远的爱人。